L'enfant secret

Un mystère en héritage

MARIE FERRARELLA

L'enfant secret

éditions Harlequin

Titre original : IN BED WITH THE BADGE

Traduction française de B. DUFY

HARLEQUIN®
est une marque déposée par le Groupe Harlequin

BLACK ROSE®
est une marque déposée par Harlequin S.A.

Photos de couverture
Enfant : © ROYALTY FREE/JUPITER IMAGES
Maison : © ZIA SOLEIL/GETTY IMAGES
Paysage : © ROYALTY FREE/UNLIMITED 2009/JUPITER IMAGES
Réalisation graphique couverture : C. CHEVALLIER

© 2010, Marie Rydzynski-Ferrarella. © 2011, Harlequin S.A.
83-85, boulevard Vincent-Auriol 75646 PARIS CEDEX 13.
Service Lectrices — Tél. : 01 45 82 47 47
www.harlequin.fr
ISBN 978-2-2802-1745-3 — ISSN 1950-2753

1

— Je m'inquiète pour elle, Brian.

Le regard de Lila Cavanaugh croisa celui de son mari dans le miroir fixé au-dessus des lavabos jumeaux de leur salle de bains. Bien que pour des raisons différentes, ils se dépêchaient de faire leur toilette afin d'arriver tôt sur leur lieu de travail.

— Elle ne s'était encore jamais comportée de cette façon, reprit Lila.

Brian Cavanaugh, directeur de la police judiciaire d'Aurora et, sur le plan administratif, supérieur hiérarchique de sa femme, n'eut pas à lui demander de qui elle parlait : il savait qu'il s'agissait de Riley McIntyre, la plus jeune des filles de Lila.

Comme les trois autres membres de la fratrie et leur mère elle-même, Riley appartenait à la police d'Aurora. Dans le cadre de leur profession, ils étaient donc tous sous les ordres de Brian, mais dans le privé, ils formaient avec lui une famille dont aucun membre n'avait plus de droits ou de devoirs que les autres.

Âgée de vingt-huit ans, Riley était, encore deux mois plus tôt, une jeune femme expansive et dynamique, qui accueillait chaque nouvelle journée avec un sourire et une plaisanterie. Ses grands yeux bleus pétillaient de gaieté, elle était toujours de bonne humeur...

Si Brian avait alors dû désigner celui de ses beaux-enfants qui avait la vision la plus optimiste de l'existence, c'est Riley qu'il aurait choisie.

Le meurtre récent de son coéquipier, le lieutenant Diego Sanchez, l'avait cependant changée : elle s'était repliée sur elle-même au point de passer parfois des heures entières sans prononcer un mot.

Et Brian s'en inquiétait, lui aussi.

Ce changement de comportement était-il permanent, ou juste temporaire ?

— Elle n'arrête pas de dire qu'elle va bien, mais je sais que ce n'est pas vrai, insista Lila en se tournant vers Brian. Il faut qu'elle cesse d'enquêter sur le terrain : c'est déjà dur quand on est au mieux de sa forme, alors quand on est fragilisé, comme Riley semble l'être en ce moment...

Lila détestait demander des faveurs, même à son propre mari, mais là, c'était pour le bien de sa fille...

— Tu es son supérieur, poursuivit-elle, alors tu pourrais lui ordonner de se mettre en congé jusqu'à ce qu'elle ait franchi ce cap difficile, non ?

Tous les enfants de Lila avaient embrassé une carrière dans la police, comme elle et son défunt mari. Il y avait longtemps qu'elle en avait pris son parti, et elle s'efforçait de ne pas trop s'inquiéter pour eux.

Depuis deux mois, cependant, elle ne reconnaissait plus Riley, et craignait de la voir sombrer dans une grave dépression, qui constituerait un risque supplémentaire dans des situations exigeant d'avoir les idées claires et de bons réflexes.

— Oui, je pourrais la mettre en congé d'office, répondit Brian d'une voix lente, mais je ne le ferai pas.

La déception de Lila fut à la mesure de son attente : elle était tellement sûre que Brian abonderait dans son sens !

— Mais…, commença-t-elle.

— Réfléchis, ma chérie ! Après avoir reçu une balle qui a failli te tuer, il y a toutes ces années, le fait d'être réduite à l'inaction pendant des semaines ne t'a donné que trop de temps pour repenser à ce qui s'était produit, n'est-ce pas ? Tu es passée par là, alors tu crois vraiment judicieux d'enlever à Riley la possibilité de trouver dans le travail un remède à son mal-être ?

— Je me souviens en effet de cette période comme de l'une des plus douloureuses de toute ma vie, admit-elle sombrement.

Et les conséquences de ce drame sur son équilibre psychique avaient duré bien au-delà de la guérison de sa blessure elle-même…

Ben McIntyre, son premier mari, avait en effet profité de l'occasion pour la manipuler : jaloux de Brian, qu'elle avait à l'époque pour coéquipier et qu'il soupçonnait d'être son amant, il l'avait obligée à démissionner et à devenir femme au foyer. Elle adorait ses enfants, bien sûr, mais l'abandon d'un métier à la fois utile et valorisant lui avait beaucoup coûté : en quittant la police, elle avait eu le sentiment de perdre une partie de son identité.

— Ce que je veux bien faire, en revanche, déclara Brian, c'est poser comme condition au maintien de Riley dans ses fonctions des séances de soutien avec le psychologue du commissariat.

— Hoolihan ? s'écria Lila avec désapprobation.

Brian se retourna pour faire face à sa femme, s'adossa au lavabo et croisa les bras sur sa large poitrine.

— Qu'as-tu contre Hoolihan ? demanda-t-il.

Après la fusillade, et avant que Ben ne la force à démissionner, Lila était allée consulter le psychologue de sa propre initiative, et non seulement elle n'en avait tiré aucun profit, mais cet entretien lui avait laissé un très mauvais souvenir.

— Un robot dégage plus de chaleur humaine que cet homme, répondit-elle. Il est tellement froid et distant que le seul fait de penser à lui me donne encore aujourd'hui la chair de poule.

— Alors nous devons trouver quelqu'un d'autre pour aider Riley, et je te confie cette tâche, lui dit Brian en l'embrassant tendrement sur le front.

Les coins de la bouche de Lila se relevèrent en une moue désabusée.

— Et toi, que feras-tu, pendant ce temps ? déclara-t-elle, les poings sur les hanches.

— En plus de l'énorme travail que me donne quoti-diennement la direction de la police judiciaire, tu veux dire ? Eh bien, je prendrai la décision finale concernant le choix d'un nouveau coéquipier pour notre fille, et c'est même ce qui m'oblige à aller ce matin au bureau plus tôt que d'habitude.

Lila sourit, heureuse d'entendre Brian parler de Riley comme de leur fille à tous les deux. Leur famille recomposée comptait huit enfants adultes, et il aurait très bien pu les diviser en deux groupes : « les tiens » et « les miens ». Au lieu de ça, ils étaient tous devenus « les leurs ». Comme tous les membres du clan Cavanaugh, Brian avait le cœur sur la main, et c'était l'une des raisons — parmi beaucoup d'autres — qui le rendaient si cher à Lila.

— Tu as déjà un nom en tête ? lui demanda-t-elle, curieuse de savoir qui serait le nouveau coéquipier de Riley.

— Oui.

— Tu me dis qui c'est, ou je dois deviner ?

— Qu'es-tu prête à m'offrir en échange de cette

information ? susurra Ben, une lueur de malice dans les yeux.

— Je te vois venir, mais nous devons tous les deux être au commissariat dans une demi-heure, je te le rappelle…

— On peut faire beaucoup de choses en une demi-heure, madame Cavanaugh…

Sur ces mots, Brian se pencha vers Lila et lui mordilla l'oreille.

Il avait le pouvoir confondant d'allumer instantanément en elle le feu du désir, pensa Lila.

Mais elle ne songeait pas à s'en plaindre : c'était un plaisir toujours renouvelé, dont jamais elle ne se lasserait, et qui ne cesserait jamais de l'émerveiller.

— Et le petit déjeuner ? protesta-t-elle faiblement.

— Il y a plus important…, murmura Brian avant de baisser la tête vers elle et de plonger dans le sien un regard brûlant.

Cédant alors à la tentation, Lila lui passa les bras autour du cou et l'embrassa fougueusement.

— Mais je n'ai pas demandé à être mutée ! s'exclama Riley, interloquée.

Elle était assise dans le bureau de son beau-père. En arrivant ce matin au commissariat, elle avait trouvé sur sa table un mot disant que le directeur de la police judiciaire désirait la voir.

S'il s'était agi d'une affaire personnelle, Brian l'aurait appelée chez elle pour en discuter, et elle avait donc tout de suite compris que cette convocation avait un caractère officiel. Elle n'aurait cependant jamais imaginé s'entendre signifier son transfert dans un autre service… Elle n'aimait pas le changement, et le décès tragique de son coéquipier l'avait déjà suffisamment secouée sans qu'un nouveau bouleversement se produise dans sa vie.

— Je sais que tu n'as pas demandé à être mutée, déclara Brian doucement mais fermement. La décision vient de moi.

— J'appartiens à la brigade criminelle depuis que je suis passée lieutenant ! lui rappela Riley. Est-ce que j'ai commis une faute ? Parce que, dans ce cas, dis-moi laquelle et je…

— Non, tu n'as commis aucune faute. Tu es un excellent élément, et cette mutation ne sera sans doute que temporaire, mais la division des cambriolages est actuellement en sous-effectif, et un nouvel environnement professionnel te sera bénéfique.

— Pas du tout ! J'ai juste besoin de me remettre au travail !

— Tu ne t'es jamais arrêtée, Riley ! Je t'ai encouragée à prendre un congé, après la mort de Sanchez, mais tu as refusé… Tu fais partie de ces gens qui trouvent dans le travail un moyen de gérer une expérience douloureuse, et je le comprends d'autant mieux que je suis un peu dans le même cas. Cette mutation n'a donc rien d'une punition ; elle te permettra au contraire de décompresser — tout en me rendant service.

Riley s'accorda un instant de réflexion avant de répondre. Brian était l'homme qui avait transformé la vie de sa mère… L'homme qui avait toujours témoigné, à ses frères, à sa sœur et à elle, plus d'affection que leur propre père… Il avait pris aujourd'hui la décision qu'il croyait la meilleure pour elle, mais il se trompait : l'idée de devoir s'adapter à de nouvelles fonctions, à de nouveaux collègues, la perturbait profondément. Le moment n'aurait pu être plus mal choisi !

D'un autre côté, la manière dont Brian lui avait présenté

les choses rendait un refus difficile — même si elle n'était pas dupe de sa prétendue demande de service.

Non sans soupirer, Riley finit par se résigner.

— Bon, si la division des cambriolages a vraiment besoin d'être renforcée, j'accepte d'aller y travailler... mais seulement le temps que tu trouves quelqu'un à lui affecter de façon permanente, et ça ne devrait pas te prendre plus de quelques semaines, n'est-ce pas ?

— Merci ! Je savais que je pouvais compter sur toi.

Riley remarqua que son beau-père n'avait pas répondu à sa question, et elle l'aurait répétée s'il n'avait aussitôt ajouté :

— Et il y a autre chose.

La gravité de son visage déclencha une sonnette d'alarme dans l'esprit de Riley.

— Quoi ? demanda-t-elle sur un ton méfiant.

— Je veux que tu consultes un psychologue.

— Hoolihan ? Certainement pas !

— Rassure-toi : ta mère m'a déjà convaincu de ne pas t'adresser à lui.

— Vous en avez discuté ensemble ?

Ils conspiraient donc tous les deux contre elle, songea Riley, qui se sentit soudain plus seule que jamais. Elle les aimait tendrement, mais ils auraient dû comprendre que le mieux était de la laisser panser ses plaies à son propre rythme, et à sa façon.

Car ce n'était pas d'un simple rhume qu'elle souffrait, mais d'un terrible sentiment de culpabilité. Ce qu'il lui fallait, c'était du temps pour arriver à oublier l'image de Diego allongé sur le bitume dans une mare de sang, un pieu planté dans le cœur comme un personnage de film d'épouvante de série B... Pour arriver à se pardonner de ne pas avoir été là pour lui prêter main-forte.

— Oui, répondit Brian, j'en ai discuté avec ta mère,

et elle m'a dit tout le mal qu'elle pensait de Hoolihan, mais il y a dans le secteur privé nombre de thérapeutes capables de t'aider à surmonter le traumatisme que tu as subi.

— Je n'ai besoin de personne pour ça !

— Je t'en prie, Riley, sois raisonnable ! Tu n'es plus la même, depuis deux mois, et ce changement de comportement nous inquiète beaucoup, ta mère et moi. Alors si tu ne le fais pas pour toi, fais-le pour nous !

Ce dernier argument l'emporta sur les réticences de Riley.

— Combien de temps me donnes-tu pour trouver ce thérapeute ? déclara-t-elle en soupirant.

— J'ai demandé à Lila de t'en chercher un, mais il vaut sans doute mieux que tu le choisisses toi-même. J'entends cependant que cette affaire soit réglée d'ici la fin de la semaine.

— Entendu.

— Parfait ! Parlons de ton nouveau coéquipier, maintenant !

Croyant l'entretien terminé, Riley avait commencé à se lever. Elle dut se résigner à se rasseoir, mais le sujet que son beau-père comptait à présent aborder lui était si pénible qu'elle dut coincer ses mains entre ses genoux pour les empêcher de trembler.

— Je ne veux pas de coéquipier ! protesta-t-elle. Je préfère travailler seule.

— Ce n'est pas comme ça que ça marche, et tu le sais très bien. Un policier n'opère jamais en solo pendant plus d'une journée : si son coéquipier appelle un matin pour dire qu'il est malade, quelqu'un le remplace le lendemain au plus tard. Qu'il s'agisse de la brigade criminelle, de celle des mœurs ou de la division des cambriolages, la règle est la même : les enquêtes se conduisent en équipe.

Parce qu'elle avait pour Brian Cavanaugh autant d'affection que de respect, Riley décida d'être franche avec lui. Il lui en coûtait d'avouer ouvertement sa vulnérabilité, mais comme, de toute évidence, son beau-père l'avait déjà sentie…

— S'il arrive quelque chose à mon coéquipier, expliqua-t-elle, c'est plus que je ne pourrai en supporter.

— Je comprends, et c'est pour cela que tu as besoin de consulter un psychologue.

— Il ne m'arrivera rien, mais ta sollicitude ne m'en touche pas moins, McIntyre !

Le son de cette voix grave, derrière elle, arracha un sursaut à Riley. Tout à sa conversation avec son beau-père, elle n'avait pas entendu la porte du bureau s'ouvrir. Et sa surprise céda la place à la consternation quand, en se retournant, elle vit le lieutenant Nick Wyatt franchir le seuil, puis appuyer nonchalamment son grand corps musclé au montant de la porte.

— Bonjour, chef ! reprit-il. Vous vouliez me voir ?

— Vous avez toujours su soigner vos entrées, Wyatt ! remarqua Brian d'un air amusé. Venez vous asseoir, maintenant !

Nick s'installa sur le seul siège libre de la pièce — la chaise voisine de celle de Riley, qui maîtrisa à la dernière seconde son envie de sauter sur ses pieds et de partir en courant.

— Si j'ai annoncé mon arrivée à voix haute et intelligible, indiqua Nick, c'est parce que je me suis un jour approché de McIntyre sans faire de bruit, et que j'ai failli recevoir une balle en pleine poitrine…

Il se tourna ensuite vers l'intéressée et lui demanda avec ce sourire éclatant censé rendre toutes les femmes folles de désir pour lui :

— Tu dégaines toujours aussi vite qu'autrefois ?

Bien que Riley ne soit pas du genre à se vanter, le ton sarcastique de Nick lui fit répondre sans hésitation :

— Encore plus vite !

Brian les observa attentivement. Il mettait son point d'honneur à en savoir le plus possible sur les personnes placées sous ses ordres, et il avait découvert que sa belle-fille et Nick Wyatt avaient été condisciples à l'école de police.

Agé de trente-deux ans, Wyatt avait une réputation de don Juan, et son physique devait en effet lui valoir de nombreuses conquêtes, mais c'était aussi un excellent policier, sur lequel Brian pouvait compter pour veiller à la sécurité de Riley jusqu'à ce qu'elle se soit ressaisie. Une certaine rivalité les avait opposés pendant leurs années de formation, et cela rendrait leur collaboration d'autant plus fructueuse : l'envie d'impressionner l'autre les pousserait tous les deux à donner le meilleur d'eux-mêmes.

Le capitaine Joseph Barker, chef de la division des cambriolages, avait dit grand bien de Wyatt à Brian, et il se trouvait justement que le coéquipier de Wyatt venait de se faire muter sur la côte Est pour se rapprocher de son père malade.

— Puisque vous vous connaissez déjà, déclara Brian à Wyatt, je vous laisse le soin d'initier McIntyre à ses nouvelles fonctions.

Riley était sur des charbons ardents. L'idée de quitter la brigade criminelle lui déplaisait profondément, mais celle de travailler avec Nick Wyatt lui répugnait encore plus : cet homme arrogant et jouisseur lui avait toujours tapé sur les nerfs.

Elle ne s'était jamais permis d'utiliser ses liens personnels avec le directeur de la police judiciaire pour servir ses intérêts professionnels, mais là, il s'agissait d'un cas de force majeure, et elle espérait que ces liens feraient pencher la balance en sa faveur.

— Je ne peux vraiment pas rester dans mon poste actuel ? lui demanda-t-elle sans un regard pour Nick.

— Non, lui répondit fermement son beau-père. Wyatt n'a plus de coéquipier, et je n'ai personne d'autre à lui adjoindre en ce moment.

La jeune femme étouffa un nouveau soupir. Il était dit qu'elle n'arriverait aujourd'hui à gagner sur aucun tableau, puisque son beau-père avait déjà obtenu son accord pour consulter un psychologue...

— Vous pouvez disposer tous les deux, reprit Brian.

Riley se leva, imitée par Nick, et elle allait sortir du bureau quand Brian la rappela. Elle s'arrêta et se retourna, pleine d'espoir : et s'il avait changé d'avis ?

— Oui ?

— Je veux ce nom d'ici la fin de la semaine.

Le thérapeute... Comme si elle risquait de l'oublier !

— Entendu, marmonna-t-elle, affreusement déçue, avant de quitter la pièce.

— Quel nom ? questionna Nick une fois la porte refermée derrière eux.

— Mêle-toi de tes affaires !

— D'accord, mais je te conseille de ne pas traîner pour régler celle-là !

— Pourquoi ?

— Parce que la fin de la semaine est dans trois jours, et que Cavanaugh n'est pas patient : il vaut mieux éviter d'attendre, pour satisfaire ses demandes, la dernière minute du délai qu'il a fixé.

Agacée d'entendre Nick lui expliquer comment fonctionnait son propre beau-père, Riley répliqua en accélérant le pas :

— Merci du conseil, mais je connais Cavanaugh mieux que toi.

— Oui, je sais, tu es sa belle-fille, mais je sais aussi que ça ne le rend pas plus indulgent à ton égard dans le cadre du travail : il te traite exactement comme ses autres subordonnés.

— Et tu comptes sans doute ajouter que c'est un homme sévère mais juste ? Je t'en prie, Wyatt, épargne-moi ce genre de discours pontifiant ! Mon affectation dans ton service n'est que temporaire, mais si tu commences dès maintenant à jouer les monsieur je-sais-tout, je ne tiendrai pas plus de deux jours !

— Tu n'as pourtant pas le choix, observa Nick avec un sourire ironique. Tu vas devoir tenir jusqu'à ce qu'on me fasse une meilleure offre.

Riley lui lança un regard noir, et il reprit d'un air faussement innocent :

— C'est « jusqu'à ce qu'on *te* fasse une meilleure offre » que j'aurais dû dire ? Désolé, McIntyre, je ne voulais pas t'offenser…

Ils étaient arrivés devant l'ascenseur, et Riley riposta après avoir appuyé sur le bouton de montée :

— Tu ne t'es pas arrangé en vieillissant : je te trouve encore plus irritant qu'à l'époque de l'école de police.

Nick tendit le bras, pressa le bouton de descente et, à son expression narquoise, la jeune femme comprit qu'elle avait commis une erreur : la division des cambriolages était située un étage en dessous d'eux, et la brigade criminelle, un étage au-dessus.

Une brigade criminelle dont elle ne faisait maintenant plus partie…

— C'est bizarre, susurra Nick. J'allais te dire moi aussi que tu ne t'étais pas arrangée en vieillissant.

— Ecoute, Wyatt…, commença Riley, exaspérée.

L'ouverture des portes de l'ascenseur lui coupa la parole. Nick s'effaça pour la laisser monter la première dans la cabine, puis il la suivit et appuya sur le bouton de l'étage du dessous.

— Ne te fâche pas, McIntyre ! déclara-t-il ensuite. Tu es à cran, et je le comprends : il est difficile de se remettre de la perte de son coéquipier. Je le sais parce que je suis dans le même cas, mais le seul moyen de retomber sur ses pieds, c'est d'aller de l'avant, sans remâcher le passé. Alors arrête de te lamenter sur ton sort et tourne la page, sinon Cavanaugh prolongera indéfiniment ta mutation — avec moi comme baby-sitter.

2

Wyatt se considérait comme son baby-sitter ? songea Riley.

Le fait que, non content de le penser, il ose le lui dire, la mit hors d'elle. Cela ne lui arrivait pas souvent, mais Nick Wyatt avait le don de l'exaspérer, et sa dernière remarque était la goutte d'eau qui faisait déborder le vase.

Depuis quand avait-elle besoin d'être maternée ? Et Brian estimait-il lui aussi qu'elle devait avoir quelqu'un à son côté pour la protéger ? Pire encore, était-ce la mission qu'il avait confiée en secret à Wyatt ?

Cette idée lui était odieuse, et un frisson de colère la parcourut.

Quant à la comparaison que Nick avait établie entre eux, elle prouvait si nécessaire que c'était un homme égocentrique et insensible : leurs situations n'avaient rien de similaire !

— Ton coéquipier est parti travailler dans un autre Etat, le mien a été assassiné ! s'exclama-t-elle. Ce sont deux choses tellement différentes qu'en les assimilant, tu me donnes envie de te sauter dessus !

L'image de Riley lui sautant dessus — mais pas dans le sens où elle l'entendait — se forma dans l'esprit de Nick, et il trouva cette possibilité plutôt séduisante.

Il connaissait cependant Riley McIntyre assez bien

pour savoir qu'il valait mieux ne pas s'aventurer sur ce terrain avec elle, du moins pas dans l'immédiat.

— Ils nous ont tous les deux quittés, se borna-t-il donc à souligner.

— Autant dire qu'un âne et toi êtes en tout point semblables juste parce que vous respirez tous les deux, alors que ce n'est pas le cas… même si vous avez d'autres points communs !

Riley espérait que cette pique vexerait son interlocuteur au point de le convaincre de retourner voir Brian et de le supplier de lui donner un autre coéquipier. Elle fut déçue : sa réplique glissa sur lui comme l'eau sur les plumes d'un canard.

— Trop aimable ! s'écria-t-il d'un ton léger. J'avais déjà constaté, à l'école de police, que tu avais la langue bien pendue. Ça n'a pas changé, à ce que je vois !

— Non. Et je ne sais pas pourquoi, mais il y a des gens qui me mettent particulièrement en verve.

L'ascenseur s'arrêta et les portes s'ouvrirent. Nick sortit le premier de la cabine et attendit que Riley l'ait rejoint pour lui déclarer :

— Un conseil, avant que tu fasses la connaissance du capitaine Barker : évite de déployer tes talents oratoires devant lui. Il ne supporte d'entendre ses subordonnés parler que pour l'informer des progrès d'une enquête en cours.

— Tu es sérieux ?

— J'ai l'air de plaisanter ?

Riley se tourna vers Nick. Il avait le visage grave, mais elle se souvenait de lui comme d'un pince-sans-rire, alors peut-être était-il en train de la faire marcher.

— Il est difficile de savoir ce qu'il en est, avec toi, répondit-elle.

— Eh bien, là, je ne plaisante pas ! Barker n'aime

que deux choses : les gros bosseurs et les affaires vite résolues. Je soupçonne même Evans d'avoir inventé cette histoire de vieux père malade pour échapper à la tyrannie de notre cher capitaine.

— Evans est ton coéquipier ?

— Mon *ex*-coéquipier, mais bravo pour ta puissance de déduction, poupée !

Riley s'arrêta net et attrapa Nick par le bras pour l'obliger à l'imiter.

— Wyatt ?

— Oui ?

— Appelle-moi « poupée » encore une fois, et mon genou aura percuté la partie la plus sensible de ton anatomie avant que tu aies eu le temps de comprendre ce qui t'arrivait !

— Tu es décidément aussi charmante que tu l'étais autrefois ! grommela Nick.

Collaborer avec Riley McIntyre sans qu'elle sorte de ses gonds toutes les deux minutes s'annonçait difficile, pensa-t-il pendant qu'ils se remettaient en marche. Derrière ce visage d'ange se cachait un tempérament explosif.

Une fois arrivé devant la salle de travail de sa division, Nick ouvrit la porte à Riley et la lui tint en se demandant si cette marque de galanterie n'allait pas heurter la féministe en elle. Il ne comptait cependant pas s'excuser de la façon dont il avait été élevé.

— Je vais te présenter à Barker, dit-il. Autant en finir tout de suite avec cette corvée !

Rassemblant son courage, Riley entra dans une pièce immense, où régnaient un silence de cathédrale… et le même désordre que dans les locaux de la brigade criminelle : sur toutes les surfaces disponibles s'entassaient des piles de dossiers. Certaines étaient si hautes que le moindre courant d'air risquait de les faire s'écrouler.

Elle n'en fut toutefois ni surprise ni choquée, car c'était ainsi qu'elle travaillait le mieux, elle aussi : si ses dossiers en cours ne recouvraient pas entièrement le dessus de sa table, elle avait du mal à se concentrer. Le fait de les avoir tous sous les yeux lui donnait un sentiment d'urgence qui stimulait ses neurones.

Tandis que Nick la guidait vers le fond de la salle, elle salua de la tête les policiers dont le bureau se trouvait sur son passage. Au commissariat d'Aurora, la plupart des gens se connaissaient de vue, sinon de réputation...

Une mauvaise réputation, en ce qui concernait ses frères, sa sœur et elle, du moins pendant un certain temps : après que leur père eut été convaincu de corruption, leurs collègues n'avaient plus vu en eux que la progéniture d'un homme dont la malhonnêteté portait atteinte à l'honneur de la police tout entière.

Mais c'était avant que Brian Cavanaugh n'épouse leur mère : une fois le mariage célébré, le directeur de la police judiciaire avait clairement fait comprendre qu'il considérait les enfants de Lila comme les siens, et les propos, les regards malveillants, avaient aussitôt cessé. Brian était presque unanimement apprécié, et ceux qui ne l'aimaient pas le respectaient, ou le craignaient, ou les deux.

Frère cadet de l'ancien préfet de police Andrew Cavanaugh, Brian n'abusait jamais de son autorité, mais il n'hésitait pas à en user si nécessaire, comme l'avaient appris à leurs dépens les auteurs de fautes professionnelles lourdes, dont il avait brisé la carrière.

« Une main de fer dans un gant de velours » était l'expression qui le définissait le mieux, et personne n'avait envie de se l'aliéner.

— Tu as l'air de connaître tout le monde, ici, observa Nick. Je n'aurai donc pas à te présenter.

— Tu peux le faire quand même. Si ça te donne le sentiment d'être utile, je ne voudrais pas te priver de cette satisfaction.

Nick lâcha quelques mots inaudibles, que Riley ne jugea pas nécessaire de lui demander de répéter plus intelligiblement. Ils l'auraient sûrement irritée, et le moment était mal choisi pour perdre son calme : elle voyait maintenant le capitaine Barker à travers la cloison vitrée qui séparait son bureau de la salle, et quelque chose lui disait que sa première rencontre avec son nouveau supérieur se passerait mal si elle ne faisait pas preuve d'un parfait sang-froid.

Bien que la porte soit ouverte, Nick empêcha Riley de la franchir en lui posant une main sur le bras. Il frappa sur le battant, et attendit ensuite que le capitaine leur donne la permission d'entrer.

Cette invitation tarda cependant à venir : penché sur le clavier de son ordinateur, Barker ne semblait pas s'être aperçu qu'il avait des visiteurs. Soit il les ignorait délibérément, soit il était dur d'oreille, et la première hypothèse était la plus probable... Cet ancien marine n'aurait certainement pas accédé à un poste de commandement dans la police s'il avait souffert d'un quelconque handicap.

Mal à l'aise, Riley allait suggérer à Nick de remettre les présentations à plus tard quand le capitaine leva les yeux vers elle et l'inspecta lentement de la tête aux pieds.

Avec ses cheveux poivre et sel coupés ras, ses traits burinés et son maintien rigide, il avait encore tout du militaire, si bien que le regard perçant de ses prunelles noires donna à la jeune femme l'impression de passer un test de recrutement dans l'armée.

— Venez vous asseoir, McIntyre ! finit-il par lui ordonner.

Elle entra dans la pièce et s'installa sur l'une des deux chaises placées face au bureau. Nick la suivit, mais au moment où il s'approchait du second siège, Barker l'arrêta en lui lançant :

— Non, pas vous, Wyatt ! Si j'avais voulu que vous vous asseyiez, je vous l'aurais dit, non ?

— Excusez-moi, capitaine ! Je ne sais vraiment pas ce qui m'a pris !

Ces mots, prononcés sur un ton ouvertement sarcastique mais accompagnés d'un sourire innocent, inspirèrent à Riley un début de respect pour son coéquipier. Elle attendit avec intérêt la réaction de Barker, mais il se contenta de grommeler :

— Disparaissez, Wyatt !

Nick partit sans rien ajouter, et Barker retourna à ses occupations précédentes comme s'il était de nouveau seul dans la pièce.

Trois bonnes minutes s'écoulèrent avant qu'il ne lève de nouveau les yeux vers Riley.

« Pas trop tôt ! » pensa-t-elle.

Mais elle garda le silence. Consciente de représenter son beau-père, d'une certaine façon, elle réussit même à plaquer un sourire sur son visage.

Cet effort d'amabilité fut mal récompensé : non seulement le capitaine ne lui retourna pas son sourire, mais il désarma Riley en déclarant froidement :

— Il paraît que vous avez laissé votre coéquipier se faire tuer ?

Cette remarque particulièrement cruelle atteignit la jeune femme en plein cœur. Barker se montrait-il aussi dur à son égard par sadisme, ou simplement pour la déstabiliser ?

Il la fixait intensément, ce qui la mettait encore plus

mal à l'aise, mais elle soutint son regard et répondit aussi posément que sa nervosité le lui permit :

— Je n'étais pas avec le lieutenant Sanchez quand il a été tué. Il était parti enquêter seul sur le terrain, sans en informer personne.

— Il est cependant de règle de ne jamais abandonner son coéquipier… On ne vous a pas appris ça, à l'école de police ?

— Si, mais on ne m'y a pas donné de cours de télépathie.

Une lueur de surprise passa dans les yeux de Barker — vite remplacée par une expression de colère.

— Je n'aime pas l'insolence, McIntyre !

— Ma réponse ne se voulait pas insolente, capitaine. Il s'agissait d'un simple constat : comment aurais-je pu savoir où était Sanchez et ce qu'il faisait, à moins de lire dans ses pensées ?

— Faute de le *savoir*, vous auriez dû le *prévoir*, et ne pas le quitter d'une semelle ! Cela s'appelle anticiper, et je vous conseille vivement de progresser dans ce domaine… Vous vous en croyez capable, McIntyre ?

Le ton de Barker était maintenant d'une franche agressivité, et Riley brûlait de se défendre, d'argumenter contre lui, mais à quoi bon ? Mieux valait feindre l'indifférence…

— Oui, capitaine, déclara-t-elle donc avec une apparente soumission.

— Alors nous devrions arriver à nous entendre, tous les deux ! Débrouillez-vous pour que Wyatt reste en vie, et il fera la même chose pour vous.

Sur ces mots, il recommença à pianoter sur son clavier.

Riley demeura assise, à écouter le cliquetis des touches, pendant trois autres minutes. Barker se conduisait comme si elle n'était pas là… S'agissait-il d'un test d'endurance ? D'une épreuve de force ? Combien de temps était-elle censée attendre avant qu'il lui adresse de nouveau la parole ?

Finalement, n'y tenant plus, elle demanda :

— Il y a autre chose, capitaine ?

— Si c'était le cas, je vous l'aurais dit, répliqua Barker sans cesser de taper.

— Je peux partir, alors ?

Deux autres touches furent frappées avant que Barker ne se décide à répondre :

— Oui. Je suis même surpris que vous soyez encore là.

Ravalant sa colère, Riley se leva en silence et sortit du bureau. Elle faillit claquer la porte derrière elle, mais ce geste n'aurait fait qu'aggraver les choses.

Pourquoi son beau-père, qui connaissait forcément Barker, l'avait-il mutée dans cette division ? Il voulait que ses chefs de service aient de l'autorité, mais celui-ci n'était rien de moins qu'un tyran, doublé d'un grossier personnage !

Alors peut-être Brian n'était-il pas au courant de la façon dont Barker traitait ses subordonnés ? Elle pouvait retourner le voir et lui raconter ce qui venait de se passer… Il n'était cependant pas dans ses habitudes de se plaindre, et elle refusait de jouer les petites filles gâtées en allant pleurnicher dans le bureau de son beau-père. Elle avait toujours résolu ses problèmes sans l'aide de personne, et il n'y avait pas de raison que cela change.

Le capitaine Barker était un homme détestable, qui allait lui rendre la vie difficile, mais elle se jura de ne pas se laisser intimider, ni enfermer dans un rôle de souffre-douleur.

Elle chercha Nick Wyatt des yeux, et finit par le repérer. Il était assis à son bureau — ou, plus exactement, en train de se balancer sur sa chaise, et dans un équilibre si précaire qu'il risquait à tout instant de basculer en arrière.

Génial ! Elle avait hérité d'un coéquipier qui avait l'âge mental d'un enfant de cinq ans !

Etouffant un soupir, elle se dirigea vers lui d'un bon pas. Elle avait hâte de se mettre au travail, parce que c'était la seule chose, en ce moment, qui l'empêchait de craquer.

Quand elle l'eut rejoint, Nick s'arrêta de se balancer et lui demanda :

— Alors, comment ça s'est passé ?

— Mal !

— Y aurait-il incompatibilité d'humeur entre Barker et toi ?

Cette observation fut ponctuée d'un sourire narquois qui le fit repasser en une fraction de seconde du statut d'allié potentiel à celui d'ennemi.

— Tu trouves ça drôle ? lui lança Riley d'une voix vibrante de colère.

Plusieurs personnes tournèrent la tête vers eux, et elle se dit qu'il lui faudrait désormais veiller à baisser le ton.

— Oui, répondit Nick, mais essaie de voir le bon côté des choses : ça te donne un point commun avec moi… Avec tous nos confrères ici présents, même…

« Nos confrères… »

Jusqu'à ce que Nick parle au masculin des occupants de la pièce, Riley n'avait pas remarqué qu'il s'agissait uniquement d'hommes. Mais comme tous les bureaux n'étaient pas occupés, certains pouvaient appartenir à des femmes absentes aujourd'hui pour une raison ou pour une autre.

Il y avait beaucoup de femmes policiers dans sa famille — sa mère, sa sœur Taylor et, parmi les nièces de Brian, devenues ses cousines avec le remariage de sa mère, elle n'en connaissait que deux qui avaient choisi un autre métier : Janelle et Patience. Mais même elles entretenaient des liens étroits avec le commissariat : la première était procureur adjointe, tandis que la seconde, vétérinaire, s'occupait des chiens de la brigade canine, et elles étaient toutes les deux mariées à un policier.

Riley était en fait tellement habituée à travailler dans un environnement mixte qu'elle demanda tout de go à son coéquipier :

— Combien de femmes ce service compte-t-il ?

— En dehors du secrétariat ? Une.

— C'est tout ? Alors elle va sûrement être contente de me voir arriver : nous pourrons nous soutenir l'une l'autre.

— Non, tu m'as mal compris ! C'est de toi que je parlais : le hasard veut qu'aucune femme avant toi n'ait intégré la division des cambriolages. Tu te sens capable de relever ce défi, McIntyre ?

Il y avait de la provocation dans la voix de Nick, mais Riley eut la nette impression qu'il la raillait pour lui faire oublier le côté inconfortable de la situation, pour l'obliger à la considérer comme un challenge. Même détournée, cette marque d'attention la surprit agréablement, et elle observa :

— Tu n'es pas aussi bête que tu en as l'air, Wyatt !

— Je parie que tu dis ça à tous les hommes ! s'exclama-t-il en riant.

— Non, seulement à ceux qui le méritent... Mais assez bavardé ! Où dois-je m'asseoir ?

— Là où il te plaira de poser ton joli postérieur... Non, je retire ça, sinon tu vas me traîner au département des ressources humaines et m'accuser de harcèlement sexuel !

Cet homme avait décidément le chic pour détruire

d'une phrase l'amorce de sympathie qu'il était parvenu à provoquer en elle, songea Riley.

— Tu te trompes sur moi, Wyatt : je n'ai besoin de personne pour me défendre. Si tu me dis quelque chose qui me déplaît — encore plus que d'habitude, s'entend —, je t'en informerai immédiatement, et directement.

Elle n'aurait pu en jurer, mais il lui sembla voir une lueur de respect passer dans le regard de son interlocuteur.

— Compris ! déclara-t-il avec un sourire charmeur. Et tu sais quoi ? Il se pourrait bien que ce jour marque le début d'une belle amitié.

— Non, il est trop tard pour ça : je te connais déjà.

— Jusqu'à aujourd'hui, tu me connaissais juste assez pour me saluer en me croisant dans un couloir, mais le fait d'être mon coéquipier t'en apprendra beaucoup plus sur moi, et créera un lien spécial entre nous, tu ne crois pas ?

C'était vrai, fut contrainte d'admettre Riley. Chacun d'eux allait devoir compter sur l'autre pour se sortir indemnes de situations périlleuses, et cela changerait complètement leurs relations.

Mais elle n'avait pas envie de lui donner ouvertement raison, aussi se borna-t-elle à souligner :

— Je ne suis pas ton coéquipier, Wyatt, mais ta coéquipière.

— J'ai décidé de ne pas te considérer comme une femme.

Cette réponse la prit au dépourvu. D'une part, Nick avait une réputation de coureur de jupons, et d'autre part, elle *était* une femme, alors comment pourrait-il s'empêcher de la voir comme telle ?

A moins que sa remarque ne soit le prélude à quelque plaisanterie de mauvais goût ? Dans cette hypothèse, mieux valait changer de sujet...

Ce fut cependant plus fort qu'elle.

— Et comment comptes-tu me considérer ?

— Comme un être asexué… Désolé, McIntyre, mais c'est le seul moyen pour que nous fassions du bon travail ensemble.

Cette fois, Riley retint sa langue, car elle n'avait qu'une chose à dire à Nick : que, dans tous les cas de figure, leur collaboration ne donnerait rien de bon. Tout leur était prétexte pour se chamailler, et jamais ils n'arriveraient à s'entendre. Elle n'avait malheureusement d'autre choix que de faire mauvaise fortune bon cœur en attendant d'être réintégrée dans la brigade criminelle.

Sur le point de redemander où elle devait s'asseoir, Riley décida au dernier moment de reformuler la question.

— Où est mon bureau, Wyatt ?

Il lui indiqua de la main la table placée en face de la sienne — et tout aussi encombrée. C'était sûrement celle qu'occupait Evans avant son départ, mais à y regarder de plus près, elle paraissait servir de bureau annexe à Nick : l'étiquette des dossiers éparpillés dessus portait une écriture qui ressemblait fort à celle du bloc-notes ouvert devant lui.

— Ces dossiers sont à toi ? dit Riley en les montrant du doigt.

— Oui. Je me suis un peu étalé… Tu sais ce que c'est…

— Non, je ne le sais pas !

Bien que le bureau de Sanchez et le sien aient été disposés de la même façon, Riley avait en effet toujours veillé à ne pas empiéter sur l'espace de travail de son coéquipier. Après la mort de ce dernier, elle avait mis ses affaires dans un carton et les avait apportées en personne à sa mère. Elle gardait de cette visite, qui s'était terminée dans les larmes, un souvenir poignant.

Nick haussa les épaules et entreprit de débarrasser la table d'Evans.

— Les choses ne fonctionnent peut-être pas exactement de la même manière ici qu'à la brigade criminelle, mais il va falloir que tu t'adaptes, McIntyre ! Tu peux cependant me faire confiance pour t'empêcher de commettre les erreurs qui t'attireraient les plus gros ennuis.

La confiance était la condition nécessaire à l'établissement de relations humaines harmonieuses. C'était aussi, malheureusement, une capacité que Riley avait le sentiment d'avoir perdue depuis la mort de Diego Sanchez : elle n'était pas sûre de pouvoir encore accorder sa confiance à quiconque en dehors des membres de sa famille. Elle n'était pas sûre, non plus, de pouvoir laisser quiconque lui faire de nouveau confiance.

Dans un cas comme dans l'autre, c'était un risque qui lui semblait trop élevé pour être pris.

3

Le lendemain matin, quand Riley arriva à la division des cambriolages pour sa première journée complète dans son nouveau poste, Nick brillait par son absence.

Elle pensa d'abord qu'il l'avait devancée et ne l'avait pas attendue pour partir enquêter sur le terrain… A moins qu'il ne soit allé chercher à la cafétéria une oreille compatissante pour se plaindre de la coéquipière qui lui avait été imposée.

Plus d'une heure s'écoula cependant sans qu'il donne le moindre signe de vie, et Riley commença de se poser des questions : était-il seulement venu au commissariat ce matin ?

Peut-être que non, car son ordinateur n'était pas allumé, alors qu'il l'était resté toute la journée précédente. Nick ne l'avait même pas éteint avant de se rendre avec Riley à l'autre bout de la ville pour interroger un prêteur sur gages victime d'un cambriolage.

Nick aurait-il décidé de prendre une journée de congé sans la prévenir ? s'interrogea-t-elle. Etait-ce sa façon à lui de protester contre l'obligation qui lui avait été faite de travailler avec elle ?

— McIntyre ! aboya soudain une voix dont l'écho se répercuta dans la salle tout entière.

Riley se retourna vivement. Barker se tenait sur le seuil de son bureau, le regard mauvais. Elle sauta sur ses pieds, prête à partir dans un sens ou dans l'autre selon qu'il lui demanderait de venir le rejoindre ou l'enverrait en mission quelque part.

— Oui, capitaine ?

Sa réactivité décrispa très légèrement le visage de Barker, mais cela ne dura pas longtemps : la seconde d'après, ses traits avaient repris leur dureté habituelle.

— Où est votre coéquipier, McIntyre ?

Comment aurait-elle pu le savoir ? faillit riposter Riley. Mais elle se retint et déclara à la place :

— Je l'ignore, capitaine. Il ne vous a pas appelé ?

Barker la considéra comme s'il estimait son intelligence inférieure à celle d'une amibe.

— Si Wyatt m'avait appelé, je saurais où il est, non ? J'ai une nouvelle affaire à vous confier, alors débrouillez-vous pour prendre contact avec lui, et dites-lui de se ramener fissa ! Ce n'est pas un club de loisirs, ici !

Si ça l'était, elle rendrait sa carte de membre à la seconde même, pensa-t-elle.

— Non, capitaine !

Barker pivota sur ses talons, mais il s'arrêta ensuite, se retourna et fusilla Riley du regard.

— « Non » quoi ? lui lança-t-il.

Bien que sa réponse ne prête guère à malentendu, elle se hâta de préciser :

— Non, ce n'est pas un club de loisirs, ici, et oui, capitaine, je vais me débrouiller pour prendre contact avec le lieutenant Wyatt.

— Je compte sur vous, McIntyre ! Que Wyatt joue les francs-tireurs ou ait oublié de mettre son réveil à sonner, il ne perd rien pour attendre ! grommela Barker avant de regagner son antre.

L'instinct de conservation et le désir de bien faire son travail se livrèrent alors un âpre combat dans l'esprit de

Riley, et ce fut le second qui finit par l'emporter. Elle traversa la salle et alla frapper à la porte du bureau bien que Barker l'ait laissée ouverte derrière lui.

— Euh… capitaine ?

— Qu'est-ce que vous fichez là, McIntyre ? grommela-t-il sans lever les yeux de l'écran de son ordinateur. Il me semble vous avoir ordonné de retrouver Wyatt !

— Oui, capitaine, mais pour démarrer ensuite l'enquête, j'ai besoin d'un minimum d'informations sur ce cambriolage, à commencer par l'endroit où il s'est produit…

L'adresse que Barker daigna lui indiquer était située dans un quartier résidentiel de la ville assez proche du sien, nota Riley.

— Le mode opératoire est le même que celui d'une affaire sur laquelle Wyatt a travaillé le mois dernier, ajouta Barker. Elle n'est toujours pas résolue, et je vous conseille de profiter de celle-là pour boucler le dossier !

Il ne s'agissait visiblement pas d'un simple conseil, mais plutôt d'une sommation.

Riley se rendit dans le bureau de Virginia McKee, la secrétaire en chef du service, pour obtenir l'adresse et le numéro de téléphone de son coéquipier. Virginia les écrivit sur un morceau de papier, qu'elle lui tendit en déclarant avec un clin d'œil complice :

— Profitez-en bien !

— Ma démarche n'a rien de personnel, protesta Riley. Si je vous ai demandé les coordonnées du lieutenant Wyatt, c'est uniquement parce qu'il n'est pas venu ce matin au commissariat et que le capitaine Barker le cherche.

— Peut-être, mais tout le monde n'a pas la chance de

passer ses journées avec le beau Nick — c'est comme ça qu'on appelle le lieutenant Wyatt, les autres secrétaires et moi.

Agacée dans un premier temps par cette confidence, Riley se dit ensuite qu'elle avait besoin d'alliés dans la place. Depuis la mort de Sanchez, elle n'était guère d'humeur sociable, mais son séjour dans la division des cambriolages deviendrait un véritable enfer si elle ne faisait pas l'effort de se montrer aimable.

Ce devait être le but de son beau-père en la changeant de service, comprit-elle alors. La nécessité de s'adapter à une situation et à un environnement nouveaux obligeait à sortir de soi-même et permettait de prendre du recul par rapport à ses propres problèmes.

— Je reconnais que le lieutenant Wyatt est très séduisant, déclara-t-elle donc en se forçant à sourire.

— Et il a des qualités dont la décence m'interdit de parler !

Cela signifiait que Nick avait eu une aventure avec Virginia McKee, mais Riley n'en fut pas autrement surprise : elle se souvenait de lui, à l'école de police, comme d'un homme qui multipliait les conquêtes. Il n'avait même que l'embarras du choix : il lui suffisait de manifester un minimum d'intérêt à une femme pour qu'elle lui tombe dans les bras.

Les don Juan n'attiraient cependant pas plus Riley aujourd'hui qu'autrefois.

Elle quitta la secrétaire sur un dernier sourire et, au lieu de retourner à son bureau pour téléphoner, elle s'arrêta dans le couloir et composa sur son portable le numéro du domicile de son coéquipier.

Cinq sonneries, puis le répondeur s'enclencha. Riley fronça les sourcils. Nick avait-il décidé de faire le mort ?

— McIntyre, à l'appareil ! dit-elle après le bip sonore.

Le capitaine veut savoir où tu es, et je te conseille de venir me rejoindre au commissariat dès que tu auras eu ce message, sinon tu vas au-devant de graves…

Sa phrase resta en suspens : le déclic indiquant que le combiné avait été décroché, à l'autre bout du fil, venait de retentir dans le haut-parleur.

— Wyatt ?

— Oui.

— Mais qu'est-ce que tu fabriques ? Tu as trop fait la fête la nuit dernière et tu ne t'es pas réveillé ?

— Non, ce n'est pas ça, mais je n'irai quand même pas travailler aujourd'hui. Dis à Barker que je suis malade.

— C'est vrai que tu as une drôle de voix… Qu'est-ce qui t'arrive ?

— Je n'ai jamais été aussi mal de toute mon existence.

Cette réponse était si vague que Riley se demanda si Nick ne jouait pas la comédie. D'un autre côté, elle savait qu'il vivait seul, alors s'il était réellement malade, et au point de ne pas pouvoir sortir de chez lui, il avait besoin de quelqu'un pour aller lui acheter des médicaments… Et c'était à elle, sa coéquipière, de s'en occuper.

— Tu as la grippe ? insista-t-elle.

— Non.

Comme tous les ans à la mi-octobre, les vents de Santa Ana chargeaient l'air de pollens qui faisaient éternuer et larmoyer la moitié de la population de Californie. Le coéquipier que Riley avait eu avant Diego Sanchez, par exemple, passait tout l'automne et le début de l'hiver avec une boîte de mouchoirs à portée immédiate de sa main. Peut-être Nick souffrait-il d'allergies, lui aussi ?

— Tu as le rhume des foins ?

— Non.

— Alors qu'est-ce que tu as ? s'écria la jeune femme, à bout de patience.

— Un gros problème.

— Mais encore ?

— Je n'ai pas le temps de t'expliquer. On se voit demain.

Un nouveau déclic retentit. Nick avait raccroché.

Après avoir reposé le combiné sur son support, Nick jeta un regard en coin à la fillette assise dans son canapé. Elle regardait l'émission éducative qu'il avait fini par trouver en zappant d'une chaîne de télévision à l'autre. Elle feignait de s'y intéresser, mais il la soupçonnait de n'avoir rien à apprendre des petits personnages à poils et à plumes qui s'agitaient sur l'écran.

C'était la première fois de toute sa vie qu'il avait le sentiment d'être dépassé par les événements. Même pendant son adolescence, période de doute et de désarroi s'il en était, jamais il ne s'était senti aussi désemparé.

Qu'allait-il faire ? Rien ne l'avait préparé à « ça »... Il n'avait cependant d'autre choix, à présent, que d'assumer ses responsabilités.

Il s'efforça de maîtriser sa panique et de réfléchir, mais au lieu d'une solution à son problème, tout ce qui lui vint à l'esprit fut le souvenir du moment où il avait appris la terrifiante nouvelle.

Il était père !

A son âge, la plupart des hommes avaient déjà fondé une famille, et Nick avait toujours pensé qu'il aurait un jour des enfants — mais pas avant de s'y sentir prêt, et il lui fallait de toute façon commencer par trouver la femme qui lui donnerait envie de se fixer.

Le sort en avait néanmoins décidé autrement : il avait engendré une fille, sans l'avoir voulu, sans même le savoir.

Jusqu'à aujourd'hui.

Quelqu'un avait sonné à sa porte, ce matin, alors qu'il finissait de se raser, et la certitude lui était venue que c'était Riley McIntyre. Il pouvait s'agir de n'importe qui d'autre, et pourtant, bizarrement, c'était à elle qu'il avait immédiatement songé.

Quelle que soit la raison de cette conviction, il aurait eu tort de parier de l'argent dessus, car en ouvrant la porte, il s'était trouvé devant une parfaite inconnue. Elle tenait par la main une petite fille aux cheveux blonds et aux yeux bleus, dont il avait vaguement noté l'absence totale de ressemblance avec la femme très brune qui l'accompagnait.

— Je crois que vous vous êtes trompée d'appartement, avait-il déclaré à cette dernière.

— Vous êtes le lieutenant Wyatt ?

— Oui…

Ses années de métier dans la police lui avaient appris à se méfier de ce genre de visite inattendue : les gens n'étaient pas toujours aussi inoffensifs qu'ils le paraissaient, et si, dans ce cas précis, il avait affaire à une déséquilibrée, les choses pouvaient mal tourner.

— *Nick* Wyatt ?

— Oui… On se connaît ?

Question rhétorique, car il se targuait de ne jamais oublier un visage.

— Non, mais vous avez connu — au sens biblique du terme — Andrea Coltrane, la mère de cette petite fille.

Nick avait également une excellente mémoire des noms, et celui-ci lui évoqua aussitôt des souvenirs qui défilèrent dans son esprit à la manière d'une projection de diapositives.

Blonde aux formes sculpturales, avocate fiscaliste de son état, Andrea cachait sous des dehors froids un tempérament de feu qui avait très vite donné envie à

Nick de nouer avec elle une relation durable… Mais il n'en avait pas eu la possibilité.

De façon inexplicable, elle s'était brusquement montrée distante avec lui, et puis, un beau jour, elle avait complètement disparu de sa vie. Il l'avait appelée trois fois. Les deux premières, il était tombé sur un répondeur, avait laissé un message demandant à Andrea de le rappeler… et attendu en vain qu'elle le fasse. La troisième fois, une voix métallique l'avait informé que le numéro qu'il avait composé n'était plus attribué.

Une petite enquête lui ayant appris qu'Andrea avait de surcroît déménagé, il s'était résigné à considérer leur histoire comme terminée. Pendant qu'ils sortaient ensemble, elle lui avait dit qu'elle ne laisserait jamais rien ni personne restreindre sa liberté ni freiner sa carrière… C'était une femme très indépendante, et il avait pensé qu'elle avait eu peur, si leur relation devenait plus sérieuse, de perdre une partie du contrôle de sa vie.

Cette petite fille blonde aurait-elle obligé Andrea à redéfinir ses priorités ?

Nick s'était posé la question en notant — bien que tardivement — la ressemblance entre les deux.

— Où est Andrea ? demanda-t-il ensuite, gagné par une sourde appréhension.

Au lieu de répondre, sa visiteuse lui tendit une grande enveloppe en papier kraft.

— Le contenu de ce pli vous expliquera tout, indiqua-t-elle.

Puis, sans lâcher la main de la fillette, elle entra dans l'appartement et reprit :

— Je m'appelle Carole Gilbert, et je travaillais avec Andrea depuis cinq ans.

Cet emploi du passé fit monter de plusieurs crans l'inquiétude de Nick. Son instinct lui disait que la séparation de ces deux femmes n'était pas simplement due à un nouveau déménagement.

— Qu'y a-t-il dans cette enveloppe ? demanda-t-il sur un ton méfiant.

— Je vous laisse le découvrir par vous-même, mais au cas où n'auriez encore aucune idée de la raison de ma présence ici, je vais vous éclairer sans plus attendre… Je vous présente Lisa, votre fille. Elle a six ans.

Carole se pencha vers l'enfant et lui déclara d'une voix douce :

— Dis bonjour à ton père, ma chérie.

Des yeux pervenche — la même couleur que ceux d'Andrea — se posèrent sur Nick, et d'une jolie petite bouche en forme de cœur sortit un « bonjour » ponctué d'un sourire timide.

Foudroyé par la nouvelle de sa paternité, Nick ne put émettre le moindre son, et cela valait mieux, car si la stupeur ne l'avait rendu muet, c'est un cri de consternation qui lui aurait échappé.

Lorsqu'il se fut un peu ressaisi, et bien que sa visiteuse soit visiblement pressée de partir, il parvint à la convaincre de rester, le temps qu'il prenne connaissance du contenu de l'enveloppe.

Il s'agissait d'une lettre et d'un testament, qu'il lut et relut avant de bombarder Carole Gilbert de questions tout en s'efforçant de contrôler le flot d'émotions qui l'agitait.

Andrea, tuée la semaine précédente par un conducteur ivre, avait laissé des instructions très précises concernant la personne qui devrait s'occuper de sa fille si jamais elle mourait prématurément. N'ayant ni frère ni sœur, et ses parents étant tous les deux décédés, elle avait désigné Nick pour remplir cette mission.

La date de naissance indiquée dans sa lettre prouvait que la fillette avait été conçue pendant les deux mois qu'avait duré leur liaison. Quand elle avait découvert sa grossesse, Andrea avait décidé d'élever seule son enfant, et elle avait quitté Nick sans un mot d'explication afin d'éviter toute discussion à ce sujet.

« Il ne faut pas m'en vouloir, Nick, disait-elle dans sa lettre. C'est juste qu'à l'époque, tu ne me semblais pas avoir l'étoffe d'un père. Mais puisque tu lis ceci, les circonstances t'obligent à en devenir un à part entière. Lisa est une petite fille merveilleuse, extraordinairement intelligente — avec nous comme parents, comment pourrait-elle ne pas l'être ? —, qui a aujourd'hui besoin de ton amour et de ton soutien. Prends bien soin d'elle. Il te faudra peut-être du temps pour t'en rendre compte, mais tu seras récompensé au centuple des quelques sacrifices que sa présence dans ta vie t'imposera. »

En repliant la lettre, Nick s'était demandé s'il n'était pas en train de faire un cauchemar, s'il n'allait pas se réveiller tout d'un coup et pousser un soupir de soulagement en retrouvant une réalité où rien n'avait changé depuis la veille.

Mais la petite fille aux yeux pervenche, *sa* fille, était bien là, qui fixait sur lui un regard grave…

Après avoir répondu à toutes ses questions, Carole Gilbert était allée chercher la valise de Lisa dans sa voiture. Nick avait insisté pour qu'elle lui donne son numéro de téléphone, et fini par obtenir celui de son travail. Cela signifiait qu'il ne pourrait la joindre qu'aux heures de bureau, mais c'était toujours ça.

Elle était ensuite partie, et il était resté seul avec une enfant de six ans qu'il ne connaissait pas et à qui il n'avait rien à dire. Il savait s'y prendre avec les femmes, mais seulement avec celles qui avaient plus de vingt et un ans.

A moins d'un miracle, cependant, il allait devoir

apprendre les mots et les gestes prescrits par sa condition de père…

Et vite.

Depuis une heure, Nick ne pouvait se défaire du sentiment que c'était lui l'enfant, et Lisa, l'adulte. Comme pour éviter de le contrarier, elle avait gentiment acquiescé à toutes ses suggestions — un petit déjeuner composé d'un simple bol de céréales accompagné de jus d'orange, parce qu'il était à peu près sûr que les enfants de six ans ne buvaient pas de café, puis une séance de télévision dont il ne l'avait pas laissée choisir le programme.

Un programme qu'elle regardait maintenant assise, les mains sagement croisées sur ses genoux et le dos bien droit, alors que lui, même aujourd'hui, avait tendance à regarder la télévision affalé dans le canapé.

Quand la sonnette retentit de nouveau, un élan d'espoir le souleva. Il se dit que Carole Gilbert avait changé d'avis, qu'après mûre réflexion, elle avait jugé préférable pour tout le monde de recueillir Lisa au lieu de la confier à un père visiblement incompétent.

Ce fut donc en courant qu'il alla ouvrir la porte.

Une cruelle déception l'attendait.

— Ah ! c'est toi…, marmonna-t-il, si désemparé qu'il en oublia de s'écarter pour permettre à Riley d'entrer.

— Tu peux annuler la fanfare et les majorettes, Wyatt ! s'écria-t-elle. La chaleur de ton accueil me suffit pour mesurer à quel point tu es heureux de me voir.

— Qu'est-ce que tu fais là ?

— Je viens prendre de tes nouvelles, et tenter de te remettre suffisamment vite sur pied pour que tu puisses travailler aujourd'hui. Barker est furieux contre toi, et il nous a mis sur une nouvelle affaire. Si tu me laisses m'en occuper seule, il risque de te virer !

Nick réfléchit. L'humeur de son capitaine était en cet instant précis le cadet de ses soucis, mais il avait plus que jamais besoin de gagner sa vie… Il avait maintenant une fille à charge, avec tous les frais de nourriture et d'habillement que cela impliquait, sans parler des économies qu'il lui faudrait faire pour financer ses études supérieures. D'après Andrea, elle était extraordinairement intelligente, alors peut-être les plus grandes universités du pays se battraient-elles pour lui offrir une bourse, le moment venu, mais les mères n'étaient pas connues pour porter des jugements objectifs sur leurs enfants.

— Wyatt ?

Arraché à ses pensées, Nick reporta son attention sur Riley.

— Qu'est-ce que tu as dit à Barker ? demanda-t-il.

— Que tu étais allé interroger chez lui un suspect dans l'affaire du prêteur sur gages, et que je partais te rejoindre là-bas pour t'informer qu'il avait confié ce dossier à une autre équipe. Il veut que nous enquêtions sur un cambriolage commis la nuit dernière, mais que les victimes ont signalé seulement ce matin. Le mode opératoire est apparemment le même que celui d'un vol datant d'un mois et dont tu n'as toujours pas retrouvé les auteurs.

— Ça me paraît intéressant, mais…

— Mais quoi ? Tu ne te sens pas assez bien pour sortir ? Tu veux que j'aille t'acheter des médicaments ?

— Non.

— Alors quel est le « gros problème » dont tu m'as parlé au téléphone ?

— C'est compliqué…

Inquiète mais agacée par les réponses évasives de

son copéquipier, Riley l'écarta sans douceur et entra dans l'appartement. Si elle devait passer des heures à essayer de lui tirer les vers du nez, elle préférait le faire confortablement assise que plantée sur son paillasson.

Il referma la porte derrière elle, la précéda dans le vestibule, et elle s'apprêtait à lui redemander la raison de son absence au commissariat quand la vue de la petite fille blonde installée dans le canapé du séjour, une valise à ses pieds, lui fournit l'explication qu'elle attendait.

4

Le regard de Riley alla de la fillette à Nick, puis se posa de nouveau sur la dernière personne qu'elle s'attendait à trouver là.

Le mélange de surprise et d'incrédulité dont la présence de cette petite fille chez son coéquipier la remplissait ne l'empêcha pas de lui adresser un grand sourire. Grâce au mariage de sa mère avec Brian Cavanaugh, elle avait maintenant toute une ribambelle de neveux et de nièces par alliance, ce qui la ravissait car elle adorait les enfants : ils incarnaient une innocence que la vie se chargerait toujours trop tôt de leur faire perdre.

Elle s'avança dans la pièce et se dirigea vers l'enfant.

— Bonjour ! dit-elle. Je m'appelle Riley... Et toi, quel est ton nom ?

— Lisa.

— C'est ta nièce ? demanda-t-elle à Nick, qui l'avait suivie.

— Je vais t'expliquer... Allons dans la cuisine !

Il la prit par le bras et l'entraîna vers une porte, au fond du séjour. Mais au moment où ils la franchissaient, la voix de Lisa s'éleva, derrière eux :

— Je suis sa fille.

Elle s'était exprimée sans que le moindre défaut d'élocution rende sa phrase difficile à comprendre. Elle avait au contraire une diction parfaite, de celles qui, chez une enfant aussi jeune, étaient le signe d'une étonnante précocité. Riley fut cependant tellement déconcertée par sa déclaration qu'elle s'arrêta net et leva les yeux vers Nick.

— J'ai mal entendu, ou Lisa vient-elle de dire que…

— Oui.

— Lisa est vraiment ta fille ? insista-t-elle, tant cela lui paraissait incroyable.

— Oui !

Les effectifs du commissariat avaient grossi au cours des quelques années précédentes, mais les officiers de police judiciaire y étaient moins nombreux que les agents en uniforme. Ils formaient un groupe soudé, où les changements dans la vie de chacun finissaient immanquablement par être connus de tous.

Alors comment se faisait-il qu'elle n'ait jamais entendu parler de Nick Wyatt que comme d'un célibataire libre de toute attache ? songea Riley.

— Quel âge a Lisa ? lui demanda-t-elle.

Avant de répondre, il la poussa dans la cuisine et referma la porte derrière eux.

— Six ans.

La jeune femme l'observa en silence. Il avait l'air secoué. Ils n'avaient pas eu beaucoup de contacts, depuis l'école de police, mais autant qu'elle s'en souvienne, c'était la première fois qu'elle le voyait mal à l'aise.

— Mais je ne la connais que depuis environ deux heures, ajouta-t-il.

Ce genre de chose arrivait, Riley le savait, mais elle avait du mal à le concevoir.

— Tu veux dire que sa mère, après t'avoir caché l'existence de Lisa pendant tout ce temps, l'a déposée ce matin chez toi comme un paquet ? s'exclama-t-elle.

— Non. Elle… elle est morte dans un accident de voiture la semaine dernière.

— Morte ? Mais alors, comment Lisa…

— C'est une amie d'Andrea qui me l'a amenée, avec une lettre d'explication et une copie de son testament, qui me confie la garde de notre fille au cas où elle mourrait prématurément.

— Cette Andrea était donc ta…

Faute de savoir quel terme employer, Riley laissa sa phrase en suspens.

— Andrea n'était « ma » rien du tout ! protesta Nick avec véhémence. Notre relation a duré à peine deux mois, et ensuite, je n'ai plus jamais eu de ses nouvelles. Jusqu'à aujourd'hui, tout du moins…

Riley comprenait à présent pourquoi cet homme d'habitude si sûr de lui était soudain tellement désemparé : il venait d'apprendre à la fois qu'il était père, et que la mère de son enfant n'était plus de ce monde.

Toutes sortes de pensées se mirent à tourbillonner dans son esprit, et l'une d'elles finit par la pousser à déclarer :

— Tu vas peut-être m'accuser de me mêler de ce qui ne me regarde pas, mais Lisa ne te ressemble pas du tout… Tu es certain qu'elle est de toi ?

— Je n'ai pas besoin d'un test de paternité pour m'en assurer. Le fait qu'Andrea ait décidé de me confier Lisa s'il lui arrivait malheur suffit à le prouver : elle n'a… n'avait aucune raison de mentir… C'est bizarre, mais même après tout ce temps, j'ai du mal à parler d'elle à l'imparfait… Cependant je m'explique mieux, maintenant, ce qui s'est passé.

— A savoir ?

— Eh bien, un jour, j'allais lui proposer d'apporter une partie de ses affaires chez moi, pour plus de commodité, et le lendemain, pfft… ! Elle était partie !

— Alors que tu étais prêt à lui libérer un tiroir de ta commode et quelques cintres dans ta penderie ? Cette femme ne mesurait pas la chance qu'elle avait !

— Epargne-moi tes sarcasmes, McIntyre !

— Oui, excuse-moi. Tu as essayé de la retrouver, après sa disparition ?

— Oui.

— Mais tu n'as pas fait assez d'efforts, visiblement !

Voyant que sa remarque heurtait Nick, Riley jugea utile de préciser sa pensée :

— En tant que lieutenant de police, tu as en matière de recherches une expérience et des moyens dont tout le monde ne dispose pas, et qui auraient dû te permettre de retrouver la trace d'Andrea.

— Après avoir découvert qu'elle avait changé de numéro de téléphone et déménagé, j'ai décidé de la laisser tranquille. J'aurais pu mener l'enquête jusqu'au bout, et je regrette aujourd'hui de ne pas l'avoir fait, mais à l'époque, j'ai préféré ne pas insister : Andrea m'avait quitté, et j'en étais profondément affecté parce que je tenais à elle, mais je ne voulais pas avoir l'air de la traquer.

— Tu n'avais pas envie de connaître la raison de son brusque départ ?

— Je me suis dit qu'elle avait eu peur.

— Peur de quoi ?

— De s'engager.

La moue sceptique que Riley esquissa lui valut un regard noir.

— Il n'y a pas que les hommes que l'idée de perdre leur liberté angoisse ! s'écria Nick, sur la défensive. Andrea était une femme très indépendante et, faute de savoir la vérité, je n'ai pas trouvé d'autre explication à ce qui ressemblait à une fuite.

Riley finit par admettre qu'il avait raison. Sa propre sœur, Taylor, n'avait-elle pas refusé toute forme d'engagement jusqu'à ce qu'un beau détective privé croise son chemin et lui fasse découvrir le grand amour ? Et maintenant, elle ne pouvait imaginer de vivre sans lui.

— Tu t'es donc résigné à tirer un trait sur votre histoire ? observa Riley.

— Oui. Les mesures radicales qu'Andrea avait prises pour m'empêcher de la retrouver signifiaient clairement que, pour elle, tout était terminé entre nous. Je n'avais aucune chance de la convaincre de me revenir, et jusqu'à ce matin, elle appartenait à un passé depuis longtemps révolu. Je ne pouvais pas me douter que ce passé me rattraperait un jour sous la forme d'une petite fille qui, aussi mignonne soit-elle, me met dans une situation impossible !

— Comment vas-tu te débrouiller ?

— Je n'en sais foutre rien ! Et en plus des problèmes matériels que me pose sa brusque arrivée dans ma vie, il y a celui de mon manque total d'expérience des enfants : j'ignore tout de la façon de les éduquer.

— Tu devrais commencer par bannir les gros mots quand Lisa est dans les parages.

— J'ai fermé la porte. Elle ne peut pas m'entendre.

— Efforce-toi quand même de surveiller ton langage, à titre d'entraînement. Quant aux problèmes matériels dont tu parles, le plus urgent est la garde de Lisa pendant que tu travailles : il faut que tu trouves quelqu'un à qui la confier.

— Je ne connais personne en dehors du commissariat.

— Tu n'as pas de famille ?

— Juste un père, qui vit en Arizona. C'est un peu loin pour faire la navette tous les jours…

— Attends, j'ai une idée !

Riley sortit son portable de son sac et composa un numéro.

— Qui appelles-tu ? déclara Nick.

Elle leva la main pour lui imposer silence : la femme de son demi-frère venait de décrocher.

— Brenda ? Riley, à l'appareil… Ecoute, j'ai un grand service à te demander — au pied levé, et je m'en excuse, mais voilà : mon coéquipier a besoin de quelqu'un pour garder sa fille jusqu'à ce soir. Elle vient de lui être confiée à la suite du brusque décès de sa mère.

— La pauvre petite ! s'exclama Brenda. Quel âge a-t-elle ?

— Six ans.

— Et tu veux que je la prenne en charge aujourd'hui ? Je le ferai bien volontiers, naturellement !

— Merci, tu es un amour ! On sera chez toi dans une demi-heure, dit Riley avant de couper la communication.

— Qui est cette Brenda ? la questionna aussitôt Nick.

— L'une des belles-filles de Cavanaugh. Elle travaille à domicile, pour pouvoir passer le plus de temps possible avec ses enfants, et c'est une personne de confiance : avant, elle était enseignante. On va lui confier Lisa pour la journée, et ainsi, non seulement tu éviteras les foudres de Barker, mais tu auras le loisir de réfléchir calmement à la façon dont tu t'organiseras par la suite.

— Calmement ? répéta Nick en secouant la tête d'un air désabusé. Je doute d'arriver à recouvrer mon calme avant douze ans au moins ! Et ça m'ennuie de me faire dépanner par un membre de la famille Cavanaugh… Il vaut peut-être mieux que j'en revienne à ma décision de ne pas travailler aujourd'hui.

Agacée de le voir refuser la solution qu'elle s'était arrangée pour lui trouver, Riley ressortit son portable.

— Tu veux que je rappelle Brenda pour dire que tu as changé d'avis ?

— Ce que je voudrais, c'est que tu me ramènes six ans en arrière et que tu m'empêches par tous les moyens d'aller boire un verre chez Malone.

— C'est là que tu as rencontré Andrea ?

— Oui. Elle y était venue fêter avec des amis sa victoire dans un gros procès.

— Deux rectifications, Wyatt ! Primo, c'est presque sept ans en arrière que je devrais te ramener : une grossesse dure neuf mois, au cas où tu ne le saurais pas… Secundo, les voyages dans le temps n'entrent pas dans mes attributions.

Riley attendit la réponse de Nick à sa première question, mais il resta muet. Il avait l'air sonné… La nouvelle de sa paternité lui avait fait l'effet d'une bombe, et il était encore sous le choc.

— Allô, ici la Terre ! dit-elle en agitant la main devant le visage de Nick ? Allô, Wyatt ! Tu m'entends ?

Il l'attrapa par le poignet et l'obligea à baisser son bras.

— Quoi ? grommela-t-il.

— Tu veux qu'on conduise ta fille chez Brenda, ou non ?

— Oui, je crois que tu as raison, finalement… Je ne peux pas me permettre de m'attirer des ennuis avec Barker. Ton idée ne résout le problème que pour aujourd'hui, mais c'est déjà ça.

— Très bien !

Après avoir remis son portable dans son sac, Riley regagna le séjour et annonça à Lisa :

— On va t'emmener chez une gentille dame, ma puce. Elle s'appelle Brenda. Brenda Cavanaugh.

Nick l'avait suivie, et la fillette se leva sans le quitter des yeux.

— Ce sera ma nouvelle maison ? lui demanda-t-elle. Tu ne veux pas de moi ?

Son menton tremblait légèrement, et le cœur de Riley se serra.

— Rassure-toi, ma puce, déclara-t-elle sans laisser à Nick le temps d'ouvrir la bouche. Ton père reviendra te chercher là-bas ce soir. Là, il faut qu'il aille travailler — il est policier —, mais il est très content de t'accueillir chez lui.

Puis elle se tourna vers l'intéressé et ajouta en détachant bien chaque syllabe :

— N'est-ce pas, lieutenant ?

Nick se borna à hocher la tête. Il avait de nouveau l'air en état de choc.

— Wyatt ? reprit Riley, inquiète.

— Oui… Je… je vais faire chauffer le moteur de la voiture.

S'il avait gelé dehors, Riley aurait compris, mais la température extérieure avoisinait les vingt-cinq degrés… Elle s'abstint cependant de tout commentaire et reporta son attention sur Lisa.

— Il y a quelque chose dans ta valise que tu aimerais prendre avec toi ? lui demanda-t-elle d'une voix douce.

— Je vais passer juste la journée chez cette dame, c'est bien vrai ?

La jeune femme nota de nouveau la diction parfaite de la fillette, et elle trouva brillantes d'intelligence les prunelles bleues qui la fixaient.

— Oui, tu reviendras ici ce soir, je te le promets.

— A quelle heure ?

Cette enfant qui venait de perdre sa mère avait besoin de points de repère, comprit Riley. Les policiers avaient théoriquement des horaires de travail fixes, mais il n'était pas rare qu'une enquête les appelle ou les retienne sur le terrain en dehors de ce cadre. Si ce cambriolage avait été signalé la nuit dernière, par exemple, Nick et elle auraient été immédiatement envoyés sur les lieux. Et elle avait pour principe de ne jamais mentir à un enfant.

— Je ne peux pas te donner une heure précise, répondit-elle, mais ton père fera tout son possible pour rentrer tôt du travail.

A sa grande consternation, elle vit alors les yeux de Lisa se remplir de larmes.

— Qu'y a-t-il, ma puce ?

— C'est ce que maman m'avait dit avant de partir, et elle n'est jamais revenue.

Bouleversée, Riley s'accroupit et prit la fillette dans ses bras. Elle la sentit se raidir, puis se détendre peu à peu, et se serrer finalement contre elle.

La pauvre petite n'avait pas seulement besoin d'être rassurée : elle avait aussi et surtout besoin de tendresse.

— Ta maman ne t'a pas abandonnée, expliqua Riley en lui caressant doucement les cheveux. Elle serait revenue, comme les autres jours, si elle l'avait pu, mais elle a eu un accident de voiture.

Lisa leva la tête et demanda d'une voix étranglée :

— Je te reverrai, après ?

— Oui, bien sûr ! Ton père et moi travaillons ensemble, nous avons donc les mêmes horaires, et je serai libre en même temps que lui pour passer du temps avec toi.

Cette réponse parut satisfaire la fillette : elle laissa Riley lui prendre la main et l'emmener rejoindre Nick au-dehors.

Une fois chez Brenda, cependant, l'inquiétude se lut de nouveau sur le petit visage de Lisa. Visiblement impatient de partir, Nick lui dit rapidement au revoir sur le perron, et elle avait l'air si perdue, si malheureuse, que Riley se pencha pour l'embrasser.

— Je te reverrai, après ? lui redemanda alors la fillette.

— Oui, je t'ai déjà expliqué que…

La jeune femme ne termina pas sa phrase. Un doute l'avait brusquement saisie, et elle enchaîna :

— Qu'entends-tu par « après » ?

— Eh bien, ce soir… Tu viendras me chercher avec mon père, quand vous aurez fini de travailler ?

Prise au dépourvu, Riley échangea un regard avec Nick, mais le moment était mal choisi pour s'engager avec lui dans un débat sur la place qu'elle allait — ou non — occuper dans sa nouvelle vie.

— Oui, nous viendrons tous les deux te chercher ce soir, répondit-elle donc.

Les traits de la fillette se détendirent, et Brenda lui déclara en passant un bras autour de ses frêles épaules :

— Viens, ma chérie ! Je vais te présenter à mes enfants, et tu pourras ensuite aller jouer avec eux.

Lisa ne résista pas, mais elle ne cessa de tourner la tête vers le perron jusqu'à ce que Nick referme la porte d'entrée d'un geste dont la brusquerie choqua Riley : comment pouvait-il manquer à ce point de compréhension envers une petite fille traumatisée par la mort de sa mère ?

Il poussa ensuite un long soupir, comme s'il retenait sa respiration depuis leur arrivée chez Brenda.

— On dirait que Lisa s'est déjà attachée à toi, remarqua-t-il.

Etait-ce une lueur de soulagement que Riley vit briller dans ses yeux ?

— Si sa mère n'a jamais été mariée, ta fille se sent

probablement plus à l'aise avec les femmes qu'avec les hommes, souligna-t-elle.

— Génial…, marmonna Nick.

— Je suis sûre que tu te montreras à la hauteur. Lisa est un peu plus jeune que tes conquêtes habituelles, mais ton charme finira par agir. Je sais que tu n'as d'ordinaire aucun effort à fournir pour que les femmes se jettent à ton cou, et là, tu vas devoir en faire quelques-uns, mais le jeu en vaut la chandelle, non ?

Le ton taquin que Riley avait adopté pour essayer de détendre Nick ne produisant aucun effet, ce fut avec une réelle inquiétude dans la voix qu'elle reprit :

— Qu'y a-t-il ?

— Il y a que je me sens incapable de tenir mon rôle de père.

— C'est le cas de quatre-vingt-dix pour cent des hommes, au début.

— Peut-être, mais ils ont eu neuf mois, eux, pour s'y préparer… Moi, je n'ai même pas eu neuf secondes !

— Tu apprends vite, si j'ai bonne mémoire… Je te parie que, dans deux semaines, Lisa et toi vous entendrez à merveille !

Riley se voulait rassurante, mais c'était la première fois qu'elle voyait Nick aussi perturbé.

Ils étaient maintenant arrivés à sa voiture, et il tendit la main pour ouvrir la portière du passager à la jeune femme, mais il ne termina pas son geste.

— Je n'ai encore jamais dit ça à personne…, commença-t-il.

La confidence qu'il s'apprêtait à faire devait lui demander plus de courage qu'il n'avait réussi à en rassembler, car il s'arrêta net.

— Continue ! le pressa Riley.

— Je n'ai encore jamais dit ça à personne, répéta-t-il comme pour prendre son élan, mais je vais avoir besoin d'aide.

Il s'interrompit de nouveau, et inspira à fond avant de préciser :

— Je vais avoir besoin de toi, McIntyre.

5

En entendant Nick dire qu'il avait besoin d'elle, Riley donna à son aveu une interprétation qui n'avait rien à voir avec l'arrivée soudaine de Lisa dans sa vie. Cela ne dura qu'une fraction de seconde, et pourtant elle ne put s'empêcher de demander :

— Besoin de moi pour quoi ?

— Pour m'aider à résoudre les difficultés que me créent mes responsabilités de père.

La jeune femme se traita intérieurement d'idiote : pourquoi avait-elle posé une question dont la réponse était aussi évidente ? Elle avait manqué là une belle occasion de se taire !

— Il me semble l'avoir déjà fait, souligna-t-elle en s'efforçant de parler sur un ton dégagé. N'est-ce pas moi qui t'ai trouvé une baby-sitter pour aujourd'hui ?

Et à plus long terme, songea-t-elle ensuite, Brenda accepterait peut-être de garder Lisa le soir, les jours où Nick rentrerait trop tard du travail pour aller la chercher à la sortie de l'école.

L'école…

A six ans, la fillette devait être scolarisée, et ce nouveau problème, auquel Riley n'avait pas encore pensé — et Nick non plus, selon toute vraisemblance —, chassa le trouble étrange qui l'avait envahie.

Les complications causées par son brusque passage

du statut de célibataire sans attaches à celui de père continuaient de tourmenter Nick au point qu'il oublia de monter dans sa voiture pour aller enquêter sur le cambriolage de la nuit précédente.

— Oui, tu m'as rendu un grand service, déclara-t-il, et je t'en suis reconnaissant.

— Je me demandais quand tu te déciderais à me remercier !

Nick faillit pousser un soupir agacé, mais il le réprima à la dernière seconde : mieux valait ne rien faire ni dire qui pourrait lui aliéner Riley. Il avait trop besoin d'elle.

— Mais nous ne sommes pas dans un film où les situations les plus complexes s'arrangent comme par enchantement au bout de deux heures seulement, enchaîna-t-il, et où le générique de fin défile au son d'une musique joyeuse. Là, nous sommes dans la vraie vie !

Et il s'agissait de *sa* vie, même s'il ne comprenait pas ce qui lui arrivait, car il avait toujours pris des précautions. Mais aucune méthode contraceptive n'était fiable à cent pour cent, apparemment…

— Et la solution que tu m'as trouvée ne règle la question que pour aujourd'hui, conclut-il. Comment vais-je me débrouiller demain, et les autres jours ?

— Tu n'as pas en ce moment une petite amie qui verrait dans la garde de ta fille un moyen de te retenir ?

— Non. Je suis entre deux aventures sans lendemain.

— Ce n'est pas moi qui l'ai dit, tu remarqueras !

— Mais je t'ai ôté les mots de la bouche, j'en suis certain… Maintenant, McIntyre, j'ai besoin de savoir si tu peux m'aider à résoudre de façon durable le problème que me pose Lisa.

— Si tu veux que je la prenne en charge à ta place sous prétexte qu'elle semble me préférer à toi, la réponse est non. J'accepte de venir chez toi le soir pendant une semaine ou deux, afin de te faciliter les choses, mais il faut que tu sois là, toi aussi : pour que vous vous habituiez l'un à l'autre, tous les deux, il faut que vous passiez le plus de temps possible ensemble.

Cette fois, Nick ne put s'empêcher de soupirer. Il releva d'une main nerveuse une mèche que le vent avait fait tomber sur son front, et l'air était si sec qu'il sentit de l'électricité statique crépiter dans ses cheveux.

Riley avait raison, il était bien obligé de l'admettre. Mais pour la première fois de sa vie, il se trouvait face à un défi qui lui semblait insurmontable : que savait-il de la façon d'élever une petite fille ? ou même seulement de communiquer avec elle ? Absolument rien !

L'arrangement que lui proposait Riley était cependant loin de le satisfaire. Mais il y en avait peut-être un autre…

— Tu as une grande famille, n'est-ce pas ? observa-t-il.

— Depuis le mariage de ma mère, oui, mais songerais-tu à placer Lisa chez l'un ou l'autre des couples qui la composent ? Je croyais que l'idée d'avoir recours à un membre du clan Cavanaugh te déplaisait ?

— Ça m'ennuie, en effet, mais faute d'une meilleure solution…

— Eh bien, je suis désolée, Wyatt, mais il n'en est pas question ! Et jamais je n'aurais pensé te dire ça un jour, mais tu te sous-estimes. Tu n'as pas à t'inquiéter : tout se passera bien avec Lisa, et je t'ai promis d'être là, au début, pour te prêter main-forte.

Nick avait pensé confier sa fille à quelqu'un d'autre non pour se débarrasser d'elle, par désintérêt ou de peur qu'elle ne fasse fuir ses conquêtes potentielles — les jeunes enfants étaient au contraire connus pour attirer les femmes —, mais parce qu'il lui semblait évident qu'elle serait malheureuse avec lui. Son éducation devait être assurée par des gens compétents, et non par un père qui, ignorant tout des besoins matériels et psychologiques d'une enfant de six ans, ferait sûrement tout de travers.

— On reparlera de ça plus tard, grommela-t-il en ouvrant la portière à Riley. Dans l'immédiat, il faut se dépêcher d'aller sur les lieux de ce cambriolage : on a déjà perdu assez de temps comme ça.

Une fois dans la voiture, Riley donna à Nick l'adresse des victimes, puis elle voulut s'attacher, mais la ceinture de sécurité refusa de se dérouler. Elle avait passé le trajet entre l'appartement de Nick et la maison de Brenda sur la banquette arrière, avec Lisa, pour alléger un peu le terrible sentiment de solitude que la fillette devait éprouver. Le siège du passager était plus confortable, mais visiblement pas sans inconvénient...

— Tu préfères retourner t'installer à l'arrière ? déclara Nick.

— Non ! répondit-elle sèchement, refusant d'être tenue en échec par un mécanisme récalcitrant.

Il lui fallut cependant tirer de toutes ses forces pour débloquer la ceinture de sécurité et en dévider ensuite une longueur suffisante pour pouvoir la boucler.

Cela fait, elle jeta un coup d'œil à Nick, qui venait de démarrer. Elle ne le voyait que de profil, mais cela lui suffit pour se dire qu'aucun homme n'aurait dû avoir le droit d'être aussi séduisant. Il n'y avait rien d'étonnant à ce qu'il fascine toutes les femmes — y compris elle !

Cette pensée la surprit, car la beauté de Nick l'avait jusqu'à aujourd'hui laissée totalement indifférente.

Mal à l'aise, elle chercha un sujet de conversation qui soit le plus neutre possible, afin de détourner son esprit de la direction inquiétante qu'il avait prise — et pour la deuxième fois en moins de dix minutes.

Son choix se porta sur le capitaine Barker. Elle aurait aussi bien pu se renseigner sur lui auprès de sa mère ou d'un autre membre de sa famille, mais elle avait besoin d'un thème assez riche pour meubler le silence pendant tout le reste du trajet, et la personne de son nouveau supérieur satisfaisait pleinement à ce critère.

— Depuis combien de temps Barker dirige-t-il la division des cambriolages ? demanda-t-elle.

— Je l'ignore, répondit Nick, mais il la dirigeait déjà quand j'y suis entré, il y a cinq ans.

— Tu l'as toujours connu teigneux, ou bien est-ce un défaut qui lui est venu avec l'âge ?

— Oh ! ça dépend des jours… Il lui arrive d'être presque aimable.

— Il ne l'était ni hier ni ce matin, alors est-ce comme la réapparition du village de Brigadoon ? Un miracle qui se produit une seule fois par siècle ?

Au regard perplexe que Nick lui lança, Riley comprit que sa référence au film de Vincente Minnelli ne lui disait strictement rien, mais il ajouta sans poser de questions :

— Sa femme l'a quitté il y a deux ans. Il ne s'en est jamais remis.

— Et il décharge sa bile sur tout le monde depuis ?

— Quelque chose comme ça… Répète-moi ce qu'il t'a dit à propos de cette nouvelle affaire, maintenant ! J'étais dans un état second quand tu as sonné à ma porte, si bien que tes explications sont entrées par une oreille et ressorties par l'autre.

Riley se félicita alors d'avoir trouvé le courage d'aller demander à Barker des informations complémentaires à ce sujet avant de se rendre chez Nick. Ils n'avaient encore jamais travaillé ensemble, et elle ne voulait pas qu'il la prenne pour une incompétente, qui devait ses galons à ses seules relations.

— Le mode opératoire est identique à celui d'un cambriolage commis le mois dernier…, commença-t-elle.

— Et sur lequel j'ai enquêté sans obtenir de résultats, coupa Nick. Oui, ça me revient, à présent.

— Mais il y a certains détails dont je n'ai pas eu le temps de te parler, tout à l'heure : pas de trace d'effraction, les occupants des lieux ligotés et bâillonnés avec du chatterton par deux hommes entièrement vêtus de noir et le visage dissimulé sous une cagoule qui, après avoir dévalisé la maison, ont chloroformé leurs victimes de façon à être loin quand elles seraient en mesure de se détacher et d'appeler la police.

— C'est exactement le même scénario que dans le vol du mois dernier, en effet. Et l'histoire du chloroforme rend plus que probable l'hypothèse d'opérations menées par les mêmes individus : cette manière de couvrir leur fuite est très particulière, et elle n'a pas été révélée dans la presse. En dehors des victimes et des cambrioleurs eux-mêmes, personne n'en avait donc connaissance.

— Ton enquête sur la première affaire n'a vraiment rien donné ?

— Non, mais maintenant que tu es là, on va sûrement les boucler toutes les deux en moins de temps qu'il n'en faut pour le dire !

Riley compta intérieurement jusqu'à dix pour s'empêcher d'exploser. L'échec de ses investigations avait frustré Nick, mais ce genre de chose arrivait aux meilleurs policiers, et il n'avait de toute façon aucune raison de s'en prendre à elle !

— Je ne pense pas que les sarcasmes soient une bonne méthode pour obtenir mon aide, observa-t-elle une fois sa colère maîtrisée.

— Tu refuseras de travailler avec moi sur ces cambriolages si j'émets la moindre remarque qui n'a pas l'heur de te plaire ?

— Non, je parlais de l'aide dont tu as besoin pour t'initier à tes fonctions de père.

— Oh ! C'est vrai… Ça m'était complètement sorti de l'esprit ! McIntyre ?

— Oui ?

— Si j'oublie d'une minute à l'autre que je suis censé être père, comment pourrai-je en être un vingt-quatre heures sur vingt-quatre et sept jours sur sept ?

Nick avait de nouveau l'air si désemparé qu'un élan de compassion souleva Riley.

— Ne cède pas à la panique, lui recommanda-t-elle d'une voix apaisante. Tu te trouves face à une situation entièrement nouvelle, et il est donc normal que tu sois un peu perdu. Permets-moi cependant de souligner que tu n'es pas « censé être » père : tu l'*es*, que ça te plaise ou non, et plus vite tu te feras à cette idée, mieux ce sera — pour ta fille comme pour toi.

— Et si je n'y arrive pas ?

— A quoi ?

— A me faire à cette idée. Si je sens que c'est vraiment au-dessus de mes forces ?

— Tu serais prêt, dans ce cas, à renoncer à ton autorité paternelle ?

— C'est possible ?

Riley ouvrit la bouche pour dire à Nick, et en termes vigoureux, ce qu'elle pensait à ce sujet, mais il répondit lui-même à sa question avant qu'elle n'ait eu le temps de prononcer un mot :

— Non, je ne peux pas, déclara-t-il avec un soupir résigné. Lisa n'a pas demandé à naître. Ce n'est pas sa faute, si elle est là.

— Je te conseille d'éviter de parler de « faute » en sa présence ! Cela risquerait de lui donner une image très négative d'elle-même, de la dévaloriser à ses propres yeux.

— Tu crois ?

— Oui, et tu devrais même t'interdire toute référence au passé : Lisa n'a pas besoin de savoir dans quelles circonstances elle a été conçue. Fais un test de paternité, si tu veux être absolument sûr qu'elle est de toi et, si tu en as la confirmation, assume tes responsabilités !

— Je t'ai déjà dit que sa mère n'avait aucune raison de mentir, et sa date de naissance prouve qu'Andrea est tombée enceinte pendant notre liaison. Merci quand même pour tes conseils… mais j'espère que tu ne prends pas trop cher de l'heure pour les dispenser ?

Riley comprenait que Nick cachait sa vulnérabilité sous un masque d'ironie — c'était un mécanisme de défense dont elle usait elle aussi —, aussi répliqua-t-elle sur le même ton :

— Comme tu es mon coéquipier, les cent premières heures de consultation sont gratuites.

Même purement abstraite, l'idée d'entendre Riley lui parler des relations père-fille pendant les cent prochaines heures arracha un grognement à Nick, mais il venait de s'engager dans la rue où le cambriolage avait eu lieu, et il chassa résolument ses problèmes personnels de son esprit. Rien ne devait le distraire de l'enquête qui l'attendait.

L'adresse que Riley lui avait indiquée était celle d'un hôtel particulier construit au milieu d'un grand jardin. Le véhicule de police garé dans la contre-allée l'obligea à se ranger contre le trottoir, et il vit que des barrières avaient été installées à des endroits stratégiques afin de contenir la foule des badauds.

— Pourquoi des gens assez riches pour s'offrir une maison dans un quartier aussi chic ne protègent-ils pas mieux leurs biens des voleurs ? observa-t-il.

— Parce qu'ils habitent un quartier chic, justement,

déclara Riley. Ils s'y sentent en sécurité et jugent donc inutile de dépenser des fortunes en alarmes et autres systèmes de surveillance. Ils ne se doutent pas que les malfaiteurs le savent et considèrent en outre tous les riches comme des mauviettes, qui ne leur opposeront aucune résistance en cas de confrontation.

— Oui, admit Nick, ça peut paraître paradoxal, mais en fait, ton raisonnement se tient.

— Merci ! s'exclama Riley, flattée de recevoir de lui un compliment visiblement sincère.

Puis, sans l'attendre, elle descendit de voiture et se dirigea vers la porte d'entrée, devant laquelle se tenait un agent à la carrure imposante et au visage fermé. Il lui barra le passage, mais quand elle lui eut montré sa carte de police, ses traits s'animèrent.

— Vous êtes nouvelle ? demanda-t-il, une lueur d'intérêt dans ses yeux noirs.

— Non, mais je viens juste d'être affectée à la division des cambriolages : jusqu'à avant-hier, je travaillais dans la brigade criminelle.

— Elle est avec moi, indiqua Nick qui avait dû prendre le temps de verrouiller les portières de sa voiture avant d'aller rejoindre sa coéquipière.

— Oh ! bonjour, lieutenant Wyatt ! s'écria l'agent. Désolé, mais on n'est jamais trop prudent : un journaliste a essayé d'entrer, tout à l'heure, en se faisant passer pour un parent des occupants de la maison.

— Comment avez-vous su qu'il mentait ? questionna Riley.

Le sourire que l'agent lui adressa creusa une fossette dans sa joue droite.

— Il s'est trompé dans le nom de famille des victimes : il les a appelés « Williams » au lieu de « Wilson ».

— Pour un homme censé être une source d'informations exactes pour le public, c'est vraiment un comble, vous ne trouvez pas ? s'exclama Riley avec un clin d'œil complice.

L'agent éclata de rire, et Nick le vit suivre la jeune femme des yeux, l'air subjugué, quand elle pénétra dans le vestibule.

— C'était quoi, ce numéro de charme ? lui demanda-t-il après avoir refermé la porte derrière eux.

— Ce n'en était pas un. Je voulais juste lui montrer que j'avais de la considération pour lui. Je m'étais juré que, si jamais je passais lieutenant, je n'oublierais pas d'où je venais, que je ne traiterais pas les simples agents en inférieurs. Nous faisons tous le même métier, non ?

Nick n'en croyait pas ses oreilles. La Riley McIntyre qu'il avait connue à l'école de police était tout sauf gentille…

— Si tu plonges ton doigt dans une tasse de café noir, maintenant, il se transforme instantanément en sirop ? déclara-t-il.

— Je n'en sais rien. Il faudra que j'essaie, un jour. En attendant, je ne vois pas ce qu'il y a de mal à vouloir établir de bonnes relations avec les gens.

— Je n'ai pas dit que c'était mal, protesta Nick, mais de là à tomber dans la guimauve…

L'expression de Riley l'avertit cependant qu'il parlait à présent dans le vide : elle considérait, les yeux écar-quillés, un vestibule dominé par un escalier à double révolution qui aurait rempli à lui seul la moitié de l'appartement de Nick.

— Ce genre de somptueuse demeure ne t'est sûrement pas étranger, McIntyre, alors pourquoi as-tu l'air aussi ébahi ? demanda-t-il.

— Ce n'est pas l'endroit lui-même qui m'impressionne, mais le fait qu'il semble avoir été frappé par un ouragan.

— Oui, mais les voleurs ne se donnent généralement pas la peine de ranger le désordre qu'ils ont mis chez leurs victimes.

— Tu dois me trouver bête, mais contrairement à toi, je n'avais encore jamais vu l'état dans lequel pouvait être une maison après un cambriolage... Et comme tu as une longue expérience de ce type d'enquête, je vais te laisser prendre les commandes : que comptes-tu faire ?

— Arrêter les coupables.

— Evidemment, mais dans l'immédiat, comment allons-nous procéder ? Tu veux prendre le mari ou la femme ?

— Les hommes ne m'ont jamais beaucoup attiré...

— Arrête de persifler ! Je parlais de recueillir le témoignage des victimes.

— Oui, j'avais compris, mais pourquoi ne pas les entendre ensemble ? Ainsi, ils n'auront pas l'impression de subir un interrogatoire.

— Il s'agit en effet d'une simple déposition, mais tu ne crois pas préférable de les questionner séparément, et de comparer ensuite leurs récits des faits pour y repérer d'éventuelles différences ? Si nous les auditionnons ensemble, l'un d'eux peut se sentir gêné par la présence de l'autre, et parler moins librement que s'il était seul.

— C'est ça que tu appelles « me laisser prendre les commandes » ? J'ai plutôt le sentiment que tu as une idée bien arrêtée sur la façon de procéder, et que tu vas discuter chacune de mes décisions !

Nick avait beau ironiser, il trouvait la suggestion de Riley pertinente. Il ne pouvait même se défendre d'admirer sa vivacité d'esprit, et ce fut sur un ton sérieux qu'il reprit :

— Je comprends ton raisonnement, mais il présuppose que l'un des deux époux a quelque chose à cacher, or rien ne permet encore d'avancer cette hypothèse.

— Il est tout de même possible que la femme ait l'intention de quitter son mari, et que ce prétendu cambriolage ait pour but de lui assurer de quoi vivre après le divorce… Ou alors elle a découvert que son mari la trompait, et elle a voulu se venger en lui faisant peur… Ou alors c'est lui qui…

— La brigade criminelle t'a marquée, on dirait ! coupa Nick en riant.

— Non, j'ai toujours pensé qu'être un bon policier signifiait n'exclure d'emblée aucune hypothèse.

— Bon, je m'incline… Je vais prendre la déposition du mari, et toi, celle de la femme — à moins que tu ne préfères le contraire ?

— Non. Il sera sans doute plus facile à Mme Wilson de me raconter à moi ce qui s'est passé.

— Pourquoi ?

— Parce que la façon dont tu t'habilles te fait plus ressembler à une gravure de mode qu'à un policier.

— Je peux aller me rouler dans la poussière, si tu penses que ça me rendra plus crédible !

— Il t'arrive de rester sérieux deux minutes de suite ?

— Tu le verras à l'usage… Au travail, maintenant ! Ces gens doivent avoir hâte de rattraper les heures de sommeil que leur mésaventure leur a fait perdre.

— Tu crois vraiment qu'ils pourront dormir, après ce qu'ils ont vécu ?

Les événements du matin continuaient de lui brouiller les idées, songea Nick. Riley avait raison, une fois de plus, et cela commençait à devenir agaçant.

— Non, admit-il de mauvaise grâce.

Guidés par un des agents postés dans la maison, ils

se rendirent dans le séjour et y trouvèrent les Wilson assis dans un luxueux canapé de cuir jaune.

Encore en vêtements de nuit, ils se tenaient parfaitement immobiles, comme si la peur qu'ils avaient eue les avait changés en statues de sel. Ils n'avaient même pas l'air de remarquer la présence des techniciens de scène de crime et autres policiers qui grouillaient autour d'eux.

Mais au moins, ils étaient vivants, se dit Riley tandis que Nick s'approchait du couple et faisait les présentations.

— Je suis le lieutenant Wyatt, et voici ma coéquipière, le lieutenant McIntyre. Nous allons prendre vos dépositions.

— On les a déjà données ! protesta M. Wilson avec un mélange de lassitude et d'indignation dans la voix.

— Nous le savons, lui déclara Riley sur un ton compatissant.

Elle le fixait attentivement, et elle n'avait pas besoin d'être psychiatre pour comprendre que son incapacité à s'opposer au pillage de sa maison l'avait atteint dans son orgueil de mâle.

— Vous êtes tous les deux fatigués, en colère, et vous aimeriez pouvoir oublier ce qui s'est passé, poursuivit Riley, mais vous nous aideriez beaucoup en nous racontant de nouveau votre version des faits. Peut-être vous rappellerez-vous alors quelque chose qui ne vous était pas revenu à l'esprit la première fois.

Les Wilson se consultèrent du regard, puis le mari hocha lentement la tête.

— Si vous pensez vraiment que ça peut vous aider…

— Merci ! s'écria la jeune femme avec un grand

sourire. Nous vous sommes très reconnaissants de vous montrer aussi obligeants.

Et Nick, qui l'avait laissée mener les négociations pour voir comment elle s'en tirerait, se dit alors qu'il avait plus à apprendre d'elle dans ce domaine qu'elle, de lui.

6

Shirley Wilson avait l'air si secouée que Riley décida au dernier moment de ne pas l'interroger séparément de son mari. Lorsque Nick esquissa un geste pour inviter ce dernier à le suivre, elle lui posa donc une main sur le bras et fit discrètement non de la tête. Il fronça les sourcils, mais dut juger préférable de ne pas argumenter avec elle devant les Wilson, car il se soumit sans rien dire à ce changement de plan.

Ils s'assirent en face du couple, et Robert Wilson, la mine renfrognée, commença alors à leur raconter les événements de la nuit :

— Les cambrioleurs sont entrés pendant que nous dormions…

— J'ai été réveillée par un bruit, l'interrompit sa femme, et quand j'ai ouvert les yeux, ils étaient là, de chaque côté du lit… Je n'ai jamais eu aussi peur de ma vie !

— Combien étaient-ils ? questionna Nick.

— Deux.

— Nous n'en avons *vu* que deux, rectifia Wilson en jetant un coup d'œil méprisant à sa femme.

— Vous pensez qu'ils étaient plus nombreux ? lui demanda Nick.

— Comment le saurais-je ?

— Non, ils n'étaient que deux ! déclara Shirley. J'en suis absolument certaine !

— Il faut toujours que tu aies raison…, grommela son mari.

— Que s'est-il passé ensuite ? se dépêcha d'intervenir Riley.

Elle voulait que les Wilson arrêtent de se disputer et se concentrent sur les faits. Ils ne s'étaient encore ni l'un ni l'autre remis de la frayeur qu'ils avaient éprouvée, mais ils n'y réagissaient pas de la même façon : Shirley était très nerveuse, mais elle gardait son sang-froid, tandis que Robert faisait preuve d'une grande agressivité — sans doute parce qu'il trouvait humiliant de raconter pour la seconde fois une histoire où il apparaissait comme un homme incapable de protéger sa femme et ses biens.

— Ils nous ont tirés du lit, répondit-il d'un ton rogue, ligotés sur des chaises, bâillonnés…

— J'ai cru que j'allais mourir étouffée ! s'écria Shirley en attrapant Riley par le poignet pour mieux capter son attention.

— Mais tu es toujours vivante ! lui lança sèchement Wilson.

— Oui…, murmura-t-elle.

Puis elle baissa la tête et fixa le sol d'un air de chien battu qui donna envie à Riley de la défendre. Que son mari la rudoie parce qu'il n'aimait pas être interrompu ou parce qu'il lui en voulait de souligner son impuissance à la secourir, il se conduisait comme un mufle. Il aurait dû la réconforter, au lieu de la rabrouer sans cesse, et Riley s'apprêtait à le lui dire quand Nick prit la parole :

— Vous avez subi une dure épreuve, monsieur Wilson, et nous le comprenons, mais votre femme aussi, et elle a donc droit à quelques égards.

Son intervention surprit agréablement Riley : elle

ne s'attendait pas à un tel témoignage de sensibilité de sa part. Et alors qu'elle se serait peut-être emportée, il s'était exprimé d'une voix calme, mais suffisamment ferme pour faire passer le message.

— Essayez de vous détendre, tous les deux, et poursuivons, enchaîna-t-il.

— Vous voulez que j'aille vous chercher un verre d'eau, madame Wilson ? demanda Riley.

Shirley croisa les mains sur ses genoux et secoua la tête en signe de dénégation.

— Et vous, monsieur Wilson ?

— C'est plutôt d'un whisky que j'aurais besoin…, marmonna l'interpellé.

— Je ne pense pas que ce soit indiqué, remarqua Nick. Nous vous écoutons, à présent.

— Eh bien, après nous avoir ligotés et bâillonnés, ils nous ont laissés là et ont entrepris de dévaliser la maison.

— Au bout de combien de temps les avez-vous revus ?

— Environ une heure.

— Mais ça m'a semblé durer une éternité, déclara Shirley. Et quand ils sont revenus, ils nous ont mis un chiffon sur la figure. J'ai cru qu'ils allaient nous tuer ! C'était…

— Ils nous ont chloroformés, l'interrompit son mari sur un ton supérieur, pour être sûrs que nous ne les empêcherions pas de s'enfuir.

— Ça ne risquait pourtant pas d'arriver, observa Shirley — à voix basse, mais assez fort pour que ses trois interlocuteurs l'entendent.

Wilson sauta sur ses pieds, l'air prêt à la frapper, mais Nick lui posa une main sur l'épaule et le força sans douceur à se rasseoir.

— Vous réglerez vos comptes plus tard, dit-il froidement. Dans l'immédiat, vous allez nous faire une liste détaillée de tout ce qui vous a été volé.

— Ça va me prendre des heures et des heures ! La maison est grande, monsieur l'agent…

— Lieutenant ! rectifia Riley, exaspérée par ce qui n'était pas à ses yeux un simple lapsus, mais une manifestation de mépris volontaire.

— Si vous voulez… Tout ce que je sais, pour l'instant, c'est qu'ils ont pris la quasi-totalité des bijoux de ma femme.

Le fait d'en parler fournit à Wilson une nouvelle occasion de fustiger son épouse : il se tourna vers elle et la fusilla du regard.

— Combien de fois t'ai-je dit de les mettre dans le coffre, à la banque !

— Ça m'aurait obligée à aller les y chercher chaque fois que j'en aurais eu besoin ! protesta Shirley. C'est complètement irréaliste, et à quoi bon avoir des bijoux, si on ne peut pas les porter ?

— Tu le peux encore moins qu'avant, ironisa son mari, parce que maintenant, tu ne sais même pas où ils sont !

Les propos chargés de venin qu'échangeaient les Wilson rappelaient douloureusement à Riley le mariage de ses parents — sauf que sa mère, elle, s'efforçait toujours de désamorcer les conflits, par égard pour ses enfants. Riley n'en gardait pas moins de ces années une sainte horreur des disputes.

— Arrêtez, tous les deux ! s'écria-t-elle. Au lieu de chercher dans ce qui vous est arrivé un prétexte pour vous quereller, vous devriez vous réjouir de vous en être sortis vivants, car toutes les victimes de cambriolages n'ont pas cette chance ! Et ce n'est pas en vous chamaillant que vous nous aiderez à retrouver vos voleurs !

— Vous ne les retrouverez pas, de toute façon ! rétorqua

Wilson. Vous nous interrogez juste pour la forme, pour qu'on ne puisse pas vous accuser de négligence, mais vous savez très bien que votre enquête tournera court.

— Ce sera certainement le cas si vous continuez à nous faire perdre notre temps, lui déclara sèchement Nick. Revenons aux choses sérieuses, à présent ! Avez-vous remarqué quelque chose de particulier dans l'apparence de vos agresseurs ?

— Non, répondit Shirley, parce que nous ne les avons jamais vus en pleine lumière : ils avaient des torches électriques, et n'ont utilisé que ça pour s'éclairer. Tout ce qu'on peut vous dire, c'est qu'ils portaient des vêtements noirs et une cagoule.

— Aucun des deux n'a appelé l'autre par son nom ou son prénom en votre présence ?

— Si ! Je les ai entendus s'appeler « Smith » et « Jones ».

— Ce ne sont pas leurs vrais noms, pauvre idiote ! intervint Wilson.

— Sans doute pas, en effet, lui concéda Riley, mais ce n'est pas une raison pour injurier votre femme… Y a-t-il autre chose qui aurait attiré votre attention — un détail, même insignifiant ?

Shirley secoua négativement la tête, et puis, soudain, son visage s'illumina.

— Attendez ! s'exclama-t-elle, tout excitée. Je me souviens d'une odeur d'ail.

— D'ail ? répéta Nick en échangeant un regard perplexe avec Riley.

— Mais qu'est-ce que tu racontes ? lança Wilson à sa femme. Si tu n'as que ce genre de bêtise à dire, tu ferais mieux de te taire !

— C'est vous qui allez vous taire ! décréta Riley. Nous vous avons déjà demandé plusieurs fois de cesser de houspiller votre femme, alors laissez-la parler ! Nous vous écoutons, madame Wilson.

— L'homme qui m'a ligotée sentait l'ail. Je crois que c'était le plus jeune des deux.

— Parce que sa cagoule était moins vieille que celle de l'autre ? observa Wilson sur un ton moqueur.

— Non, parce qu'il avait une voix plus jeune ! rétorqua sa femme d'un air de défi.

« Bravo, Shirley ! » songea Riley.

Cette information ne ferait peut-être pas beaucoup avancer l'enquête, mais elle avait au moins permis à Mme Wilson de clouer le bec à son mari.

— Autre chose ? demanda Nick en regardant les deux époux tour à tour.

— Rien que nous n'ayons déjà indiqué à vos collègues, répondit Wilson, à savoir qu'ils étaient tous les deux minces, que l'un était plus grand que l'autre, et qu'ils avaient l'air de bien connaître la maison.

— Des travaux y ont été effectués au cours de ces derniers mois ?

— Non… Ah si ! Nous avons récemment fait refaire les salles de bains.

A peine Wilson avait-il prononcé ces mots qu'il devint rouge de colère et se mit à souffler bruyamment, comme un taureau prêt à charger.

— Vous pensez que ce sont les ouvriers de ce chantier les auteurs de…

— Nous ne « pensons » rien, coupa Riley. Il ne s'agit que d'une hypothèse parmi d'autres, mais si vous pouviez nous donner le nom de l'entreprise qui a exécuté ces travaux, cela nous faciliterait la tâche.

— Oui, bien sûr… J'ai ça dans mon bureau.

— Allons-y ! déclara Nick.

Marchant à côté de Wilson pendant qu'ils se dirigeaient

tous vers l'arrière de la maison, Nick l'entendit grommeler : « Les crapules ! », et il jugea utile de renchérir sur l'avertissement de sa coéquipière :

— Rien ne prouve que cette piste soit la bonne… Et comme il n'y avait aucune trace d'effraction, n'importe qui aurait pu entrer si vous aviez laissé une fenêtre ou une porte du rez-de-chaussée ouverte.

— Non, tout était fermé ! Je ne vais jamais me coucher sans m'en être assuré.

Le bureau était dans le même état que ce que Nick et Riley avaient vu du reste de la maison : les cambrioleurs l'avaient mis sens dessus dessous, et il fallut plusieurs minutes à Wilson pour trouver le papier qu'il cherchait.

— Tenez ! dit-il en le tendant à Nick. C'est la carte de l'entreprise Richmond, celle que j'avais engagée pour refaire les salles de bains.

— Je voulais laisser mes coordonnées à Mme Wilson, indiqua alors Riley, mais je viens de me rappeler que je n'ai pas encore de carte avec le numéro de mon poste à la division des cambriolages. Tu peux lui en donner une des tiennes, Wyatt ?

Nick s'exécuta, et Riley ajouta à l'adresse de Shirley :

— Si vous vous souvenez de quoi que ce soit, appelez-nous tout de suite.

— Mais si je compose ce numéro, je tomberai sur votre coéquipier, et… je préférerais vous parler à vous.

— Ne vous inquiétez pas : le lieutenant Wyatt me passera la communication.

Les préventions de Mme Wilson contre lui auraient pu vexer Nick, mais il les comprenait, en réalité : avec un mari comme le sien, elle avait des raisons de se défier de la gent masculine en général !

— Merci, monsieur Wilson, déclara-t-il en mettant

la carte de l'entrepreneur dans sa poche. Nous vous la rendrons quand nous n'en aurons plus besoin.

— Ce n'est pas ce bout de papier que je veux récupérer, mais les choses qui nous ont été volées ! riposta Wilson d'un ton brusque.

Après en avoir terminé avec les époux Wilson, Riley et Nick allèrent inspecter les autres pièces, en essayant de ne pas gêner les techniciens de scène de crime occupés à y recueillir des indices — empreintes digitales ou autres — susceptibles de mener à l'identification des coupables.

Quand ils ressortirent de la maison et se dirigèrent vers la voiture de Nick, la jeune femme vit ce dernier secouer la tête. Sans doute repensait-il aux éléments que la déposition des Wilson leur avait apportés, et le fait qu'il garde ses réflexions pour lui l'irrita : cette enquête était la sienne à elle aussi ! Ils devaient la mener *ensemble*, et elle avait donc besoin de savoir ce qui se passait dans l'esprit de Nick.

Lorsqu'elle le lui demanda, cependant, sa réponse la prit au dépourvu, car elle n'avait aucun rapport avec le cambriolage :

— Les Wilson donnent du mariage une image bien peu engageante !

C'était vrai, mais Riley avait vu pire. Sans Brian Cavanaugh, sa mère aurait pu aller rejoindre sous terre les trop nombreuses victimes de violences conjugales : elle avait beau appartenir à la police, et donc avoir reçu une formation qui la rendait capable de se défendre, son mari était lui aussi policier, et il était physiquement plus fort qu'elle.

— Il y a des couples heureux, observa Riley.

— Tu crois ? Pour moi, les gens mariés finissent toujours par ne plus pouvoir se supporter : le quotidien dégrade peu à peu leurs relations, jusqu'à les transformer en une guerre plus ou moins larvée... Je te parie que les Wilson étaient fous amoureux l'un de l'autre, au début, et regarde où ils en sont maintenant !

— Je ne sais pas si Wilson a jamais été capable d'aimer quelqu'un d'autre que lui-même. Les gens ne changent pas tant que ça : de petites manies qui paraissent d'abord amusantes deviennent à la longue des habitudes agaçantes, mais un abruti reste un abruti.

— C'est toujours de Wilson que tu parles, j'espère ? s'écria Nick en riant.

— Oui. Il n'y avait que lui comme abruti dans la pièce, tout à l'heure.

— Ouf ! J'ai eu peur !

Ils montèrent dans la voiture, et Nick indiqua après avoir démarré :

— Je n'ai pas trouvé Wilson spécialement sympathique, moi non plus, mais il a des circonstances atténuantes : sa maison vient d'être cambriolée, et son ego a dû souffrir de son incapacité à résister à ses agresseurs.

— Ce n'est pas une raison pour s'en prendre à sa femme !

— Je te l'accorde.

Riley se cala dans son siège et s'efforça de refouler les douloureux souvenirs qui l'assaillaient.

— Mon père était comme ça, se surprit-elle pourtant à laisser échapper. Tous les prétextes lui étaient bons pour provoquer une dispute.

Les mots étaient sortis tout seuls de sa bouche et, gênée, elle jeta un coup d'œil furtif à Nick. Sans trop savoir à quoi s'attendre, elle était sûre que cette confidence allait susciter une réaction. Il regardait cependant droit devant lui, le visage impénétrable. C'était un homme qu'il valait mieux ne pas avoir comme adversaire au poker...

— Oublie ce que je viens de dire, reprit-elle. Je me parlais à moi-même.

— Tu as dit quelque chose ? demanda Nick innocemment.

— Bien ! Je vois que nous nous comprenons.

— Oui, mais pendant que nous y sommes, tu as autre chose à me dire que tu m'ordonneras ensuite d'oublier ?

— Non. J'ai juste une question.

Nick, qui avait brûlé deux feux orange depuis le début du trajet, fut obligé de s'arrêter au carrefour suivant : le feu était au rouge.

— Je t'écoute, déclara-t-il en se tournant vers Riley.

— Ce cambriolage ressemble vraiment en tout point à celui du mois dernier ? Je n'ai pas eu le temps de lire le dossier, alors si tu pouvais me le résumer...

— D'accord. Les malfaiteurs se sont là aussi introduits dans la maison sans casser aucune vitre ni forcer aucune serrure. Ils en ont surpris les occupants dans leur sommeil, les ont attachés, puis chloroformés pour se donner tout le temps de s'enfuir avant que la police soit alertée. Il y avait quatre personnes à l'intérieur de l'habitation au lieu de deux, mais le mode opératoire reste le même. Le seul élément nouveau que nous ait fourni notre entretien avec les Wilson, c'est l'odeur d'ail que dégageait l'un des voleurs.

— Et si on allait demander aux premières victimes si elles ont elles aussi noté ce détail ?

— Non, ça ne me paraît pas utile. Cet homme avait dû manger au dîner un plat fortement aillé, et même s'il le fait souvent, je ne vois pas en quoi cela pourrait nous aider à l'identifier.

— Et si cette odeur avait une origine autre qu'alimentaire ?

Le feu passa au vert, et Nick redémarra sans rien dire, mais la suggestion de Riley semblait avoir éveillé son intérêt.

— Sa sueur sent peut-être l'ail, poursuivit-elle. C'était le cas d'un de mes camarades de classe, dans le primaire — un certain Joel Mayfield. Les autres se moquaient de lui, avec naturellement comme conséquence de le faire transpirer encore plus, et donc de rendre cette odeur encore plus forte. J'avais vraiment pitié de lui !

— Oui, les enfants sont parfois terriblement cruels.

— Tu n'étais pas du genre à jouer les terreurs dans la cour de récréation, toi ?

— Non.

— Tiens, j'aurais cru !

— Tu te méprends sur mon compte : je n'ai jamais persécuté personne, même à un âge où un garçon est prêt à bien des compromissions pour se tailler une réputation de dur. J'ai toujours détesté ceux qui s'attaquent à plus faibles qu'eux. Mais revenons à ton ancien camarade... Tu sais ce qu'il est devenu ?

N'ayant pas pensé à Joel Mayfield depuis des années, Riley dut réfléchir avant de répondre :

— Ses parents ont déménagé quand il avait dix ans, et ensuite, personne n'a plus eu de ses nouvelles. A l'heure qu'il est, soit la volonté de réussir pour se venger des humiliations subies dans son enfance a fait de lui un milliardaire, soit c'est un tueur en série.

— Les personnes qui se sentent rejetées par le système dominant ont en effet tendance à le défier en adoptant des conduites extrêmes. Cela en mène certaines à accomplir des prodiges, d'autres à commettre les pires atrocités, et j'espère pour tout le monde que ton Joel aura choisi la voie la plus constructive.

Nick était assez content de son petit discours psycho-sociologique, mais il se rendit alors compte que Riley ne l'écoutait pas : elle avait sorti son portable de son sac, et composait un numéro.

— Qui appelles-tu ? demanda-t-il.

Elle lui imposa silence d'un geste de la main et, au bout d'une trentaine de secondes, il l'entendit déclarer :

— C'est moi, Riley ! Alors, comment ça se passe ? Ah ! tant mieux ! Tu sais où me joindre si nécessaire… Merci encore ! A plus tard !

Après avoir coupé la communication, elle se tourna vers Nick et lui annonça :

— Ta fille va bien, au cas où tu t'inquiéterais pour elle. Lisa !

Mon Dieu, songea Nick, il l'avait de nouveau oubliée ! Combien de temps allait-il lui falloir pour assimiler l'idée qu'il était père ?

— Ma fille…, répéta-t-il d'une voix lente. Tu ne peux pas t'imaginer à quel point le fait de prononcer ces deux mots me semble étrange !

— Celui d'avoir un père doit sembler tout aussi étrange à Lisa, mais elle s'adaptera beaucoup plus vite que toi à la situation, répliqua Riley.

Nick lui lança un regard noir. Même si sa coéquipière n'avait sans doute pas entièrement tort, il n'appréciait pas d'être catalogué de cette manière. Comment pouvait-elle être aussi affirmative ? Ils s'étaient à peine vus depuis l'école de police, après tout…

— Tu penses vraiment me connaître assez bien pour porter des jugements définitifs sur moi ?

— Non, ma remarque se fondait en partie sur ce que

tu m'as toi-même déclaré, et en partie sur une vérité générale.

— Laquelle ?

— Les enfants sont moins réfractaires aux changements que les adultes... Mais attends ! Où sommes-nous ? Ce n'est pas le chemin du commissariat !

— Non.

— Où allons-nous, alors ?

— A toi de me le dire, mademoiselle je-sais-tout.

— Tu es en train de perdre les points que tu venais juste de gagner, Wyatt !

— De quoi tu parles ?

— Des points que tu avais acquis en prenant la défense de Shirley Wilson, tout à l'heure.

— C'était normal : la façon dont son mari n'arrêtait pas de la rabaisser était vraiment insupportable ! La pauvre femme était déjà suffisamment secouée... Elle n'avait pas besoin en plus d'être tournée en ridicule.

— Sans doute, mais je ne m'attendais pas à un tel acte de chevalerie de ta part.

— Et ça m'a fait monter dans ton estime ?

— Oui, mais tu as maintenant des points à rattraper... Puisque tu m'as traitée de mademoiselle je-sais-tout, cependant, tu vas avoir en contrepartie la satisfaction d'avoir eu raison : nous allons interroger l'entrepreneur qui a effectué la réfection des salles de bains des Wilson.

— Quelle perspicacité ! Je suis vraiment impressionné, poupée !

— D'une part, je croyais que tu avais l'intention de me considérer comme un être asexué, et d'autre part, je t'avais interdit de m'appeler « poupée »... Cette fois, tu n'y couperas pas : je remets ton compteur à zéro !

Nick s'esclaffa. Il ne pouvait se défendre de trouver amusantes les piques que Riley ne cessait de lui lancer.

— Je n'aurai pas fait illusion longtemps ! s'exclama-t-il.

— Chassez le naturel, il revient au galop ! renchérit Riley.

Puis ce fut plus fort qu'elle : elle éclata de rire, elle aussi.

Sa collaboration avec Nick Wyatt allait peut-être s'avérer moins désagréable que prévu.

Voire franchement agréable.

7

Leur visite au siège de l'entreprise Richmond ne leur apporta aucun élément concret. La société se situait à la périphérie de la ville, dans un immeuble de bureaux décrépit perdu au milieu d'une zone industrielle et dont elle occupait un espace à peine plus grand qu'un placard.

Calvin Richmond, son directeur, leur donna pour la nuit précédente ce qu'il qualifia d'alibi en béton : il l'avait passée dans le lit de sa maîtresse, une femme qu'il fréquentait depuis dix mois.

Mais comme il commença par tenter de convaincre tour à tour ses deux interlocuteurs d'avoir recours à ses compétences professionnelles, ce fut seulement au bout d'une demi-heure, et sous la menace d'une convocation au commissariat, qu'il lâcha cette information. Et Nick dut ensuite beaucoup insister pour obtenir le nom et les coordonnées de sa maîtresse.

— Nous ne doutons pas de votre parole, lui dit-il en mettant dans sa poche le papier sur lequel il avait noté ces renseignements, mais nous sommes obligés de tout vérifier. C'est ça, la bureaucratie…

— Oui, je comprends.

— Et vos hommes ?

— Mes hommes ? répéta Richmond.

Son visage s'était rembruni. Cette question le mettait visiblement mal à l'aise.

— Vos ouvriers, si vous préférez. Nous avons besoin de connaître leur emploi du temps à eux aussi pour la nuit dernière. Où sont-ils ?

— Qu'est-ce que j'en sais ?

— Ils ne sont pas en train de travailler sur un chantier ? demanda Nick, bien qu'il ait déjà compris de quoi il retournait.

Pas de réponse.

— Vous employez des immigrés clandestins, n'est-ce pas, monsieur Richmond ? intervint alors Riley.

— J'essaie d'aider des personnes qui sont dans le besoin, éluda l'entrepreneur.

— C'est très généreux de votre part, mais ils ont un nom, ces « gens » ?

Nouveau silence.

— Vous ignorez donc comment ils s'appellent et ce qu'ils sont devenus, résuma Nick. Le fait de ne voir en eux qu'une main-d'œuvre docile et bon marché ne vous pose aucun problème moral ?

— L'économie est en crise, au cas où vous ne le sauriez pas ! s'écria Richmond avec une pointe d'exaspération dans la voix, comme si c'était lui la victime. Quand les gens n'arrivent plus à rembourser leurs prêts-logement, ils ne font pas faire de travaux chez eux ! Presque tout le monde se serre la ceinture, et les métiers comme le mien sont ceux qui en pâtissent le plus ! Au point que, moi qui vous parle, je suis à deux doigts de la faillite !

Ce qui lui donnait un excellent mobile pour aller chercher chez ses quelques riches clients de quoi se renflouer, songea Nick.

Riley devait avoir suivi le même raisonnement, car elle dit à Richmond sans le quitter des yeux :

— Vous êtes donc dans une situation quasi désespérée…

A en juger par le sourire reconnaissant qu'il lui adressa, Richmond interpréta d'abord sa remarque comme un témoignage de compassion, mais un mélange de peur et d'indignation se peignit soudain sur ses traits. Il venait de prendre conscience qu'en se lamentant sur son sort, il avait éveillé les soupçons de ses interlocuteurs.

— Je vous vois venir, mais vous vous trompez ! protesta-t-il. Même pour sauver mon entreprise, jamais je ne commettrais un acte illégal.

— Faire travailler au noir des immigrés clandestins est interdit par la loi, souligna Nick.

— Oui, mais je parlais de choses *vraiment* illégales…

Estimant qu'il n'y avait plus rien à tirer de cet homme aujourd'hui, Nick indiqua en se dirigeant vers la porte :

— Nous allons vérifier votre alibi.

— Et ne vous avisez pas d'appeler votre petite amie pour vous assurer qu'elle ne vous contredira pas, entendit-il Riley déclarer sur un ton menaçant, derrière lui. Si vous vous y risquez, nous l'apprendrons, et ça sentira alors très mauvais pour vous !

Elle rejoignit ensuite Nick, et il n'eut pas besoin de se retourner pour savoir que Richmond les suivait nerveusement des yeux.

— On t'a déjà dit que tu étais très douée pour déstabiliser les gens, McIntyre ? demanda-t-il.

— Oui, je n'ai pas compté, mais ça a dû arriver une ou deux fois, répondit la jeune femme avec un petit sourire en coin.

Une heure plus tard, après avoir parlé à la maîtresse de Richmond, une certaine Elaine Starling, ils remontèrent en voiture.

Elle avait confirmé l'alibi de son amant, mais sans

parvenir à convaincre totalement Riley de sa sincérité :
les cambrioleurs étant vêtus de noir de la tête aux pieds
en plus de porter une cagoule, l'un deux pouvait être
une femme, et pourquoi pas cette Elaine ? Elle était
mince, comme Richmond, et plus petite que lui, ce qui
correspondait à la description des malfaiteurs donnée
par Robert Wilson.

Même si Richmond était innocent, d'ailleurs, la piste
de son entreprise ne s'arrêtait pas là : les hommes qu'il
avait engagés pour refaire les salles de bains des Wilson
restaient des suspects possibles. Il serait malheureusement très difficile de les retrouver.

Une fois sa ceinture attachée — non sans mal —,
Riley attendit que Nick démarre, et, comme il ne s'y
décidait pas, elle lui lança un regard interrogateur.

— Nous ne sommes plus de service, expliqua-t-il.

— En effet, constata-t-elle après avoir consulté sa
montre.

— Ça te dirait d'aller prendre un verre chez Malone ?

Ce bar était le rendez-vous favori des policiers d'Aurora. A force de le fréquenter, ils s'y sentaient comme
chez eux, et même, pour certains, mieux que chez eux.

— J'aimerais bien, répondit Riley, mais il y a une
petite fille qui attend que tu viennes la chercher.

Nick tressaillit, et une expression coupable assombrit
son visage.

— Tu avais encore oublié Lisa, n'est-ce pas ? remarqua
Riley.

— Oui, admit-il, et pour la troisième fois de la
journée… Je suis vraiment nul, comme père, non ?

Voulait-il qu'elle le plaigne ou qu'elle abonde dans son
sens ? se demanda Riley. Aucune de ces deux réactions
ne lui semblant constructive, elle opta pour un simple
appel à la raison.

— Ce n'est que le premier jour, Wyatt, alors ne te décourage pas : les choses iront en s'améliorant.

— Tu crois ?

— Oui ! Ramène-moi au commissariat, maintenant ! Je vais rédiger le rapport sur nos activités d'aujourd'hui, et tu pourras ainsi aller récupérer Lisa tout de suite.

— Tu ne m'accompagnes pas ? demanda Nick d'une voix nettement moins ferme que cinq minutes plus tôt, quand il interrogeait Richmond.

— Je n'ai pas besoin d'être là pour que Brenda te rende Lisa : elle t'a vu ce matin et sait que tu es son père.

— Ce n'est pas à Brenda que je pensais. La perspective de me retrouver seul avec Lisa me terrifie.

Nick avait vraiment l'air paniqué, et l'idée qu'un grand gaillard comme lui ait peur d'une enfant de six ans amusa Riley.

— Je devrais te louer *Un Crack qui craque*, observat-elle.

— De quoi tu parles ? grommela Nick avant de démarrer.

— D'un vieux film avec Bob Hope que ma mère et moi adorons… C'est l'histoire d'un parieur qui laisse sa petite fille en gage à un bookmaker en promettant de revenir très vite la chercher avec l'argent qu'il lui doit. Mais comme il ne revient pas, le bookmaker, un célibataire endurci qui n'a eu affaire à aucune personne de moins de dix-huit ans depuis des années, se voit obligé de s'occuper de la fillette, et sa vie en est bouleversée.

— Et tu penses que je trouverai là-dedans la recette pour devenir un père modèle ?

— Tu admettras que la situation de ce bookmaker est très semblable à la tienne ! Je reconnais cependant que les choses étaient moins compliquées au début des années cinquante… A moins que ce film ne date de la fin des années quarante ? Je ne sais plus, mais l'histoire se finissait bien, ça, je m'en souviens !

— Je me demandais si tu ne l'avais pas tout simplement inventée, mais elle a vraiment été tournée ? Et il y a encore des gens pour regarder ce genre de niaiserie ?

— Ma mère est une fan des comédies de cette époque, et elle m'en a communiqué le goût ! protesta Riley, sur la défensive. Il n'y a là rien de déshonorant !

Puis, comme Nick semblait de nouveau envahi par la peur de se retrouver seul avec sa fille, elle reprit d'une voix radoucie :

— Ne t'inquiète pas : d'après ce que j'ai vu ce matin, Lisa a un caractère facile. Je suis sûre qu'elle t'accueillera avec le sourire.

— Je préférerais quand même que tu sois là. Elle t'aime bien, et ta présence la rassurera.

Ce fut à ce moment-là que Riley se rappela sa promesse de venir chercher Lisa chez Brenda avec Nick. Et une promesse donnée à un enfant était sacrée à ses yeux.

Cela ne l'empêcha pas de déclarer sèchement :

— Tu devrais avoir honte d'utiliser la fragilité d'une petite fille pour me forcer la main, Wyatt !

— Je suis prêt à faire bien pire pour que tu me dises oui.

Heureusement que personne n'avait pu entendre cette remarque, songea Riley, car, isolée de son contexte, elle aurait certainement été mal interprétée. Et c'était ainsi que les rumeurs naissaient.

— D'accord, je t'accompagne ! annonça-t-elle. Mais en contrepartie, c'est toi qui rédigeras le rapport, et demain sans faute, sinon Barker piquera une crise.

— Marché conclu !

— Il faut malgré tout faire une halte au commissariat,

pour que je reprenne ma voiture : je suis allée chez toi à pied, ce matin.

La lueur de méfiance qui passa dans le regard de son coéquipier n'échappa pas à Riley.

— Tu as peur que je ne joue la fille de l'air ? observat-elle. Tu as déjà été victime de ce genre de traîtrise ?

— Oui.

Nick avait prononcé ce simple mot comme s'il expulsait un objet coincé dans sa gorge, et Riley le considéra avec étonnement. Elle avait du mal à le croire : il lui paraissait tout à fait capable de mettre brusquement fin à une relation, mais quelle femme aurait quitté du jour au lendemain un homme aussi séduisant ?

La mère de Lisa l'avait fait, parce qu'elle était enceinte et voulait élever seule son enfant, mais Nick ne semblait pas lui en tenir rigueur, et ce n'était donc pas ce souvenir qui le tourmentait.

— Qui t'a laissé tomber ? demanda Riley.

— Je n'ai pas envie d'en parler.

— Ecoute, je n'ai pas l'habitude de forcer les confidences des gens, mais tu es mon coéquipier, et si tu n'as pas confiance en moi, j'ai besoin de savoir pourquoi. Ce n'est pas à cause d'Andrea, n'est-ce pas ?

— Tu n'as jamais envisagé d'utiliser tes pouvoirs parapsychiques pour aider les autres plutôt que pour les tarabuster, McIntyre ?

— J'y ai déjà pensé, mais j'ai un mauvais fond : je trouve plus amusant de faire le mal que le bien. Bon, tu peux garder ton secret — provisoirement, tout du moins, parce que je reviendrai à la charge, je te le garantis !

— Je n'en doute pas une seconde.

La suite du trajet se déroula en silence, mais lorsqu'ils arrivèrent en vue du commissariat, Riley reprit la parole :

— Tu sais que tu vas devoir consacrer entièrement à Lisa une partie de la journée de demain, n'est-ce pas ?

— Pourquoi ?

La jeune femme leva les yeux au ciel. Nick n'avait certes pas eu le temps de se préparer à assumer ses responsabilités de père, mais il y avait malgré tout certaines choses dont il aurait dû prendre conscience sans qu'il soit besoin de les lui signaler !

— Parce que Lisa est en âge d'être scolarisée, indiqua Riley. Il te faut donc lui trouver une école, et le plus tôt sera le mieux, tu ne crois pas ?

Seul un grognement lui répondit.

— Lisa est un amour, leur déclara Brenda une demi-heure plus tard. Contrairement à ma propre progéniture…

Ces derniers mots furent ponctués d'un regard sévère en direction de ses deux enfants. Ils baissèrent la tête, l'air contrit, mais Riley savait que leur repentir n'était qu'apparent, et elle ne leur donnait pas dix minutes pour se remettre à faire des bêtises.

— Si vous avez de nouveau besoin d'une baby-sitter, dit ensuite Brenda à Nick, n'hésitez pas à m'appeler.

— Tu accepterais de garder Lisa tous les soirs après l'école ? lui demanda Riley.

Et, comme elle l'avait espéré, Brenda répondit sans hésiter :

— Oui, bien sûr ! Quel établissement Lisa fréquente-t-elle ?

La jeune femme s'apprêtait à expliquer que cette question était encore en suspens lorsque l'intéressée elle-même indiqua :

— Sainte-Thérèse.

La première surprise passée, Riley se tourna vers Nick.

— Je peux chercher l'adresse sur internet, si tu veux.

Mais Lisa rendit cette démarche inutile en leur fournissant l'information. Son école se situait à moins deux kilomètres de l'immeuble de Nick, calcula Riley, et elle se dit que les chemins du père et de la fille avaient très bien pu se croiser, mais sans qu'ils aient aucun moyen de savoir ce qu'ils étaient l'un pour l'autre.

— Il ne sera donc pas nécessaire de l'inscrire quelque part, observa-t-elle en caressant les cheveux de la fillette. Ça fait un problème de moins.

— Reste à résoudre les dizaines d'autres qui se posent…, marmonna Nick.

Lisa leva alors les yeux vers lui et déclara gravement :

— Il y en a peut-être quelques-uns, mais pas des dizaines.

— Tu as absolument raison ! s'écria Riley. Ton père a parfois tendance à exagérer. Ça l'aide à se concentrer.

— A se concentrer sur quoi ?

— Sur les choses importantes. N'est-ce pas, Wyatt ?

Nick haussa les épaules en silence. Il avait manifestement perdu le fil de la conversation, et devait donc juger plus prudent de se taire, pour ne pas risquer de prendre à l'aveuglette un engagement qu'il aurait ensuite regretté.

Avant de partir, cependant, il recouvra suffisamment ses esprits pour remercier Brenda d'avoir accepté au pied levé de s'occuper de Lisa. Il sortit ensuite son portefeuille de sa poche et lui tendit une liasse de billets.

— Si ce n'est pas suffisant, n'hésitez pas à me le dire. Je n'avais encore jamais eu à recourir à ce genre de service, si bien que je n'ai pas la moindre idée des tarifs.

— Gardez votre argent, lieutenant ! s'exclama Brenda en repoussant sa main. Nous reparlerons de ça un autre jour.

Puis elle lui fit un clin d'œil et referma la porte.

— Tu as vu ? demanda Nick à Riley tandis qu'ils se dirigeaient vers leurs voitures respectives, garées contre le trottoir. Ta belle-sœur m'a fait un clin d'œil !

— Oui, j'ai vu. C'est sa façon à elle de montrer aux gens qu'elle les aime bien.

Il avait fallu un peu de temps à Riley pour s'y habituer, mais Nick n'avait pas besoin de le savoir.

Arrivée à sa voiture, elle ouvrit la portière côté conducteur et lança son sac sur le siège du passager avant d'ajouter :

— Brenda est l'une des femmes les plus généreuses que je connaisse.

— Je peux venir avec toi ? intervint Lisa en s'approchant d'elle.

L'espoir que cette requête fit naître sur le visage de Nick ne surprit pas la jeune femme : la perspective de regagner son appartement seul avec sa fille, sans rien trouver à lui dire, l'angoissait certainement. Mais il devait absolument apprendre à communiquer avec elle : Lisa n'avait plus que lui comme famille.

— Tu ne veux pas rentrer avec ton père, plutôt ? demanda Riley à la fillette d'une voix douce, pour ne pas lui donner l'impression de la rejeter.

— Non, je préfère monter dans ta voiture, répondit Lisa avec la franchise des enfants de son âge.

Elle avait cependant parlé sur un ton calme. Comme Riley l'avait pressenti, elle n'était pas du genre à crier et à taper du pied pour obtenir des adultes qu'ils se soumettent à sa volonté.

La jeune femme jeta un coup d'œil à Nick, mais ses traits n'exprimaient que du soulagement, et le regard suppliant de Lisa acheva de la convaincre de capituler.

— D'accord, dit-elle.

Il n'en fallut pas plus pour que la fillette coure vers

le côté passager du véhicule et se mette à tirer impatiemment sur la poignée. Riley se pencha pour presser le bouton de déverrouillage central des portières placé sur l'accoudoir du conducteur, puis elle se redressa et déclara à Lisa :

— Tu dois t'installer à l'arrière, ma puce.

Un détail auquel elle n'avait pas pensé lors du trajet du matin lui vint alors à l'esprit, et elle se tourna vers son coéquipier.

— Il faudra que tu lui achètes un siège-auto.

Lisa avait peut-être six ans, mais elle était fluette et n'avait certainement pas le poids requis pour être transportée avec une simple ceinture comme dispositif de sécurité.

— J'en ai déjà un, annonça-t-elle, mais je n'aime pas l'utiliser : les sièges-auto, c'est pour les bébés.

— Et pour les petites filles menues, souligna Riley en lui adressant un sourire complice. Tu te réjouiras un jour d'avoir ce type de physique, crois-moi ! Mais si ce siège-auto était dans la voiture de ta mère, je doute qu'il soit possible de le récupérer.

— Maman en avait un autre. Il est dans notre appartement, avec le reste de mes affaires. Tante Carole m'a empêchée de toutes les emporter. Elle voulait que je commence d'abord à m'habituer à ma nouvelle vie.

— Je vais appeler ta tante Carole, indiqua Nick, et lui demander de me procurer une clé de cet appartement. Dès que je l'aurai, j'irai là-bas chercher le siège-auto et tes autres affaires.

A peine avait-il fini de parler que Lisa plongea la main dans le minuscule sac en tissu accroché à son cou, en sortit une clé et la lui tendit.

— C'est celle de chez toi ? questionna-t-il en haussant les sourcils.

— Bien sûr, sinon à quoi elle te servirait ?

La fillette avait l'air aussi étonné que son père, mais pas pour les mêmes raisons : elle sentait manifestement qu'il y avait un problème, mais sans arriver à comprendre où il se situait.

Riley, elle, croyait savoir ce qui surprenait Nick, et il confirma ce qu'elle pensait en disant à sa fille :

— Tu n'es pas un peu jeune, pour avoir ta propre clé ?

— Non, lui fut-il répondu sur un ton qui n'admettait pas de réplique.

Riley fit de son mieux pour cacher son amusement.

— Et si tu allais tout de suite là-bas, Wyatt ? suggéra-t-elle. Si ça te trouve, le propriétaire de l'appartement est déjà en train de se chercher un nouveau locataire… J'emmènerai Lisa chez toi, pendant ce temps, et je commanderai une pizza pour le dîner. Ça te convient, ma puce ?

— A condition qu'il n'y ait pas de viande dedans. Je ne suis pas censée en manger.

— Tu es végétarienne ?

— Oui.

Cette information parut consterner Nick. Un problème de plus ! devait-il penser.

Il n'en eut pas moins la bonne grâce de déclarer à Riley :

— Tu es sûre que ça ne t'ennuie pas de t'occuper de Lisa le temps que j'aille récupérer ses affaires ?

— Si ça m'avait ennuyée, je ne te l'aurais pas proposé : je ne suis pas masochiste.

— Merci ! Je te revaudrai ça.

— J'espère bien ! Maintenant, donne-moi la clé de chez toi, pour que je puisse entrer sans avoir à enfoncer la porte !

Après s'être exécuté, Nick demanda à Lisa l'adresse

de l'appartement, monta dans sa voiture, et Riley le regarda partir avec le sentiment qu'elle venait de mettre le doigt dans un engrenage dont il lui serait sans doute très difficile, voire impossible, de se dégager.

8

Il fallut presque deux heures à Nick pour accomplir sa mission.

La valise avec laquelle Lisa était arrivée chez lui contenait sûrement ses affaires de toilette et assez de vêtements pour qu'il ne soit pas nécessaire de lui en acheter avant un moment, mais même lui, il savait que cela ne suffisait pas pour satisfaire les besoins d'une petite fille.

Il ignorait en revanche ce qu'une enfant de six ans, aussi précoce soit-elle, considérait comme indispensable, et il eut donc du mal à choisir entre ce qu'il devait absolument emporter et ce qui pouvait rester dans l'appartement.

L'ours en peluche tout pelé et à moitié désarticulé découvert sous le lit de Lisa le plongea notamment dans une profonde perplexité : fallait-il prendre ou laisser ce jouet dont elle ne semblait plus avoir l'usage, mais qui lui manquerait peut-être malgré tout si elle le savait perdu à tout jamais ?

Dans le doute, Nick décida finalement de lui rapporter son ours : il l'épousseta et le mit dans le siège-auto trouvé au fond du placard de l'entrée.

Sa visite des lieux se déroula sous l'œil intéressé de Mavis Patterson, la gardienne de l'immeuble, qui l'avait vu depuis sa loge ouvrir la porte d'Andrea. Ne sachant évidemment pas qui il était, elle l'avait abordé et, une fois sûre d'avoir affaire à une personne au-dessus de tout soupçon, elle l'avait suivi à l'intérieur.

Aussi curieuse que bavarde, elle l'avait bombardé de questions. En apprenant qu'il allait prendre Lisa en charge et venait chercher ses affaires, elle avait insisté pour lui donner un coup de main, allant jusqu'à lui fournir des cartons et l'aider à les porter jusqu'à sa voiture.

— Je suis veuve depuis dix ans, et je n'ai pas d'enfants, lui confia-t-elle pendant qu'il les rangeait dans le coffre, alors les occupants de l'immeuble sont un peu ma famille…

Nick avait la tête ailleurs, mais il murmura ce qui pouvait passer pour un témoignage de sympathie.

— Comme dans toutes les familles, continua la gardienne, il y en a de plus ou moins attachants, et je m'entends mieux avec certains qu'avec d'autres, mais j'avais une affection particulière pour Andrea. Elle était toujours aimable et souriante, il lui arrivait souvent de venir me parler dans ma loge, alors qu'elle avait des journées très chargées. Et sa petite Lisa… Quel amour ! Jolie comme un cœur, et intelligente, avec ça ! Plus intelligente, même, que bien des gens qui habitent ici ! C'est terrible, ce qui lui arrive ! Une enfant de cet âge a tellement besoin de sa mère ! Et cette pauvre Andrea… Fauchée en pleine jeunesse, si ce n'est pas malheureux !

Elle s'interrompit le temps de reprendre son souffle, puis elle enchaîna :

— Si vous avez encore besoin de moi pour quoi que ce soit, n'hésitez pas à revenir me voir !

— Vous savez quand le bail de l'appartement se termine ? demanda Nick en refermant le coffre.

— A la fin du mois, mais je serai heureuse de vous rendre service même après ça.

— Merci.

— Et embrassez Lisa pour moi !

— Je n'y manquerai pas.

Mavis Patterson s'écarta pour permettre à Nick de monter dans sa voiture, mais elle resta ensuite plantée sur le parking de l'immeuble, et il la vit dans son rétroviseur lui faire au revoir de la main jusqu'à ce qu'il ait tourné pour s'engager dans la rue.

Malgré le temps que son expédition avait duré, il chercha alors un moyen de retarder encore un peu son retour chez lui. Ce n'était pas comme s'il avait laissé Lisa seule, après tout : Riley était là pour s'occuper d'elle. Il n'avait aucune raison de se presser...

Et puis il prit conscience de ce que cette attitude avait de lâche, et il se demanda pourquoi, lui qui avait affronté sans trembler des criminels armés, il était terrifié à la perspective de retrouver sa fille.

La réponse était dans la question : parce que c'était sa fille. Mais il n'arrivait toujours pas à se sentir père...

Il lui faudrait beaucoup plus d'une journée pour intégrer cette notion et ce qu'elle impliquait d'obligations en tout genre !

En attendant, il n'avait pas le choix : même si Riley lui était venue en aide ce soir, elle ne serait pas toujours là...

Et, compte tenu de l'heure, elle risquait de l'accueillir fraîchement ! se dit-il après avoir regardé sa montre.

Ce n'était donc pas une, mais deux représentantes du sexe prétendument faible qu'il allait devoir amadouer...

Comment était-il possible que sa vie soit devenue aussi compliquée en l'espace d'à peine dix heures ?

Nick posa sur son paillasson le carton qu'il avait dans les bras, glissa machinalement la main dans sa poche... et se rappela soudain que la clé de son appartement n'y était plus. Il l'avait donnée à Riley, et l'idée d'être obligé de frapper pour rentrer chez lui l'exaspéra.

C'était une réaction irrationnelle et même puérile, mais qu'il ne parvint pas à maîtriser.

Il se résigna pourtant à frapper, et son irritation monta encore de plusieurs crans quand une bonne minute s'écoula sans que la porte s'ouvre.

Riley avait-elle emmené Lisa se promener, le forçant à attendre Dieu sait combien de temps pour pouvoir accéder à son appartement ?

D'autres hypothèses, plus alarmantes, se formèrent ensuite dans son esprit, et sa colère céda la place à une profonde inquiétude.

Etait-ce le lot de tous les parents ? Le moindre imprévu leur faisait-il imaginer le pire ? Dans ce cas, leur vie devait être un véritable enfer !

Au moment où Nick levait la main pour frapper de nouveau, la porte s'ouvrit enfin.

— Je commençais à penser que tu t'étais perdu en chemin, lui dit Riley avec un sourire las.

— Non, c'est juste que, faute de savoir ce dont Lisa aurait besoin, il m'a fallu du temps pour choisir ce que j'allais emporter, déclara Nick.

Puis il souleva le carton et, après l'avoir mis sur le canapé du séjour, il se retourna pour continuer ses explications. Ce mouvement le plaça un instant face à la porte ouverte de la cuisine, et la vue de la grande boîte à pizza posée sur la table, avec plus de la moitié de son contenu intact, excita ses papilles.

— Tu as récupéré le siège-auto ? demanda Riley, qui lui avait emboîté le pas.

— Evidemment ! C'est pour ça que je suis allé là-bas, au départ, non ?

Nick se reprocha aussitôt sa brusquerie. Riley lui

avait rendu service. Il aurait dû la remercier, au lieu de la houspiller ! Sans compter qu'au lieu de se fâcher, comme il l'avait craint, elle avait pris son retard avec une certaine philosophie.

— J'ai failli l'oublier, en fait, admit-il un ton plus bas. La gardienne de l'immeuble m'est tombée dessus au moment où je poussais la porte de l'appartement : elle voulait s'assurer de la pureté de mes intentions. Et quand elle a appris que j'étais le père de Lisa, elle m'a suivi à l'intérieur et m'a abreuvé de paroles.

— Si tu as tant tardé à revenir, c'est donc à cause de tes tergiversations et d'une femme trop bavarde, observa Riley, l'air amusé.

— Oui.

— L'appréhension de retrouver ta fille n'a par conséquent rien à voir avec la durée de ton absence ?

Si Nick avait en effet songé à rentrer encore plus tard, et pour la raison même qu'avait évoquée Riley, il ne l'avait pas fait, si bien qu'il put protester avec une vertueuse indignation :

— Non ! Il m'a vraiment fallu tout ce temps pour choisir dans les affaires de Lisa ce que je devais lui rapporter, tout en étant distrait par la logorrhée de la gardienne.

— D'accord ! Inutile de te fâcher ! Et je comprends de toute façon que tu sois nerveux : n'importe quel homme le serait à ta place, et c'est pour ça que je t'ai proposé mes services ce soir.

— Où est Lisa, au fait ?

— Dans la chambre d'amis. Quand je l'ai couchée, elle m'a demandé de lui raconter une histoire, mais je n'étais pas arrivée à la moitié qu'elle dormait déjà... Cette journée l'a épuisée.

— Moi aussi, grommela Nick entre ses dents.

Il enfonça ensuite ses mains dans ses poches et se mit à arpenter le séjour. Il avait l'impression d'être le dos au mur, et cela lui déplaisait profondément.

— Qu'est-ce que je vais faire de Lisa ? finit-il par déclarer, découragé, en se tournant vers Riley.

— Le plus important, c'est de l'aimer et de le lui montrer. Nous avons eu une enfance difficile, mes frères, ma sœur et moi, mais l'amour de notre mère nous a permis de nous en sortir psychologiquement indemnes.

— Votre père ne vous aimait pas ?

— Sans doute que si, à sa façon, mais ça ne l'empêchait pas de se comporter en tyran domestique, envers nous comme envers sa femme… Tout ça pour te dire qu'un enfant qui se sait aimé est capable de surmonter les pires épreuves.

Cette dernière remarque aurait paru à Nick d'une banalité et d'un sentimentalisme affligeants si elle n'avait été le fruit d'une expérience vécue. Sans compter que Riley n'était sûrement pas du genre à étaler sa vie privée pour le seul plaisir de se faire plaindre : elle lui avait raconté l'histoire de son enfance dans le but de l'aider, et il lui en était reconnaissant.

— Lisa t'a parlé de moi ? demanda-t-il d'une voix hésitante, parce qu'il n'était pas certain d'avoir envie de connaître la réponse.

— Un peu.

— Que t'a-t-elle dit ?

Un sourire illumina le visage de Riley et, bizarrement, Nick sentit une onde tiède courir le long de ses veines, comme s'il était dehors et venait de passer soudain de l'ombre au soleil.

— Qu'elle te trouvait très beau et comprenait pourquoi tu avais « subjugué » sa mère. C'est le terme exact qu'elle a employé… Cette gamine est incroyablement précoce ! Elle va t'obliger à activer tes neurones.

— Le travail m'en donne déjà suffisamment l'occasion. Quand je rentre chez moi, je veux pouvoir me détendre !

— Les enfants aussi, après une journée d'école, alors ne t'inquiète pas : Lisa n'aura pas besoin d'être stimulée intellectuellement vingt-quatre heures sur vingt-quatre et sept jours sur sept.

Nick n'en était pas si sûr. Il se passa une main lasse dans les cheveux et marmonna :

— De toute façon, je ne serai jamais un bon père.

— Arrête, Wyatt ! Je t'ai déjà expliqué que la paternité angoissait tous les hommes, au début. C'est une situation nouvelle pour toi, mais tu t'y habitueras, comme les autres.

De cela aussi, Nick doutait. Il pensait, lui, qu'il ne suffisait pas d'être physiologiquement capable de procréer pour avoir la fibre parentale — et cela s'appliquait aux deux sexes.

— Je ne me rappelle même pas avoir été enfant, déclara-t-il, alors comment pourrais-je savoir comment m'y prendre avec Lisa ?

— C'est en forgeant qu'on devient forgeron, et de plus, ta fille est plus mature que bien des adultes de mes relations. Cela te facilitera la tâche et je te parie que, dans un an, non seulement tu te sentiras parfaitement à l'aise dans ton rôle de père, mais tu regretteras de m'avoir avoué tes craintes.

La moue sceptique qu'ébaucha Nick amena un nouveau sourire sur le visage de Riley, et elle observa sur un ton narquois :

— Tu n'as pas l'air de me croire, mais je sais de quoi je parle : j'ai grandi avec deux minimachos ! Et, pour ton information, aucune femme n'a jamais considéré comme un faible un homme qui lui dévoilait son côté vulnérable. Au contraire !

— J'aurais préféré ne pas me retrouver dans cette situation !

— On ne choisit pas toujours, Wyatt ! Les circonstances décident parfois pour nous, et il faut savoir accepter que certaines choses échappent à notre contrôle.

En disant cela, Riley se rappela le mélange de colère et de culpabilité qui l'avait submergée devant le corps sans vie de Diego Sanchez. Ces sentiments étaient bien loin de la soumission au destin qu'elle venait de préconiser, mais elle prit alors conscience de penser à son ancien coéquipier pour la première fois de la journée.

Elle en éprouva des remords, mais de l'espoir, aussi : peut-être allait-elle réussir à sortir des ténèbres qui l'enveloppaient depuis deux mois.

Et sans l'aide du thérapeute que Brian lui avait ordonné de consulter ! songea-t-elle ensuite, toute contente. Il lui suffisait de trouver le temps d'aller expliquer à son beau-père qu'elle commençait déjà à voir le bout du tunnel, et il reviendrait sur sa décision.

Cette idée lui remonta encore un peu plus le moral, et ce fut d'une voix enjouée qu'elle demanda à Nick :

— Tu as faim ? Tu veux finir la pizza ?

— Oui, volontiers. En l'apercevant sur la table de la cuisine, tout à l'heure, je me suis souvenu que je n'avais ni déjeuné ni dîné, mais tous ces problèmes avec Lisa me l'avaient fait oublier. Maintenant que tu me parles de manger, cependant…

— Alors vas-y ! J'en avais commandé une grande, et il en reste plus de la moitié.

— Dis-moi d'abord ce que je te dois, déclara Nick en sortant son portefeuille de sa poche.

— Rien — du moins financièrement.

Puis, comme Nick lui tendait malgré tout quelques billets, Riley les repoussa de la main et reprit :

— Ne t'inquiète pas : j'ai les moyens de t'offrir une pizza. Et tu n'as pas plus de raison que moi de régler la note — sauf si tu considères cette soirée comme un rendez-vous galant.

— Un rendez-vous galant ? répéta Nick, l'air intéressé.

Cette réaction surprit la jeune femme. A l'époque de l'école de police, il leur était arrivé de se voir en dehors des cours, mais toujours en compagnie d'autres élèves. L'idée de sortir ensemble leur serait d'autant moins venue qu'ils ne s'entendaient pas bien, et Riley se demanda pourquoi le simple fait d'en parler — et sur le ton de la plaisanterie — semblait retenir l'attention de Nick.

L'étrange attirance qu'elle avait ressentie pour lui aujourd'hui serait-elle partagée ?

Non, songea-t-elle, elle avait sûrement mal interprété l'expression de Nick... Même si les événements de la journée avaient créé entre eux une certaine complicité, elle le laissait toujours aussi indifférent sur le plan physique.

Comme pour lui donner raison, Nick changea alors complètement de sujet :

— A propos de demain...

— Tu vas conduire Lisa à l'école, coupa Riley, et te présenter à son professeur. Pendant ce temps, et bien que ça ne m'enchante pas vraiment, j'irai voir Barker et je trouverai quelque chose pour expliquer ton retard.

— Et si on faisait le contraire ? C'est toi qui conduirais Lisa à l'école, et moi qui...

— Non ! Tu dois assumer tes responsabilités de père, et moi, j'ai besoin de montrer à Barker que je n'ai pas peur de lui. Je ne sais pas encore si un type bien se cache sous ses dehors grincheux ou si c'est un sadique qui s'amuse en humiliant les autres, mais dans un cas

comme dans l'autre, il respecte peut-être les gens qui
ne s'aplatissent pas devant lui.

— Tu prends tes désirs pour des réalités, McIntyre !
observa Nick en riant. Barker adore inspirer une sainte
frousse à ses subordonnés !

— Eh bien, il va être déçu, car je n'ai pas la moindre
intention de me laisser terroriser ! Si on allait à côté,
maintenant ? Ton dîner t'attend !

Ils se rendirent dans la cuisine, et Nick prit un morceau
de pizza, qu'il commença à manger directement au-dessus
de la boîte.

— Tu as de très mauvaises habitudes, Wyatt ! lui
lança Riley. Et en plus, j'ai fouillé tous tes placards
sans trouver autre chose que des assiettes en carton !
Tu n'as que ça ?

— Oui. C'est pour ne pas avoir de la vaisselle sale
qui s'empile dans l'évier.

— Il suffit de la laver après chaque repas pour l'éviter,
et il faut absolument que tu t'achètes de vraies assiettes :
tu as une fille à élever, maintenant, et les enfants ont
besoin de stabilité.

— Même moi, je sais ça, mais je ne vois pas ce que
cette histoire d'assiettes vient faire là-dedans !

— Celles en carton se jettent après usage, tandis
que les vraies, en resservant jour après jour, donnent
un sentiment de permanence.

— Ça me paraît un peu tiré par les cheveux, et qui
es-tu, de toute façon, pour jouer les conseillères ? Tu
as des enfants ?

— Non. Je n'ai jamais été mariée.

— Il n'est pas nécessaire de l'être pour avoir des
enfants, j'en suis la preuve vivante ! souligna Nick. Et
comme tu n'en as pas, dis-moi ce qui t'autorise à te

croire plus compétente que moi en matière de psychologie infantile !

La défiait-il, ou était-il juste curieux ? se demanda
Riley.

Dans le doute, elle choisit de répondre par une boutade.

— C'est très simple : parce que j'excelle par nature
dans tous les domaines.

Sur ces mots, elle regagna le séjour, prit son sac sur
le canapé et se dirigea vers la porte.

— Hé ! McIntyre !

Elle s'arrêta et vit en se retournant que Nick l'avait
suivie.

— Oui ?

— Merci. Pour tout.

— Il n'y a pas de quoi.

Même s'il lui paraissait normal d'avoir rendu service
à Nick, ses remerciements lui faisaient plaisir, elle ne
pouvait le nier.

— Il faut s'épauler, entre coéquipiers, ajouta-t-elle.

Nick, qui était maintenant près de Riley, sentit alors
un élan de désir si imprévu et si puissant le soulever qu'il
en eut le souffle coupé. En parlant de rendez-vous galant,
tout à l'heure, la jeune femme avait peut-être excité sa
libido sans qu'il en ait conscience sur le moment… Et
s'y ajoutait peut-être maintenant sa gratitude pour l'aide
qu'elle lui avait apportée…

Quoi qu'il en soit, le fait était là : il mourait d'envie
de l'embrasser.

Sa raison l'emporta cependant, et il se contenta de dire :

— Merci encore, et à demain.

L'émoi qui s'était soudain emparé de Riley l'avait
prise de court. Et depuis, il lui semblait que l'espace,
entre elle et Nick, se réduisait de façon indépendante de

leur volonté, comme si un aimant invisible les attirait l'un vers l'autre…

Il fallait partir. Et tout de suite.

— A demain, murmura-t-elle.

Trente secondes plus tard, elle avait opéré ce que les militaires appelaient une retraite stratégique pour ne pas employer le terme humiliant de « fuite ».

Nick crut d'abord que le bruit venait de dehors.

Il s'assit dans son lit pour ne pas risquer de se rendormir avant d'en avoir le cœur net, et tendit l'oreille.

Son appartement était situé au rez-de-chaussée, et la piscine de l'immeuble n'était pas très loin. Il arrivait que des adolescents s'y retrouvent le soir, et surtout par ces nuits chaudes d'octobre où il était particulièrement agréable de se baigner.

Ce que Nick entendait ne ressemblait cependant pas à des éclaboussements d'eau, mais plutôt à des pleurs.

Et cela ne venait pas de dehors, finit-il par comprendre, mais de l'intérieur de l'appartement.

Lisa !

Il avait sauté à bas du lit et courait vers la chambre d'amis avant que son cerveau n'ait eu le temps de traiter complètement l'information. Et donc avant que la certitude de ne pas savoir quoi faire pour consoler une enfant de six ans n'ait pu le convaincre d'attendre sans bouger que les larmes de Lisa se tarissent d'elles-mêmes.

Résistant, pour ne pas l'effrayer, à l'impulsion qui l'incitait à se ruer dans la pièce, il commença par frapper.

Aucune réaction.

Il frappa de nouveau — sans plus de résultat. Le seul bruit qui lui parvenait était celui de sanglots étouffés.

Après un moment d'hésitation, il tourna la poignée et ouvrit la porte.

La vue de la minuscule silhouette perdue au milieu du grand lit faillit le persuader de se retirer sans bruit et de regagner sa chambre. Il prit cependant son courage à deux mains et franchit le seuil.

— Lisa ?

Pas de réponse. Peut-être les larmes empêchaient-elles la fillette de parler… Ou bien elle pleurait dans son sommeil, sous l'effet d'un cauchemar… Mais dans cette dernière hypothèse, fallait-il la réveiller ? Le choc ne risquait-il pas de lui causer un violent traumatisme ?

Nick n'en avait pas la moindre idée, et le nombre de choses qu'il ignorait au sujet des enfants était donc encore plus élevé qu'il ne l'avait cru… Combien de nouvelles questions, qu'il n'aurait jamais songé à se poser, allaient-elles venir lui compliquer encore un peu plus la vie ?

Mieux valait ne pas y penser, et tenter de résoudre les problèmes au fur et à mesure qu'ils se présentaient…

— Lisa ? répéta Nick.

N'obtenant toujours pas de réponse, il s'approcha du lit et vit alors que la fillette avait les paupières fermées. Quand il la secoua doucement par l'épaule, elle ouvrit tout grand les yeux, l'air à la fois effrayé et désorienté, puis elle enfouit son visage dans son oreiller. Nick comprit qu'elle avait honte de pleurer devant lui, et il sentit son cœur se serrer en s'apercevant que les efforts de la petite fille pour contenir ses sanglots la faisaient trembler.

Il s'assit au bord du lit et se pencha vers elle.

— Ne pleure pas, Lisa ! Je suis là… Ça va aller…

Ces mots étaient destinés à le rassurer, lui, autant qu'elle et, aussi délicatement que s'il essayait de refermer la main sur un flocon de neige, il la prit dans ses bras.

Elle commença par résister, mais finit par s'abandonner et posa la tête sur sa poitrine.

— Maman me manque…, murmura-t-elle entre deux hoquets.

— Bien sûr, ma puce…, dit Nick d'une voix émue. Bien sûr, mais tout ira bien, tu verras…

Lisa se serra contre lui, et il se mit à la bercer douce-ment, jusqu'à ce qu'elle se rendorme.

Et ensuite, sans trop savoir pourquoi puisque ce n'était plus nécessaire, il la garda encore un moment dans ses bras avant de la reposer sur le lit avec mille précautions.

9

Après s'être garée dans la contre-allée du pavillon dont elle était propriétaire, Riley coupa le moteur, mais elle resta ensuite assise au volant, à attendre qu'un regain d'énergie lui permette de sortir de sa voiture.

Sa maison comportait un garage, mais à force d'y entasser des affaires qu'elle se promettait depuis des mois de trier, sans jamais en trouver le courage, elle l'avait rendu impropre à sa destination première.

Entre l'enquête sur le cambriolage chez les Wilson et son implication forcée dans les problèmes personnels de Nick, elle était fourbue. Et comme les jours suivants s'annonçaient tout aussi chargés, elle n'avait que deux solutions : apprendre à résister au manque de sommeil ou se dédoubler.

Plusieurs lentes et profondes inspirations lui donnèrent le ressort nécessaire pour descendre de voiture. Quand elle eut tourné le coin de la contre-allée, elle agita la main et cria, comme tous les jours en rentrant du travail :

— Bonsoir, Howard !

Ledit Howard n'était pas visible, mais elle savait qu'il guettait son retour : quelle que soit l'heure, il l'attendait, posté derrière la fenêtre de son séjour. C'était devenu plus qu'une habitude : il s'en faisait une obligation.

La porte de la maison voisine s'ouvrit en effet deux secondes plus tard, et Howard Gray surgit sur le perron.

Ingénieur mécanicien à la retraite, ce veuf âgé de soixante-douze ans avait le crâne dégarni et pas mal de kilos en trop, mais le sourire qu'il adressa à Riley en réponse à son salut était encore celui du jeune homme séduisant qu'il avait dû être.

— Vous rentrez tard ! observa-t-il. Je commençais à m'inquiéter.

Malgré sa fatigue, elle décida d'aller parler un moment avec lui.

— Combien de fois vous ai-je dit de ne pas m'attendre au-delà d'une certaine heure ? le gronda-t-elle affectueusement lorsqu'elle l'eut rejoint.

Il résidait déjà là quand elle avait emménagé, trois ans plus tôt. Assez distant au début, il s'était peu à peu rapproché d'elle et, un 4 Juillet, pendant le pique-nique traditionnel organisé par les habitants du quartier, il lui avait raconté le drame qui avait brisé sa vie.

Egan, le plus jeune de ses deux fils, avait comme Riley débuté sa carrière dans la police tout en bas de l'échelle, mais il n'avait jamais eu, lui, la possibilité de gravir les échelons : alors qu'il n'était même pas en service, il s'était porté au secours d'un commerçant dont des cambrioleurs avaient attaqué le magasin, et l'un des malfaiteurs l'avait tué d'une balle dans la tête.

La mort de son fils avait anéanti Howard. Il avait essayé de se distraire de sa douleur en enrichissant ses collections de livres, de revues et de trente-trois tours, si bien que les cinq chambres de sa grande maison en étaient maintenant pleines à craquer.

Cela n'avait cependant pas suffi. Son chagrin n'avait même cessé de grandir — jusqu'à l'installation de Riley à côté de chez lui.

Une fois au courant de son deuil, la jeune femme s'était employée à lui faire retrouver le sourire. Il était un peu devenu à ses yeux le grand-père qu'elle n'avait pas connu, et elle ne manquait jamais de l'inviter aux réceptions informelles que donnait régulièrement sa famille.

Howard s'était d'abord inventé toutes sortes d'excuses pour ne pas y aller, et Riley avait pratiquement dû l'y traîner, mais les réticences du vieil homme avaient fini par tomber, et il se faisait à présent une joie d'y assister.

De son côté, il s'était fixé pour mission de veiller sur Riley. Exerçant le même métier qu'Egan, elle devait le rattacher à lui, d'une certaine manière. Elle ne l'en avait pas moins encouragé à normaliser ses relations avec son autre fils, Ethan, qui vivait sur la côte Est et lui rendait maintenant visite au moins deux fois par an.

— Je sais que vous m'avez souvent défendu de vous attendre au-delà d'une certaine heure, répondit Howard à la question de Riley, mais j'oublie chaque fois : à mon âge, on perd la mémoire.

— A votre âge ? Comment pouvez-vous dire ça ? Vous êtes l'une des personnes les plus jeunes que je connaisse !

— Votre mère sait que vous flirtez avec un homme qui a presque le triple de votre âge ?

La nuit était tombée, mais le perron était bien éclairé, et Riley vit une lueur de malice briller dans les yeux de son voisin.

— Mais maintenant que vous êtes rentrée, enchaîna-t-il, je peux aller me coucher.

— Vous auriez dû le faire plus tôt, au lieu de rester là à vous inquiéter pour moi ! Ce n'est pas bon pour votre santé.

— C'est très bon pour ma santé, au contraire !

La jeune femme n'eut pas de mal à comprendre le sens de cette remarque : tout le monde avait besoin de tenir assez à quelqu'un pour se soucier vraiment de son sort. Howard tenait à elle, et cela lui donnait une raison de se lever le matin.

— Dormez bien, lui souhaita-t-elle avec un sourire chaleureux.

— Vous aussi, répondit-il avant de rentrer à l'intérieur et de refermer la porte derrière lui.

Riley attendit de l'avoir entendu mettre le verrou de sûreté pour partir. Arrivée sur son propre perron, elle se retourna et vit les lumières du rez-de-chaussée s'éteindre une à une chez son voisin.

Et quand elle regarda par la fenêtre de son séjour, quelques minutes plus tard, la maison tout entière était plongée dans l'obscurité.

Une nouvelle journée s'achevait, songea-t-elle tandis que revenait en force la fatigue un moment chassée par sa conversation avec celui qu'elle en était venue à considérer comme son ange gardien.

— Au travail ! On en a un troisième !

Un peu plus de deux semaines s'étaient écoulées depuis que son beau-père avait muté Riley. Sa première journée complète à son nouveau poste l'ayant mise au courant des deux cambriolages commis de toute évidence par les mêmes malfaiteurs, elle n'eut pas à demander au capitaine Barker de quoi il parlait. Elle ne l'avait pas entendu arriver, mais à en juger par la façon dont sa voix lui avait percé les tympans, il se tenait juste derrière elle. Il lui semblait même sentir son souffle lui effleurer les cheveux, et cela n'avait rien d'agréable !

Elle se tourna vers lui, la nouvelle qu'il apportait faisant naître mille questions dans sa tête, mais elle se garda bien de les poser : l'honneur en revenait à son coéquipier, parce qu'il avait commencé avant elle à traiter le dossier, et Riley s'était vite rendu compte que Barker était très à cheval sur le protocole.

Nick était assis en face d'elle, si bien qu'il n'eut pas, lui, à se tordre le cou pour témoigner de son attention à leur supérieur.

— Même mode opératoire ? demanda-t-il.

— Comment avez-vous deviné ? riposta Barker sur un ton sarcastique. Serait-ce le mot « troisième » qui vous a mis sur la voie ?

Son regard froid se posa ensuite sur Riley.

— Où en sommes-nous du deuxième cambriolage ?

« Nous… » Comme si le capitaine avait apporté la moindre contribution à cette enquête en dehors des quelques informations de départ ! Riley avait le sentiment qu'il était du genre à laisser ses subordonnés faire tout le travail, puis à s'attribuer le mérite de leurs succès.

— « Nous » avons questionné les Wilson jusqu'à ce qu'ils ne puissent plus nous voir en peinture, répondit-elle. Nous sommes allés interroger toutes les personnes avec qui ils avaient parlé au cours des six derniers mois, y compris les livreurs des commerces où ils avaient passé des commandes. Et nous avons recherché les clandestins employés par Calvin Richmond… Sans résultat.

— Eh bien, tâchez de trouver quelque chose, cette fois ! Le maire n'aime pas les affaires qui traînent et permettent ainsi aux coupables de continuer à sévir !

— Il n'est pas le seul…, marmonna la jeune femme pendant que Barker donnait à son coéquipier le nom et l'adresse des nouvelles victimes.

Après le départ du capitaine, Nick sauta sur ses pieds et enfila sa veste.

— Prête ?

— Et comment !

Riley repoussa sa chaise, attrapa son sac et lui emboîta le pas.

— Tu peux venir chez moi ce soir ? lui demanda-t-il sur le chemin de la sortie.

Ils passaient à ce moment-là devant le bureau d'Alex Sung, qui travaillait depuis douze ans à la division des cambriolages. Celui-ci leva les yeux de l'écran de son ordinateur, et son regard passa de Nick à Riley, puis de Riley à Nick... Il avait l'air surpris, mais ne fit aucun commentaire. La jeune femme n'avait cependant pas envie que de fausses rumeurs commencent à courir.

— Ce n'est pas ce que vous pensez, dit-elle en s'arrêtant net. J'aide Wyatt à préparer un examen.

— Tu t'es réinscrit à la fac, Wyatt ? intervint Reed Allen, le coéquipier de Sung.

— J'ai passé l'âge ! répondit Nick.

Riley avait proféré le premier mensonge qui lui était venu à l'esprit, mais il n'était pas très convaincant et, pour couper court à la conversation, elle s'éloigna à grands pas.

— Heureusement que j'ai trouvé un moyen d'éluder la question d'Allen ! s'écria Nick lorsqu'ils furent dans le couloir. Mais ce n'est que provisoire : il reviendra à la charge. Tu m'as mis dans une situation impossible, avec ton histoire d'examen !

— Tu t'y es mis toi-même ! Pourquoi n'as-tu pas attendu que nous soyons seuls pour me parler de ce soir ? Et quand Allen te demandera de quel examen il s'agit, tu n'auras qu'à dire que je te prépare à un concours de chant, de cuisine, ou de décoration florale...

— Très drôle !

— Bon, d'accord, excuse-moi de t'avoir mis dans l'embarras, mais je te fais confiance pour t'en tirer : tu es tellement ingénieux !

— Tu te moques encore de moi, là ?

— Non. Pourquoi ?

— Parce qu'avec toi, je ne sais jamais à quoi m'en tenir.

Ces mots firent plaisir à Riley. Ils signifiaient qu'elle avait sur Nick un effet déstabilisant, et cela rétablissait l'équilibre entre eux, car il y avait chez lui quelque chose qui la perturbait, elle aussi.

Arrivés devant l'ascenseur, ils en trouvèrent les portes ouvertes. Ils montèrent dans la cabine, et Nick observa après avoir appuyé sur le bouton du rez-de-chaussée :

— Tu n'as toujours pas répondu à ma question… Tu peux venir chez moi ce soir ?

— Oui. Lisa m'a réclamée ?

— Comme chaque matin.

— Tu vas pourtant devoir tôt ou tard te résoudre à être seul avec elle le matin *et* le soir. La présence d'une tierce personne est un obstacle à la construction de votre relation père-fille.

— Je le sais, mais je ne me sens pas encore capable de me passer complètement de toi.

L'ascenseur s'arrêta, et les portes se rouvrirent. Pendant qu'ils traversaient le hall du commissariat, Nick sortit de sa poche le papier sur lequel il avait noté l'adresse fournie par Barker.

— Cette maison se situe dans la même partie de la ville que les deux autres, indiqua-t-il, mais dans un quartier un peu moins huppé.

— Nos cambrioleurs ont peut-être décidé de s'attaquer à une tranche plus modeste de la population, pour ne pas faire de jaloux, plaisanta Riley.

Une fois dehors, elle se dirigea droit vers la voiture de Nick. Il préférait toujours prendre le volant et, malgré sa fâcheuse tendance à griller les feux orange, cela ne la dérangeait pas.

— Ce serait bien de trouver à l'ensemble des victimes un autre lien que la proximité de leurs domiciles, déclara Nick en pointant sa clé de contact sur son véhicule et en pressant le bouton de déverrouillage central des portières.

— Nous en trouverons un.

— Je ne suis pas aussi optimiste que toi.

— Oui, j'avais remarqué, mais ce troisième cambriolage sera peut-être celui de trop pour ses auteurs, celui qui nous fournira enfin une piste sérieuse.

Nick secoua la tête, l'air dubitatif, et Riley profita du silence qu'il garda ensuite pendant tout le trajet pour réfléchir à ce que leur enquête leur avait appris jusque-là.

Pas grand-chose, elle devait bien l'admettre...

Ils avaient eu beau rechercher ce que les deux premiers couples pouvaient avoir en commun, rien ne semblait les rapprocher en dehors du fait d'être propriétaires d'une maison qui valait plusieurs millions de dollars. Ils ne se connaissaient pas et menaient des vies très différentes.

Edith et Joel Marston, les victimes du premier cambriolage, allaient à la messe tous les dimanches, mais pas les Wilson.

Les Marston avaient un garçon et une fille, qui fréquentaient une école privée ; les Wilson n'avaient pas d'enfants.

Les Marston partaient en vacances deux fois par an ; cela faisait près de trois ans que les Wilson n'avaient pas quitté Aurora.

Shirley Wilson allait dans un club de fitness au moins quatre fois par semaine ; les Marston ne pratiquaient aucun sport...

Et tout à l'avenant : impossible de découvrir où et comment les chemins de ces deux couples s'étaient croisés.

Et pourtant, ils s'étaient forcément croisés.

La troisième victime était John Cahil, professeur d'université divorcé et père de deux adolescents, dont aucun n'était heureusement dans la maison au moment des faits.

Rhonda Williams, sa petite amie, n'avait pas eu cette chance : après un dîner bien arrosé au restaurant, Cahil l'avait amenée chez lui, et ils avaient fait l'amour avant de sombrer dans un profond sommeil.

C'est dans le lit à matelas d'eau de l'enseignant que les malfaiteurs les avaient surpris.

Selon les renseignements recueillis par les agents qui avaient répondu à leur appel, le mode opératoire était le même que celui des cambriolages précédents. Avec cependant une légère différence : l'un des deux individus avait affiché un intérêt marqué pour Rhonda, qui était devenue hystérique. Ligoté mais pas encore bâillonné, Cahil avait réussi à écarter la menace en attirant sur lui l'attention du malfaiteur : il l'avait abreuvé d'injures, ce qui lui avait valu d'être violemment frappé, mais l'autre homme était alors intervenu. Il avait éloigné de force son complice de leurs prisonniers et lui avait dit de se rappeler l'objectif de leur expédition.

Quand Nick et Riley arrivèrent chez John Cahil, l'agression datait d'une douzaine d'heures, et Rhonda avait l'air de ne pas avoir cessé de pleurer depuis que le chloroforme ne faisait plus effet.

Après qu'ils se furent présentés aux deux victimes et eurent dûment compati à l'épreuve qu'elles venaient de subir, Nick leur demanda de raconter les événements par le menu.

— J'ai déjà dit à vos collègues ce qui s'était passé !

s'écria l'universitaire d'une voix courroucée. Allez les interroger, et laissez-nous tranquilles !

Puis il enlaça sa compagne et tenta de la réconforter, mais elle continua de sangloter dans un mouchoir que ses larmes avaient réduit à l'état de chiffon trempé.

— Il est possible que le fait de le raconter de nouveau ramène à votre mémoire quelque chose dont vous ne vous seriez pas souvenu la première fois, monsieur Cahil, déclara Riley. Le plus petit détail peut nous aider à retrouver vos agresseurs.

— Ecoutez, je connais les statistiques de résolution de ce genre d'affaire, et elles sont accablantes ! J'enseigne la criminologie, figurez-vous !

Ces mots furent ponctués d'un rire sarcastique, et la jeune femme échangea un regard avec Nick. Les nerfs de Cahil seraient-ils en train de craquer ?

— Le professeur de criminologie est victime d'un crime ! reprit ce dernier. N'est-ce pas le comble de l'ironie ?

Rhonda se moucha, renifla et se redressa dans un effort évident pour se ressaisir et donner à l'entretien une tournure plus constructive.

— Je t'en prie, Johnny, calme-toi, dit-elle. Nous sommes encore vivants, et c'est l'essentiel, non ?

Elle posa ensuite la main sur le bras de son compagnon, mais il la repoussa sans douceur. Les rôles s'étaient inversés : c'était elle, maintenant, qui essayait de réconforter l'enseignant.

— Je ne *veux* pas me calmer ! protesta-t-il avec véhémence. Je veux que nos agresseurs aillent croupir en prison, et que ces deux-là sortent de chez moi... ainsi que la cohorte de gens inutiles qui s'agitent dans la maison !

— Ces « gens » sont tout sauf inutiles, souligna

Nick, et vous êtes bien placé pour le savoir. Quant à ma coéquipière et à moi, nous partirons dès que nous aurons recueilli votre déposition.

— J'ai été cambriolé, c'est tout.

Avec ses traits anguleux et son nez aquilin, Cahil ressemblait un peu à un oiseau de proie. Il en avait également le regard dur, et Riley se dit que ses étudiants devaient le craindre. Ce n'était sûrement pas le genre de professeur à aller boire un verre avec eux, ou à arrondir leurs notes.

Les ecchymoses dont son visage était couvert témoignaient cependant d'un courage qui forçait l'admiration, et elle lui déclara avec un respect sincère :

— Non, monsieur Cahil, je ne crois pas que ce soit tout. Vous avez mis l'un des malfaiteurs en colère contre vous… Qu'avez-vous fait pour ça ?

— Rien ! répliqua-t-il sèchement.

Ce fut son amie qui répondit à la question :

— Il m'a défendue.

— Rhonda…, bougonna Cahil.

Il n'était peut-être d'un abord très agréable, songea Riley, mais c'était tout le contraire d'un vantard : combien d'hommes, à sa place, auraient laissé passer cette occasion de se mettre en valeur ?

— Si, c'est vrai ! insista Rhonda. Johnny avait les mains liées, et il a quand même essayé d'empêcher ce misérable de poser ses sales pattes sur moi.

— C'était très chevaleresque de votre part, monsieur Cahil, observa Riley.

Ce compliment provoqua comme seule réaction un haussement d'épaules agacé.

— Pour ce que ça m'a rapporté…, grommela l'enseignant.

La jeune femme comprit alors son erreur : s'il refusait de parler de son acte de bravoure, ce n'était pas par modestie, mais parce qu'il se sentait malgré tout humilié. Comme Robert Wilson. Et même si Cahil, lui, avait osé tenir tête à ses agresseurs, il n'avait pas réussi à les neutraliser, et son amour-propre en souffrait.

— Je peux te dire un mot en privé ? demanda-t-elle en se tournant vers son coéquipier.

Nick fronça les sourcils — sans doute trouvait-il inopportun d'interrompre ainsi l'interrogatoire. Il se leva cependant et suivit Riley dans le couloir.

— Tu devrais prendre Cahil à part, lui déclara-t-elle à voix basse. J'ai l'impression que la présence de deux femmes le bloque. Seul avec toi, il sera sans doute plus loquace… Tu sais combien l'ego masculin est fragile…

— Je n'ai pas ce problème, mais ce n'est pas une mauvaise idée, McIntyre. Ça vaut la peine d'essayer, en tout cas. Sans compter que ça peut marcher dans les deux sens : seule avec toi, Rhonda se sentira probablement plus à l'aise pour raconter ce qui s'est passé exactement.

— Espérons-le !

Leur nouveau plan établi, ils regagnèrent le séjour. Riley s'était attendue à plus de résistance de la part de son coéquipier, mais elle n'allait pas se plaindre d'avoir eu aussi facilement gain de cause ! C'était plutôt flatteur, et cela fit également monter Nick dans son estime : un autre homme aurait peut-être refusé de se rallier à une tactique objectivement bonne juste parce que ce n'était pas lui qui y avait pensé.

Son entretien avec John Cahil terminé, Nick revint dans le séjour. Riley en avait elle aussi fini avec Rhonda, et ils s'apprêtaient à se retirer quand cette dernière déclara à son compagnon qu'Anna et Ellen allaient avoir un choc, le lendemain.

— Anna et Ellen ? répéta Nick. Qui est-ce ?

— Anna est ma femme de ménage, Ellen est sa fille, et je les emploie deux après-midi par semaine, répondit impatiemment Cahil. Le saccage qu'a subi la maison va leur porter un coup, et pas seulement à cause du surcroît de travail que cela leur donnera : j'ai aussi la faiblesse de croire qu'elles m'aiment bien et prennent mes intérêts à cœur... Partez, maintenant ! J'en ai assez de vos questions ! Ma vie privée ne vous regarde pas !

Ni Nick ni Riley ne bougèrent. Ils fixèrent l'enseignant en silence, et son visage s'empourpra soudain de colère : il venait de comprendre ce qu'ils pensaient.

— Elles n'ont rien à voir là-dedans ! s'exclama-t-il. Vous ne m'avez donc pas écouté ? Je vous ai dit que ces deux malfaiteurs étaient des hommes !

— Anna et Ellen possèdent une clé de chez vous ? lui demanda Nick, ignorant ses protestations.

— Evidemment, sinon comment entreraient-elles quand je suis en cours ? Par la cheminée ?

— Elles auraient donc donné un double de cette clé à quelqu'un ? intervint Rhonda.

Cette prise de position contre des femmes qu'il défendait dut apparaître comme une trahison à son compagnon, car il lança un regard noir à sa petite amie.

— C'est une possibilité, répondit Nick, et nous allons l'étudier, mais en attendant, et jusqu'à preuve du contraire, elles sont présumées innocentes... Vous pouvez nous fournir leurs coordonnées, monsieur Cahil ?

Bien que visiblement à contrecœur, l'enseignant lui dicta le numéro de téléphone d'Anna.

— Merci beaucoup, déclara Nick en s'obligeant à cacher son exaspération sous un ton poli. Nous vous laissons, à présent. Nous reprendrons contact avec vous dans quelques jours.

Pendant qu'il se dirigeait vers la porte, suivi de Riley, il entendit Cahil grommeler :

— Ou dans quelques semaines, pour m'annoncer que vous avez classé l'affaire...

Certaines personnes ne méritaient vraiment pas les efforts déployés par la police pour les protéger et les servir ! songea Nick en quittant la pièce.

10

Riley s'était vite rendu compte que, comme presque toutes les divisions de la police d'Aurora, celle des cambriolages souffrait d'un manque cruel d'effectifs.

Nick et elle, de même que l'ensemble de leurs collègues, menaient donc plusieurs enquêtes de front. Mais à cause du retentissement donné par les médias à trois vols commis dans la même partie de la ville, et dont les auteurs couraient toujours, ces affaires avaient pris le pas sur toutes les autres : elles étaient devenues leur priorité.

Jour après jour, ils avaient donc épluché les dépositions des victimes, les interrogatoires des suspects potentiels et les rapports de la police scientifique, allant jusqu'à sacrifier leur pause-déjeuner à leurs recherches. Ils connaissaient maintenant par cœur toutes les pièces du dossier, et pourtant ils n'étaient pas plus près d'identifier les coupables que le premier jour.

La jeune femme avait néanmoins le sentiment que la solution était là, sous leur nez, dans un détail qui leur échappait encore mais finirait par leur apparaître. Il suffisait d'être patient.

— C'est au moins la centième fois que je relis tout ça, maugréa Nick un vendredi soir en levant les yeux des documents empilés devant lui. Et pour rien : je n'arrive toujours pas à y trouver de nouveaux éléments exploitables.

Son regard se posa ensuite sur le tableau blanc installé près de son bureau, et sur lequel étaient notés en parallèle les noms, adresses et activités courantes des trois groupes de victimes.

Peut-être espérait-il lui aussi avoir une illumination soudaine, pensa Riley, découvrir enfin la pièce manquante qui leur permettrait de reconstituer d'un coup le puzzle…

Toutes les pistes qu'ils avaient explorées avaient abouti à des impasses, et notamment celle des femmes de ménage de John Cahil. Elles n'avaient dans leurs relations qu'une seule personne peu recommandable — Jorge, le neveu d'Anna. Mais ce Jorge purgeait en ce moment une peine de prison pour avoir presque battu à mort un homme qui avait osé inviter sa petite amie à danser dans un bal public. Il aurait éventuellement pu monter les cambriolages depuis sa cellule, mais l'enquête menée sur lui avait montré qu'il n'avait ni les contacts ni l'intelligence nécessaires pour le faire.

Et aucun des deux autres couples de victimes n'avait de femme de ménage.

— Je commence à en avoir assez de tourner en rond ! reprit Nick.

— Moi aussi, avoua Riley. On a tous les deux grand besoin de se reposer, et il est tard : on devrait en rester là pour aujourd'hui

Elle avait raison, se dit Nick. La fatigue le privait de toute capacité de concentration, alors à quoi bon s'obstiner ? Le plus sage était de rentrer chez lui.

Cela ne lui permettrait malheureusement pas de se reposer : depuis l'arrivée de Lisa dans sa vie, il n'avait plus eu une seule minute de vraie détente. Il rêvait d'aller terminer ses journées chez Malone, comme avant, mais il n'en avait plus le temps, et l'alcool lui aurait de toute façon embrumé l'esprit alors qu'il lui fallait avoir les idées claires pour s'occuper de sa fille.

Etre père n'avait décidément rien d'une sinécure !

— Le maire continue à se plaindre de notre manque de résultats, observa-t-il, et je suis surpris que Barker ne nous ait pas encore imposé de faire des heures supplémentaires.

— On en fait déjà, souligna Riley, mais je préfère que ce soit sur une base informelle. Elles ne nous sont peut-être pas payées, mais on peut au moins décider nous-mêmes du moment où on s'arrête. Un cerveau surmené est comme un moteur qui tourne au ralenti.

— Tu comptes faire broder ça sur tes serviettes de toilette, ou juste sur ton T-shirt ? demanda Nick avec un petit rire désabusé.

— Les deux.

Nick eut l'impression que Riley allait ajouter quelque chose, mais elle se tut. Il lui trouvait l'air pensif, et prit alors conscience de ne l'avoir pratiquement pas quittée des yeux depuis qu'il avait levé le nez de ses dossiers.

Ce n'était pas la première fois qu'il se surprenait à laisser ainsi son regard s'attarder sur elle. A la fixer en nourrissant des pensées qui n'avaient rien à voir avec le travail.

Et dans ces moments-là, il aurait souhaité qu'Evans revienne, ou que sa remplaçante soit moins jolie.

— Il y a quelque chose qui te tracasse, McIntyre ?

— Tu aimes la viande grillée au barbecue ?

La surprise le rendit muet. Ce n'était pas du tout ce à quoi il s'attendait. Il ne savait pas trop à quoi s'attendre, à vrai dire, mais il avait supposé que cela aurait un rapport avec leur enquête.

— Alors ? insista Riley.

— Euh... oui, je n'ai rien contre, mais pourquoi cette question ? Aurais-tu l'intention de me proposer une sortie à deux ?

— Pas du tout ! Je me demandais juste si j'allais ou non t'inviter au barbecue qu'Andrew Cavanaugh organise demain chez lui. Toi et ta fille, je le précise, et c'est même Lisa la raison première de cette invitation : elle a besoin de se distraire.

Nick songea à taquiner encore un peu Riley sur ses intentions, mais il y renonça : il était trop fatigué pour le faire.

— Quel jour sommes-nous demain ? demanda-t-il à la place.

— Samedi.

— Oui, ça, je le sais ! s'écria Nick.

Puis il s'efforça de maîtriser sa mauvaise humeur. Ce n'était pas la faute de Riley s'il manquait de sommeil, s'il passait la majeure partie de ses nuits à guetter le moindre bruit en provenance de la chambre d'amis. Lisa n'avait plus pleuré depuis le jour de son arrivée chez lui, mais elle pouvait recommencer et, dans ce cas, il voulait être prêt à aller la consoler.

— Excuse-moi, dit-il sur un ton radouci. Le sens de ma question, c'était : ce barbecue est-il destiné à fêter un événement particulier ? Un anniversaire, par exemple ?

— Non. Andrew aime cuisiner, et il aime encore plus inviter sa famille à venir déguster ce qu'il a préparé. Et il fait si beau, ces derniers temps, qu'il a décidé d'en profiter pour organiser un repas en plein air.

— C'est très bien, mais il y a un problème : je ne suis pas de sa famille.

— Tous les policiers en font automatiquement partie à ses yeux.

— Tu en es sûre ?

— Oui. Il le dit lui-même. Alors, qu'en penses-tu ?
Il y aura plein de bonnes choses à manger, dans une
ambiance très joyeuse, ta fille pourra jouer avec toute
la troupe d'enfants qui seront là, et ça te donnera à toi
une occasion de te détendre.

Nick était tenté. Il ne sortait plus depuis qu'il avait
recueilli Lisa. La seule personne qu'il voyait en dehors
du travail était Riley, et toute leur attention, toutes leurs
conversations, étaient alors centrées sur la fillette.

— J'ai en effet entendu parler des réceptions que
donne Andrew Cavanaugh, déclara-t-il, et en bien.

— Il faudrait habiter dans un autre Etat pour ne pas
en avoir entendu parler ! Son hospitalité et ses talents
culinaires sont célèbres dans toute la région ! Tu me
réponds, à présent ?

Bien que sa décision soit déjà prise, Nick s'amusa à
faire un peu traîner les choses.

— Je ne sais pas encore… A quelle heure les invités
sont-ils censés arriver ?

Riley sourit, car elle sentait que Nick feignait seulement
d'hésiter. Elle avait réussi à le convaincre de venir, et la
perspective de passer une journée avec lui dans un cadre
convivial accéléra les battements de son cœur. C'était
une réaction étrange, mais qu'elle jugea préférable de
ne pas analyser.

— Les festivités commencent à midi, indiqua-t-elle,
et se prolongent jusqu'à ce que les gens soient trop
épuisés pour parler.

— Y compris toi ? Je pensais que rien n'avait le
pouvoir de t'en empêcher !

A cause de la mort tragique de Diego Sanchez, Riley
avait perdu pendant deux mois sa gaieté et sa faconde
habituelles. Maintenant sortie d'un marasme qu'elle ne

souhaitait à personne de connaître, elle avait le sentiment de renaître.

— Tu me trouves trop bavarde, Wyatt ?

— Non, je plaisantais. J'irai même jusqu'à dire que je trouve ta conversation divertissante… Mais pour en revenir à ton invitation, c'est d'accord, je l'accepte. Je crois que tu as raison : Lisa a besoin de se distraire.

— Bien sûr que j'ai raison ! Je passerai vous chercher demain vers 11 h 30.

— Ce n'est pas la peine. Tu n'as qu'à me donner l'adresse maintenant.

— Non, je veux être certaine que tu ne me feras pas faux bond, et le seul moyen de m'en assurer est de t'emmener là-bas moi-même.

— Je te promets de venir. Parole de scout !

— Ça me suffirait comme garantie si tu avais été scout, mais tu ne l'as jamais été.

— Comment le sais-tu ? Aurais-tu fouillé dans mon passé ?

— Disons que je m'y suis intéressée…

— Mais pourquoi ? Tu me connais !

Nick devait se demander si elle n'avait pas été chargée par son beau-père d'enquêter discrètement sur lui, pensa Riley. Ce n'était évidemment pas le cas, mais elle ne résista pas au plaisir de le taquiner un peu. C'était de bonne guerre : il n'arrêtait pas, lui, de lui lancer des piques.

— Connaît-on jamais vraiment quelqu'un ? déclara-t-elle sur un ton sentencieux.

— Epargne-moi tes réflexions pseudophilosophiques, McIntyre, et explique-moi pourquoi tu as jugé utile de fouiller dans mon passé !

— Parce que je déteste les surprises et que je voulais en savoir plus sur l'homme avec qui je travaille. Je n'ai pas « fouillé », d'ailleurs : je me suis contentée de recueillir quelques informations biographiques.

— Que tu les aies obtenues en parlant à quelqu'un ou en consultant mon dossier, je considère ça comme une atteinte à ma vie privée ! Il aurait été plus honnête de t'adresser directement à moi.

— Tu aurais répondu à mes questions ?

— A celles qui m'auraient semblé pertinentes.

— C'est bien ce que je pensais, et j'ai donc eu raison de recourir à une autre méthode pour me renseigner. Je n'étais pas à la recherche de quelque secret honteux, de toute façon…

— Tu aurais été déçue, coupa Nick, parce que je n'ai rien à cacher.

Tout le monde avait des secrets, songea Riley. Certains étaient simplement plus lourds que d'autres.

— … je voulais seulement satisfaire ma curiosité, enchaîna-t-elle comme si Nick ne l'avait pas interrompue.

Elle se cala ensuite contre le dossier de son siège et bougea la tête d'un côté et de l'autre pour détendre les muscles douloureux de son cou.

— J'ai vu des boxeurs faire ça avant chaque reprise, indiqua Nick. Tu te prépares pour le round suivant ?

— Non, j'essaie de combattre un début de torticolis.

— Voilà ce qu'on récolte à rester penché sur un bureau pendant des heures ! Et j'ai noté que tu adoptais une très mauvaise position, le dos voûté et la tête rentrée dans les épaules.

Nick l'observait donc ? pensa Riley. Elle ne l'avait pas remarqué. Il lui donnait même parfois l'impression d'oublier jusqu'à sa présence.

— J'ignorais que la façon de se tenir pour travailler avait une telle importance à la division des cambriolages, déclara-t-elle.

— Tout y a de l'importance.

Sur ces mots, Nick se leva et la contourna. Elle pivota sur elle-même pour voir où il allait, mais à sa grande surprise, il s'arrêta dans son dos et la remit face à sa table.

— Qu'est-ce que tu fais, Wyatt ?

— Je m'apprête à t'étrangler, et par-derrière pour éviter que tes grands yeux bleus ne m'en dissuadent.

En sentant les mains de Nick se poser sur son cou, Riley sursauta, et il éclata de rire.

— Pas de panique, McIntyre : je ne vais pas t'étrangler. Je veux juste essayer de te débarrasser de ce torticolis.

Puis, avant qu'elle n'ait eu le temps de protester, il se mit à lui masser la nuque et les épaules.

— Tu es vraiment tendue ! s'exclama-t-il. Tu dois éprouver la même chose que Hulk quand il devient vert et que ses vêtements finissent par craquer.

Génial ! Il la comparait à un personnage de bandes dessinées aussi laid que mal embouché…

— Tu as vraiment l'art de parler aux femmes, Wyatt !

— Je ne te considère pas comme une femme.

Riley commençait à en douter sérieusement. Et elle, de son côté, était de plus en plus sensible au charme de son coéquipier…

Mieux valait cependant continuer de faire comme si de rien n'était : les relations intimes entre collègues étaient toujours source de complications.

— C'est bon à savoir, murmura-t-elle.

Elle avait du mal à se retenir de gémir, car les soins que Nick lui prodiguait étaient pour l'instant plus douloureux que bénéfiques, mais elle ne voulait pas lui donner la satisfaction de l'entendre se plaindre.

Parler lui sembla être un moyen efficace de s'en empêcher, et elle dit la première chose qui lui traversa l'esprit :

— Tu trouves vraiment que j'ai de grands yeux ?

— Tu n'es pas de cet avis ?

— Si, mais mes anciens coéquipiers ne l'ont jamais remarqué.

— A moins d'être aveugles, ils l'ont remarqué, crois-moi !

Fut-ce ce compliment détourné qui la détendit, ou bien le massage commençait-il à faire effet ? Toujours est-il que Riley sentit la raideur de ses muscles s'estomper.

Pour mieux savourer la sensation de bien-être qui commençait à la gagner, elle ferma les yeux, mais la sonnerie du téléphone posé sur son bureau les lui fit rouvrir au bout de quelques secondes à peine. Elle jeta un coup d'œil à la pendule murale. 17 h 30. Nick et elle n'étaient théoriquement plus de service depuis une demi-heure déjà, mais si cet appel concernait le travail, il risquait de les obliger à retarder encore le moment de rentrer chez eux.

— Tu ne réponds pas ? lui demanda Nick en retirant les mains de ses épaules.

— Je n'en ai pas la moindre envie, mais c'est peut-être important…

Résignée, elle décrocha le combiné et le porta à son oreille.

— Lieutenant McIntyre…

— C'est maman, ma chérie. J'ai essayé de te joindre sur ton portable, mais tu as dû de nouveau laisser la batterie se décharger. Quoi qu'il en soit, je te téléphone pour te rappeler le barbecue d'Andrew : c'est demain.

Riley poussa un soupir de soulagement : il ne s'agissait pas d'une affaire à traiter d'urgence.

— Je n'ai pas oublié, déclara-t-elle. J'étais même en train d'en parler il y a cinq minutes.

— Vraiment ? Et à qui ?

— A mon coéquipier, indiqua-t-elle tout en regardant

l'intéressé regagner son bureau et éteindre son ordinateur. Je l'ai invité. Il viendra avec sa fille. J'ai pensé qu'Andrew ne m'en voudrait pas de lui amener deux convives supplémentaires.

— Andrew, t'en vouloir pour ça ? Tu le connais : plus on est de fous, plus on rit ! Mais dis-moi, comment ton coéquipier s'adapte-t-il à sa nouvelle situation ?

Cette question ne surprit pas Riley. Bien qu'elle n'ait pas soufflé mot de la façon soudaine dont Nick s'était retrouvé avec un enfant à charge, elle savait que rien ne restait longtemps secret dans sa famille. Brenda était au courant, et cela suffisait. Le clan Cavanaugh avait la même devise que les Trois Mousquetaires : « Un pour tous, tous pour un ». Avec pour corollaire : « Ce que l'un sait, tous le savent. »

C'était le prix à payer pour que n'importe lequel des membres de la famille puisse toujours compter sur les autres, songea Riley, philosophe.

— Il s'adapte lentement mais sûrement, répondit-elle à sa mère.

Même si elle s'appliquait maintenant à éviter de regarder Nick, il devait avoir compris que la conversation portait à présent sur lui, si bien qu'elle décida de l'écourter.

— Il faut que je te laisse, maman… A demain !

— Oui, j'ai hâte d'y être. Riley ?

La jeune femme, qui avait commencé à reposer le combiné sur son support, le souleva juste avant que la communication soit coupée.

— Oui ?

— Je t'aime.

La tendresse qu'exprimait la voix de sa mère l'émut aux larmes. Elle la savait encore inquiète à son sujet, effrayée à l'idée de ne jamais la voir sortir de l'abattement dans lequel l'avait plongée le meurtre de Diego Sanchez.

Dieu merci, et que ce soit grâce au travail ou au fait de se sentir utile en aidant Nick à s'occuper de Lisa, elle était en bonne voie de guérison.

— Je t'aime moi aussi, maman.

A peine avait-elle raccroché que Nick lui demanda :

— Tout va bien chez toi ?

— Oui. Ma mère voulait juste s'assurer que j'allais bien, moi.

— Elle a des raisons de se tracasser pour toi ?

— Non, déclara Riley.

Cette réponse laconique lui était venue automatiquement, car c'était le moyen qu'elle utilisait toujours pour couper court aux questions sur son état émotionnel. Il y avait cependant plus de vérité dedans que quelques semaines plus tôt : elle allait de mieux en mieux, et pouvait espérer être bientôt complètement rétablie.

— Mais ça ne change rien, ajouta-t-elle. Un enfant est un sujet d'inquiétude pour ses parents pendant les cent premières années de son existence, selon ma mère. Après, leurs angoisses commencent à se calmer.

— Elle va donc se faire du souci pour toi pendant encore plus de soixante-dix ans ?

Même si sa mère devenait centenaire, jamais elle ne cesserait totalement de s'inquiéter pour ses enfants, Riley le savait. Et le fait qu'ils travaillent tous dans la police n'arrangeait pas les choses…

— Si on n'accepte pas à l'avance de ne plus vivre uniquement pour soi, observa-t-elle, il ne faut pas avoir d'enfants.

— Moi, je n'ai rien demandé, mais je ne suis heureusement pas du genre à me ronger les sangs en permanence.

— Ne te réjouis pas trop vite : ça viendra.

Nick craignait que sa coéquipière n'ait raison, mais il préféra garder le silence plutôt que de le lui avouer.

*
* *

Le lendemain à 11 h 30, quelqu'un sonna à la porte de Nick. Il alla ouvrir… C'était Riley, eut-il la surprise de découvrir.

— Tu n'étais pas obligée de passer, lui déclara-t-il sans s'écarter pour la laisser entrer. Je t'avais dit que nous irions à ce barbecue !

— Je voulais en être absolument sûre, et ce n'est pas comme si j'avais dû effectuer un long détour : ton immeuble est sur mon chemin pour me rendre chez Andrew.

Nick eut l'impression qu'elle mentait, et il allait lui demander où elle habitait exactement quand quelque chose de plus intéressant le frappa : la tenue qu'elle portait.

Il faisait encore chaud, aujourd'hui, et elle s'était habillée en conséquence d'un débardeur blanc et d'un short en jean. Le premier mettait en valeur sa peau bronzée, mais ce fut surtout le second qui retint l'attention de Nick : très court, ce short laissait découvertes de longues jambes fines, que son regard balaya lentement de haut en bas.

— Fais attention, Wyatt ! lui lança Riley. Si tu continues à me lorgner comme ça, les yeux vont te sortir des orbites !

— Tes jambes ont toujours été aussi longues ? demanda-t-il en se forçant à s'arracher à sa contemplation.

— Depuis la quatrième. J'ai longtemps été la plus grande de ma classe, et puis les autres ont fini par me rattraper… Je me souviens qu'au collège, un garçon m'appelait « la Sauterelle ».

Nick pensa soudain à Lisa. Le jour viendrait sûrement où un de ses camarades d'école lui dirait une méchanceté… Comment le supporterait-elle ? Et lui, comment réagirait-il ? Il ne voulait pas devenir un de ces pères qui empoisonnaient la vie de leurs enfants en les surprotégeant, mais la seule idée que quelqu'un se moque de sa fille le rendait malheureux.

— Ce sobriquet te faisait souffrir ? questionna-t-il.

— Non. C'est plutôt son inventeur qui a souffert !

— Pourquoi ?

— Parce que, au bout d'un moment, j'en ai eu assez et que je lui ai mis une raclée.

— J'aurais dû me douter que, petite déjà, tu ne te laissais pas marcher sur les pieds ! observa Nick en riant.

Et Lisa se révélerait peut-être posséder la même force de caractère, ajouta-t-il intérieurement.

Sans doute attirée par le bruit des voix, la fillette sortit alors de sa chambre. Elle choisissait toujours elle-même ses tenues, et avec beaucoup de discernement, si bien qu'elle avait opté ce matin pour un T-shirt rouge et un short blanc qui convenaient parfaitement à l'occasion.

Dès qu'elle vit qui était là, elle se mit à courir en criant, tout excitée :

— Riley ! Riley ! On va à un barbecue, Nick et moi !

— Oui, je sais, ma puce : c'est moi qui vous y ai invités.

— Tu y vas, toi aussi ? demanda Lisa avant de lui enlacer la taille.

— Bien sûr ! répondit la jeune femme.

Puis elle se tourna vers Nick.

— Ta fille t'appelle toujours par ton prénom ?

— Oui, c'est plus facile : il comporte une lettre de moins que « papa ».

Sous cette boutade se cachait une réalité plus complexe. Après s'être passée de lui pendant six ans, Lisa avait du mal à considérer ce quasi-inconnu comme son père. Mais Nick le comprenait d'autant mieux qu'il trouvait tout aussi difficile, sinon plus, de s'adapter à la situation. Il avait donc décidé d'attendre que sa fille l'appelle spontanément « papa », que l'utilisation de ce terme ne soit pas une simple question de convention, mais reflète un vrai sentiment filial.

— Tu es prête, Lisa ? demanda-t-il.

— Oui !

— Alors on y va !

La fillette ne se le fit pas dire deux fois : elle attrapa Riley par la main et l'entraîna vers la porte de l'immeuble.

11

— Tu entends ça ? demanda Riley à Nick deux heures plus tard.

Quand ils étaient arrivés chez Andrew Cavanaugh, la fête battait déjà son plein. Un accueil chaleureux les y attendait et, au bout de quelques minutes, Lisa avait été « enlevée » à son père : Brenda l'avait prise par la main et emmenée se joindre aux jeux organisés pour la jeune génération de Cavanaugh. Ils ne l'avaient plus revue depuis.

Ensuite, ensemble ou séparément, ils s'étaient mêlés aux invités, et le temps avait passé très vite. Nick avait découvert là des personnes capables de discuter des sujets les plus divers — parfois avec humour, parfois avec tout le sérieux qu'ils exigeaient —, et de délicieux amuse-gueules faits maison lui avaient donné un avant-goût des talents culinaires de son hôte.

Le service du repas lui-même avait maintenant commencé : les gens se pressaient autour d'un barbecue sur lequel cuisaient hot dogs, côtelettes et steaks hachés. Nick avait proposé à Riley d'aller leur chercher à manger, et il était revenu dix minutes plus tard avec deux assiettes pleines à ras bord.

Andrew avait insisté pour remplir lui-même celle qui était destinée à Riley, et Nick, après la lui avoir remise, s'était assis à côté d'elle sur l'une des dizaines de chaises pliantes installées sur la pelouse.

Il effectuait depuis un véritable numéro d'équilibriste pour empêcher le contenu de son assiette — un hamburger et trois sortes de salades différentes — de se répandre sur ses genoux.

— Que suis-je censé entendre ? dit-il en réponse à la question de la jeune femme. Avec tout ce bruit, il est difficile de distinguer quelque chose en particulier !

— Ecoute ! ordonna-t-elle en pointant le doigt vers le fond du jardin.

Nick tourna docilement la tête dans cette direction et tendit l'oreille… sans rien percevoir que le brouhaha des conversations.

— Non, je ne vois toujours pas de quoi tu parles, finit-il par déclarer.

— Ah ! les hommes… C'est du rire de ta fille que je parle !

— Tu plaisantes ?

— Pas du tout.

— Alors tu entends vraiment Lisa rire ?

— Oui.

Après une nouvelle — et tout aussi vaine — tentative pour isoler un son précis du bruit ambiant, Nick secoua la tête. Riley le menait en bateau !

— Il y a au moins une douzaine d'enfants qui rient, là-bas ! souligna-t-il. Tu ne *peux* pas faire la différence entre le rire de Lisa et celui des autres !

— Si, je le peux, répliqua-t-elle. C'est une question de concentration, et de réceptivité. Et en tant que père, tu dois être capable de faire cette différence.

— Désolé, mais le gène de la paternité vient juste de m'être inoculé. Il n'a pas encore eu le temps de me conférer toutes ses fabuleuses propriétés.

— Tu te moques de moi, n'est-ce pas, Wyatt ?

— Dans un jardin rempli de membres de ta famille, dont la plupart ont accès à une arme à feu ? Je tiens à la vie !

Cette remarque fit sourire Riley et, pendant que Nick attaquait son hamburger, elle parcourut l'assistance des yeux. Elle n'y avait pas pensé en ces termes, mais il avait raison : le jardin était rempli de membres de sa famille.

En dehors de ses frères, de sa sœur et de sa mère, il ne s'agissait que de parents par alliance, mais les liens qui l'unissaient maintenant à eux étaient aussi forts que ceux du sang. Ils étaient tous prêts à la défendre en cas de besoin et, aujourd'hui pour la première fois, elle avait pleinement conscience de la chance que cela représentait.

— Il faudrait que tu fasses quelque chose de vraiment grave, pour que l'un d'eux aille jusqu'à t'abattre, observa-t-elle.

— Peut-être, mais comme je ne sais pas ce qu'ils considéreraient comme « vraiment grave », je préfère rester prudent… Il y a un seul risque que je me sens presque disposé à prendre avec toi.

— Lequel ?

Nick garda le silence, mais il plongea ses yeux dans ceux de Riley et, comme hypnotisée, elle soutint son regard plus longtemps qu'elle ne l'aurait voulu.

Car elle éprouva alors, mais de façon plus prononcée encore, l'étrange frisson qui courait le long de son dos, depuis quelque temps, chaque fois que leurs mains se touchaient par inadvertance ou que Nick lui apparaissait à un moment où elle ne s'y attendait pas.

— Je te le dirai le moment venu, finit-il par répondre — mais si bas qu'elle dut se pencher pour l'entendre.

— Euh… d'accord, bredouilla-t-elle.

Puis elle reporta son attention sur Lisa. Ce qu'elle

ressentait pour la fillette avait l'avantage d'être simple et parfaitement identifiable : c'était une immense tendresse.

En ce qui concernait Nick, les choses étaient beaucoup moins claires…

Le sourire aux lèvres, Lila Cavanaugh observait Riley et son coéquipier depuis la terrasse. Quand sa fille était arrivée avec Nick Wyatt, une onde de soulagement avait inondé son cœur de mère : les choses étaient en train de rentrer dans l'ordre.

Elle se tourna vers son mari et lui posa une main sur le bras.

— Tu as pris la bonne décision, Brian.

— Sûrement, mais puis-je savoir, par curiosité, à laquelle de mes brillantes décisions tu fais référence ?

— A celle de transférer Riley de la brigade criminelle à la division des cambriolages et de lui donner Nick Wyatt comme coéquipier. Regarde-la ! Elle est presque redevenue elle-même ! Merci !

Lila embrassa son mari sur la joue et, tendrement, il lui prit la main pour y déposer un baiser.

— Inutile de me remercier, belle dame… Je suis et serai toujours votre chevalier servant.

Un petit soupir d'aise s'échappa des lèvres de Lila. Après toutes ces années, elle était enfin parfaitement heureuse. Et c'était à cet homme qu'elle le devait.

— Et je suis prêt à te prouver mon zèle dès que nous aurons pu nous esquiver et rentrer chez nous, ajouta-t-il avec un clin d'œil malicieux.

— Brian ! Oublierais-tu qui tu es ? Imagine que quelqu'un t'entende !

— Et alors ? Il n'est écrit nulle part qu'un directeur de la police judiciaire doit être un robot ! Sans compter que le fait de se tenir aussi près de toi aurait des effets concrets même sur un robot : sa carcasse métallique se mettrait à surchauffer.

Lila éclata de rire. Jamais elle n'aurait cru possible de connaître un jour un tel bonheur. Après l'enfer de son premier mariage, elle avait l'impression de rêver.

Et c'était un rêve dont elle espérait ne jamais se réveiller.

— Je crois pouvoir dire sans me tromper que Lisa n'est plus bonne qu'à aller se coucher, murmura Riley à Nick.

Il était presque 22 heures, et ce constat pouvait s'appliquer à tous les gens qui les entouraient — sauf à Andrew, qui continuait de s'occuper de ses invités sans montrer le moindre signe de fatigue. C'était comme si la présence dans sa maison de sa famille et de ses amis était pour lui une source inépuisable d'énergie.

Quand Nick se tourna vers elle, elle lui indiqua d'un geste du menton la fillette endormie sur ses genoux. Un certain nombre de personnes avaient quitté le jardin pour le séjour, et elle s'était installée dans un canapé avec Lisa. Après avoir déclaré qu'elle n'était pas du tout fatiguée et voulait encore jouer, la petite fille avait sombré d'un coup dans un profond sommeil.

— C'est bien la première fois qu'elle s'endort sans m'avoir d'abord réclamé une histoire, observa Nick avec une pointe d'amusement dans la voix. Attends, je vais la prendre…

Pendant qu'il soulevait Lisa dans ses bras, Riley regarda autour d'elle. Quelques enfants s'agitaient encore dans la pièce, mais la plupart avaient eux aussi fini par rejoindre le pays des rêves.

— Des journées comme celle-ci épuisent même

les adultes, souligna-t-elle, mais elles laissent à tout le monde un merveilleux souvenir. J'aurais aimé en connaître d'aussi belles, petite… Je n'ai cependant pas trop à me plaindre : avec deux frères et une sœur, je ne me suis jamais sentie seule.

— Moi, je suis fils unique.

— C'est triste !

— Triste ? Pourquoi ? Ma mère a quitté le domicile conjugal quand j'étais encore très jeune, et ça, j'en ai souffert, mais pas de n'avoir ni frères ni sœurs. Ce n'est pas comme si je ne mangeais pas à ma faim.

— Si, d'une certaine façon : tu as été privé de quelque chose.

— Ce qu'on n'a jamais eu ne vous manque pas, rétorqua Nick avec un haussement d'épaules désinvolte.

— Je ne crois pas que ce soit entièrement vrai.

— J'ai l'impression que tu essaierais d'imposer ton point de vue à Dieu Lui-même !

— Je le ferais si j'étais sûre d'avoir raison contre Lui.

Nick secoua la tête et se mit à rire.

— Tu es la personne la plus entière que je connaisse, McIntyre ! Maintenant, ça m'ennuie de t'obliger à partir, mais dans la mesure où tu as insisté ce matin pour me servir de chauffeur…

— Oui, je vais vous ramener, la Belle au bois dormant et toi, annonça Riley en se levant. Donne-moi juste le temps de trouver nos hôtes. Nous devons leur dire au revoir avant de nous en aller.

— C'était bien mon intention !

— J'en suis sûre, se dépêcha-t-elle de déclarer.

En rappelant à Nick l'une des règles les plus élémentaires de la politesse, elle avait manqué de tact. Il avait été froissé, et à juste titre, car il avait d'excellentes manières : il lui tenait toujours les portes, par exemple, il s'effaçait pour la laisser monter la première dans la cabine quand ils prenaient ensemble l'ascenseur...

Elle avait conscience de se montrer parfois trop directive — surtout quand les intérêts de sa famille étaient en jeu —, et elle allait devoir se surveiller.

Des concerts d'au revoir résonnant encore à ses oreilles, Riley reconduisit Nick et Lisa chez eux. Elle était ravie de sa journée et en gardait un sentiment d'excitation qui persistait malgré l'heure tardive.

— Si tu m'avais laissé prendre ma voiture ce matin, observa Nick pendant le trajet, tu aurais pu rester là-bas plus longtemps.

— Au risque de ne plus tenir dans mon short ? Non, tu m'as fourni une excellente excuse pour partir avant d'avoir grossi de trois kilos... Il est difficile de dire non à Andrew, surtout quand il insiste pour vous faire manger d'aussi bonnes choses !

— Oui, j'ai remarqué.

« Et j'ai remarqué beaucoup d'autres choses que je préfère passer sous silence », pensa Nick.

Riley s'était arrêtée à un feu rouge, et il la regarda à la dérobée, en proie à un trouble sensuel que sa raison s'efforçait de combattre : cette femme et lui étaient coéquipiers, et des coéquipiers pouvaient être amis, mais pas amants. Une relation intime nuirait forcément à leurs activités professionnelles, en les empêchant de consacrer toute leur énergie et toute leur attention aux enquêtes en cours.

Il savait tout cela, et pourtant...

Pour détourner son esprit du dilemme qui l'agitait, Nick tenta de se concentrer sur ce que Riley disait.

— Je suis surprise qu'Aurora n'ait pas les policiers

les plus gros du pays ! Tous les membres de ma famille sont heureusement des mordus d'exercice physique, et il faudra moi-même que je trouve le temps d'aller à la salle de gym plus souvent que ces dernières semaines... Encore que, si nous devenons tous obèses, nous pourrons nous jeter sur les malfaiteurs et les étouffer sous notre poids au lieu de les emmener en prison.

Nick se représenta la scène, et il partit d'un grand rire.

— La justice économiserait ainsi beaucoup de temps et d'argent ! s'exclama-t-il.

— Ne dis surtout pas ça devant Andrew ! Il s'en servirait comme excuse pour nous faire manger encore plus !

— Mes lèvres sont scellées.

— J'espère bien que non !

A peine avait-elle prononcé ces mots que Riley les regretta. Comment avait-elle pu laisser échapper une remarque aussi provocante ?

Le feu passa au vert, et elle redémarra en décidant de ne plus ouvrir la bouche du reste du trajet. Ils étaient d'ailleurs presque arrivés à destination, constata-t-elle alors. Il lui semblait avoir quitté la maison d'Andrew quelques minutes plus tôt seulement, mais c'était un phénomène qu'elle avait déjà observé : la distance qui séparait un endroit d'un autre paraissait toujours plus courte au retour qu'à l'aller.

Quand elle se gara sur le parking de l'immeuble de Nick, elle éprouvait encore une certaine gêne. Pour la cacher, elle descendit rapidement de voiture, ouvrit la portière arrière, et elle avait déjà détaché Lisa lorsque Nick la rejoignit. Il la laissa sans rien dire soulever la fillette et la sortir du siège-auto, mais elle avait une conscience aiguë de sa présence, derrière elle.

Que pensait-il ? Elle n'en avait pas la moindre idée, et peut-être cela valait-il mieux.

— Va m'ouvrir la porte de ton appartement ! lui ordonna-t-elle. Je te suis.

— Je n'ai pas absolument besoin de toi pour coucher Lisa, tu sais…

— Arrête de discuter !

— Oui, tu as raison : à quoi bon me fatiguer, quand il est évident que tu ne m'écouteras pas, comme d'habitude ?

Nick se mit en marche, et la jeune femme lui emboîta le pas.

— Comment se fait-il que je n'aie pas remarqué ton côté « gendarme », à l'école de police ? reprit-il.

— Peut-être parce que tu étais entouré en permanence de groupies qui se disputaient ton attention ?

Arrivé devant son appartement, Nick sortit sa clé de sa poche et l'introduisit dans la serrure.

— Je ne me rappelle pas avoir eu des groupies, déclara-t-il d'un air innocent.

— Dans ce cas, et bien que cette maladie apparaisse en général plus tardivement, tu as un Alzheimer.

Nick ouvrit la porte, laissa entrer Riley la première, puis il lui alluma la lumière.

— Merci, murmura-t-elle.

Après avoir traversé le séjour, elle tourna à gauche et se dirigea vers la chambre d'amis, qui était maintenant celle de Lisa.

Cette pièce avait subi une profonde transformation au cours des semaines précédentes, songea Riley. C'était dû en grande partie à ses efforts pour la rendre plus accueillante, mais Brenda y avait aussi contribué en donnant à Lisa des jouets dont ses enfants n'avaient que trop, selon elle. Une chambre autrefois impersonnelle était ainsi devenue un cadre où une petite fille pouvait se sentir chez elle.

Riley posa Lisa, toujours endormie, sur le lit. Elle

hésita à la mettre en pyjama, mais finit par y renoncer : si elle la déshabillait, cela risquait de la réveiller, et Nick n'apprécierait sûrement pas de devoir ensuite lui lire une histoire après l'autre, car elle aurait sans doute du mal à se rendormir. Elle se contenta donc de lui enlever ses chaussures et de rabattre la couette sur elle.

En se retournant, elle vit Nick debout sur le seuil.

— Tu ne la mets pas en pyjama ? demanda-t-il, l'air intrigué.

— Non, elle pourrait se réveiller, et le jeu n'en vaut pas la chandelle. Dormir une nuit tout habillé n'a jamais fait de mal à personne.

Au moment où elle quittait la pièce, elle nota que Nick, au lieu d'éteindre le plafonnier, le mettait en veilleuse.

— Lisa a peur du noir, expliqua-t-il.

— J'ai eu le même problème pendant des années, avoua Riley.

Elle ne précisa pas qu'après le meurtre de Diego Sanchez, cette phobie était revenue, et qu'elle avait recommencé à laisser la lumière allumée pendant la nuit. Et puis, un soir de la semaine précédente, ce besoin de dormir dans une chambre éclairée avait disparu, aussi mystérieusement qu'il était apparu.

— Moi, il m'était défendu d'avoir peur, déclara Nick.

— Défendu ? répéta Riley, incrédule, en s'arrêtant net. Ce n'est pas quelque chose qui peut être autorisé ou interdit, il me semble !

— Mon père n'était pas de cet avis. Je ne pense pas à lui très souvent, parce que je trouve inutile de ruminer les mauvais souvenirs, mais depuis que Lisa est avec moi, des épisodes de mon enfance que je croyais oubliés remontent à la surface. Et même si je me sens toujours aussi incompétent en tant que père, je suis au moins décidé à lui épargner ce que le mien m'a fait subir.

— Comme de t'interdire de dormir avec la lumière allumée ?

— Oui. Il disait que c'était un gaspillage d'électricité, que s'il y avait un monstre dans ma chambre, il m'attaquerait que la lumière soit allumée ou éteinte.

Dieu merci, elle avait eu une mère compréhensive ! songea Riley.

— Drôle de façon de rassurer un enfant ! s'exclama-t-elle.

— N'est-ce pas ? Résultat : j'ai dormi pendant dix ans avec ma batte de base-ball.

— Jusqu'au jour où tu t'es rendu compte que les filles l'emportaient sur les battes de base-ball à certains égards ?

— Oui, les filles sont nettement plus douces au toucher.

Consciente de s'être aventurée sur un terrain dangereux, Riley se dit qu'il était temps de partir.

— J'espère que vous avez passé une bonne journée, Lisa et toi, déclara-t-elle en se remettant en marche.

Ces mots étaient d'une banalité affligeante, mais ils avaient au moins le mérite de ramener la conversation sur un sujet plus sûr.

— Excellente, répondit Nick. Merci de nous avoir invités à ce barbecue, mais tu n'es pas obligée de t'en aller tout de suite… Je t'offre un verre ?

Il aurait mieux valu se contenter de refuser, mais la jeune femme ne put s'empêcher d'observer :

— Essaierais-tu de me retenir ? Parce que, si j'accepte, je ne pourrai pas conduire pendant plusieurs heures…

Nick lui adressa un sourire si désarmant qu'elle se sentit fondre.

— C'est le but premier de ma proposition, en effet, susurra-t-il.

— Et quand il sera atteint ?

— Le reste devrait se faire tout seul.

Pourquoi avait-elle soudain l'impression de se trouver au bord d'un précipice ? pensa Riley. Et d'avoir les jambes molles au point de risquer à tout instant de basculer dans le vide ?

— Tu ne voudrais pas être un peu plus précis ? demanda-t-elle d'une voix mal assurée. J'aime pouvoir regarder la bande-annonce d'un film avant d'aller le voir.

— C'est vrai, tu m'as dit hier que tu détestais les surprises… Eh bien, je vais te donner une idée de l'histoire de ce film-là tel que je la conçois…

Joignant le geste à la parole, Nick se pencha vers Riley et s'empara de ses lèvres.

12

Riley savait qu'elle aurait dû s'écarter de Nick.

Si elle le laissait l'embrasser, tôt ou tard — et peut-être même dès le lendemain —, elle paierait très cher cette transgression majeure, ce franchissement de la frontière qui séparait sa vie professionnelle de sa vie privée.

Mais en cet instant précis, peu lui importait.

La logique et la raison n'avaient aucune chance de l'emporter sur la délicieuse chaleur générée par le contact des lèvres de son coéquipier sur les siennes.

Une chaleur qui se propageait maintenant à son corps tout entier.

Alors, sans plus réfléchir, elle lui passa les bras autour du cou et se pressa contre lui. Ce mouvement lui fournit la preuve concrète qu'il la désirait vraiment, et son désir à elle en fut instantanément attisé.

Cela faisait longtemps qu'un homme ne lui avait pas inspiré une attirance aussi puissante.

Peut-être même n'avait-elle encore jamais ressenti quelque chose d'aussi fort.

Les mains de Nick, qui lui avaient dans un premier temps entouré le visage, descendirent le long de ses épaules, pour aller se rejoindre dans le creux de son dos et l'enlacer si étroitement que rien ne les séparait plus que le tissu léger de leurs vêtements.

Et cela tout en l'embrassant avec un art consommé…

Elle essayait désespérément de ne pas se contenter de s'abandonner au plaisir qu'il lui donnait, mais de lui en procurer à lui aussi… Sa fierté l'exigeait.

Elle était prise à son propre piège.

La tête commençait à lui tourner, et elle aurait voulu pouvoir attribuer ce vertige au manque d'oxygène, mais elle savait qu'il ne s'agissait pas de cela : depuis toute petite, elle arrivait à retenir sa respiration pendant très longtemps.

Non, c'était le baiser de Nick qui l'enivrait, comme le plus capiteux des vins.

Avant même d'avoir pleinement conscience de ce qu'elle faisait, Riley déboutonna la chemise de Nick, en dégagea les pans de la ceinture de son jean et se mit à caresser sa peau nue. Il lui avait fallu pour cela s'écarter un peu de lui, mais elle avait gardé ses lèvres soudées aux siennes, et ce fut lui qui les désunit. Il immobilisa ses mains et lui demanda, les yeux rivés sur son visage :

— Tu es sûre, Riley ?

Jamais encore il ne l'avait appelée par son prénom, et cela signifiait qu'il s'adressait maintenant à la femme, et non plus à la collègue de travail.

Elle était sûre de vouloir aller jusqu'au bout de sa passion, d'en avoir besoin, quel que soit le prix à payer plus tard pour l'avoir assouvie.

— Certaine, chuchota-t-elle.

La flamme que cette réponse alluma dans le regard de Nick accéléra encore les battements de son cœur.

— Alors loin de moi l'idée de te dire non ! déclara-t-il.

Il avait visiblement essayé de parler sur un ton dégagé, mais sans vraiment y parvenir : une légère raucité, dans sa voix, trahissait son émoi.

— Très loin, j'espère ! répliqua Riley.

Elle avait elle aussi tenté de prendre un ton badin,

mais sans plus de succès : les pulsions qui l'animaient étaient si violentes qu'aucun effort de volonté n'aurait pu les empêcher de transparaître.

Le temps n'était plus aux joutes oratoires, de toute façon, ni au déni de la réalité. Depuis des jours et des jours, elle nourrissait un désir secret pour Nick, mais elle n'en avait pas pris la juste mesure avant de l'embrasser. Ce baiser lui en avait révélé la force singulière, et si Nick, même dans la noble intention de lui épargner de futurs regrets, l'avait repoussée, elle se serait peut-être abaissée à le supplier de changer d'avis.

C'était heureusement inutile, et elle posa de nouveau les mains sur son torse, dont les muscles frémirent sous ses paumes. Elle sentait sa fièvre grandir avec chaque seconde qui passait.

— Je ne savais pas que tu étais aussi athlétique, murmura-t-elle, les yeux dans les siens.

— Il y a beaucoup de choses que tu ignores à mon sujet, déclara-t-il de cette voix rauque qu'elle trouvait infiniment sexy.

Il avait raison, mais ce qu'elle savait, c'était qu'elle remettait chaque jour sa vie entre les mains de cet homme, qu'elle lui faisait confiance pour lui porter secours en cas de besoin. Qu'avait-elle besoin de savoir de plus ?

Car la confiance était l'élément le plus important de leur relation. De toute relation, en fait. Le reste était accessoire, en comparaison.

Le peu de capacité de réflexion qu'elle avait encore quitta néanmoins Riley quand les lèvres de Nick tracèrent un sillon de baisers le long de son cou. L'incendie qui embrasait déjà ses sens atteignit alors une telle violence que, même si elle l'avait voulu, elle n'aurait pu le maîtriser.

Ses mains impatientes débarrassèrent Nick de sa

chemise, qui glissa sur le sol. Il lui retira ensuite son débardeur avec une égale fébrilité.

Bien qu'il s'en soit douté, Riley ne portait pas de soutien-gorge, nota Nick. La vue de ses seins au galbe parfait ne lui en fit pas moins bondir le cœur. Il s'efforça cependant de contrôler son excitation, et ce fut très doucement qu'il prit entre ses lèvres un mamelon à la pointe durcie et l'agaça du bout de la langue.

Quand Riley se cambra contre lui et gémit de plaisir, il fut submergé par une émotion dont la vague lui sembla se propager jusqu'à son âme elle-même.

Mais il lui restait encore assez de lucidité pour comprendre qu'ils ne pouvaient pas finir dans le séjour ce qu'ils y avaient commencé : si Lisa se réveillait et se levait pour venir chercher du réconfort auprès de lui, elle les surprendrait en train de faire l'amour. Tout à leurs ébats, ils ne l'entendraient pas arriver, et il n'y avait de toute façon dans cette pièce aucun endroit où se cacher.

Plutôt que de se lancer dans de longues explications, Nick souleva alors Riley dans ses bras et se dirigea vers sa chambre.

— Comment as-tu deviné ? chuchota-t-elle.

De quoi parlait-elle ? Il n'en avait pas la moindre idée... C'était une femme dont il ne savait jamais trop ce qu'elle pensait.

— Deviné quoi ? demanda-t-il en ouvrant la porte d'un coup d'épaule et en la refermant d'un coup de talon.

— Que j'ai toujours rêvé d'être portée par un homme dans une chambre à coucher, comme Scarlett par Rhett Butler dans *Autant en emporte le vent*.

Nick ignorant tout de ce fantasme, seul le hasard lui avait permis de le réaliser pour Riley. Il aurait pu prétendre le contraire, profiter de la situation pour se faire valoir... Il savait que beaucoup d'hommes, à sa place, ne s'en seraient pas privés, mais il entendait, lui, être jugé sur ce qu'il était vraiment. De plus, les mensonges avaient une fâcheuse tendance à se retourner contre leurs auteurs, et c'était un risque qu'il ne voulait pas courir.

— Je n'avais rien deviné, déclara-t-il. Mon seul but était de protéger Lisa, tant que j'en suis encore capable, d'une leçon de choses qu'elle est encore bien trop jeune pour apprendre.

Le fait que Nick ait pensé à sa fille dans un moment pareil ne surprit pas Riley outre mesure : il avait beau dire qu'il n'avait pas la fibre paternelle, elle le voyait de plus en plus souvent se comporter d'instinct comme un père attentionné et compréhensif.

Il aurait pu se contenter de la prendre par la main pour l'emmener dans sa chambre, songea ensuite Riley, au lieu de la soulever dans ses bras.

C'était donc un romantique qui s'ignorait, et cette découverte la remplit d'aise. Elle la rangea cependant dans un coin de son esprit ; elle y réfléchirait plus tard, car le moment n'était pas à l'analyse. Tout ce qu'elle voulait, c'était savourer les merveilleuses sensations qui fusaient en elle, le contact sur sa peau de la bouche et des mains de Nick, dont les caresses lui enflammaient le cœur et faisaient bouillonner son sang.

Il la posa sur le lit, dans la chambre plongée dans la pénombre, puis il s'allongea contre elle, et reprit ses lèvres tout en dégrafant son short. Elle sentit la fermeture Eclair descendre, et le vêtement glisser lentement le long de ses hanches. Elle les souleva pour permettre à Nick de l'en débarrasser plus facilement et, quand il lui eut aussi enlevé son string, une sorte de frénésie la saisit : avec une audace qu'elle ne se connaissait pas, elle finit de le déshabiller et referma la main sur son sexe dressé. Il poussa un violent soupir, et le pouvoir qu'elle avait sur un homme réputé avoir toutes les femmes à ses pieds décupla son ardeur et son exaltation.

Le pouvoir qu'il avait sur elle était cependant encore plus grand, constata-t-elle lorsqu'il caressa du pouce le cœur de sa féminité et qu'une vague de jouissance la balaya. Cela ne lui était encore jamais arrivé : aucun homme ne lui avait donné d'orgasme avant même de la pénétrer.

Grisée par l'intensité du plaisir qu'il venait de lui procurer, Riley le chevaucha, et leurs membres s'entremêlèrent, leurs bouches se joignant pour des baisers avides, puis s'unissant à leurs mains pour explorer chaque centimètre carré du corps de l'autre.

Nick avait l'étrange impression de faire l'amour pour la toute première fois. Il s'attendait à passer avec Riley un moment agréable, à satisfaire, sans plus, le désir qui, après avoir couvé en lui pendant des jours, avait soudain explosé comme une bombe à retardement.

La force des sensations qu'il éprouvait le prenait donc de court. Il se sentait happé par un tourbillon vertigineux, sa compagne l'entraînant dans un univers où rien ne semblait pouvoir étancher la soif qu'il avait d'elle. D'où il ne sortirait peut-être jamais, ou alors, profondément changé.

Il avait grandement sous-estimé Riley, et il se surprenait à être impatient d'atteindre l'apogée du plaisir, mais à vouloir en même temps prolonger le plus possible cette expérience nouvelle, pour voir ce qu'elle avait encore à lui apporter.

Ce n'était pas normal.

Cela ne lui ressemblait pas.

Pourquoi cette femme, aussi jolie soit-elle, lui faisait-elle ressentir des émotions dont il ignorait avant jusqu'à l'existence ?

Pour tenter de reprendre le contrôle de la situation, Nick lui passa les bras autour de la taille et la remit sur le dos. A en juger par la lueur d'excitation qui s'alluma alors dans ses yeux, elle comprit que le moment d'unir leurs corps était proche, mais il décida de le retarder encore un peu et couvrit de petits baisers sa gorge, ses seins, son ventre… Il l'entendit gémir lorsqu'il posa la bouche dans le creux de ses cuisses, puis crier lorsqu'il glissa la langue dans son sexe chaud et humide.

Riley sentait monter en elle, vague après vague, le flux d'un raz-de-marée qui allait l'emporter vers des rivages encore inconnus. Plongeant les doigts dans les cheveux de Nick, elle se cambra pour mieux s'offrir à sa caresse et, quand un orgasme plus puissant encore que le premier la submergea, elle se crut transportée au paradis. C'était peut-être égoïste, mais peu lui importait de ne pas partager ce bonheur avec Nick : elle voulait juste que ce moment de pure félicité dure éternellement.

Ce vœu ne se réalisa évidemment pas, mais, l'espace de quelques instants, le temps parut s'arrêter, lui permettant de continuer à flotter tout en haut de la vague du plaisir. Lorsqu'il reprit son cours, elle sentit tous ses muscles se relâcher, et elle se laissa retomber sur le lit, à bout de forces.

Du moins le pensait-elle…

Car Nick se souleva alors et remonta le long de son corps pour l'embrasser fougueusement. Son cœur battait déjà à grands coups dans sa poitrine, mais quand Nick la pénétra, son pouls s'accéléra encore, et toute fatigue la quitta.

Elle noua les jambes autour de la taille de son compagnon, et il se mit à bouger en elle, lentement, d'abord, puis sur un rythme de plus en plus rapide.

Alors qu'ils approchaient du paroxysme, il la prit dans

ses bras et la serra étroitement contre lui en murmurant son nom. Elle en fut aussi émue que galvanisée. Tout, décidément, lui plaisait chez cet homme, et elle voulait, cette fois, qu'ils atteignent ensemble la jouissance.

Ce vœu-là fut exaucé : un instant plus tard, leurs voix se mêlèrent dans un même cri d'extase et, de nouveau, Riley pria pour qu'un miracle se produise et lui permette de ne jamais quitter le paradis où Nick l'avait maintenant rejointe.

Et même s'il n'y eut pas de miracle, même si son euphorie s'estompa peu à peu, le sentiment de plénitude que lui avaient donné ces moments magiques continua de l'habiter pendant plus longtemps qu'elle ne s'y attendait.

La poitrine haletante, elle caressa les cheveux de Nick, qui s'était abandonné dans ses bras et ne bougeait plus, comme foudroyé par l'intensité de ce qu'ils venaient de vivre.

Lentement, très lentement, la respiration de Riley reprit un rythme normal, et Nick, craignant sans doute de l'écraser, roula sur le côté. Aussitôt envahie par une terrible sensation de vide, elle se blottit contre lui, et il lui sourit, l'air agréablement surpris.

— C'était fantastique ! déclara-t-il. Tu ne cesseras jamais de m'étonner, McIntyre !

Pourquoi ne l'appelait-il plus par son prénom ? Essayait-il de reprendre ses distances avec elle ? Apparemment, mais en était-elle attristée, ou au contraire soulagée, parce que cela lui permettait de se retrouver en territoire familier ?

Impossible à dire… Elle était encore trop secouée pour arriver à démêler l'écheveau des sentiments qui l'agitaient.

— J'aime bien t'obliger à garder l'œil ouvert, finit-elle par répondre, optant pour le ton badin de leurs dialogues habituels.

Nick s'esclaffa, et elle leva la tête vers lui.

— Pourquoi ris-tu ?

— Parce que mes yeux n'étaient pas la partie de moi-même la plus sollicitée, en l'occurrence !

— Désolée, j'ai toujours été nulle en anatomie.

— Vraiment ? J'ai pourtant eu l'impression de ne rien avoir à t'apprendre dans ce domaine !

Tout en parlant, Nick s'était mis à couvrir le dos de Riley de voluptueuses caresses, et elle sentit de nouveau déferler dans ses veines l'onde brûlante du désir.

— Il ne faut pas se fier aux apparences, observa-t-elle, bien que son excitation grandissante commence à lui faire perdre le fil de la conversation.

— Je le sais, mais le plaisir que tu m'as donné était bien réel, crois-moi !

Elle s'efforça d'ignorer l'embrasement de ses sens de façon à pouvoir aborder un sujet dont il lui semblait nécessaire de discuter tout de suite : Nick était son coéquipier, et elle craignait qu'en devenant amants, ils ne soient pas compliqué la vie juste sur le plan personnel, mais aussi sur le plan professionnel.

— Ce qui vient de se passer va nuire gravement à la qualité de notre travail, à ton avis ?

Nick demeura un moment silencieux, comme s'il refusait de répondre avant d'avoir étudié la question sous tous ses angles.

— Ça dépend, finit-il par déclarer.

Riley ne l'avait pas quitté des yeux, et elle avait de plus en plus de mal à maîtriser la passion qu'il lui inspirait. Ce n'était pourtant pas la première fois qu'elle le regardait… Comment sa façon de le percevoir avait-elle pu changer aussi vite, et aussi radicalement ?

— Ça dépend de quoi ? demanda-t-elle.

— De la décision que nous prendrons le jour où nous serons en train de faire l'amour et où Barker nous appellera pour nous envoyer d'urgence sur les lieux d'un cambriolage. Si nous continuons de batifoler au lieu de démarrer tout de suite l'enquête, alors, oui, la qualité de notre travail en souffrira.

— Non, sérieusement !

— Mais je suis sérieux ! Et comme je ne pense pas que ce dilemme se pose à nous dans les minutes qui viennent, pourquoi ne pas en profiter ?

Les mains de Nick quittèrent le dos de Riley pour se refermer sur ses seins, et elle ne put cette fois contrôler le feu de son désir.

Elle s'étonnait d'avoir autant envie de lui : après les fabuleux orgasmes qu'il lui avait procurés, elle aurait dû être rassasiée…

Mais elle ne l'était pas.

Et, plus bizarre encore, il lui semblait qu'elle ne le serait jamais.

13

Un cambriolage présentant toutes les caractéristiques des trois précédents eut lieu dans la nuit du mardi au mercredi suivant : les voleurs s'étaient introduits dans la maison sans forcer aucune ouverture alors que, selon les propriétaires terrifiés, toutes les portes étaient fermées à clé, et toutes les fenêtres verrouillées.

Les victimes étaient cette fois un couple de septua-génaires. Comme les autres, ils avaient été surpris dans leur sommeil, tirés du lit, ligotés puis chloroformés.

— Il y a forcément un point commun entre tous ces gens ! dit Riley pour la énième fois en fixant un tableau blanc qui comptait maintenant quatre colonnes. Comment se fait-il que nous le voyions pas ?

— Moi, c'est sûrement à cause du manque de sommeil, marmonna Nick. Je n'ai plus les yeux en face des trous.

Sa remarque se fraya un chemin à travers les pensées qui se bousculaient dans l'esprit de Riley, et elle se tourna vers lui.

Sa crainte de voir leur nuit d'amour changer quelque chose dans leur relation de travail s'était révélée vaine : le lundi suivant, quand elle était arrivée au commissariat, Nick l'avait accueillie avec sa désinvolture habituelle, comme si de rien n'était. Il n'avait pas soufflé mot de ce qui s'était passé entre eux le samedi soir et, partagée entre le soulagement et la déception, Riley avait adopté la même attitude.

Il lui arrivait toutefois de le surprendre en train de l'observer avec une attention particulière... A moins que sa fierté ne lui fasse prendre ses désirs pour des réalités ? Quelle femme, après tout, avait envie de se croire aussi facile à oublier, aussi vite rangée dans la catégorie des aventures sans lendemain ?

Elle ne s'attendait pas, le lundi matin, à ce que Nick la serre fougueusement dans ses bras... Un mot gentil, ou un regard complice, auraient cependant été les bienvenus, car elle était sûre de l'avoir laissé encore étourdi de plaisir quand, tard dans la nuit, elle l'avait quitté pour ne pas avoir à inventer pour Lisa une explication à sa présence à la table du petit déjeuner, et dans les mêmes vêtements que la veille.

— Cette enquête t'empêche de dormir, Wyatt ? lui lança-t-elle.

— Si seulement il n'y avait que ça ! s'écria-t-il.

Puis il ajouta, plus bas :

— Lisa veut savoir quand tu reviendras.

— Lisa..., répéta la jeune femme.

Nick jouait-il juste les messagers, ou bien voulait-il savoir, lui aussi, quand elle reviendrait ? Voyait-il dans la question de sa fille un moyen d'obtenir une réponse sans avoir eu à se dévoiler ?

Mon Dieu ! Pourquoi les choses étaient-elles soudain si compliquées ? Pourquoi fallait-il peser chaque mot, chaque intonation, à la recherche d'un éventuel sens caché ?

— Oui, Lisa ! déclara Nick, le visage impénétrable. Tu te souviens d'elle ? Une gamine haute comme trois pommes, qui n'a que six ans mais parle déjà comme un livre... Elle se demande si tu ne viens plus chez nous à cause de quelque chose que j'aurais fait. Je lui ai dit que je ne le pensais pas, mais elle n'a pas l'air convaincue. Alors, j'ai fait quelque chose de mal ?

— Non.

Riley dut s'éclaircir la voix avant de continuer. Elle se sentait à la fois nerveuse et joyeuse.

— Non, reprit-elle, et si Lisa a vraiment envie de me voir, c'est avec plaisir que je la contenterai.

— Oui, elle en a vraiment envie, indiqua Nick en la regardant droit dans les yeux.

Il était maintenant évident qu'il parlait aussi pour lui, et un courant de sensualité passa entre eux, qui leur donna un moment le sentiment d'être seuls au monde.

Le charme fut rompu par la voix tonitruante du capitaine Barker, derrière eux :

— Si vous avez fini de bavasser, tous les deux, l'un de vous aurait-il l'obligeance de me dire où en est l'enquête ?

— Laquelle ? demanda poliment Riley.

— Toutes !

Nick se leva et alla se placer entre Barker et Riley avant d'expliquer :

— Les Hayworth n'ont pas dit grand-chose aux agents arrivés les premiers sur les lieux, mais d'après le signalement qu'ils nous ont ensuite donné de leurs cambrioleurs, ce sont les mêmes que ceux des trois affaires précédentes. McIntyre et moi n'avons encore pu trouver aucun point commun entre ce couple et les autres : ils conduisent tous des voitures différentes, évoluent dans des milieux différents, ont un mode de vie différent — les Hayworth sont retraités…

— Oui, oui, je sais déjà tout ça ! coupa impatiemment Barker. Inutile de me le répéter ! Et inutile, aussi, de me servir les excuses habituelles sur la pauvreté des indices et l'incapacité des victimes à fournir une bonne description de leurs agresseurs ! Ce que je veux, ce sont des résultats, alors débrouillez-vous pour en obtenir, et vite !

Ses yeux noirs allèrent de Nick à Riley, puis se fixèrent sur les deux policiers les plus proches, Sung et Allen. Pour lui, visiblement, toute la division était responsable de l'enlisement de l'enquête.

— Est-ce clair ? tonna-t-il.

— Tout à fait ! déclara Riley avec ce mélange d'enthousiasme et de candeur dont elle savait qu'il horripilait Barker.

Et le visage du capitaine s'assombrit encore, en effet, mais comme il lui aurait été difficile de reprocher à la jeune femme de se montrer coopérative, il se contenta de grommeler :

— Du moment que nous nous comprenons…

Puis il pivota sur ses talons, regagna son bureau et claqua la porte derrière lui, mais les stores vénitiens étaient levés, si bien que rien de ce qui se passait dans la salle ne pouvait lui échapper.

Le soupçonnant d'être assez sournois pour avoir appris à lire sur les lèvres, Riley tourna le dos à son antre avant d'observer :

— Comparé à lui, Dark Vador est un ange de bonté et de douceur ! Mais tu n'avais pas à voler à mon secours, Wyatt : je n'ai besoin de personne pour me défendre.

— Je ne vois pas du tout de quoi tu parles ! dit Nick en décrochant sa veste du dossier de sa chaise et en l'enfilant. Viens ! On va retourner chez les Hayworth et leur demander ce qu'ils ont fait la veille et l'avant-veille du cambriolage. On ira ensuite poser la même question aux autres victimes, et peut-être cela nous fournira-t-il l'élément qui nous permettra de résoudre l'affaire.

Riley prit son sac et courut après Nick, qui se dirigeait déjà vers la porte.

— Je te trouve bien optimiste, aujourd'hui ! remarqua-t-elle.

— Tu dois déteindre sur moi.

Bien que Nick se soit exprimé sur un ton léger, il y avait dans sa voix un accent de sincérité, et l'idée d'avoir une influence sur lui fit à Riley un immense plaisir.

Après leur seconde visite de la journée aux Hayworth, ils se rendirent sur le campus de l'université. La secrétaire du département de criminologie les informa que Cahil était dans son bureau, et elle leur en indiqua le chemin.

— Encore vous ! s'exclama l'enseignant quand ils y entrèrent. Vous n'aurez donc jamais fini de m'ennuyer avec vos questions ?

— Nous n'en avons que quelques-unes à vous poser, lui déclara Riley avec un sourire chaleureux. Ce ne sera pas long, je vous le promets.

— Bon, d'accord, asseyez-vous… Je suis en train de corriger des copies, et elles sont tellement mauvaises qu'une petite pause, même passée à vous répondre, me fera l'effet d'une récréation.

Nick attendit que Riley se soit installée sur l'une des deux chaises placées devant le bureau pour s'asseoir lui aussi et expliquer :

— Nous voudrions connaître votre emploi du temps des deux jours qui ont précédé le cambriolage de votre maison.

— Pourquoi ? demanda Cahil d'un air soupçonneux.

— Pour voir si les autres victimes et vous avez fait la même chose, intervint Riley.

La relative obligeance qu'elle avait réussi à obtenir de l'enseignant n'était plus qu'un souvenir. Il arborait maintenant une expression arrogante qui disait : « Je ne suis pas comme tout le monde. Je ne peux pas avoir fait la même chose que le commun des mortels. »

— Quoi, par exemple ? lança-t-il.

— C'est bien là le problème : nous ne le savons pas, répondit Nick.

— J'en déduis que votre enquête n'a pas avancé d'un pouce, et j'avais donc raison de penser que je ne récupérerais jamais ce qui m'a été volé !

— Mais vous aviez tort de penser que nous classerions rapidement l'affaire, souligna Riley, puisque nous sommes là aujourd'hui. Ecoutez, monsieur Cahil, l'agression dont vous avez été victime vous met en colère, et nous le comprenons, mais vous, de votre côté, vous devez comprendre que nous faisons tout notre possible pour retrouver les coupables. Et cela passe par des demandes de renseignements qui vous semblent peut-être vaines, mais que nous estimons, nous, susceptibles de donner un nouvel élan à nos recherches.

Son ton poli mais ferme parut impressionner son interlocuteur, et Nick décida de la laisser mener les débats.

— Nous partons de l'hypothèse que, la veille ou l'avant-veille de chacun des cambriolages, les autres victimes et vous avez tous fait quelque chose qui vous a désignés aux voleurs comme cibles privilégiées, continua-t-elle. Il peut s'agir d'une chose très banale, à laquelle vous n'avez pas prêté la moindre attention, mais si vous reconstituez pour nous, de façon très précise, tous vos faits et gestes de ces deux jours, peut-être y trouverons-nous l'élément commun que nous cherchons depuis des semaines.

Cahil acquiesça de la tête, ferma les yeux et commença à retracer son emploi du temps des deux jours en question.

— Tu peux être très persuasive, quand tu le veux ! observa Nick.

Ils venaient de quitter Cahil et traversaient le parking du bâtiment de deux étages qui abritait le département de criminologie.

— Etant la troisième d'une fratrie de quatre, je n'aurais pas survécu si je n'avais acquis très jeune un certain pouvoir de persuasion, dit Riley avec un sourire désabusé.

Elle attendit ensuite qu'ils soient dans la voiture pour déclarer :

— Plus que deux couples à interroger…

— Oui, mais je ne suis plus aussi optimiste que tout à l'heure, avoua Nick en démarrant. Jusqu'ici, et en dehors d'activités répondant à des besoins essentiels, comme manger et se laver, les « deux jours » de Cahil n'ont apparemment rien en commun avec ceux des Hayworth.

— Ne te décourage pas, Wyatt ! Il est encore possible que de cette nouvelle approche jaillisse la lumière.

— J'en doute, et cette affaire commence vraiment à me fatiguer !

— Tu retrouveras le moral dès que nous tiendrons une piste prometteuse.

Nick secoua la tête et, malgré ses paroles rassurantes, Riley n'était pas loin de partager son abattement.

Les interrogatoires des Marston et des Wilson ne furent pas de nature à les revigorer. Ils notèrent consciencieusement ce que chacun des deux couples se rappelait avoir fait la veille et l'avant-veille de leur agression, mais à première vue, il n'y avait là rien qui puisse donner une nouvelle orientation à l'enquête.

Le temps de regagner le commissariat et d'effectuer la saisie informatique de toutes les informations recueillies, leur journée de travail était terminée. Fidèle à sa promesse, Riley alla chercher Lisa chez Brenda avec Nick, et la petite fille poussa un cri de joie en la voyant entrer dans la maison. Elle courut à sa rencontre, se jeta dans ses bras et accepta d'en redescendre seulement après que la jeune femme lui eut promis de passer avec elle le reste de la soirée.

Au moment de partir, Riley aperçut dans le miroir du vestibule le groupe qu'elle formait avec Nick et Lisa, et une étrange émotion l'envahit.

Jamais encore elle ne s'était imaginée mariée ou mère, mais là, brusquement, elle s'y voyait… Et cette vision ne manquait ni de charme ni d'attrait.

Dommage qu'elle n'ait aucune chance de se réaliser…, pensa Riley en attachant Lisa dans son siège-auto.

Cette journée marqua le début d'un scénario toujours construit sur le même modèle. Un scénario dont Riley savait à la fois qu'elle pourrait s'en faire une douce habitude, et qu'elle ne devrait pas le laisser se répéter.

Il se répétait pourtant…

Le jour, Nick et elle étaient de simples collègues. Ils travaillaient ensemble sur les nouvelles affaires qui leur étaient confiées tout en continuant à chercher à élucider cette série de quatre cambriolages dont les médias se servaient pour fustiger l'incurie de la police.

Et le soir, de coéquipiers ils devenaient amants, repoussant le plus possible le moment où le souci de se cacher de Lisa obligeait Riley à rentrer chez elle.

Chaque fois, elle trouvait son voisin en train de l'attendre, avec sur le visage le sourire entendu mais affectueux d'un grand-père indulgent.

— Les choses se passent bien ? lui demanda-t-il un jour, alors que trois autres semaines s'étaient écoulées.

— Vous parlez de l'enquête ?

— Non, je sais que vous ne pouvez pas discuter d'une affaire en cours. Egan m'a appris cela.

Comme toujours quand Howard évoquait son fils disparu, tristesse et fierté se mêlaient dans sa voix.

— Et si je veux être au courant de ce que la police accepte de dévoiler au public sur ces cambriolages, poursuivit-il, il me suffit de lire le journal… Non, ma question concernait le jeune homme que vous fréquentez.

Riley trouva délicieusement désuet le terme utilisé par Howard pour désigner sa relation avec Nick. Elle ne l'aurait employé, elle, que pour plaisanter, ou par euphémisme. Car depuis bientôt un mois que durait leur liaison, ils faisaient l'amour avec de plus en plus de passion, et trouvaient toujours de nouveaux moyens de se donner du plaisir.

— Qu'est-ce qui vous amène à penser que je « fréquente » quelqu'un ? observa Riley.

— Vous avez un air rayonnant, comme ma Katie, autrefois… C'est votre coéquipier, n'est-ce pas ? Le beau garçon qui vous accompagnait au barbecue d'Andrew Cavanaugh ? Inutile de me répondre : je sais que c'est lui. Il a les cheveux un peu longs à mon goût, mais il m'a semblé être quelqu'un de bien, autrement… Il vous traite avec les égards que vous méritez, j'espère ?

— Je crois que vous avez dépassé votre quota de questions ! s'écria la jeune femme en riant.

— Parce que, si ce n'est pas le cas, enchaîna Howard

sans tenir compte de cette remarque, envoyez-le-moi, et il verra de quel bois je me chauffe !

L'image de ce septuagénaire ventripotent défiant un athlète comme Nick amusa beaucoup Riley, mais elle ne voulait pas blesser le vieil homme, aussi déclara-t-elle le plus sérieusement du monde :

— Merci, Howard, je ne manquerai pas de faire appel à vous en cas de besoin, mais pour l'instant, ce n'est pas nécessaire. Il est temps d'aller se coucher, maintenant… Bonne nuit !

— Bonne nuit, Riley. Dormez bien.

La jeune femme se dépêcha ensuite de rentrer chez elle, car la nuit serait courte : il était tard, et elle devait se lever tôt le lendemain pour prendre son service.

La sollicitude que son voisin venait de lui témoigner la touchait, mais elle avait aussi ramené à sa conscience des interrogations qu'elle s'efforçait d'ignorer tout en sachant qu'il lui faudrait les affronter un jour.

Ce qui la liait à Nick était en effet devenu beaucoup plus qu'une simple attirance physique : elle était en train de tomber amoureuse de lui.

Non, elle n'était pas « en train » de tomber amoureuse de Nick, rectifia Riley le lendemain matin en se préparant pour aller travailler. Elle l'aimait déjà, passionnément, et pour son malheur, car elle était sûre que ce n'était pas réciproque. Que, si jamais elle avouait ses sentiments à Nick, il ne lui ferait pas une déclaration similaire.

Sauf, peut-être, pour ne pas la peiner.

Non, même pas ! Il n'était pas du genre à mentir par complaisance, et cela signifiait qu'elle ne l'entendrait jamais lui dire : « Je t'aime. »

Elle soupira. Elle devait mettre fin à leur liaison. Ce

serait difficile, mais il le fallait, et le plus tôt serait le mieux : si elle attendait trop, elle finirait par ne plus en avoir le courage.

Les bonnes résolutions de Riley se heurtèrent cependant jour après jour à des obstacles qu'il lui fut impossible de surmonter : chaque fois qu'elle s'apprêtait à invoquer une excuse pour ne pas aller chercher Lisa chez Brenda avec Nick, les mots refusaient de franchir ses lèvres. Elle s'entendait dire « d'accord » à la place, et la joie que sa seule vue faisait briller dans les yeux de la fillette ne lui permettait alors plus de la laisser rentrer seule avec son père.

Ensuite, elle restait dîner chez eux, avec pour nouvelle raison de retarder son départ les cours de cuisine qu'elle donnait à Lisa. Elle ne savait pas trop comment cela avait commencé, mais elles avaient pris l'habitude de préparer le repas ensemble.

A cela aussi il allait falloir mettre un terme.

Et vite.

Ce jour-là, sur le chemin du retour, Lisa semblait très excitée. Assise à l'arrière de la voiture de Riley, elle brûlait visiblement de lui annoncer quelque chose, mais ce ne fut qu'une fois à l'intérieur de l'appartement qu'elle lui déclara fièrement :

— On n'aura pas à cuisiner ce soir ! On va commander des pizzas, et c'est moi qui les paierai !

— Toi ? s'écria Riley.

Puis elle interrogea Nick du regard, mais il se contenta de sourire.

— Oui ! répondit Lisa. Papa me donne de l'argent

de poche, je l'ai économisé, et je suis maintenant assez riche pour vous offrir à dîner !

La jeune femme se tourna de nouveau vers Nick. Sa fille l'avait appelé « papa »... Etait-ce la première fois ?

Le mélange de surprise et d'émotion qu'elle lut sur son visage lui fournit la réponse.

La mise en œuvre de la décision qu'elle avait prise d'entamer aujourd'hui le processus de sevrage devait donc être différée. Elle avait pensé s'inventer une excuse pour s'en aller avant le dîner, mais ce n'était plus possible : Lisa se faisait visiblement une joie de payer le repas avec son propre argent, et elle venait juste de témoigner son attachement à Nick en cessant de l'appeler par son prénom. Riley savait qu'en partant maintenant, elle les peinerait beaucoup tous les deux.

Si bien qu'elle resta, mais en se promettant de rentrer chez elle dès que Lisa serait couchée.

Elle ne ferait pas l'amour avec Nick ce soir. Elle ne le ferait plus jamais. Dans quelques heures se tournerait la page de sa vie qui lui aurait apporté le plus de bonheur.

Et lui laisserait le plus de regrets.

Le moment de coucher Lisa arriva trop vite. Riley respecta le rituel habituel : elle supervisa la toilette de la petite fille, la mit en pyjama et lui lut ensuite une histoire. L'émotion qui lui nouait la gorge la fit trébucher sur un mot à plusieurs reprises, mais Lisa finit par s'endormir.

La jeune femme quitta alors la chambre sur la pointe des pieds et regagna le séjour. Elle y avait laissé Nick, et pensait l'y retrouver, mais il n'y était plus. Soulagée, elle attrapa son sac et se dirigea à grands pas vers la porte.

— Où vas-tu ?

La voix de Nick, derrière elle, la stoppa net dans son élan.

— Il faut que je rentre chez moi, répondit-elle sans se retourner.

Mais avant qu'elle n'ait eu le temps de se remettre en marche, Nick l'avait contournée et lui barrait le passage. Il avait sur les lèvres ce sourire qui déclenchait toujours une délicieuse sensation de chaleur au creux de son ventre, et elle dut faire appel à toute la force de sa volonté pour ne pas se jeter dans ses bras.

— Non, tu restes ici ! décréta-t-il en lui prenant son sac.

Riley était trop émue pour parler et, dans sa hâte de se soustraire à l'emprise de Nick, elle lui arracha pratiquement le sac des mains. Son sourire s'évanouit, remplacé par une expression inquiète.

— Il y a quelque chose qui ne va pas ? demanda-t-il en la regardant avec attention.

— Non, enfin si…, bredouilla-t-elle.

Pourquoi cet homme lui faisait-il perdre tous ses moyens — y compris son sens de la repartie ? Personne d'autre n'en avait jamais eu le pouvoir…

Un sourire reparut sur ses lèvres, mais teinté de méfiance, celui-là.

— Je n'avais pas conscience de t'avoir posé une question à choix multiple, observa-t-il.

— Ce n'est pas le cas… Ecoute, nous avons vécu ensemble des moments fantastiques, mais…

« Avons vécu » ? Bien que Riley n'ait pas terminé sa phrase, cet emploi du passé parlait de lui-même, et le cœur de Nick s'arrêta de battre… Jamais il ne la forcerait à agir contre son gré, mais l'idée de passer sans elle ne serait-ce qu'une soirée lui était douloureuse, et il avait besoin de savoir où était le problème. Peut-être, alors, y trouverait-il une solution.

— Mais ? insista-t-il donc.

— Je ne veux plus continuer.

— Pourquoi ? la questionna-t-il posément malgré son envie de prendre Riley par les épaules et de la secouer pour la ramener à la raison.

— Parce que notre relation ne mène nulle part, répondit-elle.

Essayait-elle d'obtenir de lui une forme quelconque d'engagement ? Le mettait-elle à l'épreuve ? Ou bien n'avait-elle rien trouvé d'autre pour justifier son désir de rompre ?

— Pourquoi devrions-nous forcer notre relation à « aller » quelque part ? demanda-t-il. Pourquoi ne pas la vivre au présent, sans se projeter dans l'avenir ? Cela ne signifie pas lui enlever toute chance d'évoluer, plus tard...

« Plus tard », songea Riley, était une notion vague, qui finissait le plus souvent par se confondre avec « jamais ». Et elle préférait trancher dans le vif plutôt que de s'accrocher à de vains espoirs.

— Peut-être, concéda-t-elle pour couper court à la discussion, mais là, j'ai besoin de prendre du recul, de réfléchir.

— Entendu, dit Nick après un long silence. Si c'est ça que tu veux.

Ça ne l'était pas, songea Riley. Ce qu'elle voulait, c'était former avec lui et Lisa une vraie famille, mais il aurait fallu pour cela que Nick partage ses sentiments...

Alors elle le contourna et tendit la main vers la poignée de la porte en murmurant :

— A demain.

— Tu ne m'embrasses pas avant de partir ? protesta-t-il.

Elle lui lança un regard par-dessus son épaule, mais

sans lâcher la poignée, en s'y agrippant même comme une naufragée à une bouée de sauvetage.

— Si je t'embrasse, je n'aurai plus le courage de m'en aller.

— Mais si ! s'écria-t-il en lui faisant faire un demi-tour sur elle-même et en l'attirant dans ses bras. Je n'ai jamais réussi à te convaincre de changer d'avis une fois que tu avais décidé quelque chose.

Ce fut pourtant la prédiction de Riley que la suite vit s'accomplir.

14

Nick Wyatt ne jouait pas franc-jeu…

C'était la seule explication à ce qui venait de se passer, songea Riley en montant dans sa voiture. A peine l'avait-il prise dans ses bras qu'elle avait perdu toute capacité à lui résister, et il le savait à l'avance !

Ils avaient fait l'amour, ensuite, et bien que toutes les fibres de son être l'aient poussée à rester plus longtemps, elle s'était obligée à partir au bout de deux heures seulement. Elle n'avait encore jamais quitté l'appartement de Nick aussi tôt depuis qu'ils étaient amants.

Elle aurait cependant dû être plus forte, se reprocha-t-elle sur le chemin de sa maison, et Nick n'était donc pas le seul coupable dans cette affaire : pourquoi n'avait-elle pas trouvé le courage de le repousser avant qu'il ne soit trop tard ? Pourquoi, sentant le contrôle de la situation lui échapper, n'avait-elle pas immédiatement réagi ?

Demain ! se jura-t-elle. Demain, elle resterait encore dîner, pour ne pas brusquer les choses, mais elle laisserait Nick coucher sa fille et s'esquiverait pendant qu'il lui lirait une histoire.

Elle attendrait ensuite un jour ou deux, puis elle s'en irait avant le dîner, et cesserait finalement d'aller chercher Lisa chez Brenda avec Nick.

En procédant ainsi par étapes, elle leur permettrait

de s'habituer en douceur à ce qu'elle ne fasse plus partie de leur vie.

Cela ne lui rendait pas moins douloureuse la fin de sa liaison avec Nick, et elle tenta de se consoler en se disant que Howard pourrait désormais se coucher plus tôt.

Howard… La pensée de celui qui se considérait comme son ange gardien lui arracha un sourire attendri, mais lui rappela aussi qu'elle ne l'avait pas invité à venir boire un café chez elle depuis des semaines.

Des journées de travail surchargées, suivies de soirées chez Nick qui se prolongeaient jusqu'à tard, l'en avaient empêchée, mais elle s'en voulut malgré tout. Howard menait une existence solitaire : depuis trois ans qu'ils étaient voisins, il n'avait eu, à sa connaissance, d'autres visiteurs que son fils Ethan.

Riley en était là de ses réflexions quand elle quitta la grande avenue qui traversait son lotissement et s'engagea dans sa rue. Howard avait laissé la lampe de son perron allumée, comme d'habitude, et l'idée qu'il utilisait cette lumière comme un phare, pour la guider jusque chez elle, la fit de nouveau sourire. Elle ralentit pour lui donner le temps de s'éloigner de la fenêtre derrière laquelle il guettait son retour, et de sortir sur le perron.

La porte d'entrée ne s'ouvrit cependant pas.

C'était étrange : le vieil homme ne manquait jamais de venir lui dire bonsoir. Il l'avait même fait un soir d'hiver où il souffrait d'un mauvais rhume. C'était comme si l'ordre ne pouvait régner dans son univers tant qu'il n'avait pas accompli ce rite.

Riley se gara dans sa contre-allée, coupa le contact et descendit de voiture. Arrivée devant le portail de son jardin, elle jeta un coup d'œil à la maison voisine, mais Howard était toujours invisible, et aucune lumière ne brillait à l'intérieur. Il devait être allé se coucher sans l'attendre, pour une fois.

Peut-être même avait-il renoncé pour de bon à veiller sur elle, parce qu'il la savait maintenant engagée dans une relation intime avec son coéquipier et estimait pouvoir se décharger sur lui de ce rôle de protecteur.

Nick ne serait plus désormais pour elle qu'un collègue de travail, et elle l'annoncerait à Howard, mais pas avant de se sentir capable d'en parler sans fondre en larmes…

Elle remonta l'allée qui menait à son perron, gravit les marches, et elle s'apprêtait à ouvrir la porte lorsqu'un sombre pressentiment lui fit rebrousser chemin et aller sonner chez son voisin.

Il se passait quelque chose d'anormal, et elle aurait dû en prendre conscience plus tôt : Howard ne serait pas allé dormir en laissant la lampe extérieure allumée. Beaucoup de gens considéraient cela comme un moyen de décourager les voleurs, mais Riley savait que les économies d'énergie étaient l'un des chevaux de bataille de Howard. Il ne montait jamais se coucher sans avoir d'abord éteint toutes les lumières derrière lui.

Quand trois coups de sonnette, à quelques instants d'intervalle, n'eurent provoqué aucun mouvement à l'intérieur de la maison, Riley tambourina contre la porte, mais sans plus de résultat.

— Howard ? cria-t-elle.

Toujours rien, et son inquiétude grandit.

En désespoir de cause, elle tourna la poignée, imprima une légère poussée au battant qui, à sa grande surprise, s'ouvrit.

Cette fois, le doute n'était plus possible. Howard verrouillant *toujours* sa porte, il lui était forcément arrivé quelque chose.

La jeune femme sortit aussitôt son arme de service de son sac et abaissa le cran de sûreté.

— Howard ? appela-t-elle de nouveau avant de franchir le seuil.

Seul le silence lui répondit, et elle se dirigea vers le séjour, tous ses sens en alerte. La lumière de la lampe extérieure et celle du lampadaire située juste derrière la boîte aux lettres de son voisin pénétraient dans la pièce, mais ne l'éclairaient que faiblement, et les yeux de Riley mirent un instant à s'accoutumer à la pénombre.

Son cœur bondit dans sa poitrine quand le retour de sa vision lui permit de distinguer la silhouette d'un homme ligoté à un siège qui avait basculé sur le côté.

Elle courut vers lui… C'était Howard, les bras et les jambes attachés à une chaise de salle à manger avec du chatterton, la bouche recouverte d'un bâillon. Il était inconscient, et une odeur de chloroforme flottait autour de lui.

Les cambrioleurs avaient encore frappé, et le fait que cela se soit passé dans la maison la plus proche de la sienne fit bouillir le sang de Riley.

Si elle avait cédé à sa première impulsion, elle aurait détaché Howard et serait restée près de lui jusqu'à ce qu'il reprenne connaissance. Mais le lieutenant de police en elle savait qu'il lui fallait d'abord inspecter les lieux : si les malfaiteurs étaient toujours là, les choses pouvaient mal tourner.

Ils n'avaient encore tué personne, se dit la jeune femme pour se rassurer tandis qu'elle commençait à explorer la maison en s'efforçant d'allier rapidité et minutie.

Ses recherches se révélèrent cependant plus compliquées qu'elle ne s'y attendait, car Howard avait considérablement enrichi ses collections depuis la dernière fois qu'elle était venue chez lui : un amoncellement de livres, de revues et de vinyles rendait difficile, voire impossible, l'accès à la plupart des pièces.

Cet homme était un collectionneur obsessionnel, mais il avait des excuses, et Riley lui souhaitait de pouvoir continuer à cultiver sa marotte pendant encore de très nombreuses années.

Une fois certaine que les voleurs étaient partis, elle alla dans la cuisine et se mit en quête d'une paire de ciseaux. Cette tâche s'avéra elle aussi ardue, car tous les tiroirs étaient remplis d'un incroyable bric-à-brac d'objets. Howard ne jetait jamais rien, apparemment...

Riley finit néanmoins par trouver des ciseaux. Elle regagna le séjour, s'agenouilla près du vieil homme et entreprit de trancher ses liens. Elle n'avait pas encore terminé lorsqu'il gémit, comme une personne en train de faire un cauchemar et tentant de se réveiller.

L'ironie de la situation accablait Riley : les cambrioleurs avaient choisi comme cinquième victime le voisin d'une femme qui cherchait depuis des semaines à les démasquer ! Pire encore, ils avaient opéré pendant que Nick et elle faisaient l'amour !

D'un autre côté, si elle était rentrée plus tôt, les malfaiteurs n'auraient peut-être pas encore frappé. Elle serait alors allée se coucher, et n'aurait pas su avant le lendemain soir qu'il était arrivé quelque chose à Howard : elle ne le voyait pratiquement jamais le matin.

Le scénario de ce nouveau cambriolage lui semblait différer légèrement de celui des précédents, mais sans qu'elle parvienne à déterminer en quoi.

Après avoir fini de détacher le vieil homme et l'avoir allongé sur le sol, Riley prit son pouls et le trouva un peu élevé, mais il respirait normalement. L'agression dont il avait été victime ne lui avait pas donné une crise cardiaque, c'était déjà ça !

La jeune femme appela malgré tout la caserne de pompiers la plus proche, s'identifia et demanda l'envoi de deux auxiliaires médicaux, au cas où Howard souffrirait de lésions internes qu'elle n'aurait pas su détecter.

Et ensuite, elle téléphona à Nick.

— Tu es sûre que ce sont les mêmes ? demanda Nick à Riley une demi-heure après avoir reçu son appel.

Avant de venir la rejoindre, il avait déposé Lisa chez Brenda et son mari, en s'excusant de les déranger à une heure aussi tardive. Ils lui avaient dit qu'il n'avait pas à s'excuser, qu'ils connaissaient les contraintes liées au métier de policier et trouvaient normal de lui rendre ce service.

— Oui, répondit Riley, ce sont les mêmes : ils ont signé leur forfait en chloroformant Howard avant de partir.

— Comment va-t-il ?

— Bien. Les auxiliaires médicaux sont arrivés cinq minutes après mon coup de téléphone. Il était alors revenu à lui, et ils l'ont examiné sous toutes les coutures, malgré ses protestations. Il s'est fait une bosse en se cognant la tête par terre, quand la chaise s'est renversée, mais en dehors de ça, seul son amour-propre a souffert.

Comme en écho à cette remarque, l'intéressé choisit ce moment pour s'exclamer, depuis le canapé où les secouristes l'avaient installé :

— J'aurais dû être capable de mettre ces fripouilles en fuite ! Je me suis classé deuxième en haltérophilie, à l'université !

Riley s'approcha de lui, prit sa main et la caressa doucement pour tenter de calmer son agitation.

— Vous m'avez déjà parlé de vos exploits sportifs,

Howard, mais sans vouloir vous vexer, je vous rappelle qu'ils datent de presque un demi-siècle.

Et puis, soudain, le mystère de ce qui la perturbait depuis la découverte de son voisin inconscient et ligoté s'éclaircit.

— Vous étiez couché, quand ces hommes se sont introduits chez vous ? lui demanda-t-elle.

— Non.

Howard essaya alors de se lever, mais ses jambes se dérobèrent sous lui, et Nick accourut pour aider Riley à le soutenir.

— Je vous attendais, comme tous les soirs, précisa-t-il une fois qu'ils l'eurent rallongé.

Voyant Nick froncer les sourcils, Riley lui expliqua :

— Quand j'ai emménagé à côté, Howard a décidé de devenir mon ange gardien.

Puis elle reporta son attention sur le vieil homme.

— Mais si vous étiez encore debout, comment se fait-il que les cambrioleurs soient entrés ? Toutes les autres victimes ont été surprises dans leur sommeil !

— Il y avait des lumières allumées à l'intérieur de la maison, monsieur Gray ? intervint Nick.

— Non, aucune. J'essaie d'économiser l'énergie, pour le bien de la planète. J'aurais eu besoin d'électricité si j'avais lu, comme certains soirs, mais là, je me suis contenté d'observer la rue, si bien que la lampe du perron et l'éclairage public me suffisaient.

Aux yeux de Riley, cependant, cela ne rendait pas entièrement compte de la façon dont les choses s'étaient déroulées.

— Si vous étiez à la fenêtre, je ne comprends pas que les malfaiteurs ne vous aient pas vu, observa-t-elle. Et vous, de votre côté, vous auriez dû les voir arriver.

Howard rougit et déclara, l'air gêné :

— Il a fallu que j'aille aux toilettes, à un moment… Je me suis trouvé nez à nez avec eux quand j'en sortais, et je ne sais pas qui, d'eux ou de moi, a eu le plus grand choc ! Mais ils ont très vite réagi : ils m'ont sauté dessus, traîné dans le séjour et, avant que j'aie eu le temps de dire ouf, j'étais ligoté sur une chaise.

L'image du vieil homme brutalisé par ces deux individus se forma dans l'esprit de Riley. Son cœur se serra, mais ce n'était pas le moment de s'attendrir. L'enquêtrice en elle devait prendre le dessus sur l'amie jusqu'à ce que toutes les informations sur ce nouveau cambriolage aient été recueillies. L'une d'elles ouvrirait peut-être enfin une piste sérieuse.

— Réfléchissez bien avant de me répondre, Howard, parce que c'est très important : avez-vous reconnu l'un ou l'autre de vos agresseurs ?

— Comment l'aurais-je pu ? Ils portaient des vêtements noirs et une cagoule !

— Oui, je le sais, mais je parlais de quelque chose, dans leur démarche, ou dans leur voix, qui vous aurait paru familier.

— Non, rien.

— Vous les avez entendus s'appeler par leur nom ou leur prénom ?

Howard secoua négativement la tête.

— Avez-vous noté chez l'un d'eux une particularité, de quelque nature que ce soit ?

— Oui, le plus petit des deux sentait l'ail.

Shirley Wilson l'avait remarqué, elle aussi. Il s'agissait donc d'une caractéristique physiologique, et cela confirmait s'il en était besoin que tous ces cambriolages avaient les mêmes auteurs. Riley était cependant bien obligée d'admettre que cela ne constituait pas un indice suffisant pour faire vraiment progresser l'enquête.

— Et le plus grand souffre d'un léger bégaiement, ajouta Howard, un peu comme ce voiturier…

— Quel voiturier ?

— Celui qui travaille dans ce restaurant…

— Quel restaurant ?

— Son nom m'échappe.

— Essayez de vous souvenir !

Howard ferma les yeux, et Riley le laissa réfléchir. Les techniciens de scène de crime arrivés juste avant Nick s'étaient tout de suite mis au travail, mais l'amas d'objets qui encombraient la maison leur rendait la tâche difficile. La jeune femme entendit même l'un d'eux se plaindre à son chef d'avoir reçu une pile de livres sur la tête quand il avait ouvert la porte d'une des chambres.

— Les Joyaux de la Couronne ! s'écria soudain Howard.

— C'est le nom du restaurant ?

— Oui. Ethan était là, la semaine dernière…

— Qui est-ce ? demanda Nick.

— Son fils, répondit Riley sans quitter le vieil homme des yeux. Continuez, Howard !

— Ethan est médecin. Il m'a emmené dans ce restaurant où une semaine de mon ancien salaire d'ingénieur n'aurait même pas suffi à couvrir le prix d'un repas. Je déteste ce genre d'endroit, mais Ethan a insisté. Il a dit que c'était lui qui paierait, et nous y sommes allés avec ma voiture.

Une voiture que Riley connaissait bien : Howard l'utilisait peu, mais il la sortait de son garage tous les dimanches pour la laver et l'astiquer amoureusement. C'était une Mercedes, et le pouls de Riley s'accéléra.

Un coup d'œil à Nick lui montra qu'il mesurait lui aussi l'intérêt de ce nouvel élément pour leur enquête.

— Et vous avez donné la clé de votre véhicule au voiturier ? déclara-t-il à Howard.

— Evidemment ! Comment aurait-il pu le garer, autrement ?

— Cette clé est sur le même trousseau que celle de votre maison ? demanda Riley en s'efforçant de ne laisser transparaître ni dans sa voix ni sur son visage son excitation grandissante.

Le vieil homme fixa ses deux interlocuteurs tour à tour, l'air perplexe, avant de répondre :

— Je n'ai que ces deux clés, alors pourquoi les séparer ? Je trouve beaucoup plus simple de les garder ensemble : ainsi, je n'ai pas à mémoriser deux endroits de rangement différents.

L'énigme était résolue ! songea Riley, le cœur battant.

Un voiturier avait en effet accès à l'adresse des clients de l'établissement où il travaillait : elle figurait sur les papiers des véhicules qu'il était chargé de garer, et les gens laissaient le plus souvent ces papiers dans la boîte à gants. Howard ne devait pas non plus être la seule personne à réunir la clé de contact et celle de son domicile sur un même trousseau, et le voiturier avait donc la possibilité de prendre un moulage de la seconde. Une fois son service terminé, il pouvait aller en faire un double chez un serrurier, en lui offrant de l'argent en échange de son silence.

Il pouvait aussi avoir l'outillage nécessaire pour fabriquer ce double lui-même, ce qui annulait le risque d'une dénonciation.

Quoi qu'il en soit, une fois muni de cette clé et de l'adresse de l'habitation correspondante, il avait le temps d'aller repérer les lieux, puis de s'introduire avec un complice chez la personne concernée sans commettre d'effraction.

Après un moment de silence pendant lequel il avait dû suivre le même raisonnement, Nick observa :

— Si les cambrioleurs ont un double de la clé, pourquoi n'opèrent-ils pas de jour, quand ils ont le plus de chances de trouver les maisons vides ?

— Sans doute parce qu'ils ne peuvent pas en être certains, déclara Riley. La nuit, au moins, ils savent à quoi s'attendre, et comme les gens dorment, il leur est facile de les maîtriser. Je ne pense pas que l'appât du gain soit leur seule motivation, de toute façon.

— Comment ça ?

— Je crois que s'y ajoute le désir de déstabiliser leurs victimes, par esprit de revanche. Elles ont les moyens d'aller dans des restaurants chers, de s'offrir des choses que leurs revenus à eux ne leur permettront jamais d'acheter... En les volant, ils leur disent : « Méfiez-vous ! Tout ce que vous possédez, on peut vous le prendre. »

Riley était sûre d'avoir raison et, dans son exaltation, elle planta un gros baiser sur le front de son voisin.

— C'est grâce à vous que nous avons élucidé cette affaire, Howard !

— Je suis heureux de ne pas avoir été molesté pour rien...

— Et moi, je suis heureuse que vous vous en soyez tiré avec une simple bosse, déclara-t-elle. Ne bougez pas, je reviens tout de suite !

Son sac était resté sur une table, près de la porte du séjour, et elle alla y prendre son portable.

— A qui comptes-tu téléphoner ? lui demanda Nick, qui l'avait suivie.

— Aux autres victimes. Je suis déjà certaine qu'elles sont toutes allées manger aux Joyaux de la Couronne dans les jours qui ont précédé leur cambriolage, mais je veux m'en assurer.

— Il est presque 23 heures… Ce n'est pas un peu tard, pour les appeler ?

— La vérité n'attend pas, répliqua Riley en pressant une touche.

— Tu as enregistré leur numéro ?

— Oui, afin de pouvoir les joindre à tout moment. Pas toi ?

Quelqu'un décrocha, à l'autre bout du fil, et la jeune femme se détourna pour lui parler sans laisser à Nick le temps de répondre.

— Quatre sur cinq, c'est plutôt concluant ! dit Riley vingt minutes plus tard.

Nick, Howard et elle avaient émigré dans la cuisine pour permettre aux techniciens de scène de crime d'inspecter le séjour.

— Ils ont sûrement été ravis de devoir se creuser la cervelle à une heure pareille ! observa Nick. Tu les as même sans doute réveillés.

— Ils dormiront mieux quand nous aurons arrêté leurs voleurs.

— Si ce sont bien les mêmes que ceux de ce soir, parce que les Marston n'ont jamais mis les pieds aux Joyaux de la Couronne. Il faudrait que *toutes* les victimes y soient allées pour…

La sonnerie du portable de Riley interrompit Nick. Elle prit la communication et, pendant qu'elle écoutait son correspondant, il vit un sourire se dessiner sur ses lèvres, puis s'élargir…

— Merci de m'avoir rappelée, monsieur Marston, déclara-t-elle finalement. Vous venez de nous fournir une information de la plus haute importance, et je suis de votre avis : une punition s'impose. Je vous promets de vous tenir au courant… Au revoir !

— Quelle est cette information « de la plus haute importance » ? lui demanda Nick dès qu'elle eut raccroché.

— Oui, et qui doit être puni ? renchérit Howard, l'air aussi intrigué que lui par les paroles de la jeune femme.

— M. et Mme Marston ne sont jamais allés aux Joyaux de la Couronne, répondit cette dernière, mais leur fils y a emmené dîner sa petite amie — en « empruntant » à son père voiture et carte de crédit. Il a entendu la conversation téléphonique que j'aie eue tout à l'heure avec ses parents, et il vient de leur avouer sa faute.

— Ah ! les jeunes d'aujourd'hui ! dit Howard en soupirant. Ils ne respectent plus rien !

— Sans compter que, s'il n'avait pas cherché à éblouir sa petite amie en l'invitant dans l'un des restaurants les plus chers de la ville, ses parents n'auraient pas été cambriolés, souligna Riley. Il va probablement être privé de sortie jusqu'à la fin de ses études. Mais nous, nous avons maintenant sur ce point une concordance de cent pour cent, alors si on allait déjeuner demain aux Joyaux de la Couronne, Wyatt ?

— Pour tendre un piège aux voleurs ?

— Oui, et on prendra ma voiture.

— Pourquoi ?

— Elémentaire, mon cher Watson ! L'adresse figurant sur les papiers de la tienne montre que tu habites un appartement, et ces individus ne cambriolent que des maisons.

— Bien vu, mais il n'est pas du tout sûr qu'ils mordent à l'hameçon. Sur les propriétaires des centaines de véhicules que ce voiturier doit garer toutes les semaines, cinq seulement ont été cambriolés, et le tien est d'un modèle courant.

— C'est pour ça que je compte demander à la femme d'Andrew Cavanaugh de me prêter l'énorme diamant qu'il lui a offert pour leur dernier anniversaire de mariage. Et j'emprunterai à ma mère quelques-uns de ses plus beaux bijoux, pour faire bonne mesure... Je devrais alors étinceler suffisamment pour éveiller l'intérêt de nos deux hommes.

Riley n'avait besoin d'aucun bijou pour étinceler, songea Nick, mais comme ils n'étaient pas seuls, il garda cette pensée pour lui.

15

— Je crois qu'il va falloir se décider à placer ce voiturier en garde à vue et à organiser une séance d'identification, McIntyre : ton plan ne marche pas.

Nick était assis dans sa voiture, garée en bas de la rue de Riley, et il l'appelait sur son portable. Depuis des heures qu'il attendait là sans bouger, il s'ennuyait ferme et commençait à s'ankyloser.

Installée dans son séjour, toutes lumières éteintes, Riley voulait espérer que la vue de sa maison plongée dans l'obscurité inciterait les cambrioleurs à s'y introduire, mais jusqu'ici, il ne s'était rien passé. Et, à son grand regret, elle se sentait tout près de partager l'avis de Nick : cela faisait bientôt deux semaines que, soir après soir, ils guettaient en vain l'arrivée des deux malfaiteurs.

Elle avait pourtant eu la certitude que l'étalage des bijoux empruntés à sa famille les appâterait. Quand le voiturier des Joyaux de la Couronne lui avait avancé son véhicule, elle avait aussi, comme convenu, empêché Nick de lui donner un pourboire.

— Il n'a rien fait pour mériter une gratification ! s'était-elle écriée d'un air méprisant. Ce n'est pas comme s'il avait dû se battre contre une bande de voyous pour récupérer la voiture : il s'est contenté d'aller la chercher sur le parking ! Et il est déjà payé pour ça, non ?

L'homme l'avait fusillée du regard, et elle avait souri

intérieurement : son arrogance allait sûrement achever de le monter contre elle.

Par ailleurs, elle était sûre d'avoir eu affaire au bon voiturier : non seulement il était grand et mince, mais il souffrait du léger bégaiement dont Howard avait parlé.

— Aucune des victimes n'ayant vu le visage de ces deux individus, déclara-t-elle à Nick, un tapissage ne servira à rien. Je voulais les prendre en flagrant délit, mais je commence moi aussi à douter que mon plan marche... Rentre chez toi, Wyatt, et on décidera demain de la suite des opérations.

— D'accord. Bonne nuit !

Nick coupa la communication et lança son portable sur le siège du passager. Le siège que Riley occupait d'ordinaire... Ces longues heures de surveillance ne réduisaient pas seulement le temps qu'il passait avec sa fille : elles avaient également mis fin à ses soirées en tête à tête avec Riley. Ils n'avaient pas fait l'amour depuis le jour où Howard avait été cambriolé, et elle lui manquait.

L'odeur de sa peau, la douceur de son corps, ses caresses et ses soupirs de plaisir lui manquaient.

Il n'avait encore jamais rien éprouvé de tel : aucune femme avant elle n'avait fait naître en lui ce sentiment de besoin — pas de façon aussi impérieuse, tout du moins, ni pendant si longtemps. Il y avait là quelque chose qui ressemblait à la souffrance d'un toxicomane privé de sa drogue.

C'était nouveau pour lui, et très déconcertant.

Mais surtout, cela l'effrayait, parce qu'il se sentait vulnérable, privé de ses repères dans un domaine où il se croyait jusqu'ici à l'abri de toute surprise.

Nick regarda sa montre. Riley avait raison : il devait rentrer chez lui, ne serait-ce que pour libérer Lila Cavanaugh, qui jouait les baby-sitters depuis quelques jours afin de permettre à Lisa de dormir dans son propre lit, et de lui épargner ainsi d'être constamment ballottée d'une maison à l'autre.

C'était Lila elle-même qui avait proposé ses services, bien sûr, mais si quelqu'un avait dit à Nick, trois mois plus tôt, que l'épouse du directeur de la police judiciaire garderait sa fille, et qu'il entretiendrait une liaison avec la belle-fille dudit directeur, il aurait ri à gorge déployée. Il n'avait aucune raison de penser qu'il était père, à l'époque, et aucune femme ne restait assez longtemps dans sa vie pour que leur relation puisse être qualifiée de liaison. Il s'agissait de brèves aventures, une petite amie chassant l'autre.

Riley, elle, était pour lui bien plus qu'une petite amie, ou qu'une partenaire sexuelle particulièrement douée...

Qu'était-elle exactement ? Il ne le savait pas trop, mais une chose était sûre : en tant que coéquipier, il avait un devoir de protection envers elle.

Alors il décida d'attendre encore un peu pour s'en aller, au cas où.

Trois quarts d'heure plus tard, il ne s'était toujours rien passé, et Nick, épuisé, tourna la clé de contact. Rester ne servait à rien : les cambrioleurs ne viendraient pas cette nuit, et il devait partir avant de risquer de s'endormir au volant pendant le trajet.

Le moteur ronronna. Nick fit demi-tour dans la contre-allée la plus proche, puis s'engagea dans l'avenue qui lui permettrait de quitter le lotissement.

A cette heure, il n'y avait pratiquement pas de circulation : tous les gens dotés d'une once de bon sens dormaient tranquillement, et c'était dans son lit qu'il aurait dû être, lui aussi, depuis un bon moment déjà.

Mais ce lit lui paraissait désespérément vide maintenant que Riley et lui étaient redevenus de simples collègues. Il en était presque arrivé à souhaiter que le capitaine Barker décide de classer l'affaire, afin de pouvoir reprendre sa liaison avec Riley.

« Arrête ! se dit-il. La fatigue te fait divaguer ! »

Au milieu de l'avenue, il croisa une voiture. Sans doute des habitants du quartier qui revenaient d'une soirée…

Nick étouffa un bâillement et poursuivit sa route.

Riley se redressa dans son lit, le cœur battant.

Le bruit qui l'avait réveillée appartenait-il à la réalité, ou au rêve qu'elle était en train de faire l'instant d'avant ?

Elle tendit l'oreille… Si un nouveau bruit se produisait, elle saurait à quoi s'en tenir.

Et puis elle se souvint avoir empilé des livres devant la porte d'entrée, par précaution : si quelqu'un la poussait, ils se renverseraient.

C'était la chute de ces livres sur le carrelage du vestibule qui l'avait tirée du sommeil, elle en était maintenant certaine.

L'estomac noué, elle décrocha le téléphone posé sur la table de chevet pour appeler le commissariat.

Pas de tonalité.

La ligne était coupée.

Et elle avait laissé son portable dans le séjour.

Par chance, elle avait emporté son revolver de service dans sa chambre au lieu de le ranger à sa place habituelle. Il était à côté du téléphone, et elle s'en saisit.

Elle se leva ensuite et gagna le couloir sur la pointe des pieds, retenant même son souffle pour faire le moins de bruit possible.

Précautions inutiles… Avant qu'elle n'ait eu le temps

de réagir, un homme surgit, sur sa gauche, l'attrapa par la taille et lui tordit le poignet jusqu'à ce que la douleur la force à laisser tomber son arme sur le sol.

Un objet dur s'abattit alors sur sa nuque, une fois, deux fois... Etourdie, elle lutta pour ne pas sombrer dans les ténèbres qui menaçaient de l'engloutir, mais plutôt que de se débattre, elle feignit d'avoir perdu connaissance. Ainsi, son agresseur ne se méfierait pas d'elle, et elle pourrait tenter quelque chose contre lui dès que l'occasion s'en présenterait.

Il la souleva de terre, descendit l'escalier et la posa sans douceur sur une chaise du séjour. C'était maintenant ou jamais, car elle savait ce qui allait suivre...

Alors elle sauta sur ses pieds et se jeta sur le malfaiteur. L'effet de surprise lui donna d'abord l'avantage, mais elle entendit soudain le cliquetis d'un cran de sûreté qui s'abaissait, derrière elle, et une voix rauque lui lança :

— Plus un geste, sale garce, ou je tire !

— Lâchez votre arme ! cria une autre voix — que Riley connaissait bien, celle-là.

Elle se retourna d'un bloc. Nick se tenait dans l'embrasure de la porte, son revolver pointé sur l'homme qui la menaçait et qui se retourna, lui aussi.

C'était Nick, à présent, qu'il visait, et il avait l'air assez paniqué pour presser la détente du gros pistolet qu'il brandissait.

Une violente poussée d'adrénaline fit bondir Riley vers lui. Elle referma les doigts sur son bras et le dirigea vers le haut tandis qu'une forte odeur d'ail lui assaillait les narines. Le coup partit, mais la balle alla se loger dans le plafond et, juste après, un mugissement de sirènes retentit, dehors.

Nick avait appelé des renforts ! pensa la jeune femme, soulagée au point d'en avoir les jambes molles.

— Je me rends ! Je me rends ! s'écria le plus grand des deux malfaiteurs en levant en l'air des mains qui tremblaient. Je ne suis p… p… pas armé. Le p… p… pistolet est à Jason, p… p… pas à moi !

La frayeur aggravait son bégaiement, nota vaguement Riley.

— Evidemment ! s'exclama son complice. Tu n'as même pas assez de cran pour tenir une arme à feu ! Sans moi, tu ne serais jamais arrivé à rien !

— Vous réglerez vos comptes en prison, tous les deux ! intervint Nick.

Puis il désarma le dénommé Jason et lui passa les menottes. Il se tourna ensuite vers Riley, et il allait lui demander où étaient ses menottes à elle quand il remarqua sa pâleur.

— Ça va ? lui dit-il, inquiet.

— Très bien, répondit-elle avant de s'écrouler comme une masse.

Riley essaya de soulever ses paupières, mais sans y arriver : elles pesaient des tonnes. Des bruits assourdis lui parvenaient, des gens parlaient et se déplaçaient autour d'elle…

Que s'était-il passé ?

Ah oui ! Les cambrioleurs…

Deux hommes entièrement vêtus de noir, qui s'étaient introduits chez elle… L'un d'eux l'avait maîtrisée et frappée violemment à la tête. L'autre avait braqué un pistolet sur Nick…

Nick !

Sous l'effet de la terreur, ses yeux s'ouvrirent d'eux-mêmes, et le premier visage qui lui apparut fut celui de son coéquipier.

— Tu n'as rien !

Il lui avait semblé crier ces mots, mais tout ce qu'elle entendit, ce fut un faible murmure.

— Ne t'agite pas, déclara Nick. On va t'emmener aux urgences.

Riley voulut se redresser, mais il lui posa les mains sur les épaules pour l'en empêcher.

Il y avait une civière, près du canapé. Un canapé sur lequel elle était allongée… Depuis combien de temps ? Et pourquoi ? Cette civière signifiait qu'une ambulance avait été appelée, et pour elle, de toute évidence. Sa mère aurait une crise cardiaque, si elle l'apprenait !

— Je n'ai pas besoin d'aller à l'hôpital, protesta Riley. Je vais bien.

— C'est ce que tu m'as dit juste avant de t'évanouir !

— Je ne me suis pas évanouie !

— D'accord, tu as seulement fait une petite sieste… Mais tu t'es tout de même effondrée, et tu as derrière la tête, en plus d'une grosse bosse, une plaie ouverte dont les secouristes ont eu du mal à arrêter le saignement. Je veux que cette plaie soit examinée.

— Eh bien, examine-la !

La jeune femme se souleva pour permettre à Nick de regarder sa nuque, mais la pièce se mit aussitôt à tourner devant ses yeux, et elle se laissa retomber sur les coussins du canapé.

— Tu vois bien que j'ai raison ! s'écria Nick. Et tu auras beau argumenter, je ne céderai pas : j'ai déjà eu assez peur comme ça !

— Et les cambrioleurs ?

— Quoi, les cambrioleurs ?

— Où sont-ils ?

— Dans une voiture de police, en route pour le commissariat.

Des techniciens de scène de crime s'affairaient dans la pièce, et sans doute un peu partout dans la maison, mais depuis quand étaient-ils là ?

— Je suis restée inconsciente pendant combien de temps ? demanda Riley.

— Une quinzaine de minutes — les plus longues de toute ma vie ! Je ne savais pas si tu allais reprendre connaissance ou tomber dans le coma…

— Mais toi, qu'est-ce que tu fais ici ? Tu n'es pas rentré chez toi, finalement ?

— Pas tout de suite. J'ai encore attendu trois quarts d'heure, pour plus de sûreté, et je quittais le lotissement quand j'ai croisé une voiture, avec deux hommes à l'intérieur. J'ai noté qu'ils portaient des pull-overs noirs, mais j'étais fatigué, et j'ai mis un moment à prendre conscience que c'était une tenue bizarre, pour une nuit aussi chaude. J'ai alors fait demi-tour, et bien m'en a pris !

Riley commença à hocher la tête, mais les vagues de douleur que ce mouvement déclencha ne lui permirent pas de le terminer.

— Oui, heureusement que tu es arrivé en renfort, observa-t-elle. J'étais déjà couchée, et je dormais. Je me suis bêtement laissé surprendre.

— Pas complètement, à en juger par les livres que j'ai trouvés éparpillés derrière la porte d'entrée. Drôle de système d'alarme !

— Mais il a marché : le bruit de la pile qui s'écroulait m'a réveillée.

— Si j'étais resté plus longtemps en faction dans la rue, j'aurais vu ces hommes arriver, et je les aurais neutralisés avant qu'ils n'aient pu te faire du mal… Je m'en veux terriblement !

— Tu n'as rien à te reprocher : il était tard, et depuis bientôt deux semaines que nous les attendions en vain, nous pouvions légitimement penser qu'ils ne s'en prendraient jamais à moi. L'essentiel, c'est qu'ils soient maintenant hors d'état de nuire… Rentre chez toi, à présent ! Je m'occupe de la paperasse.

Nick fixa Riley comme si elle avait perdu la tête.

— Tu ne t'occupes de rien du tout ! décréta-t-il. Tu vas aux urgences, pour qu'un médecin examine cette plaie !

— Je t'ai déjà dit que…

— Je me moque de ce que tu as dit ! Et je t'accompagne à l'hôpital, sinon tu serais bien capable de dissuader les secouristes de t'y emmener !

— Ma mère risque de s'inquiéter, si tu tardes trop à rentrer.

— Je lui ai téléphoné. Elle est au courant de ce qui s'est passé.

— Tu ne lui as pas dit que j'étais blessée, j'espère ?

— Si. Je n'ai pas eu le choix : elle a insisté pour que je lui raconte l'histoire dans ses moindres détails. Elle m'a annoncé son intention d'envoyer son mari te voir aux urgences et, s'il ne t'y trouve pas, tu peux être sûre qu'il viendra ici et t'y conduira lui-même, manu militari !

Riley ferma les yeux et soupira :

— Je te déteste, Wyatt !

— C'est réciproque, déclara Nick avec un sourire malicieux. Allonge-toi sur cette civière, maintenant, avant que je ne me fâche vraiment !

Avec un nouveau soupir — et l'aide de Nick —, la jeune femme descendit du canapé et s'étendit sur la civière.

Quatre heures plus tard, le médecin des urgences autorisait Riley à quitter l'hôpital, et elle se tourna vers Nick, triomphante :

— Je t'avais bien dit que je n'avais rien de grave !

— Rien de grave, alors que ta plaie à la nuque a nécessité dix points de suture ?

— Il en a fallu plus pour me recoudre le jour où mon frère Frank m'a fait tomber de bicyclette pour m'être moquée de lui !

Au cas où elle en aurait douté, son aventure lui avait donné la preuve irréfutable que les nouvelles se propageaient vite, dans sa famille : Nick et elle n'étaient pas aux urgences depuis cinq minutes qu'une première vague de visites était arrivée, et le service avait ensuite été rapidement envahi par tout ce qu'Aurora comptait de McIntyre et de Cavanaugh.

Seule manquait à l'appel une de ses belles-sœurs, réquisitionnée pour garder Lisa et permettre ainsi à Lila de s'assurer en personne que sa fille allait aussi bien qu'elle le prétendait.

Riley était très ennuyée d'avoir causé du souci à sa mère et à tous ceux qui avaient quitté leur lit au milieu de la nuit pour venir s'enquérir de son état.

Et, même une fois tranquillisés — « Je ne sais pas pourquoi on s'est inquiétés : Riley a la tête dure », avait ironisé Frank —, ils avaient insisté pour rester encore un moment à son chevet.

Ils étaient maintenant tous partis, Nick leur ayant déclaré qu'il se chargerait de la reconduire chez elle.

— Comment te sens-tu ? lui demanda-t-il en lui prenant le bras pour l'aider à marcher.

Elle flageolait un peu sur ses jambes, mais la tête ne lui tournait plus, et chaque pas qu'elle faisait était plus assuré que le précédent.

— Bien, répondit-elle.

Puis, se rappelant avoir menti la dernière fois qu'elle avait dit cela, elle spécifia :

— *Vraiment* bien.

— Tu ne souffres pas trop ?

— Non, l'anesthésie locale pratiquée avant la pose des points de suture agit toujours. J'aurai sans doute une bonne migraine, demain matin, mais les antalgiques que m'a prescrits le médecin prendront alors le relais, et je pourrai retourner travailler.

Au lieu de la conduire à sa voiture, Nick la fit entrer dans la salle d'attente, momentanément vide.

— Assieds-toi ! déclara-t-il. J'ai quelque chose à te dire... A moins que tu ne sois trop fatiguée pour m'écouter ?

Pourquoi l'avait-il amenée là ? se demanda Riley. Elle avait envie d'aller se coucher, pour ne pas rogner encore plus sur sa nuit de sommeil... Mais elle ne se sentait pas en état de s'opposer à lui, aussi se résigna-t-elle à prendre son mal en patience.

— Non, à condition que tu ne parles pas dans une langue étrangère, je devrais comprendre.

— Bien... Maintenant que cette enquête est bouclée, je songe à me mettre en congé pendant une quinzaine de jours, pour pouvoir passer plus de temps avec Lisa.

— C'est une excellente idée, mais je n'avais pas besoin d'être assise pour l'entendre.

— Attends, je n'ai pas fini ! Que dirais-tu de te mettre en congé, toi aussi ?

Ne voyant pas où Nick voulait en venir, la jeune femme tarda à répondre, et il combla le silence en ajoutant :

— Et de passer ces congés avec nous ?

Cette fois, il ne fallut pas plus d'une seconde à Riley pour indiquer :

— Oui, ça me ferait très plaisir.

Elle commença ensuite à se lever, mais Nick la força doucement à se rasseoir.

— Je suis vraiment content que cette affaire soit

élucidée — en grande partie grâce à toi —, et que nous puissions ainsi reprendre nos anciennes habitudes.

Il flattait son amour-propre pour l'enjôler, elle en avait conscience, et pourtant cette tactique marcha : la pensée du rôle qu'elle avait joué dans l'arrestation des coupables lui arracha un sourire de satisfaction. Mais cela ne l'empêcha pas de demander :

— De quelles habitudes parles-tu ?

— Tu le sais très bien.

Si Nick espérait s'en tirer à si bon compte, il se trompait lourdement…

— Non, sois plus explicite ! ordonna-t-elle.

Il s'agita nerveusement sur sa chaise et prit ses mains dans les siennes avant de déclarer :

— Ecoute, jamais je n'aurais cru m'entendre dire ça un jour — sans mentir, tout du moins —, mais tu m'as manqué, Riley.

Riley… C'était la deuxième fois qu'il l'appelait par son prénom… Son cœur se mit à tambouriner dans sa poitrine, mais elle n'était pas sûre de ce que ce changement signifiait. Peut-être s'agissait-il d'un simple lapsus.

— Comment ai-je pu te manquer ? remarqua-t-elle prudemment. On s'est vus tous les jours !

— Mais pas le soir, pas… comme avant.

Nick marqua une nouvelle pause. Il avait du mal à respirer et à trouver ses mots. Aucune femme ne l'avait encore rendu nerveux, et il en aurait voulu à celle-là de lui causer ce désagrément s'il n'avait su pourquoi : parce qu'elle lui avait volé son cœur.

Parce qu'il craignait de la perdre.

Et ce fut cette peur qui lui donna le courage de déclarer :

— Je t'aime, Riley.

Il la vit tressaillir, puis elle fronça les sourcils et observa :

— Mon cerveau ne doit pas fonctionner aussi bien que je l'imaginais, car j'ai cru t'entendre dire que tu m'aimais.

— Non, tu as bien entendu : je t'aime. Cela faisait un moment que je m'en doutais, mais je refusais de l'admettre : je pensais que les autres hommes pouvaient tomber amoureux, mais pas moi, parce que je tenais trop à ma liberté. Et puis, ce soir, quand j'ai vu le pistolet de cet homme braqué sur toi, je me suis représenté ce que serait ma vie sans toi, et j'ai eu l'impression que quelqu'un m'arrachait les tripes avec un couteau de boucher.

— Très poétique, comme image !

— Tu veux de la poésie ? Ce n'est pas mon fort, mais je veux bien essayer... si toi, tu acceptes de m'épouser.

Riley en eut le souffle coupé, et il lui fallut plusieurs secondes pour retrouver sa voix.

— Je me trompe, ou bien tu viens de me demander...

— En mariage ? Absolument !

Encore incrédule, elle plongea son regard dans celui de Nick, à la recherche d'une lueur moqueuse — il avait tellement l'habitude de la taquiner ! —, mais ce que ses yeux exprimaient ressemblait vraiment à de l'amour, auquel se mêlait de l'appréhension...

Et s'il craignait un refus de sa part, cela signifiait qu'il parlait sérieusement.

Ivre de bonheur, elle déclara avec un sourire éclatant :

— Je suis curieuse de voir ce que donneront tes débuts de poète.

— Puis-je interpréter cette remarque comme un oui ?

— Il faut que je te l'écrive, pour que tu comprennes ?

— Pourquoi pas ?

— Je le ferai, si tu y tiens, et en majuscules, mais si je te dis oui maintenant, tu n'auras peut-être pas besoin que je te l'écrive en plus ?

— Non, mais je veux savoir pourquoi tu acceptes de m'épouser. Est-ce parce que tu m'aimes ?

— Non, c'est par masochisme... Bien sûr que je t'aime, espèce d'idiot !

— Tu peux répéter cette phrase, mais sans la dernière partie ?

Nick se leva alors et tendit les bras à Riley. Elle s'y jeta en riant et noua les bras autour de son cou.

— Plus tard, peut-être... Dans l'immédiat, j'ai quelque chose de plus important à faire.

— Ça tombe bien : moi aussi, dit Nick avant d'unir leurs lèvres.

KERRY CONNOR

Un mystère en héritage

*éditions*Harlequin

Titre original : STRANGER IN A SMALL TOWN

Traduction française de VÉRONIQUE MINDER

Prologue

Dans la nuit, la maison ne se distinguait pas des autres qui jalonnaient Maple Road, une petite rue calme d'un quartier modeste mais soigné : elle ne formait qu'une masse sombre, encore assombrie par les arbres séculaires de son jardin.

Les nuages tout à coup se dissipèrent, la lune troua les ténèbres de sa clarté blafarde, et révéla la maison avec un réalisme d'autant plus inquiétant qu'il était mitigé par les ombres de la nuit.

La vitre de l'une des fenêtres avait été cassée et remplacée par un morceau de carton fixé par du ruban adhésif industriel. Le toit était de guingois, comme la rampe de l'escalier, rouillée, qui conduisait à la véranda et, de là, à l'entrée principale. Dans le jardin, les mauvaises herbes et les ronces abondaient. La peinture de la façade s'écaillait.

A la différence des autres pavillons qui s'élevaient de part et d'autre de Maple Road, la maison semblait inoccupée et laissée à l'abandon.

Elle l'était en effet depuis trente ans.

Depuis qu'elle avait été le théâtre d'un double homicide qui n'avait jamais été élucidé.

Personne ne voulait habiter un endroit où un homme et une femme avaient été assassinés. Les habitants de Fremont, petite bourgade de Pennsylvanie, évitaient de la regarder, ou d'en parler, pour mieux oublier son existence et, par ricochet, la tragédie qui y avait eu lieu. A leurs yeux, la « maison du crime », comme on l'appelait dans la région, était devenue transparente. Invisible.

Ce qu'on ne voit pas et dont on ne parle pas n'existe pas.

Bienheureux soient-ils, ceux qui parviennent à oublier...

Ainsi songeait la silhouette qui se profilait sur la nuit brumeuse et observait la maison du trottoir d'en face.

L'oubli lui était interdit : le double homicide restait son obsession, même trente ans plus tard.

Son imagination lui fit soudain entrevoir la bâtisse en train de prendre feu. Des frissons de volupté l'envahissaient rien que d'y penser.

Cet incendie serait un exutoire par où s'épancheraient tous ses tourments...

Il suffisait de jeter une seule allumette à l'intérieur. La vieille maison mal entretenue s'enflammerait si vite que personne n'aurait le temps d'intervenir.

Qui en aurait envie ?

Personne !

Trop heureux que ce sinistre vestige parte en fumée, les voisins ignoreraient délibérément le brasier, et les pompiers volontaires, si zélés d'habitude, accourraient sans hâte sur les lieux. Quant à sa propriétaire, cette jeune femme dont l'obstination ridicule à vouloir réhabiliter la maison ne réussissait qu'à raviver des souvenirs pénibles chez les Fremontois, elle périrait dans les flammes. Elle serait, selon la formule consacrée, « un dégât collatéral ».

Cette maison aurait dû disparaître depuis déjà longtemps ! se dit l'ombre toujours immobile, en proie à une rage impuissante qui lui fit serrer les poings.

Longtemps, la peur de revenir sur la scène de crime

et de se trahir en allumant un incendie lui avait interdit de passer aux actes.

Mais la maison exerçait sur son âme tourmentée un pouvoir magnétique, qui ne se démentirait pas tant que Maple Road serait là pour évoquer la mémoire des événements dramatiques qui s'y étaient passés trente ans plus tôt.

Ça ne pouvait plus durer !

La désespoir et la détermination se mêlaient dans son esprit malade.

Intimider sa propriétaire s'était avéré plus difficile que prévu. Il fallait donc passer à la vitesse supérieure. La fin justifiait les moyens.

Cette jeune femme trop têtue devait définitivement être mise hors d'état de nuire, et la maison, complètement détruite.

C'est seulement à ce prix que la tragédie appartiendrait au passé.

Avec les raisons qui en avaient été la cause.

1

2 heures du matin.

Maggie Harper ne se donna même pas la peine de vérifier l'heure. Elle n'avait pas fermé l'œil depuis qu'elle s'était glissée dans son sac de couchage. Dans ce noir opaque que soulignait un silence assourdissant, elle avait une conscience aiguë du temps qui filait.

Elle n'attendait pas le sommeil, mais le signe que son vandale était revenu.

Avec un nouveau bris de vitre, par exemple. Ou une lueur fulgurante et inquiétante perçant les ténèbres épaisses. Ou encore des bruits de pas dans la véranda, qui feraient sinistrement craquer ses planches vermoulues.

Maggie attendait l'un ou l'autre de ces phénomènes, ou les trois à la fois, dans les minutes, dans les heures à venir. Décidée à surprendre son persécuteur, elle avait décidé de quitter la chambre du motel où elle était descendue pour passer la nuit dans son sac de couchage, à même le vieux plancher poussiéreux de la maison de Maple Road. Elle s'était juré de surprendre celui qui saccageait impunément sa maison depuis son retour à Fremont, deux semaines plus tôt.

Le silence ambiant, pesant, semblait traduire et exprimer ses inquiétudes. Le vent frappait les volets mal fixés, souffletait les vitres encore intactes et décollait obstinément l'adhésif sur le carton de la fenêtre au carreau cassé, pour s'introduire dans la maison avec des sifflements inquiétants qui s'apparentaient à des gémissements humains.

Une minute s'écoula.

Puis une autre.

Et encore une autre.

Mais chaque minute qui passait sans incident n'apportait pas le soulagement escompté à Maggie.

Au contraire.

Sa tension croissait au fur et à mesure que le temps s'écoulait, affermissant sa certitude qu'un nouveau sabotage était imminent.

A moins que sa fourgonnette, garée devant la maison, n'ait dissuadé le vandale de passer à l'action ? Maggie avait envie d'y croire, mais elle ne se faisait guère d'illusions. Rien ne semblait arrêter cet individu, qui avait aussi sectionné des câbles électriques, arraché des planches et accompli une multitude d'autres méfaits avec une redoutable ténacité.

Qui était-ce donc ?

Depuis ces deux dernières semaines, Maggie était devenue la cible déclarée des Fremontois, la victime de leurs regards hostiles, de leurs commentaires d'abord insidieux, puis haineux, et enfin d'actes de malveillance dont ce saccage en règle, le tout évidemment destiné à la détourner de son objectif : la réhabilitation de la maison de Maple Road.

Maggie n'arrivait pas à comprendre l'aversion que les Fremontois entretenaient à l'égard de la maison de Maple Road ; elle jugeait cette hostilité plus angoissante, à certains égards, que le souvenir du double homicide qui y avait eu lieu.

Ces considérations faites, elle soupira et écouta le

silence avec une concentration redoublée, plus décidée que jamais à déjouer les tentatives d'intimidation de son visiteur malveillant.

Le silence dominait, toujours assourdissant, toujours percé, de temps à autre, par le sifflement étourdissant du vent. Mais cela ne prouvait pas qu'elle était seule. L'individu pouvait se déplacer à pas de loup avant d'entrer subrepticement chez elle par l'une des vieilles fenêtres dont les vantaux branlaient, et lui causer une peur dont elle se souviendrait.

Trente ans plus tôt, c'était au beau milieu de la nuit que l'assassin s'était introduit dans cette maison pour commettre son double crime. Ses deux victimes, surprises, n'avaient pas eu le temps de réagir. Subirait-elle le même destin ? s'interrogea-t-elle avec un frisson.

A cette pensée, Maggie se redressa, le cœur battant à toute vitesse, puis rejeta son sac de couchage avec agacement, se leva et fouilla l'obscurité du regard. Elle était incapable de rester immobile plus longtemps, avec cette nervosité qui exacerbait ses émotions.

La nervosité ? Non, la peur !

Elle se ressaisit à l'aide d'appels au calme énergiques. Elle se laissait, à tort, atteindre par l'hostilité des Fremontois. Elle devait garder la tête froide, ne pas sombrer dans la psychose et, surtout, ne pas renoncer à son chantier.

Les paroles qu'elle entendait chaque jour depuis deux semaines lui revinrent comme un camouflet.

La maison du crime ? Personne ne veut y habiter ! Il vaudrait mieux la raser !

— Jamais ! lâcha Maggie avec emportement.

S'efforçant toujours de discipliner son agitation croissante, elle s'approcha de la fenêtre et regarda dehors.

C'est à peine si elle voyait la rue.

C'était en effet l'une de ces brumeuses nuits de septembre, si nuageuse que la lune n'arrivait pas à dispenser sa lueur blême, même quand les nuages poussés par le vent la dévoilaient. Il n'y avait pas de maison en face de la sienne. Le lampadaire urbain qui s'élevait devant avait été cassé. Maggie s'était rendue à la mairie pour se plaindre et demander à ce qu'il soit réparé, mais rien n'avait été fait. Elle était irritée par cette négligence, mais elle avait vite compris que les employés municipaux et le service de la voirie n'avaient pas envie de perdre leur temps. L'ampoule du lampadaire avait évidemment été cassée à dessein, comme celle de sa véranda, qu'elle avait remplacée à deux reprises au cours de la semaine précédente.

Le geste était symbolique : personne à Fremont ne voulait *voir* la maison du crime, et encore moins la voir réhabilitée.

De guerre lasse, elle quittait son poste près de la fenêtre lorsqu'elle se ravisa en remarquant une forme immobile sur le trottoir, et dont la présence était naturellement incongrue à une heure pareille.

Maggie se concentra pour mieux percer l'obscurité. Son souffle se suspendit lorsqu'elle se rendit compte que c'était une silhouette humaine.

A peine avait-elle fait cette découverte que le doute la saisissait, car la silhouette disparaissait, comme happée par la nuit. Avait-elle été trompée par les volutes de brume et les jeux d'ombres ? Ou par la course alerte des nuages qui, après avoir révélé la lune, la voilaient de nouveau ?

Maggie plissa les yeux et se concentra de nouveau pour en avoir le cœur net. Elle refusait de céder à la peur et aux illusions qui en naissaient. Elle entrevit mieux la silhouette, indicible et évanescente comme…

Un frisson courut sur son échine, tel un doigt glacé qui en aurait suivi la courbe avec délectation.

Comme un fantôme.

Elle se reprit, furieuse contre elle et contrariée de se laisser gagner par des pensées aussi ridicules que morbides.

Cette maison était déserte et décrépite, mais certainement pas hantée !

L'individu qui se tenait sur le trottoir d'en face était aussi réel qu'inquiétant. Mais quelle idée saugrenue, aussi, de contempler sa maison, planté comme un piquet sur ce trottoir, et de surcroît, en pleine nuit ! Quel but poursuivait-il donc ?

Etait-ce lui, son vandale ? Se préparait-il à un nouvel acte de malveillance ? A moins qu'il n'ait parfaitement conscience de sa présence à la fenêtre, et n'ait décidé d'entretenir sa peur, d'en jouer pour l'intimider et la convaincre de vendre sa maison pour qu'elle soit détruite, ainsi que le désiraient tous les Fremontois ?

A peine cette pensée l'eut-elle effleurée qu'une juste colère la saisit.

Cette fois, elle en avait par-dessus la tête ! Quels que soient les projets de cet individu, elle n'allait certainement pas attendre qu'il les mette à exécution !

Mue par une impulsion subite, elle saisit la batte de base-ball qu'elle avait trouvée dans l'une des chambres de l'étage et ouvrit la porte d'entrée à la volée.

— Hé, vous, là-bas ! cria-t-elle.

Elle avait songé que son apparition subite et la rudesse de son interpellation effraieraient l'individu et le feraient déguerpir, mais, étonnamment, il la regarda descendre les escaliers de la véranda et se diriger vers lui sans esquisser le moindre mouvement. L'inconnu se tenait près d'un pick-up, son véhicule, sans doute, que la nuit avait masqué à Maggie.

L'espace d'une seconde, l'inquiétude supplanta sa colère : elle était complètement inconsciente ! Sa batte de base-ball lui permettrait certes de se défendre, mais elle ne lui servirait à rien si l'homme était armé. Et s'il avait des complices, qui attendaient un signal de sa part pour intervenir ? Mon Dieu, et si cet individu l'avait délibérément attirée dans un piège ?

Mais elle constata avec soulagement que l'inconnu la regardait s'approcher, toujours immobile et l'air apparemment inoffensif. Son calme impavide était d'ailleurs déconcertant. N'importe qui aurait été effrayé par l'apparition d'une furie dans cette nuit silencieuse.

Dans sa fougue, Maggie marchait trop vite. Elle s'arrêta à temps avant de lui rentrer dedans.

L'homme était très grand. Aussi dut-elle lever la tête pour le regarder. Malheureusement, elle discerna à peine ses traits, car il tournait le dos à la lune que d'épais nuages recouvraient de nouveau. Elle constata seulement qu'il était imposant et plutôt musclé.

Impressionnée, elle serra sa batte de base-ball, prête à réagir.

— Qu'est-ce que vous faites ici ? demanda-t-elle sans y mettre les formes.

Il prit son temps pour répondre. D'après la légère inclination de sa tête, il devait la dévisager avec attention. Distinguait-il son visage ? Maggie n'en était pas sûre, mais elle jugea plus judicieux d'afficher son air le plus pugnace, pour lui laisser penser qu'elle n'était ni intimidée ni apeurée. Elle s'efforça surtout de moduler les battements trop rapides de son cœur, susceptibles de trahir sa peur.

— Rien de mal, répondit enfin l'inconnu d'une voix basse, profonde et indifférente.

— Rien de bien, si vous envisagez de vandaliser ma maison ! s'exclama Maggie, agacée par sa réponse laconique.

Il ne reprit la parole qu'au bout de longues secondes.

— On dirait que vous avez des problèmes ?

— Comme si vous n'étiez pas au courant !

— Je ne le suis pas.

— Alors qu'est-ce que vous fabriquez devant chez moi ?

Il fouilla dans la poche de son blouson. Maggie crispa sa main sur sa batte de base-ball, prête à le frapper s'il sortait une arme. Malheureusement, la nuit était si épaisse qu'elle doutait de voir quoi que ce soit… Il y avait même de fortes chances pour qu'elle réagisse quand ce serait trop tard, songea-t-elle avec angoisse.

Elle comprit qu'il sortait une feuille de papier lorsqu'elle en entendit le froissement.

— J'ai vu votre annonce, et je viens présenter ma candidature, annonça-t-il enfin, sans se départir de son calme.

C'était un fait, Maggie cherchait un ouvrier pour l'aider sur son chantier : elle avait placardée une petite annonce dans tout Fremont. Personne n'y ayant répondu, elle l'avait affichée aux confins de la ville, dans les stations-service près de l'autoroute. De nouveau, sans résultat.

En dépit du chômage qui sévissait dans la région, on n'était pas intéressé par son offre d'emploi… La triste réputation de la maison de Maple Road avait manifestement dépassé les limites de Fremont, avait-elle conclu, découragée.

Elle adressa un regard incrédule à l'inconnu.

— Vous êtes venu au milieu de la nuit pour répondre à ma petite annonce ?

— Je suis venu ici au milieu de la nuit parce que j'arrive tout juste à Fremont, précisa-t-il, comme si cette explication allait de soi. Comme je n'ai pas jugé nécessaire de chercher une chambre d'hôtel pour le restant de la nuit, j'ai décidé de dormir dans mon pick-up. Ça ne serait pas la première fois.

Si Maggie n'avait pas longtemps travaillé dans la restauration et la réhabilitation de patrimoine et eu affaire à des professionnels locaux aussi bien qu'à des itinérants, elle se serait inquiétée et même demandé si elle n'avait pas affaire à un vagabond.

— Où avez-vous trouvé mon annonce ? s'enquit-elle, méfiante malgré tout.

— Dans l'aire de repos de l'autoroute. Je n'avais pas l'intention de m'arrêter à Fremont, mais je ne refuse jamais un travail quand il se présente. J'ai tout de suite décidé de passer, pour juger sur place. J'envisageais de me présenter à vous demain à la première heure.

Son explication était logique. Mais, instruite par les expériences déplaisantes qu'elle avait vécues au cours de ces deux dernières semaines, Maggie resta sur ses gardes.

— Avez-vous déjà travaillé sur des chantiers ?

— Oui. J'ai fait de nombreux métiers. Enfin, tout ce qui me permettait de gagner ma vie et de payer mes factures.

Son discours était clair, ses paroles simples. S'il mentait, il mentait bien. Mais pourquoi lui aurait-il menti ? Pour quelle raison se présenterait-il chez elle, si ce n'était pour répondre à sa petite annonce ?

De nouveau, elle regretta de ne pouvoir discerner ses traits, mais la lune restait obstinément cachée derrière les nuages, et l'inconnu restait une ombre immobile et mystérieuse.

— Comment vous appelez-vous ? reprit Maggie.

— John. John… Samuels, répondit-il lentement.

Si elle n'avait eu les sens en éveil, elle n'aurait pas remarqué son hésitation, imperceptible, avant qu'il ne prononce son nom de famille.

Sa brève hésitation aviva sa méfiance.

Pourquoi avait-il hésité ? Lui avait-il donné une fausse identité ?

Puis elle soupira. Et si elle était tout simplement devenue paranoïaque, après les tourments que lui avaient infligés les Fremontois ?

Quoi qu'il en soit, ce n'était ni le moment ni le lieu pour engager un entretien d'embauche. Il était tout de même 2 heures du matin et il faisait nuit noire ! De plus, elle portait un vieux T-shirt et un pantalon de survêtement qui ne l'avantageaient pas et même la décrédibilisaient, en tant qu'employeur. Enfin, elle ne pouvait se départir de sa méfiance à l'égard de ce candidat inattendu dont elle ne voyait pas le visage.

L'inconnu semblait inoffensif, mais peut-être cachait-il bien son jeu ? Dans tous les cas, elle gérerait mieux la situation à la faveur du jour.

— Bon, John Samuels, reprit-elle, comme vous pouvez l'imaginer, je n'attendais pas de candidats à une heure pareille. Donc si vous le voulez bien, nous ferons plus ample connaissance demain matin. Du moins, si vous désirez toujours travailler pour moi, après la façon dont nous venons de faire connaissance.

— Je suis moins impressionnable que vous ne le pensez.

Voilà qui était rassurant. Vu le nombre de personnes qui allaient le dissuader d'accepter ce travail, en lui racontant par le menu l'histoire de cette maison, c'était même une qualité appréciable qui plaidait en sa faveur.

— Alors parfait, conclut-elle. A demain matin ?

Elle entrevit un mouvement qui s'apparentait à un acquiescement.

— A demain.

Sur ces entrefaites, Maggie, toujours sur ses gardes, recula lentement. Et c'est seulement lorsqu'elle eut traversé la rue qu'elle lui tourna franchement le dos, ce qui ne l'empêcha pas de se retourner à plusieurs reprises. L'inconnu ne bougeait pas. Malgré la nuit noire, elle sentait son regard fixé sur elle.

Maggie gravit les marches du perron à la hâte et se rua à l'intérieur de la maison, puis elle claqua la porte et la verrouilla. Hors d'haleine, elle s'adossa au battant et s'efforça de se calmer.

Ce qui venait de se passer était si étrange que c'était à se demander si elle n'avait pas rêvé.

Vu les circonstances, elle ne reprocherait pas à l'inconnu d'avoir disparu, au petit matin, en dépit de son désir de travailler pour elle. Il avait le droit se rétracter, après avoir été accueilli par une harpie — son futur employeur ! — armée d'une batte de base-ball.

Maggie retint le rire nerveux qui lui chatouillait la gorge. Pauvre homme, après tout le mal qu'il s'était donné pour trouver sa rue et sa maison, au beau milieu de la nuit…

Elle cessa brusquement de rire quand elle se souvint qu'elle n'avait pas indiqué son adresse, sur la petite annonce, mais seulement le numéro de son portable. Et à cette heure de la nuit, tout était fermé, à Fremont. Personne n'avait donc pu le renseigner.

Dans ces conditions, comment avait-il trouvé sa maison ?

Cette pensée la précipita auprès de la fenêtre.

L'inconnu avait disparu. Avait-elle imaginé cette étrange entrevue ?

Maggie scruta la nuit avec frénésie, le cœur battant avec une violence redoublée. Puis elle repéra l'inconnu remontant dans son pick-up à peine visible dans la nuit.

Elle se détendit, mais l'émotion qu'elle ressentait ne pouvait s'apparenter à du soulagement, car sa méfiance persistait.

Elle observa longtemps le pick-up, tentée de revenir auprès de l'inconnu pour en avoir le cœur net, mais la gêne plus que la peur l'en empêcha. Elle venait de se rendre ridicule, et n'avait pas envie d'en rajouter.

Sa curiosité serait satisfaite le lendemain, conclut-elle à contrecœur.

Elle se détourna de la fenêtre et fit face à la nuit épaisse qui régnait dans la pièce. Décidément, elle ne comptait plus les bizarreries qui surgissaient dans sa vie, depuis qu'elle avait décidé de rénover la maison de Maple Road.

Mais elle avait bien l'intention de mettre bon ordre à la situation dès le lendemain matin !

Sam avait suivi la jeune femme des yeux.

Elle s'était arrêtée tous les deux pas pour le regarder par-dessus son épaule, mais il n'avait pas vu son visage, pas plus, d'ailleurs, qu'elle n'avait dû voir le sien au cours de leur étrange entrevue. Enfin, elle était entrée dans sa maison. Et pour la première fois depuis qu'elle en était sortie en trombe, armée de sa batte de base-ball, il respira mieux.

Il n'aurait jamais imaginé que sa prise de contact avec son futur employeur serait aussi difficile. Le lendemain matin, il devrait faire de gros efforts pour effacer cette première impression désastreuse. Il avait absolument besoin de ce travail ; il n'aurait pu rêver meilleure occasion pour mettre son projet à exécution. Il savait que dans les petites villes de province, les étrangers, de passage ou non, n'étaient pas vus d'un très bon œil et suscitaient souvent la méfiance. Cet emploi lui fournissait le prétexte idéal pour imposer sa présence aux Fremontois au moins pendant les sept prochains jours.

Sam ouvrit la portière de son pick-up et s'assit à la place du conducteur, qu'il n'aurait jamais dû quitter, en fin de compte. Il n'était pas étonnant qu'il ait attiré l'attention de cette jeune femme et suscité sa méfiance.

Mais, après sa longue route, il avait eu besoin de se dégourdir les jambes. Il n'avait pu résister au désir de regarder la maison d'un peu plus près.

Pour vérifier si elle était la même que dans ses cauchemars.

Au même instant, les souvenirs l'envahirent et un frisson involontaire le secoua.

Il soupira. Il n'aurait jamais pensé revenir un jour dans cette ville.

Ni devant la maison de Maple Road.

Et ce n'était que le début.

Avant toute chose, il devait gagner la confiance de cette jeune femme belliqueuse, pour qu'elle accepte de l'embaucher.

Ensuite, il devrait évidemment pénétrer dans cette maison.

Cette perspective provoqua en lui un autre violent frisson qu'il fut incapable de maîtriser.

Dans la semaine à venir, il ne devrait pas seulement y travailler, il devrait également y affronter son passé.

Cette pensée lui inspirait la plus vive terreur, ainsi qu'une douleur indescriptible.

Tant pis pour la douleur, tant pis pour ceux qui voulaient oublier le passé. Il découvrirait la vérité, quel que soit le prix à payer.

Offre de Bienvenue

Recevez 2 romans GRATUITS + 2 cadeaux GRATUITS

Cette offre est GRATUITE et sans obligation d'achat !
Pour en bénéficier, retournez-nous GRATUITEMENT
cette carte-réponse.

- Recevez vos romans Black Rose directement chez vous,
  sans vous déplacer !

- Profitez de vos romans en AVANT-PREMIERE,
  à prix avantageux.

- Vous êtes libre ! Vous restez tant que vous le voulez.

Nous espérons qu'après réception de cette
offre de bienvenue vous continuerez à
recevoir nos livres. C'est vous qui décidez !

Rendez-vous sur www.harlequin.fr pour vous
tenir informée des prochaines parutions et
vous inscrire gratuitement à la newsletter.

2 romans GRATUITS
réunis en un volume
+
2 cadeaux surprises

☐ **Oui,** envoyez-moi mes **2 romans Black Rose** (réunis en 1 volume double)
et mes 2 cadeaux surprises GRATUITEMENT.*

HARLEQUIN

☐ Mme   ☐ Mlle

NOM..PRÉNOM..

ADRESSE..

....CODE POSTAL...

VILLE...

N° DE TÉLÉPHONE ⎿⏄⎾⏄⎿⏄⎾⏄⎿⏄⎾⏄⎿

EMAIL...

Cette offre – soumise à acceptation – est valable en France métropolitaine uniquement jusqu'au 31 juillet 2011 à raison d'une
demande par foyer. Prix susceptibles de changement. Réservé aux lectrices de plus de 18 ans qui n'ont pas encore demandé de
livres gratuits. Conformément à la loi Informatique et Liberté du 6 janvier 1978, vous disposez d'un droit d'accès et de rectification
aux données personnelles vous concernant en vous adressant au : Service Lectrices Harlequin BP 20008 - 59718 Lille cedex 9.
Si vous ne souhaitez pas recevoir nos offres promotionnelles, cochez ci-contre ☐ Y. Par notre intermédiaire, vous pouvez être
amenée à recevoir des propositions commerciales de nos partenaires. Si vous ne le souhaitez pas, cochez ci-contre ☐ O.
* Voir conditions au dos

BLACK
ROSE

HARLEQUIN
AUTORISATION 59031
59789 LILLE CEDEX 9

20 g
validité
permanente

ECOPLI

T

2

Après une nuit sans sommeil au cours de laquelle elle avait attendu, minute après minute, des actes de vandalisme qui n'avaient finalement pas eu lieu, Maggie avait envie de bien commencer la journée, en croisant un beau sourire sur un visage amical, par exemple.

Malheureusement, Dalton Sterling, qui descendait de sa voiture et s'approchait, ne faisait pas partie des personnes susceptibles d'éclairer son début de matinée.

A sa vue, elle se crispa et contint son désir de rentrer dans sa maison aussi vite qu'elle en était sortie, pour éviter de l'affronter et de devoir s'en débarrasser — mission aussi difficile que fatigante, qui menaçait d'assombrir définitivement son humeur.

Du haut de ses soixante-dix ans, l'entrepreneur de travaux publics manifestait une ténacité à toute épreuve, qui faisait son succès sur le plan professionnel et qui était devenue proverbiale dans la région. Maggie en faisait d'ailleurs les frais depuis quinze jours, et son agacement des premiers temps s'était peu à peu mué en une violente antipathie envers Dalton Sterling. Elle se serait volontiers terrée dans sa maison, si elle n'avait eu la conviction que Dalton Sterling la harcèlerait jusqu'à ce qu'elle accepte de le recevoir et de l'écouter.

Et pourtant, il perdait son temps : elle ne vendrait pas !

Dalton Sterling leva la main et lui adressa son plus franc sourire.

— Bonjour, Maggie ! J'ai été surpris d'apprendre que vous aviez quitté le motel.

Maggie croisa les bras et leva un sourcil agacé.

— Vous me surveillez, Dalton ?

Il ne se départit pas de son sourire.

— Fremont est une petite ville : les gens sont au courant de tout ce qui s'y passe.

— Vous vous inquiétez pour moi ou vous aviez peur d'avoir perdu ma trace ?

— J'espérais seulement que vous aviez réfléchi à ma proposition.

— Ah ? Eh bien moi, j'espérais avoir été très claire lorsque je vous ai affirmé que je ne vendrai pas, et que je ne changerai pas d'avis là-dessus. Il semble que nous soyons tous les deux déçus dans nos attentes.

— Vous perdez votre temps, Maggie. Vous aurez beau repeindre cette maison du sol au plafond, personne ne voudra y habiter.

— Tant mieux, parce que je n'envisage pas seulement de la repeindre.

— Vous voulez la rénover seule ? C'est un gros travail pour une femme. Il paraît en effet que personne n'a répondu à votre petite annonce...

Maggie le toisa.

— Vous avez entendu parler de mes ennuis ? A moins que vous n'en soyez tout simplement l'auteur ?

Dalton Sterling lui adressa cette fois un regard torve.

— Vous me prêtez des intentions malveillantes, et ça n'est pas très gentil de votre part.

— Ce que je trouve malveillant, c'est de décourager les éventuels candidats qui voudraient m'aider à rénover ma maison.

Dalton leva les mains, comme pour se protéger de son courroux.

— Vous êtes injuste de m'accuser d'être la cause de vos problèmes, Maggie : c'est cette maison qui porte malheur.

Maggie eut un rire amer.

— Les habitants de cette ville haïssent cette maison comme si elle avait été le diable en personne. Ils sont pétris de préjugés, c'est grotesque !

— Ça n'est pas aussi simple, Maggie. Autrefois, vous ne passiez que vos étés à Fremont. Mais songez aux gens d'ici, qui ont vécu de près ou de loin le drame qui s'est déroulé dans cette maison et qui sont restés marqués. Personne ne désire sa réhabilitation. Ce serait une bénédiction si vous le compreniez une bonne fois pour toutes.

— Mon grand-père n'a pas gardé cette maison pour qu'elle soit détruite après sa mort ! Il pensait qu'elle valait la peine d'être rénovée. Il espérait même qu'un jour, elle accueillerait de nouveaux habitants !

— Excusez-moi, Maggie, mais votre grand-père n'était pas raisonnable.

— Pourquoi devrais-je vous excuser, Dalton ?

Un sourire condescendant étira les lèvres de Dalton.

— Ne sommes-nous pas voisins ? Je suis en faveur des relations de bon voisinage.

— Vraiment ? Vous ne semblez pas avoir envie de devenir mon voisin.

— Ecoutez, Maggie…

Un bruit de pas interrompit Dalton. Maggie détourna la tête, soulagée par une interruption qui arrivait à point nommé.

Elle sourcilla en voyant un inconnu s'approcher. Fremont était une petite ville et elle en connaissait, de vue, la plupart des habitants, mais elle n'y avait jamais rencontré cet homme.

Il était grand et mince, mais harmonieusement proportionné. Son visage aux traits fermes et tannés par le grand air était à la fois beau et sensible. Son ombre de barbe lui donnait aussi beaucoup de charme. Ses cheveux blonds étaient épais et un peu embroussaillés, parce qu'il les portait un peu longs, ce qui lui allait bien. Ses vêtements, une chemise de bûcheron, un jean et de grosses chaussures, étaient décontractés et simples.

Surtout, il avait des yeux d'une couleur incroyable, un bleu indigo profond dont l'intensité était cependant assombrie par une infinie tristesse qui, étrangement, les faisait paraître noirs.

Si Maggie ne reconnut pas son visage, elle reconnut sa silhouette : c'était l'homme qui se tenait devant chez elle, durant la nuit.

John Samuels.

Aussitôt qu'elle l'eut compris, la surprise l'envahit : il n'était pas du tout tel qu'elle se l'était imaginé ! Et Dieu sait si elle avait tenté de se le représenter, au cours de sa nuit sans sommeil, quand, au fil des heures, la torpeur l'avait envahie et fait divaguer. Elle avait ainsi vu John Samuels sous les traits d'un grand brun ténébreux, mais c'était évidemment parce qu'ils s'étaient rencontrés au beau milieu de la nuit et au sein de l'ombre.

John Samuels n'était ni brun ni ténébreux, mais il semblait l'être, en dépit de ses cheveux blonds et de ses yeux si clairs. Finalement, elle ne savait au juste comment le décrire.

— Bonjour, dit-il.

Le son de sa voix lui confirma qu'il s'agissait bien de John Samuels.

— Bonjour, répondit-elle du bout des lèvres.

— Tout va bien ?

Maggie acquiesça, laconique.

— Ça va.

John Samuels s'arrêta à quelques pas de Dalton, qui s'était détourné et le dévisageait avec concentration, sans cacher sa contrariété. Etait-ce sa présence subite ou sa taille imposante qui déconcertaient le vieil homme ?

— Qui êtes-vous ? s'enquit enfin Dalton sans y mettre les formes.

Sa brusquerie irrita Maggie, mais John Samuels resta impassible. Il se contenta de plisser les yeux, comme s'il cherchait à se faire une idée de l'homme qui venait de s'adresser à lui.

Profitant de son silence, Maggie prit les devants.

— C'est mon nouvel ouvrier ! répondit-elle, mue par une inspiration subite.

Dalton et John Samuels tournèrent simultanément les yeux vers elle. Si Dalton avait l'air surpris, John Samuels inclina simplement la tête. Maggie riva son regard au sien, qui, contre toute attente, n'exprimait ni surprise, ni soulagement, ni joie.

Troublée par son flegme, elle reporta son attention sur Dalton, qui observait John, le visage empourpré. Par la colère ? La frustration ? Qu'importe ! Maggie avait le sentiment d'avoir marqué un point contre son adversaire. Elle contint un petit sourire de satisfaction.

— Dalton ? dit-elle si subitement qu'il sursauta.

Il tourna les yeux vers elle.

— Excusez-nous, mais nous avons beaucoup de travail. Merci d'être passé, en tous les cas. C'était très aimable de votre part, ironisa-t-elle.

Dalton, furieux, lui adressa un petit signe de tête sec. Il se détourna en ignorant complètement John Samuels, puis regagna sa voiture.

Maggie et John le suivirent des yeux pendant qu'il démarrait et prenait la route.

En passant devant le pick-up de John Samuels, Dalton ralentit ostensiblement. Sans doute pour relever le numéro de la plaque d'immatriculation et enquêter sur son nouvel employé.

— Vous m'embauchez vraiment ?

La voix de John Samuels la ramena à la réalité. Elle le dévisagea, regrettant son impulsivité. Sa décision avait été principalement inspirée par le désir de contrarier Dalton, et de faire mentir ses affirmations selon lesquelles personne n'accepterait de l'aider à rénover sa maison. Et d'ailleurs, la rage qui se lisait sur son visage en avait valu la peine !

Mais Dalton parti, sa jubilation se dissipait, et elle devait assumer les conséquences de ses actes. Elle ne savait rien de John Samuels, dont l'attitude lui paraissait ambiguë. Ne s'exposait-elle pas au danger, en l'embauchant et en passant de longues heures avec lui sous son toit ?

Mais elle était trop fière pour revenir sur sa parole. De plus, Dalton aurait été trop content.

— Je vous prends à l'essai, dit-elle, l'observant avec attention. Cela vous convient ?

Il haussa une épaule.

— Je sais ce que je vaux, mais libre à vous d'en juger.

Maggie sourit, approbatrice, cette fois. Elle aimait les gens ouverts à la critique et qui ne doutaient pas de leurs compétences.

En fin de compte, tant mieux si Dalton enquêtait sur John, se dit-elle ensuite. Cette tâche fastidieuse lui serait ainsi épargnée. Dalton connaissait tout le monde à Fremont, et si jamais il découvrait des zones d'ombre dans le passé de son nouvel ouvrier, il se ferait un plaisir de les lui communiquer séance tenante.

Ce qui n'atténuait pas le risque qu'elle courait, en l'embauchant sur l'heure. Et s'il avait volé le pick-up qu'il conduisait ? Et s'il l'agressait et prenait la fuite avant que l'enquête de moralité de Dalton ne soit achevée ?

D'un autre côté, Maggie savait que les apparences étaient trompeuses et, de surcroît, elle n'aimait ni les préjugés ni les idées préconçues. Enfin, son instinct lui soufflait que John Samuels, en dépit de ses airs mystérieux, n'était pas un criminel ou un voleur. Il ne semblait ni dangereux, ni malhonnête, il semblait plutôt...

Triste, songea-t-elle de nouveau, avec un petit pincement au creux de sa poitrine tandis qu'elle l'observait toujours. Il avait incliné la tête et fixait la maison, de son regard si bleu et si intense qu'il paraissait noir. Oui, il n'était que tristesse... Comme si cette tristesse, très ancienne, était désormais un fardeau quotidien dont il ne pouvait plus se décharger.

Elle s'efforça de s'arracher au sentiment d'empathie que cet inconnu lui inspirait. Elle ne savait pas quelles pensées, quels souvenirs hantaient John Samuels, et elle ne voulait certainement pas le savoir. Cela ne la concernait pas ! Une seule chose importait à ses yeux : qu'il soit assez qualifié pour l'aider sur son chantier !

A propos, que pensait John Samuels de la maison ? S'il était étonné par son état de délabrement, il n'en montrait rien. Il ne devait pas savoir qu'elle avait été le théâtre d'un double homicide... Le premier Fremontois venu s'empresserait de le lui relater, et il valait mieux qu'elle prenne les devants. Il avait affirmé qu'il n'était pas impressionnable, mais elle préférait en juger au plus vite, en espérant qu'il ne se raviserait pas. Dalton serait trop content !

— Venez, lui dit-elle avec un geste. Je vais vous faire visiter. Et vous raconter l'histoire de cette maison...

Elle soupira et ajouta :

— Ensuite, vous me direz si vous voulez toujours travailler pour moi. Vous me suivez ?

Voilà. Le moment qu'il attendait et redoutait était enfin venu.

Le cœur prêt à se décrocher, Sam regarda sa nouvelle patronne qui gravissait l'escalier, et prit une grande inspiration avant de la suivre. Un autre que lui, alerté par les paroles de la jeune femme et l'intonation qu'elle leur avait imprimée, se serait inquiété de la nature de ses révélations, puis se serait ravisé et aurait cherché du travail ailleurs.

Pas lui.

S'il hésitait, c'était seulement à la perspective de pénétrer dans cette maison après tout ce temps.

Tout allait trop vite. Il n'était pas prêt.

Sam se considérait comme un homme pondéré et réfléchi ; n'avait-il pas appris, plusieurs années plus tôt, ce que coûtaient les décisions prises sous une impulsion subite ? Et à cet instant précis, il avait l'impression d'être monté à bord d'un train qui roulait plus vite qu'il ne se l'était imaginé, et dont il ne pouvait plus descendre.

Dès qu'il avait décidé de revenir à Fremont, il avait roulé sans arrêt jusqu'aux abords de la ville où, coup de chance inespéré, il avait repéré la petite annonce. Là-dessus, il s'était rendu sans attendre sur Maple Road et avait été embauché en deux temps trois mouvements.

Et maintenant, il devait franchir le seuil de cette maison qu'il avait juré d'effacer de sa mémoire.

C'était trop soudain. Il n'avait pas encore eu le temps de prendre la mesure de la situation.

La voix de la jeune femme lui parvint au travers du bourdonnement qui avait empli sa tête.

— Alors, vous venez ?

Il sursauta. Elle l'attendait dans la véranda et l'observait avec curiosité et perplexité. Elle ne souriait plus et semblait méfiante. Ce n'était pas de bon augure. Il était en train de gâcher toutes ses chances de travailler avec…

Au fait, comment s'appelait-elle ? Elle venait de l'embaucher, et il ne connaissait même pas son nom.

— J'arrive, répondit-il enfin d'un ton qu'il s'efforça de rendre désinvolte. Je me demandais justement comment vous vous appeliez.

Sur le visage de la jeune femme, l'embarras céda la place à la méfiance.

— Oh oui, vous avez raison…

Elle lui sourit.

— Je m'appelle Maggie Harper.

Elle avait un joli sourire, qui s'évanouit sitôt qu'il eut surgi sur ses traits. Un peu comme si elle avait désappris à sourire.

Son intérêt s'éveilla et il la dévisagea mieux. Maggie Harper devait avoir la trentaine et elle était ravissante. Elle avait réuni ses cheveux blonds en un chignon flou d'où s'échappaient quelques mèches indisciplinées, qui bouclaient sur son front et sa nuque. Son visage aurait été encore plus joli si le regard qui y brillait ne lui avait paru douloureux. Elle portait, comme lui, un jean et une chemise dont elle avait retroussé les manches et qui semblaient être sa tenue habituelle. Elle devait avoir un métier manuel, conclut-il, voyant ses mains un peu égratignées, bronzées et aux ongles coupés courts. Il était prêt à jurer qu'elle consacrait sa vie à son travail.

Sam espérait qu'elle n'entraverait pas le travail qu'il

entendait accomplir, parallèlement à celui pour lequel il venait d'être embauché.

— Ravi de faire votre connaissance, Maggie.

Elle acquiesça imperceptiblement et lui tourna le dos pour entrer. Après avoir pris une dernière grande inspiration, Sam lui emboîta le pas.

A peine fut-il à l'intérieur qu'il fut frappé par l'épaisseur du silence qui régnait et qui n'était entrecoupé, lugubrement, que par le bruit de leurs pas.

Serait-il entré dans un monde parallèle qu'il n'aurait pas été plus choqué.

L'entrée s'ouvrait de part et d'autre sur deux pièces : dans celle de droite, il n'y avait qu'un sac de couchage roulé en boule. Quant à l'autre, elle était vide. Maggie Harper avait visiblement balayé les planchers et totalement vidé la maison avant d'entamer son chantier. Le soleil qui passait à travers les fenêtres branlantes révélait d'infimes particules de poussière, qui dansaient dans ces espaces vides et cependant envahis par le silence opaque et oppressant.

Devant lui, un escalier montait au premier étage tandis qu'un couloir conduisait vers une pièce tout au fond — la cuisine, à l'époque. Il ne la voyait pas, de l'endroit où il se trouvait. Il en était soulagé, car il savait avec certitude qu'il n'aurait pu en supporter la vue. Ecrasé par les souvenirs, Sam se tendit comme un arc et se figea sur le seuil de l'entrée : il se sentait incapable de le franchir et de s'enfoncer dans les entrailles de la vieille maison.

Simultanément, son cœur se mit à battre plus fort et plus vite, jusque dans ses oreilles. Ses martèlements n'atténuaient ni ne dominaient les hurlements qui retentissaient dans sa tête et semblaient rompre le silence ambiant.

Des hurlements frénétiques, désespérés et à peine humains, poussés par un enfant qui sanglotait et implorait.

La voix de Maggie s'introduisit brusquement dans son terrifiant mirage.

— Ça va ?

Sam tressaillit. Maggie l'observait, sourcils froncés, et l'air de nouveau méfiant.

Il déglutit avec difficulté, essayant de reprendre son souffle et d'afficher une façade d'impassibilité.

— Oui, ça va, répondit-il d'un ton bref. Je n'imaginais pas qu'il y aurait autant de travail.

— Ça vous pose un problème ?

— Au contraire. Le travail ne me fait pas peur. Mais la plupart des gens s'épargneraient volontiers la rénovation de cette maison pour la raser et en reconstruire une autre.

Le visage de Maggie devint subitement plus dur.

— Les gens ont tendance à détruire ce qui date et à vouloir du neuf, déclara-t-elle d'une voix amère où perçait une colère mal contenue.

— Vous aimez les vieilles demeures ? s'enquit Sam avec curiosité.

— Oui.

— Vous en restaurez souvent ?

— C'est mon métier. Je possédais une petite entreprise de rénovation, en Californie. Avec mon mari, ajouta-t-elle après une pause notable.

Elle était donc mariée. Et cependant, elle ne portait pas d'alliance, remarqua-t-il après s'en être assuré d'un regard discret. D'un autre côté, cela ne signifiait rien. Les ouvriers et artisans, qui travaillaient de leurs mains, ne portaient pas toujours leur alliance pour des raisons de sécurité. Mais la façon dont elle avait parlé de son mari ne lui avait pas échappé. A l'évidence, elle était séparée ou divorcée, et de surcroît, le sujet semblait lui être désagréable.

Elle avait donc un passé, une histoire peut-être dramatique. Oui, et alors ? Ce n'étaient pas ses affaires. Il avait assez de ses propres secrets pour ne pas s'intéresser à ceux des autres.

— C'est loin, la Californie, lâcha-t-il pour rompre le silence.

— Cette maison appartenait à mon grand-père, reprit Maggie. Il est mort l'année dernière et me l'a léguée. J'ai décidé de revenir à Fremont pour la rénover.

— J'ai l'impression qu'il l'avait laissée à l'abandon, non ?

— Il n'y habitait plus. Les dernières années de sa vie, il venait moins souvent à Maple Road, confia-t-elle à regret. Mais mon grand-père aimait cette maison, qui avait une valeur sentimentale à ses yeux. Il en avait dessiné les plans et l'avait fait construire pour lui et ma grand-mère : c'était la maison de leurs rêves. Malheureusement, ils n'y ont vécu que quelques années, car après un accident de voiture, ma grand-mère ne pouvait plus se déplacer qu'en fauteuil roulant. La maison n'étant plus adaptée à leurs besoins, mes grands-parents ont déménagé dans un autre quartier. Et comme grand-père ne se résignait pas à la vendre, il l'a louée.

Le visage d'un vieil homme surgit soudain dans la mémoire de Sam. Il devait avoir la soixantaine, à l'époque. Vingt de plus que n'en avait aujourd'hui Sam.

Maggie soupira.

— Ecoutez, il vaut mieux que je vous raconte tout maintenant, reprit-elle. Si vous restez à Fremont, ce sont les gens qui vous raconteront ce qui s'est passé dans cette maison...

Elle se tut, prit son élan et commença.

— Le couple qui la louait a été tué. Ils avaient trois ou quatre enfants.

Non, cinq, rectifia Sam en son for intérieur.

Constatant que Maggie attendait sa réaction, il hocha la tête.

— Je sais.

— Vous savez ? s'étonna-t-elle.

— Oui. Un routier m'en a parlé, lorsque j'ai pris votre petite annonce, à la station-service.

Et c'était la pure vérité, ajouta-t-il en son for intérieur.

Maggie soupira très profondément cette fois, puis secoua la tête.

— J'aurais dû m'en douter. J'étais surprise que vous connaissiez mon adresse, mais j'aurais aussi dû me douter qu'on vous aurait déjà raconté l'histoire de ma maison. Cela dit, je suis étonnée que ce routier vous ait communiqué mon adresse.

Le routier ne la lui avait pas communiquée, mais Maggie n'avait pas besoin de le savoir.

— Peut-être pensait-il que la vue de la maison me dissuaderait de rester ? suggéra Sam.

Elle le dévisagea avec plus d'attention que d'étonnement.

— Et l'évocation de ce meurtre ne vous a pas fait hésiter, avant de proposer votre candidature ?

— De nombreux événements tragiques se sont déroulés dans bien des maisons, des villes… Cela ne signifie pas pour autant qu'elles sont maudites.

Sam sut que sa réponse avait comblé Maggie Harper lorsqu'il la vit se départir de sa méfiance. Elle lui parut plus détendue qu'elle ne l'avait été depuis qu'il avait fait sa connaissance.

— C'est exactement ce que je pense ! acquiesça-t-elle avec chaleur. Malheureusement, la plupart des gens voudraient qu'elle soit rasée et ils sont hostiles à mon projet. C'est pour cette raison que Dalton Sterling est venu, tout à l'heure. C'est un entrepreneur de travaux publics : il m'a fait une offre d'achat dès mon retour à Fremont. Il veut détruire la maison pour en reconstruire une autre.

Dalton Sterling ?

Le nom lui était familier, et cependant, il n'avait pas reconnu l'homme.

— Le prix qu'il vous en a offert était trop bas ?

— Mais non ! Je ne veux la vendre à aucun prix, justement ! Il n'y a aucune raison de la détruire. De la rayer du monde, de la carte… De la… supprimer !

La passion avec laquelle elle avait prononcé ces mots suscita la curiosité de Sam, qui la dévisagea avec un intérêt redoublé.

Mais Maggie lui tourna le dos, le visage soudain plus dur et marqué par la même colère qui avait percé dans sa voix.

Elle avait bel et bien un lourd passé. Mais ce n'étaient pas ses affaires, se répéta Sam. Il devait rester concentré sur sa mission.

Sur la raison de son retour à Fremont.

Au bout d'un instant, Maggie fit volte-face.

— J'imagine que vous étiez aussi au courant. Bon, vous voulez toujours travailler pour moi ?

— Oui.

Maggie opina, l'air satisfait.

— Alors c'est entendu ! Vous me suivez ? Je vais vous faire visiter.

Sam se tendit de nouveau ; il redoutait que Maggie n'enfile le couloir qui conduisait dans la cuisine.

Il n'était pas prêt.

Mais, à son vif soulagement, elle prit l'escalier. Il se détendit et sentit sa détermination s'affermir.

Il était dans la maison, il avait exécuté la première partie de son plan.

Jusque-là, tout s'était plutôt bien déroulé.

Il avait hâte de passer à la suite.

3

— J'ai entendu dire que tu avais embauché quelqu'un pour rénover la maison de Maple Road ?

Quelques semaines plus tôt, Maggie aurait été surprise que son amie Annie soit déjà au courant d'un événement qui s'était passé à peine une heure plus tôt, mais elle avait appris que les nouvelles allaient vite, à Fremont, surtout quand ces nouvelles la concernaient, et concernaient la maison de Maple Road.

Comme elle était seule — John venait en effet de partir acheter leur déjeuner —, Maggie brancha le haut-parleur de son portable, le posa sur la table de la cuisine, et se remit à gratter la crasse qui s'était accumulée entre les carreaux de céramique.

— Je constate que Dalton n'a pas perdu son temps !

— Il paraît qu'il a déboulé au restaurant du centre-ville, fou de rage. Il a tout déballé à un auditoire évidemment suspendu à ses lèvres !

Et de là, la nouvelle s'était répandue comme le virus de la grippe et avait rendu les gens malades, conclut Maggie sans humour.

— Dommage que je n'aie pas été là pour voir le spectacle ! déclara-t-elle. Je me serais régalée.

Le visage furieux de Dalton, lorsqu'elle avait annoncé qu'elle avait embauché John Samuels, surgit dans son esprit et la fit sourire.

— Qui c'est, ce type ? demanda Annie.

— Il n'est pas de la région. Il a repéré mon annonce près d'une station-service de l'autoroute, et il a décidé de faire le détour pour se renseigner.

— Tu as embauché un inconnu ! s'exclama Annie.

— Je sais seulement que c'est la seule personne qui a répondu à mon annonce en deux semaines, riposta Maggie.

— Il est peut-être dangereux ! objecta son amie sans l'écouter.

— Il m'a donné une référence. De plus, nous avons travaillé ensemble, ce matin et, comme tu le constates, je suis toujours vivante. C'est plutôt bon signe, non ?

— Rappelle-moi quand même en fin d'après-midi, on ne sait jamais !

— Tu ne vas pas me demander de te rappeler tous les jours ?

— Pourquoi pas ? Ce serait plus raisonnable.

Maggie sourit, amusée et émue qu'Annie prenne sa sécurité à cœur, mais son amie s'inquiétait en vain. Elle avait été sur ses gardes pendant toute la matinée, mais John avait été un ouvrier modèle. Il avait suivi ses instructions à la lettre, lui avait prouvé que le travail ne le rebutait pas et qu'il avait un véritable savoir-faire. Au moins, il n'avait pas menti sur ses compétences, avait-elle conclu, soulagée. De plus, il ne lui avait pas adressé un seul regard ambigu ; en vérité, il l'avait à peine regardée. Et d'ailleurs, maintenant qu'elle y repensait, Maggie était un peu offusquée de ce manque d'intérêt aussi flagrant.

— Ecoute, Annie, reprit-elle, tu as déjà assez de tes trois enfants pour ne pas te ronger les sangs à cause de moi.

— C'est plus fort que moi ! Si tu renonçais à rénover la maison de Maple Road, j'aurais l'esprit tranquille.

Maggie soupira.

— Je sais que tu désapprouves mon projet, même si tu l'exprimes avec plus de gentillesse que n'importe qui en ville.

— Je désapprouve surtout de te voir gaspiller ton temps et ton argent sans raison !

— C'est faux ! Quand j'aurais terminé, la maison sera une véritable petite merveille.

— Une véritable petite merveille que personne ne voudra jamais louer, acheter, et en définitive, habiter ! rétorqua Annie.

— Tu n'en sais rien.

— Ecoute, Mag, j'ai passé toute ma vie à Fremont. Et la maison de Maple Road, c'est la maison du crime *ad vitam aeternam*, quoi que tu y fasses ! Crois-moi sur parole, elle ne trouvera *jamais* preneur.

— Ne l'appelle pas la maison du crime ! protesta Maggie, que le dépit rendait virulente.

Mais elle reconnaissait, en son for intérieur, qu'elle était stupide de prendre la défense d'une maison comme elle l'aurait fait d'une amie injustement accusée.

— Peu importe le nom que je lui donne, déclara Annie posément. Tout le monde continuera de lui donner celui-là.

Maggie secoua la tête et reprit.

— Je me demande pourquoi les habitants de Fremont sont obsédés à ce point par cette maison !

— Et moi, je me demande pourquoi tu désires à ce point la rénover, répliqua Annie du tac au tac.

— Parce que cette maison est belle. Bien conçue. Et solide.

C'était mot pour mot ce que Dalton Sterling lui avait dit. Son entreprise de travaux publics s'était effectivement chargée de sa construction après que son grand-père en eut tracé les plans. C'était d'ailleurs pour cette raison que Maggie n'arrivait pas à comprendre pourquoi Dalton mettait tant d'empressement à vouloir la racheter et la raser.

— En réalité, nous savons toutes les deux qu'il ne s'agit pas seulement de cette vieille baraque, déclara Annie d'une voix douce mais ferme.

— C'est vrai…, convint Maggie.

Mais elle refusa de se laisser attendrir par la compassion qui perçait dans la voix de son amie et reprit avec force.

— Parce qu'il s'agit d'une maison qui ne mérite pas d'être détruite sous prétexte qu'un meurtre s'y est déroulé il y a trente ans. *Trente ans*, Annie ! Il est tout de même temps de tourner la page, non ?

— N'oublie pas que dans les petites villes, il ne se passe jamais rien, Maggie. Les faits divers tragiques s'impriment dans les mémoires aussi longtemps que rien ne les remplace. Fremont est une bourgade tranquille, où il n'y a jamais eu que deux meurtres, qui ont eu lieu la même nuit au même endroit : dans la maison de Maple Road. C'est tout de même difficile de tourner la page sur un drame pareil, d'autant qu'il demeure non élucidé.

Maggie entendit la peur dans la voix d'Annie, et fut à peu près certaine que celle-ci frissonnait.

— Tu n'avais pas peur de cette maison, lorsque nous étions petites, fit-elle remarquer.

— Je vois la situation d'un autre œil, peut-être parce que j'ai des enfants, maintenant. N'oublie pas que ce couple avait cinq jeunes enfants, si je me souviens bien, qui, en se réveillant, ont découvert…

La force lui manqua pour continuer.

— Cette seule pensée me fait froid dans le dos.

Maggie contint un frisson. Elle n'osait imaginer ce que les enfants avaient ressenti.

Elle rentra la tête dans les épaules et jeta un regard furtif derrière elle. C'était pour le moins étrange, mais tout à coup, elle ressentait physiquement le silence de la maison, qui semblait répondre à sa peur subite.

— Le pire, c'est que le tueur n'a jamais été retrouvé, reprit Annie. Personne n'a été arrêté et condamné. Personne ne sait non plus quel était le mobile de l'assassin. On sait seulement qu'il ne s'agissait pas d'un crime crapuleux, car rien n'a été volé… L'assassin connaissait sans doute ses victimes, et il poursuivait un but. Lequel ? Nous ne sommes pas nombreux, à Fremont, et il comptait sans doute parmi ses habitants. Peut-être vit-il toujours ici ? Qui a envie de penser que son voisin a été un meurtrier ?

Personne, en effet, songea Maggie qui n'eut pas la force d'abonder dans son sens.

Elle repensa à sa conversation avec Annie longtemps après avoir raccroché. Dès qu'elle avait décidé de réhabiliter la maison, elle avait évité au maximum de songer à la tragédie qui s'y était déroulée. Elle refusait de se laisser gagner par la psychose ou par des superstitions ridicules. Le passé n'existait, selon elle, qu'à la seule fin d'être surmonté.

Et si les Fremontois n'arrivaient pas à tourner la page parce que le meurtrier courait toujours et parce que le mobile du crime n'avait jamais été découvert ?

S'était-elle fourvoyée en ignorant volontairement ce drame ? Ne devait-elle pas affronter la réalité des faits ?

Il faut toujours regarder les choses en face, appeler un chat un chat, se souvint-elle tandis que le malaise l'envahissait.

Ne le savait-elle pas mieux que quiconque ?

*
* *

Une fois qu'il eut quitté Maple Road, Sam se rendit au centre-ville de Fremont et y trouva le seul restaurant qui existait. Il aurait pu se rendre dans l'un des fast-foods qui abondaient aux confins de la ville, non loin de l'autoroute. Ils étaient plus proches de Maple Road et sans doute moins chers, mais dans ces endroits anonymes, les clients, essentiellement des vacanciers, des routiers ou des commerciaux, tous de passage, ne nouaient pas volontiers la conversation. Et Sam poursuivait un but bien précis qui n'avait rien à voir avec le prix, la qualité des mets servis ou une clientèle en transit : il voulait frayer avec les gens du cru.

Il se gara et regarda de part et d'autre de la rue. Il repéra un poste de police, une étude d'avocat, un drugstore, un magasin de bricolage, une quincaillerie et une épicerie. Rien d'intéressant, conclut-il. En revanche, la bibliothèque municipale, plus loin, attira immédiatement son attention : il se promit d'y passer.

Il entra dans le restaurant, typique avec son comptoir le long du mur, ses banquettes en moleskine logées dans des box, ainsi que quelques tables et chaises au milieu de la salle. La salle était presque pleine, mais moins qu'il ne l'aurait pensé pour un dimanche après-midi.

A peine était-il entré qu'il sentit les regards se tourner vers lui. Certains clients, indifférents, lui accordèrent brièvement leur attention, mais d'autres le fixèrent avec une insistance à peine polie.

Satisfait de produire cet effet, Sam s'efforça néanmoins de rester impassible et regarda la serveuse qui s'approchait après s'être excusée auprès de son client. C'était une petite blonde dans la cinquantaine, qui portait des sandales et des socquettes blanches, et une blouse rose démodée sans badge avec son prénom.

— Table ou box ? lui demanda-t-elle en prenant un menu au bout du comptoir.

— Je voudrais seulement commander des plats à emporter. C'est possible ?

— Bien entendu.

La serveuse ouvrit le menu sur le comptoir.

— Que désirez-vous ?

Sam sentit de nouveau l'attention des clients tandis qu'il s'emparait du menu. Etait-ce la curiosité habituelle, parfois malsaine, que les habitants des petites villes de province réservaient aux étrangers ? Ou de la méfiance ?

De nouveau, Sam fit de son mieux pour ignorer les clients et parcourut distraitement le menu. Maggie ne lui avait pas précisé ce qu'elle désirait pour son déjeuner. Du moment que c'était chaud et reconstituant, tout lui convenait, avait-elle simplement déclaré avec un geste désinvolte. Il en allait de même pour lui. Sam fixa donc son choix sur deux hamburgers et deux portions de frites, puis il referma le menu et releva la tête pour chercher la serveuse des yeux.

A peine avait-il levé la tête qu'il croisa son regard. Elle s'approcha immédiatement.

— Vous avez choisi ?

Sam lui passa sa commande. Elle ne prit pas la peine de la noter, elle se dirigea vers le passe-plat et la débita au chef cuistot.

Sam aurait volontiers noué la conversation avec la serveuse, qui était sans doute au courant de tout ce qui se passait en ville. Manque de chance, elle s'était prudemment retranchée à l'autre bout du comptoir. Elle y resta jusqu'à ce qu'elle se décide à revenir auprès du client avec qui elle s'entretenait, au moment où Sam était entré. Quand elle se pencha vers lui, comme si elle s'apprêtait à lui faire une confidence, Sam ne manqua pas de remarquer le regard appuyé qu'elle lui adressa.

Il détourna les yeux, s'adossa au comptoir et y posa les coudes pour mieux observer la salle, en imprimant sur ses traits une expression de curiosité naïve. Il était conscient que les clients le scrutaient toujours, certains discrètement, d'autres plus ouvertement. Il s'efforça de ne croiser aucun regard, tout en inspectant les visages qu'il essaya d'identifier. Au premier abord, aucun ne lui paraissait familier. C'était normal, cela faisait si longtemps… Il avait peu de chances de reconnaître qui que ce soit à Fremont. Même si sa mémoire était assez fiable, trente ans avaient tout de même passé.

Un client seul dans un box posa soudain sa serviette sur la table et se leva d'un bond. Puis il sortit son porte-feuille de sa poche revolver en s'approchant du comptoir.

— Je dois y aller, Gracie.

La serveuse prit sa note avec le billet de vingt dollars, puis se dirigea vers la caisse.

Sam le suivit des yeux avec intérêt : il était certain que l'homme s'était levé et dirigé vers lui pour une bonne raison.

Et en effet, sitôt qu'il eut payé, il se tourna vers lui. Son regard scrutateur aurait exaspéré Sam s'il ne s'y était attendu. Il le dévisagea à son tour, mais avec plus de calme et d'impassibilité.

L'homme avait la soixantaine, des cheveux gris plutôt rares, un ventre qui tendait sa chemise à carreaux. Il affichait une expression pincée sur un visage qui avait sûrement été séduisant, autrefois, mais qui était désormais empreint d'une amertume qui le vieillissait et lui retirait le charme que la maturité aurait dû lui donner.

Pour finir, l'homme lui adressa un signe qui n'avait rien d'amical.

— Bonjour, dit-il ensuite du bout des lèvres.

— Bonjour, répondit Sam.

— Nouveau dans le coin ?

— Je suis arrivé ce matin.

L'homme tendit la main.

— Clay Howell.

— John Samuels, dit-il, se félicitant de ne pas hésiter, cette fois.

Il constata que Clay Howell fouillait dans sa mémoire pour savoir s'il le connaissait. Il constata aussi qu'il échouait.

— Déjà venu à Fremont ?

— Non.

— De passage ?

— Je viens d'être embauché pour rénover la maison de Maple Road.

Clay Howell ne parut pas surpris, mais son visage perdit son affabilité de circonstance.

— Vous savez qu'il y a eu un double meurtre, dans cette maison ? reprit-il sans le lâcher des yeux.

— C'est ce que j'ai entendu dire.

— Et ça ne vous dérange pas ?

Sam fit mine de réfléchir.

— C'est triste, mais ces événement se sont déroulés il y a longtemps.

— Pas assez longtemps, de l'avis de certains, grommela Clay Howell.

— Vous connaissiez peut-être les deux personnes qui ont été tuées ? Greg Ross et son...

Clay Howell plissa les yeux. La colère qui le saisit brusquement se manifesta dans la rougeur qui enflamma son visage.

— Je ne crois pas que ce soient vos affaires !

Sam comprit qu'il avait touché une corde sensible.

— Je ne voulais pas vous offenser.

— Je vous déconseille de poser ce genre de questions, si vous ne voulez pas vous faire des ennemis, coupa Clay Howell, qui semblait contenir sa fureur. D'un autre côté, si vous rénovez la maison de Maple Road, vous en aurez vite !

— Je ne suis pas là pour me faire des amis. Juste pour faire mon boulot.

La serveuse revint avec la monnaie de Clay Howell, qu'elle posa sur le comptoir, mais ce dernier lui fit signe de tout garder.

— A plus tard, Gracie.

— A plus tard, répéta la serveuse machinalement.

Après avoir lancé un regard hostile à Sam, Clay Howell sortit sans le saluer.

— Votre commande sera vite prête, lui dit ensuite la serveuse, avant de reprendre sa place à l'autre bout du comptoir.

Mais vu le regard qu'elle lui lança, elle aurait manifestement aimé qu'il soit déjà parti. Et loin.

Sam resta appuyé au comptoir, se remémorant son bref échange avec Clay Howell. Maggie avait raison : la maison de Maple Road ne laissait personne indifférent, en ville.

Il avait également la certitude qu'il comptait désormais deux ennemis à Fremont : Dalton Sterling, parce qu'il avait répondu à l'annonce de Maggie, et Clay Howell, parce qu'il avait posé des questions sur le drame et mentionné le nom de l'une des victimes.

Sam ne doutait pas qu'il allait bientôt avoir toute la ville contre lui, car il entendait bien poser d'autres questions sur la tragédie.

4

Les tombes des deux victimes se trouvaient aux confins du cimetière. Elles étaient environnées par des tombes plus anciennes datant d'un siècle ou deux.

On avait évidemment choisi à dessein cette section mal entretenue, qui était aussi la plus ancienne du cimetière.

Afin que l'oubli soit total.

Sam était plus triste qu'en colère. N'avait-il pas lui aussi choisi l'oubli, pendant trente ans ? N'était-ce pas la première fois qu'il se rendait au cimetière de Fremont ?

Le jour se levait, sa lueur blême tentait de filtrer le léger brouillard qui planait, tel un fantôme, au-dessus du petit cimetière. Invisibles dans la nuit, les volutes de la brume qui s'étaient ensuite révélées à la faveur de l'aube avaient une grâce presque magique. Sam était venu avant le lever du jour afin de ne pas se faire remarquer, et d'éviter de devoir s'expliquer sur la raison de sa présence en ces lieux.

Il avait mis du temps avant de trouver les tombes, car il avait commencé par parcourir les sections où se trouvaient les plus récentes. Et quand il les avait trouvées, après un long dédale dans les allées du cimetière, il n'avait pu se résoudre à partir.

Qui avait payé ces dalles de marbre noire sans stèles, sur lesquelles les noms avaient été gravés, avec les dates de naissance et de décès ? Il n'y avait aucune plaque en témoignage de l'affection ou de la tristesse de la part de proches.

Une peine immense et incontrôlable monta subitement en lui et oppressa sa poitrine. Aussitôt après, ses yeux brûlèrent de larmes. Les paroles qu'il aurait voulu prononcer et qui ne demandaient qu'à être libérées ne réussirent cependant pas à franchir ses lèvres. Elles restèrent bloquées dans sa gorge nouée.

« Pardon… Je suis désolé… »

A quoi bon prononcer des mots que personne n'entendait ? Qui prendrait acte de sa contrition ?

Perdu dans ses pensées, il entendit, trop tard, une voiture qui arrivait. Fuir ou se cacher était inutile. Le conducteur, qui venait de couper son moteur, l'avait sans doute déjà repéré.

Sam se détourna à contrecœur et aperçut une voiture de police à côté de son pick-up. Comment allait-il justifier sa présence au cimetière si tôt ? se demanda-t-il, contrarié.

Un policier se dirigea vers lui à travers les volutes de la brume. Au fur et à mesure qu'il s'approchait, sa silhouette se matérialisait. Il devait avoir la quarantaine, constata Sam, qui tenta d'imaginer son visage, trente ans plus tôt, ainsi qu'il l'avait fait la veille avec les clients du restaurant. Seule Maggie Harper avait échappé à cet exercice de mémoire, car son jeune âge l'excluait d'emblée des témoins et protagonistes de l'époque.

Les traits du policier lui étaient familiers, avec trente ans de plus, évidemment. Lorsque Sam eut mis un nom sur ce visage, il fut immédiatement saisi par de puissantes émotions. La surprise. La stupéfaction. Le contentement. Et enfin, la peur.

Une peur motivée par le regard que le policier portait sur lui : ce dernier l'avait lui aussi reconnu.

— Salut, Sam, dit le policier avec la même voix qu'autrefois, mais plus grave.

Sam eut envie de mentir, puis il renonça. Ce serait non seulement inutile, mais gênant.

— Salut, Nate.

Nate acquiesça, comme s'il avait tout de même eu besoin d'une confirmation de sa part.

— Cela fait longtemps.

— En effet.

— Tu pensais que personne ne te reconnaîtrait, à Fremont ?

— Pour l'instant, en tout cas, tu es le seul à m'avoir reconnu.

— C'est toi qui le dis.

Nate avait raison. Personne ne lui avait lancé sa véritable identité à la face, mais peut-être que quelqu'un l'avait reconnu. Ce qui suscitait une question intéressante : si un Fremontois l'avait reconnu, pourquoi ne le lui avait-il pas dit ?

— J'ai tout de même changé.

— Normal. J'ai failli ne pas te reconnaître.

— Alors comment m'as-tu identifié ?

Nate haussa une épaule.

— Je ne sais pas. Tu es toujours le même, c'est tout ce que je peux te dire.

— J'espère que personne ne me connaît aussi bien que toi.

— Tu veux dire... aussi bien que ton meilleur ami d'enfance ? précisa Nate.

— Exactement.

Nate secoua la tête et soupira.

— Alors, Sam ? Ou bien dois-je plutôt dire « John » ? Tu aurais changé de prénom ?

— J'ai pensé que ce serait plus pratique de revenir à Fremont incognito.

Révéler sa véritable identité aurait en effet provoqué des questions désagréables, qu'il voulait éviter et auxquelles il ne voulait pas répondre.

— Pourquoi ? demanda Nate avec une insistance digne d'un policier.

Justement afin d'éviter cette question-là, pour commencer, se dit-il.

— Je pensais que les gens s'ouvriraient davantage, s'ils n'établissaient pas le lien que j'avais avec le meurtre.

Nate soupira.

— Si tu penses qu'ils s'ouvriront plus facilement à un inconnu, tu connais mal les mentalités des petites villes. J'en déduis donc que tu as dû passer ces dernières années dans une grande ville.

— C'est juste.

— Où as-tu vécu, Sam ?

— Partout.

Nulle part. De toute façon, ça n'avait aucune importance.

— Trente ans ont passé, reprit Nate avec impatience. Pourquoi revenir après tout ce temps ?

Encore une question désagréable, avec une réponse qu'il n'avait pas envie de donner.

— Parce que le moment est venu de découvrir la vérité.

— Après trente ans ? insista Nate.

— Après trente ans.

— Pourquoi te décider seulement maintenant ?

— J'ai mes raisons.

Le regard de Nate vibra soudain d'une vive sympathie que Sam ne put supporter. Il détourna les yeux. Si Nate connaissait ses raisons, il n'avait aucune idée du sentiment de culpabilité qui l'accablait depuis trente ans.

Il fourra les mains dans ses poches et changea de conversation.

— D'autres sont venus se recueillir sur leurs tombes ?

Nate ne lui demanda pas de qui il parlait. A l'évidence, il avait parfaitement compris.

— Non. Tu es le premier.

Sam retint un mouvement de surprise. Ce n'était pas la réponse à laquelle il s'était attendu, et qu'il avait désirée. Il était déçu. Il avait pensé que les autres seraient revenus au moins une fois à Fremont, au cours de ces trente années.

Cela lui aurait permis d'interroger Nate sur eux, d'étancher sa curiosité, même si, réflexion faite, il ne méritait pas cette insigne faveur.

Pourquoi les autres n'étaient-ils jamais revenus à Fremont ? Parce qu'ils avaient des vies bien remplies ? A moins qu'ils n'aient choisi d'oublier, comme lui, même s'ils obéissaient évidemment à d'autres motivations que lui.

— Je ne me souviens pas que tu voulais devenir policier, reprit Sam.

— Je ne le voulais pas. Jusqu'aux événements de cette nuit-là.

Evidemment. Ces événements avaient affecté la vie de nombreuses personnes.

— Tu n'as jamais raconté à personne ce qui s'était passé, cette nuit-là ? reprit Nate.

— Non.

— J'ai consulté le dossier à plusieurs reprises. Il n'y a rien.

Sam ne put masquer son intérêt.

— Je pourrais le voir ?

— Je n'ai pas le droit de te le transmettre, Sam.

— Ne me refuse pas ce service.

Nate l'observa longuement avant de baisser les yeux et d'acquiescer.

— Je vais voir ce que je peux faire.

— Merci, répondit Sam, certain que Nate comprendrait la portée de sa reconnaissance.

— Je te laisse, mais tu ne devrais pas rester trop longtemps au cimetière. On pourrait te voir. Se poser des questions. T'en poser.

— Merci.

— Je suis content de te revoir, Sam.

— Moi aussi, répondit-il, la gorge serrée par l'émotion.

Et cette émotion, résurgence de l'amitié d'autrefois, lui mit du baume au cœur.

Après Nate, il n'avait plus jamais eu de vrais amis, seulement des camarades, des connaissances ou des collègues. Sam le suivit des yeux tandis qu'il s'éloignait dans la brume. Ses secrets lui avaient interdit de nouer des amitiés indéfectibles, des amours fusionnelles, et finalement de connaître la véritable intimité qui lie les âmes et les cœurs.

Nate avait été comme un frère, mais Sam l'avait délaissé, comme il avait délaissé les autres.

Nate avait maintenant quarante ans, comme lui. Etait-il marié ? Avait-il des enfants ? Une belle maison ? Une vie heureuse ? Réussie ? Connaissait-il ce bonheur tranquille dont Sam ignorait tout ? C'était étrange, il ne savait plus rien de Nate qu'il connaissait mieux que lui, autrefois.

— Nate ! appela-t-il.

Nate arrivait à sa voiture. Il se détourna lentement.

— Tu vas révéler ma véritable identité aux gens de Fremont ? Leur dire que je ne suis pas un inconnu ? Un étranger ?

Nate ne répondit pas tout de suite. Son expression

demeurait indéchiffrable, mais son regard fouillait son visage avec tristesse et mélancolie.

— Après trente ans, Sam, c'est ce que tu es devenu. Un inconnu. Un étranger.

Maggie consulta l'horloge sur le tableau de bord de sa fourgonnette. Elle espérait avoir le temps d'effectuer quelques recherches à la bibliothèque municipale avant sa fermeture.

Elle avait été tellement occupée qu'elle n'avait pas trouvé le temps d'y faire un saut, comme elle en avait eu l'intention après sa conversation de la veille avec Annie. Refusant de différer plus longtemps sa décision, elle avait décidé de laisser John seul dans la maison de Maple Road, l'informant simplement qu'elle s'absentait une heure ou deux.

Elle avait téléphoné à la bibliothèque afin de connaître ses horaires d'ouverture. Vu la façon dont la bibliothécaire lui avait répondu, du bout des lèvres, Maggie avait compris que sa question avait été stupide. A l'évidence, tout le monde à Fremont les connaissait, seuls les étrangers les ignoraient, et en tant que tels, ils n'étaient certainement pas les bienvenus à la bibliothèque municipale.

Après avoir passé deux semaines à Fremont, Maggie s'était habituée à la morgue de ses habitants, mais elle n'arrivait pas à se faire à leur hostilité déclarée.

Tandis qu'elle roulait, elle observa les petites rues calmes. Elle connaissait bien Fremont, où elle venait passer ses vacances, enfant, et cependant, la bourgade de ses souvenirs n'avait plus rien à voir avec celle qu'elle était aujourd'hui.

Autrefois, elle ne s'y était jamais sentie indésirable, mais il faut dire qu'à l'époque, elle était avec ses grands-parents. Et même si les gens désapprouvaient la décision de son grand-père de garder la maison de Maple Road, en dépit du drame qui y était survenu, ils s'étaient résignés à son obstination : ils l'excusaient et l'interprétaient comme la lubie inoffensive d'un vieil homme qui faisait partie des leurs, puisqu'il était né et avait toujours vécu à Fremont. Maggie étant sa petite-fille, elle avait été acceptée de plein droit au sein de la communauté.

Mais dès l'instant où elle avait manifesté ses intentions de rénover la maison de Maple Road, les gens dont elle se souvenait et qui se souvenaient d'elle avaient aussitôt pris leurs distances, lui refusant leur amitié et la traitant en ennemie.

A cette pensée, une boule noua sa gorge, mais elle s'efforça bravement de la ravaler. Après les tristes événements qui avaient marqué sa vie personnelle, au cours de l'année passée, elle avait espéré opérer une retraite dans la maison dont elle avait gardé un si beau souvenir, mais elle devait accepter l'évidence : le passé était bel et bien mort.

La bibliothèque municipale était logée dans un bâtiment carré d'un étage qui s'élevait au bout de la grande rue. Une fois que Maggie se fut engagée dans son parking, elle descendit de sa fourgonnette.

Elle le traversait quand un frisson la hérissa. Elle se figea.

On l'épiait.

Elle se ressaisit, s'efforça de ne pas se détourner et continua de marcher en regardant discrètement de part et d'autre du parking. Elle était seule. Alors, peut-être l'épiait-on de la bibliothèque ? C'était difficile à dire, car le soleil de la fin d'après-midi se réfléchissait dans ses fenêtres et les rendait éblouissantes.

La sensation d'être épiée persistait et la submergeait à tel point qu'elle se sentit presque cernée. Elle aurait pu jurer que chaque fenêtre dissimulait un guetteur qui attendait avec obstination le plus petit signe de faiblesse de sa part indiquant qu'elle renonçait enfin et quittait la ville. Elle sentait la haine palpable et venimeuse l'emprisonner aussi sûrement qu'une toile d'araignée.

Maggie s'efforça de refouler son malaise, puis carra les épaules et entra dans la bibliothèque municipale.

Elle n'y trouva pas le soulagement escompté, car l'expression de la bibliothécaire, une fois que cette dernière eut levé les yeux vers elle, se figea à tel point que c'était à se demander si elle ne s'était pas pétrifiée.

Maggie la reconnut, en dépit des années passées. Shelley Markham était déjà bibliothécaire lorsqu'elle venait passer ses vacances à Fremont. Si ses souvenirs étaient bons, Shelley Markham avait toujours été souriante et gentille avec elle. Plus maintenant. De nouveau, Maggie avait la preuve que son statut en ville avait changé.

Elle se força tout de même à sourire, ce qui s'avéra être un véritable défi lorsqu'elle croisa le regard résolument hostile de Shelley Markham.

— Bonjour, madame Markham, je ne sais pas si vous vous souvenez de moi. Je suis Maggie Harper, et autrefois, j'avais l'habitude de…

— Je me souviens de vous, coupa Shelley Markham à contrecœur, comme si elle aurait préféré ne l'avoir jamais connue.

Maggie continua cependant de sourire.

— Vous avez sans doute entendu dire que je rénovais la maison de Maple Road. Et justement, je voudrais consulter les journaux de l'époque sur le meurtre du couple Ross, reprit-elle, résolue à être directe.

Si incroyable que cela paraisse, la bibliothécaire se renfrogna davantage.

— Votre ouvrier n'a donc pas trouvé les informations que vous cherchiez ?

Maggie, troublée, cessa de sourire.

— Pardon ?

— Votre ouvrier. Il est venu, il y a une heure ou deux, pour consulter les journaux qui relataient le double meurtre, et en faire des copies.

Maggie la dévisagea, muette de stupeur. John avait dû passer à l'heure du déjeuner, qu'elle avait sauté faute d'appétit. Mais au lieu d'aller déjeuner au restaurant, ou éventuellement dans l'un des fast-foods aux abords de la ville, il était passé à la bibliothèque pour effectuer des recherches sur le meurtre du couple Ross.

Pourquoi ?

La bibliothécaire plissa les yeux.

— Vous n'étiez pas au courant ?

Son regard était accusateur. Sa question, plutôt une affirmation, était ironique et empreinte d'un mépris insultant.

Jamais Maggie n'avait eu autant l'impression d'être fautive et indésirable au sein d'une communauté. Elle en avait troublé la quiétude en décidant de rénover la maison du drame, et en embauchant un inconnu qui, par-dessus le marché, effectuait à son insu des recherches sur un crime non élucidé.

C'était ce dernier détail qui la frappait maintenant. Pourquoi John s'intéressait-il à l'affaire Ross ?

Elle avait eu l'impardonnable naïveté de lui faire confiance ! La colère l'envahit et lui donna envie de n'écouter que son instinct et de rentrer pour avoir une petite conversation avec John.

Mais elle ne donnerait pas à Shelley Markham, ni à

toutes les commères auxquelles celle-ci ne manquerait pas de téléphoner, le plaisir de se moquer d'elle.

Toute sa vie, elle avait été crédule, mais cette fois, elle ferait front ! Maggie parvint à se maîtriser et à retrouver son sourire au prix d'un gros effort.

— Je sais que John est passé, mais il n'a pas trouvé ce que je recherchais, et donc j'ai préféré venir.

Elle rit, mais son rire lui parut forcé.

— On n'est jamais mieux servi que par soi-même, n'est-ce pas ?

La bibliothécaire pinça les lèvres, se leva et lui tourna le dos sans autre forme de procès. Maggie la suivit dans la salle des microfilms et des microfiches, où se trouvaient aussi des lecteurs-reproducteurs.

Pendant près d'une heure, sous le regard implacable de Shelley Markham, Maggie consulta les journaux de l'époque sur microfilms et en effectua des copies. Mais elle était distraite, et ne décolérait pas. Elle pensait à John Samuels et se demandait quels secrets il pouvait bien lui cacher.

Maggie sortit de sa fourgonnette à la hâte, en claqua la portière, puis déboula dans la maison. Sur le chemin du retour, elle avait ruminé son humiliation et se sentait maintenant sur le point d'exploser.

Elle ouvrit la porte d'entrée à la volée.

— John ?

Seul l'écho de sa voix rompit le silence.

Personne au rez-de-chaussée. Pas de bruit non plus à l'étage. Maggie enfila le couloir et entra dans la cuisine, puis en ouvrit la porte, qui donnait sur le jardin. Elle allait de nouveau l'appeler quand elle l'aperçut et se figea, sa colère soudain envolée.

Le jardin, tout à l'heure envahi par les mauvaises herbes, avait été tondu, et une odeur de chlorophylle, fraîche, intense et étourdissante lui montait aux narines. John avait dû retrouver la vieille tondeuse à gazon que son grand-père utilisait, lorsqu'il avait encore la force d'entretenir le jardin, et avait l'illusion d'attirer d'éventuels locataires.

Ce n'était pas la vue du jardin maintenant pimpant qui l'avait pétrifiée, mais celle de John torse nu, en train de ratisser le gazon fraîchement tondu.

Les rayons du soleil de la fin d'après-midi caressaient sensuellement son corps et son visage luisant de sueur, et révélaient sa musculature. Maggie ne pouvait s'arracher à sa contemplation, tandis que John, inconscient de l'attention dont il était l'objet, continuait de ratisser avec des mouvements lents et rythmés.

Il était grand et presque trop mince pour un homme de sa taille, et cependant, son corps était parfait, harmonieusement musclé. Elle remarqua un tatouage sur l'un des biceps, une espèce d'insigne militaire. A l'évidence, il avait servi chez les marines.

Maggie humecta ses lèvres subitement trop sèches, consciente des battements plus rapides de son cœur. Dans son ventre frémissait une émotion qu'elle croyait disparue et qu'elle n'avait plus jamais désiré ressentir.

Le désir à l'état brut.

La surprise la saisit. Pourquoi éprouvait-elle une telle attirance envers John Samuels, qu'elle ne connaissait que de la veille, et dont elle se méfiait de nouveau ? Elle eut soudain peur de ce qui lui arrivait.

Au même instant, John se détourna et se figea à son tour en la voyant en arrêt sur le pas de la porte. Quoique surpris, il resta impénétrable et soutint son regard sans ciller. Maggie se sentit rougir, mais elle ne détourna pas les yeux pour autant. Enfin, John s'arracha à son immobilité, se dirigea vers la tondeuse à gazon, prit la chemise qu'il avait posée dessus, et l'enfila à la hâte.

— Désolé, dit-il. Je ne pensais pas que vous seriez si vite de retour.

Rappelée à la réalité, Maggie tressaillit. Le souvenir de sa hâte à rentrer en fit resurgir la raison et raviva son irritation.

— Moi non plus. J'avais l'intention de passer l'après-midi à la bibliothèque pour effectuer des recherches.

Il cessa de boutonner sa chemise.

— Vous avez trouvé quelque chose d'intéressant ?

— Vous voulez dire, à part le fait que vous y êtes passé au moment du déjeuner pour y effectuer les mêmes recherches que moi ?

Il la fixa, toujours calme.

— Cela vous pose un problème ? demanda-t-il simplement.

— J'en ai par-dessus la tête des mystères !

— Ecoutez, Maggie, depuis que je suis arrivé à Fremont, tout le monde me bat froid, sauf vous. Soit c'est la ville la plus inamicale de la région, soit les gens me détestent parce que je travaille avec vous dans la maison de Maple Road. J'ai voulu comprendre ce qui s'y était passé.

— Vous le savez déjà : il y a eu un double meurtre dans cette maison.

— Oui, mais c'était il y a trente ans ! Les passions auraient donc dû se calmer, depuis.

— Dans les petites villes, les gens ont la mémoire longue, surtout quand il ne se passe rien pour effacer le passé et ses souvenirs.

John s'approcha d'elle.

— N'est-ce donc pas normal de vouloir en savoir

davantage sur ce drame ? s'enquit-il. J'imagine que c'est pour cette raison que vous êtes passée à la bibliothèque municipale ?

Elle ignora sa remarque, car elle refusait d'abonder dans son sens.

— Pourquoi ne m'avez-vous rien dit, John ?

— Honnêtement ? Parce que j'avais l'impression que vous n'aviez pas envie d'évoquer les détails de cette triste affaire.

Il avait raison.

— Vous auriez tout de même pu me dire qu'elle vous intéressait, insista-t-elle.

— Je suis désolé. Je ne voulais pas vous ennuyer. Cela vous gêne vraiment que je m'informe sur ce double meurtre ?

— Ce n'est pas la question, déclara-t-elle avec un soupir. Comme je viens de vous le dire, les gens sont résolument opposés à mon projet de rénovation. Le fait que vous ayez cherché des informations, sans m'en parler, ne va pas améliorer ma réputation… Vous auriez dû voir le regard de la bibliothécaire, quand elle a soupçonné que je n'étais pas au courant de votre passage.

— Si elle vous a regardé comme elle m'a regardé, vous avez dû avoir l'impression qu'elle avait passé la journée à mordre dans des citrons !

Maggie ne put s'empêcher de rire.

— En effet. J'ai tenté de rattraper la situation, mais je ne sais pas si la bibliothécaire a été dupe du mensonge.

— Je suis désolé, reprit-il, redevenant plus sérieux. Je ne voulais vraiment pas vous causer des problèmes.

Son regard ne se dérobait pas, il était sincère. Et Maggie, en butte depuis deux semaines à l'animosité générale, se sentit envahie par une telle vague de gratitude qu'elle se troubla. Elle baissa les yeux et toussota pour masquer sa gêne.

— Et... qu'est-ce que vous avez découvert ? s'enquit-elle, s'efforçant d'avoir l'air dégagé.

— Pas grand-chose. Comme je n'avais pas le temps de lire les journaux de l'époque, j'ai effectué des tirages que je lirai ce soir.

— Vous comptez consacrer votre soirée à lire des articles relatifs à une affaire vieille de trente ans ?

— Ça ou autre chose... Vous savez, je ne connais personne à Fremont et personne ne s'intéresse à moi. Et vous ? Vous avez découvert quelque chose d'intéressant ?

— Eh bien, j'ai aussi fait des tirages, que je n'ai pas encore eu l'occasion de parcourir.

John lui adressa un sourire en coin, comme s'il la soupçonnait de vouloir consacrer elle aussi sa soirée à lire de vieux articles.

A sa décharge, il ne fit aucun commentaire.

— Et si nous mettions nos découvertes en commun ? demanda-t-il subitement.

Elle ouvrit de grands yeux.

— Vous croyez ?

— Pourquoi pas ? répondit-il d'un air dégagé. La nuit va tomber ; de plus, nous avons bien travaillé, aujourd'hui. Alors autant passer la soirée ensemble et partager nos sources. Qui sait si l'un d'entre nous n'aura pas effectué une découverte qui aura échappé à l'autre ?

Il avait évidemment raison. Comme tous les deux avaient les mêmes projets pour leur soirée, autant unir leurs solitudes et s'informer ensemble sur l'affaire Ross.

Et cependant, Maggie hésitait : cela lui paraissait peu professionnel de passer la soirée avec l'homme qu'elle avait embauché la veille. En clair, elle ne voulait pas que leurs relations dépassent le cadre du travail, ou que

John se fasse des idées sur elle, ce qui l'obligerait à se passer de ses services. Or elle ne pouvait s'offrir ce luxe, car elle avait trop besoin de lui pour rénover sa maison.

A moins qu'elle n'ait peur de son attirance pour lui ? se dit-elle, songeant à son trouble quand elle l'avait surpris torse nu dans le jardin.

Elle reconnaissait volontiers que sa subite attirance physique pour John Samuels la mettait dans une situation embarrassante. Mais ce qu'elle trouvait le plus déconcertant, en définitive, c'était son aisance et sa désinvolture : John avait en effet réponse à tout. Son assurance lui donnait la sensation que, malgré son ton direct, il n'était pas franc avec elle.

Ces considérations faites, Maggie se reprocha d'être trop méfiante. John était le seul en ville à ne pas être hostile à son entreprise de rénovation. Sa sympathie était plutôt réconfortante, non ?

Sa compagnie serait donc la bienvenue. La perspective de passer une nouvelle soirée seule dans cette maison, à s'informer sur l'affaire Ross, lui faisait horreur. Elle jeta un regard par la fenêtre et retint un frisson d'appréhension en voyant poindre le crépuscule.

— C'est d'accord ! décida-t-elle.

De peur de se raviser, elle ajouta à la hâte :

— On commence tout de suite ?

Il acquiesça, ct pointa son index par-dessus son épaule.

— Je vais d'abord ranger la tondeuse.

— D'accord. On s'installe dans la cuisine ?

C'était en effet la seule pièce où il y avait une table et des chaises.

A peine eut-elle prononcé ces mots qu'elle crut voir passer une ombre sur ses traits. De la peur ? Ou quoi d'autre ? Et pour quelle raison ? C'était tout de même lui qui avait suggéré de passer la soirée à lire les articles d'époque sur l'affaire Ross…

— Bonne idée, dit-il ensuite, avec un tel calme qu'elle eut l'impression d'avoir imaginé l'appréhension qu'elle avait lue dans son regard.

Perplexe, elle ne répondit pas et le suivit des yeux tandis qu'il rangeait la tondeuse. Sa méfiance et son malaise, un instant dissipés, revenaient en force, et lui faisaient douter du bien-fondé de sa décision.

Tant pis. Il était trop tard pour revenir en arrière.

Elle espérait qu'elle ne le regretterait pas.

5

Sam ressentait un terrible malaise qu'il avait peine à dissimuler. Il aurait dû y réfléchir à deux fois, avant de suggérer à Maggie de passer la soirée à consulter leurs sources.

Naturellement, elle lui avait proposé de s'installer dans la cuisine, au lieu de se rendre au restaurant du centre, où ils auraient attisé la curiosité et suscité sans doute des réflexions désobligeantes. L'inviter dans la chambre de son motel aurait été ambigu : elle aurait sûrement refusé. Il aurait dû se douter qu'ils resteraient dans la maison de Maple Road.

Dans cette maudite cuisine.

La nuit était tombée rapidement ; elle était maintenant épaisse et impénétrable. Dans la cuisine éclairée par une lumière jaune intense, les fenêtres étaient désormais de véritables miroirs dont les reflets croisés la reproduisaient à l'infini. La maison était prisonnière de la nuit opaque, et lui-même l'était de la cuisine.

Sam crispa involontairement ses doigts sur les copies des journaux et les froissa. Il devait se détendre avant que Maggie ne remarque son malaise et ne s'en étonne.

Il aurait volontiers fixé son attention sur la jeune femme, plongée dans sa lecture, si elle n'avait ajouté à sa tension.

Il s'était en effet présenté chez elle sous un faux

prétexte, lui avait donné un faux nom et lui avait menti sur le véritable motif de son passage à la bibliothèque. Et maintenant, il avait l'impression de l'utiliser à ses propres fins. Il en éprouvait un sentiment de honte.

Il aurait plutôt dû la dissuader de s'informer sur le meurtre du couple Ross. Sa décision de rénover la maison lui causait déjà bien assez d'ennuis. Si jamais le meurtrier des Ross vivait toujours, et vivait à Fremont, elle se mettait en danger en s'intéressant à ce tragique fait divers.

Mais Maggie était tenace, et l'obstination qu'elle mettait à vouloir rénover la maison de Maple Road le lui prouvait. Alors, il prit une décision. S'il ne pouvait empêcher Maggie de s'intéresser à l'affaire du meurtre, il pouvait toujours la protéger.

Protéger les autres était devenu une seconde nature lorsqu'il s'était juré que plus jamais personne n'aurait à souffrir de ses réactions ou de ses choix.

La voix de Maggie l'arracha à ses pensées.

— J'ai lu tout ce que j'avais, annonça-t-elle sans lever les yeux. Et vous ? On fait le point ?

— Commencez, répondit-il, incapable d'avouer qu'il avait à peine parcouru les articles.

— Emily Ross était professeur d'histoire dans le lycée de la région, et Greg Ross travaillait dans l'entreprise de travaux publics de Dalton Sterling.

— Sterling, c'est l'homme qui est venu hier ?

— Exactement.

— Il vous avait dit que Greg Ross travaillait pour lui ?

— Rien. Pas un mot ! Comme s'il avait préféré me le cacher. A moins qu'il n'ait pensé que j'étais déjà au courant, comme tout le monde en ville ? Je ne manquerai pas de passer le voir pour le lui demander ! déclara-t-elle d'un air décidé.

Sam aurait volontiers proposé de l'accompagner dans cette démarche, afin de poser quelques questions de son cru à Dalton Sterling, mais il hésitait. Maggie s'étonnerait de nouveau de son intérêt pour l'affaire Ross. Il avait eu du mal à calmer ses soupçons, et n'avait pas l'intention de les raviver.

— Le meurtre a eu lieu dans la nuit du jeudi, reprit Maggie.

— Ou tôt le vendredi matin, corrigea-t-il malgré lui.

Contrarié, il se raidit, mais Maggie se contenta de hocher la tête en signe d'assentiment.

— Vous avez raison. Ils ont été tués dans la nuit de jeudi à vendredi, ou le vendredi à l'aube. Les deux victimes ont été poignardées. Le corps d'Emily a été retrouvé dans la cuisine.…

Elle s'interrompit et écarquilla les yeux. A l'évidence, elle venait de comprendre qu'ils se trouvaient sur le lieu du crime.

— Dans cette cuisine…, ajouta-t-elle d'une voix sans timbre.

Elle observa longuement la pièce.

Sam ne suivit pas son regard, car il savait exactement à quel endroit le corps avait été retrouvé. Dès que Maggie l'avait laissé seul dans la maison, il s'était rendu dans la cuisine et s'était approché de l'évier.

C'était à cet endroit que le corps d'Emily Ross gisait. D'ailleurs, le plancher y était à peine plus sombre, mais Maggie ne pouvait deviner que c'était à cause de son sang.

Sam regarda droit devant lui, s'efforçant de conjurer la profonde angoisse qui le saisissait tandis que les images se déversaient dans sa mémoire avec une impitoyable netteté.

Même si l'attention de Maggie était ailleurs, il devait à tout prix se maîtriser.

La jeune femme frissonna, puis son regard revint sur lui. Elle s'éclaircit la voix et continua.

— Le corps de Greg Ross a été retrouvé au premier étage, dans le lit conjugal. Je me demande si c'était Greg Ross, la cible du meurtrier, ce qui signifierait qu'Emily Ross se serait retrouvée sur la trajectoire de l'assassin, quand il est entré. S'il n'avait voulu tuer qu'Emily Ross, il aurait en effet quitté la maison sitôt après l'avoir assassinée.

— Il n'est écrit nulle part qu'Emily Ross a été tuée la première, souligna Sam.

— Je n'affirme rien, je suppose seulement. Emily et Greg Ross ont été tués à quelques minutes d'intervalle, ce qui ne permet pas de dire avec précision qui l'a été le premier. Quoi qu'il en soit, ces articles restent vagues à ce propos. Ce serait vraiment intéressant de consulter le dossier de l'affaire, mais je doute que la police locale nous y autorise.

— C'est vrai, dit-il, de nouveau honteux de s'enferrer dans ses mensonges.

A l'heure du déjeuner, il avait appelé le poste de police et convenu d'un rendez-vous avec Nate pour qu'il lui remette le dossier en fin de soirée. Ce dernier avait accepté, rendant ainsi hommage à leur indéfectible amitié d'autrefois.

Il regrettait de ne pouvoir le révéler à Maggie. Mais il n'avait déjà que trop menti. Il était trop tard pour revenir en arrière.

— Ils avaient cinq garçons, poursuivit Maggie. L'aîné ne dormait pas à la maison, ce soir-là. Il était chez un ami, mais les quatre autres y étaient. Ils n'ont rien vu, rien entendu, et ils n'ont pas été blessés. C'est au réveil qu'ils ont découvert le corps de leurs parents…

Elle s'interrompit et secoua la tête.

— Pauvres petits… Ils ont dû être épouvantés…

— Ils l'ont été.

Etonnée, elle leva les yeux vers lui et de nouveau, il se reprocha son impulsivité, l'émotion qui avait empli sa voix et l'avait rendue plus rauque. Il ne réussissait plus à prendre de recul et, en dépit de ses efforts, il perdait son sang-froid.

Mais il ne déroba pas son regard et poursuivit.

— Comme vous l'avez dit, ils ont dû l'être.

— Evidemment ! Le plus jeune avait tout juste cinq ans, et l'aîné, douze.

Elle hocha de nouveau la tête.

— C'est une horrible tragédie.

Il haussa les sourcils.

— On dirait que vous venez de le découvrir.

— En réalité, je n'y avais jamais réfléchi. Certes, je savais qu'il y avait eu un double meurtre, mais cela restait abstrait. Je n'y avais jamais pensé concrètement… sur un plan plus humain…

Elle s'interrompit, et cilla avec embarras.

— Vous êtes choqué par mes propos ?

— Pas vraiment. Personne n'aime se confronter au malheur, par crainte de la contagion. C'est sans doute pour cette raison que les habitants de Fremont préfére-raient que la maison de Maple Road soit détruite : parce qu'elle symbolise une tragédie, la misère humaine…

— Elle a certes été le théâtre d'un crime, mais ce n'est pas une raison pour la raser ! s'exclama-t-elle ardemment.

— C'est juste une maison, Maggie.

— Elle n'est pas comme les autres ! insista-t-elle. Elle n'est pas préfabriquée, elle n'est pas sortie d'un moule. Ses plans ont été dessinés avec le plus grand soin, elle a été construite avec de bons matériaux. Elle avait été conçue pour être différente, et surtout, elle était destinée à ne renfermer que des instants de bonheur.

Il sourit.

— Je comprends pourquoi vous avez choisi de devenir restauratrice !

— Mon grand-père disait comme vous. Il affirmait même que j'étais destinée à ce métier parce que les maisons me parlaient.

Elle sourit aussi.

— Je crois même que cette maison est à l'origine de ma passion pour l'habitat et les vieilles pierres en général. Je me souviens encore de la première fois que je l'ai vue. J'avais six ans, et c'était mon premier été chez mes grands-parents. Tous les ans, je passais le mois de juillet ou d'août chez eux. Ma mère refusait, quant à elle, de revenir à Fremont : elle déclarait qu'elle avait attendu trop longtemps avant de la quitter et ne voulait pas perdre son temps à y revenir, ne serait-ce que pour quelques jours. Mes grands-parents n'aimaient guère voyager. Ça n'était pas seulement à cause du handicap de ma grand-mère, c'était parce qu'ils avaient leur rythme et leurs habitudes, ici. Grand-père m'a conduite sur Maple Road pour me montrer la maison qu'il avait fait construire pour lui et grand-mère. On est restés devant longtemps. Je ne sais pas pourquoi, mais j'ai pensé que c'était la plus belle maison que j'avais jamais vue.

Son sourire devint plus triste quand elle ajouta :

— Inutile de vous dire qu'elle était en meilleur état. Même si elle était inoccupée depuis déjà quelques années, mon grand-père l'entretenait. Je lui ai demandé qui l'habitait, il m'a répondu : « Personne ». Je n'ai pas compris pourquoi une si belle maison restait vide, et je lui en ai demandé la raison. Il m'a répondu qu'un grand malheur y était survenu et que, depuis, plus personne ne voulait y emménager. Je me souviens avoir répondu : « Alors maintenant, la maison est seule et toute triste… » Je ne sais pas pourquoi j'ai prononcé ces mots, pourquoi je lui avais attribué des sentiments, mais je savais que j'exprimais la réalité. Je me souviens du regard approbateur de mon grand-père : c'était comme s'il me félicitait d'avoir si bien compris et résumé la situation.

Elle observa de nouveau toute la cuisine.

— Ne vous méprenez pas, John, je ne suis pas fantaisiste au point de penser que cette maison est vivante, mais tout de même, il y règne une terrible tristesse. Vous la percevez aussi, n'est-ce pas ? demanda-t-elle d'une voix vibrante, le visage soudain voilé par la mélancolie.

Sam frissonna. Maggie avait raison… La tristesse suintait de ses murs et les environnait, tel un parfum aux exhalaisons trop violentes. Il étouffait dans cette maison, il y éprouvait un malaise intense et inexprimable. Il avait d'ailleurs été soulagé de découvrir la tondeuse à gazon, en l'absence de Maggie, et de passer quelques heures dans le jardin.

La sensibilité de la jeune femme l'étonnait et le touchait : elle n'avait pas été affectée par la tragédie, mais elle percevait avec justesse la poignante désolation des lieux.

Il se ressaisit et haussa les épaules.

— C'est juste quatre murs et un toit, vous savez…

Il regretta sa brusquerie en voyant la déception traverser son regard.

— Mais si vous pensez que la tristesse imprègne ses murs, vous avez raison de vouloir la rénover.

— Plutôt de lui donner une nouvelle vie ! Une seconde chance ! répliqua-t-elle, si ardemment qu'il comprit qu'il avait touché une corde sensible.

— Vous aurez beau la rénover, la repeindre du sol

au plafond, vous ne réussirez jamais à effacer un drame qui a tellement marqué les gens qu'ils n'en supportent pas l'évocation, même trente ans plus tard, objecta-t-il avec calme. Vous savez, Maggie, dans la vie, il y a certaines choses qu'on n'arrive jamais à surmonter. La seule solution, c'est de négocier avec le malheur, ou son souvenir. Vous l'acceptez, mais à vos conditions : vous lui réservez donc un espace assez grand où il puisse exister, mais assez restreint pour l'empêcher de vous envahir.

Il regretta ces paroles dès l'instant où il les eut prononcées. Gêné, il baissa la tête. De nouveau, il avait trop parlé, conclut-il, conscient de la perplexité de la jeune femme. Il feignit de feuilleter les copies des articles pour distraire son attention.

— C'est une chance que les enfants aient été endormis, reprit-il tout à trac, c'est sans doute ce qui leur a sauvé la vie.

Elle le quitta enfin des yeux, à son plus vif soulagement.

— De la chance dans la malchance..., fit-elle remarquer. Cela dit, maintenant que j'ai une vision plus précise des faits, j'y constate des incohérences.

— Que voulez-vous dire ?

— Eh bien, jusqu'à maintenant, j'avais toujours pensé que le couple Ross avait été tué dans son sommeil, ce qui expliquait pourquoi les enfants n'avaient rien entendu : les parents n'avaient pas eu le temps de hurler ou de lutter. Cette explication vaut pour Greg Ross, mais pour Emily ? Elle était levée et se trouvait au rez-de-chaussée. Elle n'aurait pas crié ? Elle ne se serait pas débattue ?

— Peut-être n'en a-t-elle pas eu le temps ? demanda-t-il, conscient de sa voix redevenue rauque. Elle a peut-être été surprise par son assassin ?

— Ce qui nous amène à la question suivante : comment l'assassin est-il entré ? J'ai lu à plusieurs reprises que la police n'avait relevé aucun signe d'effraction. Certes, tout le monde se connaît, à Fremont, mais les gens n'en ferment pas moins leurs portes à clé, la nuit. Emily Ross se trouvait au rez-de-chaussée, au moment où elle a été tuée : aurait-elle ouvert à son assassin ? L'aurait-elle entendu frapper ? Mais si l'assassin a frappé assez fort pour la tirer du lit, ses enfants ou son mari auraient aussi pu l'entendre... Et d'ailleurs, son mari aurait pu descendre la rejoindre, voire descendre seul. A mon avis, aucun mari ne laisserait son épouse ouvrir seule à quelqu'un, au milieu de la nuit.

A mesure que Maggie s'exprimait, Sam sentait ses oreilles bourdonner, la bile donner un goût amer à sa bouche. De nouvelles images, les réponses aux questions qu'elle se posait, surgissaient dans sa mémoire en un flot continu et avec une précision qui le torturait.

Il prit la parole au prix d'un gros effort de volonté et d'une voix qui lui parut voilée. Mais il n'avait d'autre choix que de s'exprimer, s'il ne voulait pas qu'elle s'étonne et devine les émotions qu'il n'était plus capable de contenir, et qui devaient s'inscrire sur ses traits.

— Vous avez raison, Maggie. C'est très étrange.

Par chance, elle ne releva pas son commentaire trop banal, et reprit.

— Emily Ross était peut-être déjà levée ? C'est pourquoi elle aura ouvert à son assassin ? Et cependant, cette explication me semble tirée par les cheveux. Parce que dans ce cas, il y aurait dû y avoir des éclats de voix, une dispute ou des hurlements, au moment où Emily a été poignardée. Elle a tout de même reçu plusieurs coups de couteau, dans le ventre et dans la poitrine. Pourquoi est-ce que les quatre enfants ou Greg Ross n'ont rien entendu ?

— Emily Ross n'a peut-être pas eu le temps de crier

et d'appeler à l'aide ? objecta Sam, qui avait l'impression de s'être dédoublé et de s'entendre converser avec Maggie. Peut-être tournait-elle le dos à son assassin ? Peut-être ne s'est-elle détournée qu'au dernier moment, avant de recevoir un premier coup ?

— C'est possible. Parce qu'elle n'aurait certainement pas laissé entrer quelqu'un dont elle se serait méfiée, ou qu'elle ne connaissait pas, de surcroît au milieu de la nuit. Si par extraordinaire cela avait été le cas, elle ne lui aurait pas non plus tourné le dos. Conclusion : elle savait qui était son assassin et ne s'en méfiait pas.

Maggie soupira.

— Cela explique bien pourquoi les gens de la ville répugnent à évoquer ce double meurtre. N'est-ce pas troublant de penser que l'assassin est peut-être l'un de ses voisins ? L'une de ses connaissances ?

Le raisonnement de Maggie était logique, et cependant inexact, parce qu'elle ignorait certains détails capitaux. Elle ne savait pas, par exemple, qu'Emily Ross n'avait pas eu besoin d'ouvrir à son meurtrier.

A cette pensée, Sam sentit le bourdonnement dans ses oreilles devenir infernal et, de nouveau, il se fit violence pour répondre.

— C'est juste. Le meurtrier est sans doute un proche. Mais les Ross ne semblaient pas avoir d'ennemis.

— Aucun ennemi déclaré, en tous les cas. Personne n'a été accusé. Si j'en crois ce que je viens de lire, Emily Ross aurait eu une discussion assez vive avec un parent d'élève, lors de la kermesse qui a eu lieu à Fremont, le week-end précédent le meurtre : il s'agit d'un certain Paul Winslow. La discussion s'est envenimée, Greg Ross a été obligé d'intervenir pour y mettre un terme.

— Une dispute n'est pas un motif de meurtre.

— Je vous le concède. Tout dépend, ou dépendait, de

la personnalité ou de la psychologie du dénommé Paul Winslow. L'idéal, ce serait d'interroger quelqu'un qui vivait à Fremont à l'époque, et connaissait les différents protagonistes.

— Je suis certain que personne ne voudra parler.

Maggie réfléchit un instant.

— Je pourrais tenter ma chance avec la mère de mon amie Annie ? Irene a toujours vécu à Fremont, elle doit donc connaître certains détails que la presse n'a pas relatés. Elle m'aime beaucoup, je suis certaine qu'elle me parlera. Je crois même que c'est la seule qui acceptera.

— C'est une bonne idée, dit John, se demandant s'il connaissait cette Irene.

Maggie lui rapporterait certainement sa conversation, mais il aurait tout de même préféré y assister. Il cherchait un moyen de lui imposer sa présence sans éveiller son étonnement lorsqu'elle reprit la parole.

— Je lui téléphonerai demain matin et je lui demanderai si elle accepte de me rencontrer. Pendant ce temps, vous commencerez les travaux à l'étage.

— Parfait, dit-il, faussement enthousiaste. Je suis impatient de savoir ce qu'elle va vous raconter, ajouta-t-il, dans l'espoir qu'elle lui proposerait de l'accompagner.

Mais Maggie ne l'écoutait plus : elle se remettait à lire les articles.

Frustré, John soupira. Maggie n'avait évidemment aucune raison de le mêler à sa quête d'informations. A ses yeux, il n'était qu'un simple ouvrier qui l'aidait à rénover une vieille maison et qui, par une étrange lubie, se passionnait pour un fait divers vieux de trente ans.

Elle ne pouvait pas savoir qu'il avait les meilleures raisons de s'y intéresser.

Et pour cause, puisqu'il lui avait menti.

Mais la culpabilité qu'il ressentait à cette pensée était bien peu de chose, comparée à celle qu'il éprouvait et l'accompagnait depuis longtemps, et que cette conversation avait ravivée avec une violence inouïe.

6

Maggie entra dans la cabine de la douche, ouvrit le robinet et ferma les yeux. Un soupir de bien-être lui échappa dès qu'elle sentit l'eau tiède couler sur son corps nu.

Aussitôt qu'elle avait décidé de rénover la maison de Maple Road, elle avait vérifié si la salle de bains était en bon état de marche. Etonnamment, la plomberie de la maison, bien que vétuste, fonctionnait correctement.

L'eau qui ruisselait maintenant sur son corps et la lavait du stress de cette journée lui faisait un bien fou.

Après le départ de John, Maggie avait relu les articles de journaux, dans l'espoir de relever un ultime détail qui lui aurait échappé et lui donnerait un indice. Certes, les médias de l'époque n'étaient pas aussi précis qu'un rapport de police, et les journalistes avaient soulevé plus de questions qu'ils n'en avaient élucidé, mais tout à l'heure, avec John, elle avait été trop distraite pour faire la synthèse des informations.

A cause de John, justement.

Même lorsqu'il ne la regardait pas, même lorsqu'ils ne se parlaient pas, elle avait ressenti sa présence avec une fulgurance et une intensité qui avaient perturbé sa concentration.

En dépit de l'eau tiède qui coulait toujours sur elle, un frisson la traversa et un soupir inquiet lui échappa. Elle pensait trop à John. C'était aussi absurde que le désir brusque qui l'avait envahie, au moment où elle l'avait vu torse nu et en sueur dans le jardin.

Elle avait beau être attirée par John Samuels, il n'en restait pas moins une énigme à ses yeux, et les énigmes, elle en avait par-dessus la tête.

Dans la vie, il y a certaines choses que l'on n'arrive jamais à surmonter...

Ces paroles qu'il avait prononcées, le regard fixe, perdu dans le vide, continuaient de la préoccuper et attisaient sa curiosité, sans compter qu'elles avaient ravivé des souvenirs récents et douloureux. Elle lui aurait volontiers demandé de s'expliquer, si elle n'avait redouté de devoir lui révéler ses traumatismes personnels.

Maggie resta sous la douche jusqu'à ce que le ballon d'eau chaude soit vide. Dès qu'elle sortit de la cabine de douche, le silence retomba, une peur inexplicable l'envahit.

Il était plus de minuit. Tôt ? Tard ? Cela dépendait de la façon dont elle envisageait de passer le reste de la nuit : dormirait-elle ou monterait-elle la garde ?

Elle était épuisée, après son insomnie de la veille. Elle ne savait pas si elle aurait la force de veiller de nouveau pour guetter son vandale. D'un autre côté, elle ne voulait pas prendre de risque et se laisser surprendre.

Mais elle était tellement fatiguée que ses yeux se fermaient. Elle étouffa un bâillement. Et ce fut avec des gestes lents et laborieux qu'elle enfila un T-shirt, un pantalon de survêtement et de grosses chaussettes. Sa douche l'avait détendue, et elle tombait de sommeil.

Tant mieux ! Sans la fatigue qui l'engourdissait, l'appréhension lui aurait peut-être fait évoquer les tragiques événements qui s'étaient déroulés dans cette maison et l'aurait empêchée de dormir.

Cette pensée la fit frissonner en dépit de la chaleur dispensée par la vapeur d'eau qui s'était accumulée dans la salle de bains.

Presque immédiatement, Maggie se ressaisit. Elle ne se laisserait pas envahir par la psychose ou des superstitions stupides !

Et cependant, elle resta le plus longtemps possible dans la salle de bains, prenant tout son temps pour se laver les dents et se sécher les cheveux.

Quand elle eut terminé, elle éteignit la lumière, ouvrit la porte à contrecœur et se figea.

L'obscurité dans le couloir était totale. C'était étrange… Elle avait en effet laissé la lumière allumée, avant d'y entrer. Sa fatigue s'envola et céda la place à une vive inquiétude, d'autant que la nuit autour d'elle était si opaque qu'elle n'y voyait goutte.

Il ne pouvait s'agir d'une coupure de courant, car elle venait d'avoir de la lumière. De plus, toutes les ampoules étaient neuves.

On avait donc éteint la lumière du couloir : il y avait quelqu'un chez elle.

Le moment qu'elle avait tant attendu était arrivé : elle allait surprendre le vandale, et lui faire peur.

Malheureusement, pour l'instant, c'était elle qui était surprise et qui mourait de peur. Maggie était paralysée, impuissante face à la terreur qui l'étreignait.

Rien ne se passait comme elle l'avait escompté. Elle avait pensé qu'elle aurait l'avantage de la surprise et, de surcroît, qu'elle serait armée de sa batte de base-ball. Mais elle était piégée et elle avait les mains vides.

Elle s'efforça de réfléchir, mais sa détresse croissait, sa raison la fuyait et ses pensées se délitaient.

L'intrus savait qu'elle avait passé de longues minutes dans sa salle de bains. Il avait patiemment attendu qu'elle en sorte pour jouir de sa stupéfaction à se retrouver dans le noir, et s'amuser de sa frayeur lorsqu'elle comprendrait qu'elle n'était pas seule. Il l'avait vue ouvrir la porte de la salle de bains et il avait deviné qu'elle s'était figée dans la nuit revenue.

Maggie aurait volontiers rallumé la lumière du couloir, mais elle décida de s'en abstenir.

Son instinct lui soufflait que, ce faisant, elle commettrait une erreur peut-être fatale. Non seulement elle ne verrait pas l'intrus, évidemment caché, mais elle se mettrait en danger en devenant une cible facile à atteindre.

Ce que l'intrus savait parfaitement.

Quelles étaient ses intentions ? Voulait-il l'intimider ? L'agresser ? Etait-il armé ?

Un bruit de pas s'éleva soudain sur sa droite. Elle sursauta et poussa un cri. Son cœur cognait violemment dans sa poitrine et le sang battait à ses oreilles.

Il était proche, à quelques mètres à peine, voire moins. Peut-être même que si elle tendait la main, elle le toucherait. Elle leva le bras, mais elle changea d'avis, de peur qu'il ne le lui agrippe et que son piège se referme sur elle.

Désorientée, Maggie prêta l'oreille avec une attention redoublée, attendant qu'il trahisse de nouveau sa présence. Enfin, elle avança à pas de loup, s'efforçant de discipliner son souffle et de calmer les battements de son cœur afin de mieux entendre ce qui se passait autour d'elle.

Elle perçut de nouveau quelque chose d'indéfinissable, et cependant, de très perceptible.

Un bruit de respiration.

Il était maintenant à portée de main et respirait volontairement fort, pour achever de la terroriser tout en attendant son prochain mouvement.

Sans doute espérait-il qu'elle retournerait s'enfermer

dans la salle de bains, mais Maggie savait que la meilleure défense, c'était l'attaque.

Elle allait donc riposter.

— Je sais que vous êtes là ! commença-t-elle, brusquement, étonnée par son audace et certaine qu'il l'était aussi. Qui êtes vous ? Que voulez-vous ? Etes-vous trop lâche pour me le dire ?

Sa voix avait des intonations métalliques inhabituelles, mais peut-être étaient-ce le silence et la nuit qui lui donnaient ce relief ?

Une fois qu'elle se fut tue, elle attendit sa réaction.

Rien.

Elle n'entendait même plus le bruit de sa respiration : le silence était redevenu total, assourdissant. Maggie, prise de doutes, se demanda si elle avait vraiment entendu ce souffle haletant.

Elle allait reprendre la parole, de nouveau le provoquer, lorsqu'une voix s'éleva.

— Partez.

Il avait prononcé ce seul mot d'une voix basse, étouffée, presque dans un soupir qui concentrait tant de haine et de colère que Maggie recula avec horreur. Elle se sentait salie par cette exhalation nauséabonde et souffletée par sa violence.

Mais tout à coup, sa peur céda la place à une fureur telle qu'elle n'en avait jamais ressenti. Cet individu avait eu l'audace de s'introduire chez elle impunément… et il la menaçait !

— Jamais ! s'écria-t-elle, la rage au cœur.

Au même instant, elle entendit ses pas s'éloigner à la hâte dans le couloir.

Il prenait la fuite ? Pas question !

Maggie se précipita à sa suite. Arrivée en haut de

l'escalier, elle chercha la rampe à tâtons et s'en empara, mais son intuition lui souffla de s'arrêter.

Dans le silence revenu, elle n'entendit plus rien.

S'était-il arrêté, lui aussi ?

Maggie tourna la tête, comme si elle avait pu voir dans le noir. Elle hésitait, lorsqu'elle sentit deux mains se poser sur son dos et la pousser violemment. Elle lança un hurlement qui lui écorcha la gorge, tandis que ses jambes se dérobaient sous elle et qu'elle basculait la tête la première dans l'escalier. Le choc fut si violent que des flashs surgirent devant ses yeux.

Elle chercha les barreaux de la rampe à l'aveuglette, pour freiner une chute qui pouvait lui être fatale, mais elle n'agrippait que le vide.

Enfin, l'une de ses mains heurta quelque chose de dur à plusieurs reprises. Les barreaux de la rampe d'escalier ! pensa-t-elle, soulagée, essayant de s'y raccrocher tandis qu'elle continuait de dévaler les marches. Lorsqu'elle eut cessé de chuter, elle resta immobile, percluse de douleur.

A cet instant, le silence fut de nouveau rompu par un bruit de pas précipités dans l'escalier : son agresseur prenait la fuite.

Maggie leva la main dans sa direction, effleura sa jambe qu'elle tenta de saisir, mais il lui donna un coup de pied dans les côtes qui lui arracha un cri et la fit reculer. Malgré la souffrance, les martèlements de son cœur et sa respiration erratique, elle l'entendit qui courait dans le couloir du rez-de-chaussée.

Ah non, il ne s'en tirerait pas comme ça !

Elle essaya de se lever, mais son corps protesta sous l'effort qu'elle lui imposait. Elle serra les dents, réussit à se redresser par un effort de volonté et, s'aidant de la rampe, parvint tant bien que mal à descendre les dernières marches.

Son agresseur s'était dirigé vers la cuisine et, de là, il allait sans doute sortir dans le jardin derrière la maison.

Maggie enfilait le couloir en claudiquant lorsqu'elle entendit la porte de la cuisine claquer contre le mur et une vitre se casser. Elle essaya de marcher plus vite. Elle tâtonna, trouva l'interrupteur de la cuisine sur le mur de droite, puis alluma la lumière, consciente que non seulement elle arrivait trop tard, mais qu'elle était de toute façon impuissante.

Il n'y avait évidemment personne dans la cuisine.

La porte qui donnait sur le jardin était grande ouverte. Des fragments de verre de la fenêtre jonchaient le vieux plancher ainsi que les marches du perron.

Maggie enregistra la scène à la hâte et sortit dans le jardin aussi vite qu'elle le pouvait. Une bourrasque glacée la souffleta et rejeta ses cheveux en arrière. Déconcertée par le froid, elle cilla en scrutant le jardin. Où se cachait-il ? Derrière les arbres ? Les buissons ?

La lune jetait sa lueur blafarde sur le jardin désert. Les secondes s'égrenaient, le silence persistait tandis que son désespoir s'accroissait. Son agresseur semblait s'être volatilisé. Elle venait de décider de faire le tour de la maison lorsqu'une silhouette jaillit devant elle, immense et effrayante.

Sa terreur fut telle qu'elle étouffa le hurlement prêt à jaillir de ses lèvres. Au même instant, elle sentit la pression de deux mains sur ses épaules et un visage qu'elle ne voyait pas, le clair de lune étant trop faible, se pencher sur elle.

— Maggie ? Que se passe-t-il ?

Maggie, toujours sous le choc, reconnut la voix de John avec un temps de retard.

Un immense soulagement l'envahit, mais sa peur avait été si forte qu'elle resta muette.

John la secoua doucement.

— Maggie ?

Elle déglutit péniblement, et découvrit avec étonnement que sa gorge était aussi douloureuse que si on l'avait serrée.

— Il y avait quelqu'un chez moi, articula-t-elle avec effort. C'était vous ?

— Mais non ! J'étais dans mon pick-up. Quand je vous ai entendue hurler, j'ai tout de suite accouru.

— L'escalier…, reprit-elle d'une voix rauque.

Sa gorge était si sèche, si douloureuse qu'elle avait peine à parler.

— Il m'a poussée dans l'escalier, expliqua-t-elle avec effort.

Les mains de John se crispèrent sur son épaule.

— Ça va aller ? demanda-t-il avec inquiétude.

— Ça ira… Vous l'avez vu ?

— Non, je me suis d'abord dirigé vers la porte d'entrée. Là, j'ai compris que le bruit venait de derrière la maison, mais je suis arrivé trop tard.

— Qu'est-ce que vous faites dans les parages ? coupa Maggie, soudain frappée par sa présence, plutôt incongrue.

Elle scruta ses traits, regrettant que la nuit les lui masque.

— Je voulais monter la garde. Après vos déboires de ces deux dernières semaines, et surtout après nos recherches à la bibliothèque, j'ai pensé que les actes de malveillance pourraient se multiplier.

Comme toujours, sa réponse était plausible, et cependant, Maggie resta méfiante.

— Vous avez vu quelqu'un ? reprit-elle après un silence.

— Non. Je pense que votre agresseur est entré par-derrière.

— Dans l'intention de me terroriser, cette fois. Il ne recule devant rien.

— *Il ?* A votre avis, il s'agit d'un homme ?

Maggie n'y avait pas encore réfléchi. Elle parlait sous le coup de l'émotion.

Un homme aussi bien qu'une femme aurait pu s'introduire chez elle, et émettre ce soupir rauque et haineux qui n'avait renfermé qu'un mot.

Elle secoua la tête.

— Je n'en sais rien. J'ai entendu une voix, mais il pouvait s'agir d'une femme aussi bien que d'un homme.

— Que disait cette voix ?

A ce souvenir, elle trembla.

— « Partez », répondit-elle.

— Vous avez répondu ? demanda-t-il après un silence.

Elle sourit faiblement.

— J'ai répondu : « Jamais ! »

Il sourit.

— Bravo, Maggie, vous êtes courageuse.

— Mais il, ou elle, m'a poussée dans l'escalier, puis donné un coup de pied dans les côtes et a réussi à prendre la fuite. Il a eu le dessus, en fin de compte.

— Un coup de pied dans les côtes ? coupa John avec une telle impétuosité que Maggie fut surprise. Vous devez consulter un médecin !

Elle agita une main désinvolte.

— Pas la peine.

— Alors appelez la police. Vous devez signaler votre agression.

— A quoi bon ? Ni vous ni moi n'avons rien vu. De plus, nous n'avons pas de témoins. Enfin, je doute que mon agresseur ait laissé des indices, vu la prudence qu'il a manifestée, chaque fois qu'il est venu vandaliser ma maison. La police viendra et prendra éventuellement nos témoignages, mais ce sera tout. Je parle en connaissance de cause, John. C'est exactement ce qui s'est passé, les premières fois où j'ai signalé que j'avais été victime de vandalisme. Du coup, j'ai cessé d'appeler la police.

— Mais cette fois, c'est différent ! Vous avez été agressée, vous devez porter plainte.

— Vous ne comprenez vraiment rien, reprit-elle d'une voix mal assurée. Tout le monde se fiche de cette maison ou de ce qui peut m'arriver. Je suis seule.

Un gros soupir lui échappa.

— Seule contre tous, acheva-t-elle.

Elle se sentit soudain accablée et exténuée, et ne put réprimer un soupir. Sans doute était-ce le contrecoup de son agression. Cela faisait tout de même deux semaines qu'elle luttait contre l'hostilité générale, et ce soir, elle avait l'impression d'avoir atteint ses limites. Elle était à bout de forces.

Jamais elle ne s'était sentie aussi seule. Si son agresseur l'avait grièvement blessée, tout le monde y aurait été indifférent, sauf Annie et peut-être sa mère. Subitement découragée, Maggie baissa la tête pour masquer sa détresse à John.

— Vous n'êtes pas seule, lui dit-il enfin d'une voix douce. Je suis là.

Elle acquiesça sans oser lever les yeux. Elle ne le croyait pas : il prononçait évidemment ces paroles réconfortantes et banales pour la forme.

— Je me doute que vous avez ma sécurité à cœur : s'il m'arrivait quelque chose, vous ne percevriez pas votre salaire, lâcha-t-elle sans humour. Peut-être devrais-je d'ailleurs vous payer à la fin de chaque journée ?

Elle attendit qu'il proteste, ou la dissuade de rénover

une maison qui ne valait pas la peine qu'elle risque sa vie, mais il leva son menton pour qu'elle le regarde droit dans les yeux.

— Vous n'êtes pas seule, Maggie, répéta-t-il avec insistance. Je suis vraiment là.

Il était donc sincère. Elle en éprouva un soulagement tel qu'elle s'abandonna à l'émotion suscitée par des paroles — presque une promesse — qui lui allaient droit au cœur.

Comme la lune était voilée par les nuages, elle ne voyait pas son visage. Il n'était qu'une silhouette qui se découpait sur les ténèbres, exactement comme la nuit de leur première rencontre. Et cependant, elle continua de le dévisager, cherchant à deviner ce qu'il ressentait, consciente que, de son côté, il la dévisageait aussi.

Il caressa ses bras, mais ce geste réconfortant la laissa de marbre : elle était complètement engourdie, sans doute en état de choc. Puis, peu à peu, elle sentit la pression de ses doigts à travers les manches de son T-shirt et sa chaleur se diffuser dans son corps. Ses mains étaient calleuses et cependant très douces. Un peu comme celles de son mari, songea-t-elle. Mais les mains de John étaient aussi pleines de bienveillance.

L'embarras qui l'avait saisie lorsqu'elle l'avait surpris torse nu et en sueur, puis durant leur séjour dans la cuisine, revint alors l'envahir.

Si elle le voyait mal, dans la nuit, elle percevait sa proximité avec une incomparable acuité. Ce qu'elle ressentait à présent était plus profond qu'une attirance physique, et donc plus difficile à nier ou à ignorer.

Mais pour le moment, Maggie n'avait pas envie de lutter. Elle restait immobile, se laissant envahir et submerger par un étrange bien-être. Ils se frôlaient et elle avait envie de sentir ses bras se refermer sur elle, puis de s'abandonner à la chaleur qu'il lui prodiguerait. Elle avait besoin d'une étreinte forte et tendre à la fois, ce qui ne lui avait pas été offert depuis longtemps.

C'était à croire qu'il avait lu dans ses pensées, car il se rapprocha. Maggie inclina la tête, sans lâcher des yeux son visage que la nuit lui dérobait. Soudain, les nuages filèrent devant la lune, qui se découvrit et le lui découvrit. Son regard indéchiffrable et mystérieux était rivé au sien avec une intensité qui la fit chavirer.

Son cœur bondit. Ses battements redoublèrent quand elle comprit qu'il avait lui aussi envie de l'embrasser, et qu'il allait à présent s'emparer de ses lèvres.

Elle ferma les yeux pour lui signifier son consentement, s'offrant, et songeant qu'elle n'avait jamais tant désiré un baiser.

Au moment où elle sentait son haleine effleurer son visage, signe que son désir allait être exaucé, elle se ressaisit brusquement, posa une main sur son torse, recula et baissa la tête.

— Il ne faut pas, John…, murmura-t-elle, incapable de réfréner le tremblement dans sa voix. Je suis votre patronne.

L'entendant soupirer, elle comprit qu'il se rendait à ses raisons.

— Rentrons… Il faut examiner vos contusions, et voir si elles ne sont pas trop graves, dit-il après un silence.

— Je vous jure que je vais bien. De plus, je suis certaine qu'il ne reviendra pas ce soir. Vous pouvez rentrer à votre motel.

— Il n'en est pas question : je resterai aux abords de votre maison, dans mon pick-up.

Elle leva la tête, surprise par sa fermeté.

— Pardon ?

— Je veux rester à proximité, surtout si vous refusez

de voir un médecin. Vos douleurs aux côtes sont peut-être plus graves que vous ne le pensez. De plus, vous ne pouvez pas savoir si votre agresseur reviendra. Saviez-vous qu'il s'introduirait chez vous et vous agresserait, ce soir ?

— Non…, reconnut-elle d'une voix faible.

Jamais elle n'aurait pensé qu'un Fremontois la menacerait ouvertement, avec tant de haine, et s'en prendrait à elle.

— Vous vous êtes fait agresser quelques heures après avoir consulté les archives de la bibliothèque municipale : à votre avis, c'est une coïncidence ? reprit-il soudain. La bibliothécaire n'a pas dû perdre une minute pour répandre la nouvelle de notre passage.

— Dites plutôt qu'elle n'a pas perdu une seconde ! renchérit Maggie en revoyant le visage pincé de Shelley Markham.

— Etes-vous certaine de vouloir continuer vos investigations, Maggie ? Parce que dans ce cas, la malveillance à votre égard ne fera que croître. Non seulement les gens n'apprécient pas que vous rénoviez la maison, mais on n'apprécie pas non plus que vous vous informiez sur l'affaire Ross. Et à moins que vous ne renonciez, on ne vous lâchera pas.

— Et vous ? Voulez-vous que je renonce ? A la maison, à ces recherches ? demanda-t-elle avec un frisson.

— Je n'ai aucune raison de vous dissuader de renoncer à vos projets.

Il se tut, puis reprit :

— Vous envisagez toujours de rencontrer Irene, demain ?

— Oui.

— En ce cas, je viens avec vous.

Maggie fronça les sourcils.

— Ce ne sera pas nécessaire, voyons…

— Si. Je veux moi aussi comprendre ce qui se passe.

— Mais pourquoi ?

— J'ai besoin de ce travail et vous êtes ma patronne : j'ai intérêt à m'assurer que rien ne vous arrive.

Mais ce soir, ils avaient dépassé le stade des simples relations professionnelles. Il avait monté la garde devant chez elle, lui avait porté secours et avait même failli l'embrasser.

Qui était vraiment John Samuels ? Maggie n'aurait su le dire.

Une chose était certaine : il était solidaire de sa cause. En revanche, elle ne savait pas pourquoi. Elle lui aurait volontiers posé la question si elle n'avait eu la conviction qu'il ne répondrait pas, ou qu'il trouverait un faux-fuyant.

Soudain, une bourrasque la souffleta et lui arracha un frisson, lui rappelant qu'ils tenaient cette conversation dans son jardin, au beau milieu de la nuit. Maggie regarda les ombres des grands arbres qui s'étendaient, les niches profondes creusées par la nuit, plutôt des cachettes idéales, et réfréna un nouveau frisson. Elle s'enveloppa de ses bras, mais le geste réveilla la douleur dans ses côtes et elle grimaça. Simultanément, la terreur qu'elle avait éprouvée au moment de l'agression lui revint. L'idée de rester seule l'épouvantait.

— Très bien. Rentrons, dit-elle à la hâte.

Elle n'avait ni l'envie ni l'énergie de discuter : elle préférait donc capituler.

Lorsqu'il lui emboîta le pas, lorsqu'elle sentit sa présence solide à son côté, elle se rendit compte qu'elle était soulagée.

Soulagée parce qu'elle se savait protégée.

Comme il le lui avait dit, elle n'était plus seule.

7

Le lendemain matin, Sam s'attendait à ce que Maggie, bien reposée et de nouveau pleine d'énergie, revienne sur sa décision de le laisser l'accompagner chez Irene. Il se préparait même à une discussion difficile où il avait l'intention d'avoir le dernier mot, mais Maggie n'évoqua pas le sujet.

Sitôt levée, elle avait téléphoné à la mère de son amie d'enfance, laquelle avait accepté qu'ils passent au cours de la matinée. En revanche, lorsqu'il lui avait proposé de conduire, elle avait refusé : ne connaissait-elle pas Fremont mieux que lui ? Cela avait été leur seule dissension de ce début de journée.

Tandis qu'ils roulaient dans les rues de Fremont, Sam l'observait du coin de l'œil. Impassible, concentrée, Maggie regardait droit devant elle. Elle n'avait pas reparlé des événements de la nuit. Elle avait éludé, lorsqu'il lui avait demandé si elle allait bien et ne souffrait pas trop de ses contusions.

Il ne pouvait oublier sa propre terreur, quand il l'avait entendue hurler, puis son soulagement lorsque, déboulant dans le jardin, il avait constaté qu'elle était saine et sauve. Il revoyait également sa colère quand elle lui avait révélé avoir été agressée.

Surtout, il y avait eu son visage tendu vers le sien au clair de lune, sa bouche tendre et demandeuse, ses seins dont la pointe tendait son T-shirt et ses mamelons dressés par le froid.

Il déglutit et détourna les yeux. C'était ridicule de revenir là-dessus. Ridicule d'avoir failli céder au désir de l'embrasser.

Mais il n'en restait pas moins qu'il en avait vraiment eu envie.

Maggie l'attirait, et dans le jardin, la veille, une mystérieuse alchimie les avait unis. Un élan aussi violent qu'inattendu l'avait poussé à l'étreindre pour s'emparer de sa bouche.

Heureusement, Maggie avait gardé la tête froide. Il s'en félicitait, car il n'avait pas l'intention de s'engager dans une relation qui compliquerait son existence. Il poursuivait d'autres buts et ne voulait pas s'en laisser distraire.

Il avait néanmoins passé le reste de sa nuit à penser à son visage baigné par la lueur de la lune et à sa bouche dont il avait eu envie de découvrir la saveur.

De nouveau, le désir le tourmentait.

La voix de Maggie interrompit le fil de ses pensées.

— On est bientôt arrivés, dit-elle alors qu'elle tournait dans une petite rue.

Sam s'éclaircit la voix.

— Comment avez-vous fait la connaissance d'Irene ?

— Irene et son mari étaient les voisins de mes grands-parents. Annie, leur fille, était ma meilleure amie à Fremont, à l'époque.

— Vos grands-parents vivaient donc dans cette rue ? demanda-t-il en observant le quartier par la vitre de la portière.

— Oui, ils y ont emménagé lorsqu'ils ont quitté Maple Road. Voilà leur pavillon, d'ailleurs. Mon grand-père l'a légué à ma mère, qui s'est évidemment empressée de le vendre.

Sam tourna les yeux vers la maison qu'elle lui montrait. Elle était certes plus petite que celle de Maple Road, mais semblait plus confortable et avait un charme désuet qui n'était pas déplaisant. Cela dit, comparer une maison bien entretenue à une autre à l'abandon n'était guère équitable.

Le quartier semblait en tout cas plus pimpant.

— C'est joli par ici.

— C'est vrai, dit Maggie. Je n'ai donc pas été surprise que ma mère réussisse à vendre si vite et si bien. Elle n'a même pas eu besoin de venir sur place pour régler les détails de la vente. De toute façon, elle ne serait jamais venue !

— Vos grands-parents ont-ils été heureux dans leur nouvelle maison ?

Maggie resta silencieuse, puis un petit sourire incurva sa bouche.

— Oui, je crois.

— Alors quitter Maple Road n'a pas été une perte ou une épreuve insurmontable. Leur bonheur pouvait s'épanouir partout ailleurs ?

Elle cessa brusquement de sourire, et lui adressa un regard bref.

— Vous ne pouvez pas comprendre, John.

— Vous avez sans doute raison.

Maggie soupira.

— On y est, reprit-elle.

Elle se gara devant une maison qui se trouvait non loin de celle où avaient vécu ses grands-parents. Sam remarqua que les rideaux s'écartaient imperceptiblement ; à l'évidence, Irene guettait leur arrivée.

Il resta silencieux tandis qu'il remontait l'allée à la suite de Maggie, qui marchait d'un pas raide. Elle semblait contrariée par les derniers mots qu'ils avaient échangés. Il soupira. Il avait heurté sa sensibilité sans le vouloir.

Ils étaient à mi-chemin dans l'allée lorsque la porte d'entrée s'ouvrit sur une femme âgée d'une bonne soixantaine d'années.

— Maggie, quel plaisir de te voir ! s'exclama-t-elle en lui souriant.

Elle s'écarta et leur fit signe d'entrer.

— Bonjour Irene ! dit Maggie avec chaleur. Cela fait longtemps !

— Trop ! protesta Irene, faussement sévère. Tu es à Fremont depuis deux semaines, et c'est seulement maintenant que tu daignes me rendre visite !

— Je suis désolée, mais j'ai été très occupée, avec la maison.

— Je suis au courant, déclara Irene, sans hostilité mais toutefois désapprobatrice.

— Je n'en doute pas, répondit Maggie en soupirant. J'espère que vous n'êtes pas opposée à mon désir de la restaurer, comme tout le monde en ville ? Même Annie doute du bien-fondé de mon projet.

L'expression d'Irene se radoucit.

— C'est une belle maison, Maggie, mais des événements tragiques y ont eu lieu. Je suis d'accord avec Annie. Tu auras beau la rénover de fond en comble, tu ne trouveras jamais preneur.

— C'est justement pour cette raison que nous voulions vous rencontrer, reprit Maggie. Oh, excusez-moi, Irene, mais je ne vous ai pas présenté John Samuels… Je l'ai embauché pour travailler sur mon chantier.

Irene tourna enfin les yeux vers lui. Avec ses cheveux gris en harmonie, son visage rond et rose et sa silhouette replète, elle avait tout l'air d'une grand-mère de contes.

Elle le dévisagea avec un sourire poli qui n'atteignit pas son regard.

— Je suis enchantée de faire votre connaissance, John. Les défis ne vous font manifestement pas peur.

— Au contraire, répondit-il, cherchant à savoir s'il la reconnaissait.

Apparemment non. S'il avait rencontré cette femme, autrefois, elle ne lui avait laissé aucune impression.

— Vous faites la paire avec Maggie !

Elle les précéda dans un salon spacieux et parfaitement rangé qui n'avait rien d'une pièce à vivre, mais semblait davantage destiné aux pages d'un magazine de décoration intérieure.

— Puis-je vous offrir quelque chose à boire ? leur demanda-t-elle une fois qu'ils eurent pris place.

Après qu'ils eurent refusé, elle reprit la parole.

— De quoi voulez-vous parler, au juste ?

— John et moi nous en sommes venus à cette conclusion : si nous réussissons à comprendre ce qui s'est passé la nuit du meurtre, nous comprendrons peut-être mieux les réticences des Fremontois, et nous trouverons éventuellement un moyen de les surmonter..., commença Maggie.

— Vous voulez donc retrouver l'assassin des Ross ?

Maggie rit.

— Et dire que je prenais des gants ! Eh bien en quelque sorte, oui, Irene ! Cette tragédie continue tout de même d'affecter les gens, trente ans plus tard. Pourquoi ? C'est évidemment parce que le meurtrier n'a jamais été arrêté et que cette affaire n'a jamais été élucidée. S'ils savaient exactement ce qui s'est passé, cette nuit-là, et pour quelle raison, ils ne manifesteraient pas une telle hostilité à mon égard. Ils ne réprouveraient pas mon projet de réhabilitation de la maison avec cette virulence. Par conséquent, si nous réussissons à trouver des pistes, des indices, bref, si nous faisons la lumière sur cette tragédie, les peurs seront exorcisées. D'un autre côté, réunir des informations implique nécessairement de poser des questions délicates, notamment sur les Ross. Vous connaissez bien Fremont et ses habitants, vous êtes la seule à pouvoir nous aider.

— J'ai toujours vécu ici, déclara Irene en hochant la tête.

— Vous connaissiez Greg et Emily Ross ? demanda Maggie.

— C'est une petite ville, tout le monde se connaît.

Elle avait formulé ces mots avec un sourire charmant, mais Sam remarqua qu'elle avait biaisé.

Si Maggie le remarqua, elle ne le souligna pas.

— Avaient-ils des ennemis ?

— Ils étaient très appréciés. Emily était professeur et Greg avait été une véritable star du football, au lycée. Il avait toujours une cohorte d'admirateurs, même des années plus tard. Seul Clay Howell le détestait.

— Clay Howell ? répéta Maggie.

Irene agita la main.

— Cette rivalité remontait à l'époque du lycée et émanait principalement de Clay. Greg et Clay avaient le même âge. En première et en terminale, Clay était quarterback dans l'équipe de football du lycée. En tant que tel, c'était lui qui aurait dû être la vedette de l'équipe de football, or tout le monde savait que Greg était bien meilleur joueur, même s'il n'était que running back dans l'équipe. Les scouts sont même venus le chercher, à la suite de quoi il a reçu une bourse pour intégrer une équipe de football à l'université. Imaginez un peu l'émoi qui a agité Fremont !

— Mais c'est de l'histoire ancienne, non ?

— Je n'en suis pas si sûr, intervint Sam. J'ai fait la connaissance de Clay Howell au restaurant, avant-hier. Il a mal réagi, lorsque j'ai mentionné le couple Ross et précisé que je travaillais sur le chantier de la maison de Maple Road. A croire qu'il n'a jamais oublié sa rancœur envers Greg Ross.

— Je trouve étrange que les gens se raccrochent à ce point à leurs souvenirs, bons ou mauvais, de leurs années de lycée, constata Irene, pensive. A moins que ce ne soit une caractéristique des petites villes de province ? Savez-vous que la plupart des hommes qui jouaient dans l'équipe de football, au lycée, ont gardé leur blouson de l'époque, alors qu'ils atteignent la soixantaine et ne peuvent même plus le fermer ?

Elle secoua la tête et ajouta :

— Mais revenons à Clay… Il a en effet continué d'en vouloir à Greg, surtout après avoir épousé Janet.

— Janet ? s'enquit Maggie.

— Oui, Janet Sheridan. C'était le capitaine des pom pom girls, la plus jolie fille du lycée. A l'époque, elle était folle de Greg Ross, mais Greg ne s'intéressait pas à elle, alors elle a jeté son dévolu sur Clay, qui en était éperdument amoureux. Et à raison : Janet était jolie comme un cœur. De plus, ils formaient un couple magnifique, idéal en quelque sorte : le quarterback et le capitaine des pom pom girls… Mais Clay a toujours su que Janet l'avait épousé par dépit. Quelques années plus tard, Janet est devenue la secrétaire de Dalton Sterling. Clay en a été furieux, parce que Greg aussi travaillait dans l'entreprise de Dalton.

— Si elle était aussi jolie, pourquoi Greg ne s'est-il pas intéressé à elle ? demanda Maggie.

— Parce que Greg n'avait d'yeux que pour son Emily, et Emily pour lui. Ces deux-là s'aimaient follement, et ont continué de s'aimer, même quand Emily est partie étudier à l'université et que Greg est resté à Fremont.

— Greg n'est donc pas allé à l'université ? demanda Maggie avec étonnement. Malgré sa bourse d'études ?

Irene esquissa une petite grimace.

— Greg a eu un accident, l'été avant son départ à l'université. Il a été blessé, et dès lors, le football, ç'a été fini pour lui. L'université lui a retiré sa bourse. Greg est resté en ville et s'est fait embaucher dans l'entreprise de Dalton. Une fois qu'Emily a eu terminé ses études d'histoire, elle est revenue à Fremont et a trouvé un poste de professeur dans le lycée de la région. Greg et Emily se sont mariés, et ils ont tout de suite eu des enfants.

— Cinq garçons.

— Oui. Tout le monde disait qu'un jour, ils joueraient au football, comme leur père. L'aîné semblait suivre sa voie, d'ailleurs !

— Que sont devenus les enfants ? demanda Maggie. On ne parle pas d'eux, dans les journaux de l'époque.

— C'est l'Etat qui les a pris en charge. Greg et Emily n'avaient pas de famille, et personne ici n'a voulu s'en occuper. Certains auraient bien accueilli un ou deux enfants, mais pas toute la fratrie. Les séparer semblait impossible, et cependant, je crois qu'ils l'ont finalement été. Pour une famille, prendre en charge cinq enfants nécessite des ressources…

— C'est triste, convint Maggie. Une tragédie qui se greffe sur la précédente…

— Oui, convint Irene.

Sam ne disait mot. Il était incapable de parler. Immobile, il s'efforçait de ne pas laisser filtrer ses émotions, espérant que les deux femmes ne remarqueraient pas son attitude compassée et passeraient vite à autre chose.

— J'ai lu dans les journaux de l'époque qu'Emily

Ross aurait eu une confrontation publique avec Paul Winslow, le week-end avant le meurtre.

— Ce n'est pas étonnant ! Paul Winslow était toujours en bisbille avec quelqu'un.

Irene hocha la tête.

— Et ça n'a pas changé, d'ailleurs. Quel sale caractère !

— Vous savez pourquoi ils se sont disputés ?

— Oh oui ! La moitié de la ville a été témoin de leur altercation. Elle concernait Teri, la fille de Paul. Elle devait avoir quinze ou seize ans, à l'époque.

— Elle était l'élève d'Emily ?

— Je ne sais pas. En revanche, elle était la baby-sitter de ses fils. Elle allait chercher les plus jeunes à l'école et s'occupait d'eux jusqu'à ce que Greg et Emily rentrent du travail.

Maggie se figea, comme frappée par une évidence.

— Teri avait donc les clés de leur maison ?

Irene lui adressa un regard étonné.

— Je pense, oui. Pourquoi ?

Maggie ne répondit pas, et poursuivit.

— Paul Winslow et Emily Ross se disputaient donc à propos de Teri ; parce qu'elle n'était pas une bonne baby-sitter ?

— Je crois que la dispute portait davantage sur l'éducation que Paul donnait à sa fille. La femme de Paul est morte quand Teri avait cinq ans, et il l'élevait seul. Teri était une jolie fille timide et appliquée, mais Paul n'était pas le père rêvé. Je pense d'ailleurs qu'il n'a jamais voulu devenir père. La rumeur prétend qu'il avait épousé la mère de Teri parce qu'elle était enceinte. Les rapports entre le père et la fille se sont envenimés à tel point qu'ils ne se parlent même plus.

— Paul Winslow vit donc toujours à Fremont ?

— Oui, et Teri aussi. Elle enseigne l'histoire au lycée. Peut-être sa vocation a-t-elle été inspirée par Emily Ross ?

— Teri était proche des Ross ?

— Emily s'occupait beaucoup d'elle. Elle l'invitait souvent à dîner, le soir, car Paul la négligeait les trois quarts du temps. Quoi qu'il en soit, le jour de la kermesse, Emily a pris Paul à partie pour qu'il s'investisse davantage dans la vie et l'éducation de sa fille. Paul a explosé. Il a hurlé à Emily de se mêler de ses affaires et de ne pas lui donner de leçons.

Irene secoua la tête.

— La situation a vite dégénéré. Paul écumait de rage, mais Emily n'en démordait pas et lui tenait tête. Greg a été obligé d'intervenir, il a intimé à Paul l'ordre de se calmer. C'était une scène d'une violence impressionnante, et l'atmosphère de la kermesse en a pâti.

— Et moins d'une semaine plus tard, Greg et Emily ont été assassinés, conclut Maggie. Je comprends pourquoi la police a soupçonné Paul Winslow et l'a interrogé.

— Paul a en effet été le principal suspect, justement à cause de cet incident survenu un peu avant le drame.

— Et cependant, aucune charge n'a été retenue contre lui ?

— Non. Il n'y avait pas de preuves contre lui, ou contre quiconque, d'ailleurs.

— Résultat, trente ans plus tard, l'affaire demeure non élucidée.

— Effectivement. Tu perds donc ton temps à rechercher les coupables que la police n'a jamais retrouvés, Maggie. Et vous aussi, ajouta Irene à l'adresse de Sam, avec une expression de sympathie au fond des yeux. Je comprends la frustration des gens d'ici… mais pourquoi pensez-vous réussir là où la police a échoué ?

Maggie secoua la tête et haussa imperceptiblement

les épaules. Sam n'entendit pas sa réponse. Il ne pensait qu'à la sienne.

« Parce que je suis motivé comme personne ! »

Plus que la police ne l'avait été.

Et à la différence de la police, il ne renoncerait pas tant qu'il n'aurait pas découvert le meurtrier. Il s'était donné sept jours pour y réussir, mais il pouvait tout aussi bien y consacrer sa vie.

— Irene nous a fourni des pistes intéressantes, déclara Maggie sur le chemin du retour.

— En effet, convint John. Par quoi voulez-vous commencer ?

— Par Teri Winslow ! déclara Maggie sans hésiter.

Elle sentit le regard surpris de John sur elle.

— La baby-sitter ? Pourquoi ?

— Parce que je pense sans cesse à la façon dont le meurtrier s'est introduit chez les Ross. S'il n'est pas entré par effraction, si Emily ne lui a pas ouvert, c'est qu'il avait les clés de la maison. La baby-sitter les avait, puisqu'elle allait chercher les plus jeunes à l'école, les ramenait à la maison et les gardait jusqu'au retour de leurs parents.

— Vous pensez que la baby-sitter aurait tué Greg et Emily Ross ? demanda-t-il, incrédule. Pourquoi ?

— Ne déformez pas mes propos ! Vous avez entendu Irene : Paul Winslow a toujours eu mauvais caractère ; de plus, il avait eu une violente altercation avec Emily, quelques jours avant le meurtre. Greg Ross a même été obligé d'intervenir. Paul se sera donc emparé des clés de sa fille pour entrer chez les Ross.

— Admettons, mais vous pensez qu'il aurait tué deux personnes à cause d'une dispute, si violente soit-elle ?

— Je n'en sais rien. Nous ignorons quelles en ont été les suites. Nous ne savons pas non plus jusqu'à quel point Paul Winslow a mauvais caractère. Peut-être que cette altercation a exacerbé son désir de vengeance ? Je pense que cela vaudrait vraiment la peine de regarder de ce côté-là.

— Non, coupa-t-il sèchement.

Elle fut surprise par son ton sans réplique, mais il ne parut pas le remarquer.

— Pour ma part, je m'intéresserais plutôt à Clay Howell, reprit-il. Vu sa réaction de l'autre jour, il n'aime pas entendre parler des Ross, même trente ans plus tard : sa rancune aurait-elle fait de lui un assassin ? Peut-être n'a-t-il pas la conscience tranquille ? Serait-il tourmenté par sa culpabilité ?

— Mais même si le dénommé Howell haïssait Greg Ross au point de le tuer, pourquoi aurait-il tué Emily ? Il ne la détestait pas. Il n'avait a priori aucune raison de désirer sa mort.

— Peut-être n'a-t-il pas eu le choix ? Parce qu'elle était un témoin gênant ?

— Mais Emily ne lui aurait jamais ouvert ! Et puis vous oubliez un détail : comment serait-il entré dans la maison ?

— Je suis certain qu'il a trouvé un moyen, affirma-t-il. C'est un suspect sérieux !

Maggie se gara devant la maison de Maple Road.

— Admettons, conclut-elle, dubitative. Nous allons donc interroger Clay Howell et Teri Winslow.

John secoua la tête.

— Soyons efficaces, séparons-nous : vous irez voir Teri Winslow seule, parce que je doute du bien-fondé de cette démarche. Pendant ce temps, je m'occuperai de Clay Howell. Ensuite, nous comparerons le résultat de nos investigations. A plus tard, d'accord ?

Et sans attendre sa réponse, il monta dans son pick-up et démarra.

Maggie le regarda, stupéfaite par sa brusquerie et son départ précipité.

Son attitude était incompréhensible, songea-t-elle, le regard fixé sur le pick-up qui tournait le coin de la rue. Elle était décidément abonnée aux hommes qui la quittaient sans avoir le moindre égard pour sa sensibilité.

Certes, John Samuels ne lui devait rien, et de plus, elle le connaissait à peine, mais elle était tout de même blessée par sa désinvolture, qui confinait à l'indélicatesse.

8

La stupéfaction qu'il avait lue dans le regard de Maggie lorsqu'il avait décidé de partir à la recherche de Clay Howell tourmentait Sam. Il n'avait pas voulu la blesser. Malheureusement, ses désirs n'étaient pas en accord avec ses actes.

D'un autre côté, il n'avait pas de temps à perdre ; il savait pertinemment que la piste de Teri Winslow ne mènerait nulle part.

Mais il ne pouvait expliquer pourquoi à Maggie.

Sam refoula son malaise et s'efforça de se concentrer sur sa mission : retrouver la trace de Clay Howell et l'interroger si possible. Il aurait pu se renseigner au restaurant, mais il doutait qu'on accepte de l'aider, et de plus, il redoutait que la rumeur le précède auprès de Clay Howell. Il préférait le surprendre pour mieux le déstabiliser, au cas où l'homme n'aurait pas la conscience tranquille.

Sam se rendit donc à la bibliothèque, où il ignora délibérément l'acariâtre bibliothécaire pour feuilleter l'annuaire téléphonique de Fremont. Il ne comportait qu'un Howell, plus précisément, J. Howell. *Janet* Howell ? Pourquoi seulement Janet ? Peu importait. Sam releva l'adresse à la hâte, certain que J. Howell lui donnerait l'adresse de Clay.

J. Howell habitait à l'autre bout de la ville, non loin de

chez Irene. En arrivant, John remarqua la voiture garée dans l'allée devant le garage. J. Howell était donc à la maison, devina-t-il en descendant de son pick-up, puis en remontant rapidement l'allée vers la porte d'entrée.

Il frappa, mais n'obtint pas de réponse. Il allait de nouveau frapper, lorsque la porte s'ouvrit lentement, lui révélant une femme qui devait avoir la soixantaine. Sans doute Janet Howell. C'était une brune assez mince et toujours attirante ; elle avait sans conteste été très belle, en son temps. Pour l'heure, son expression tendue, voire contrariée, la déparait et l'enlaidissait.

— Oui ? demanda-t-elle d'une voix peu amène, la main sur la poignée de la porte.

— Excusez-moi de vous déranger, madame, je m'appelle John Samuels. Je cherche Clay Howell.

— Clay ne vit plus ici. Pourquoi pensiez-vous le trouver à cette adresse ?

— Le seul Howell que j'aie trouvé dans l'annuaire de Fremont habite à cette adresse. J'en ai donc déduit que vous pourriez me renseigner. Vous êtes bien J. Howell, n'est-ce pas ?

— Oui, Janet Howell, précisa-t-elle à contrecœur. Je crois que Clay n'a pas de téléphone fixe : il utilise principalement son portable.

— Il ne vit plus ici ? Vous êtes pourtant sa femme ?

Le visage de Janet Howell se tendit.

— Nous avons en effet été mariés pendant quelques années.

Intéressant. Irene n'avait pas mentionné qu'ils étaient séparés. Mais peut-être avait-elle jugé ce détail insignifiant ?

— Savez-vous où je pourrais le trouver ?

— C'est à quel propos ?

Sam hésita à mentir ou à donner une réponse vague.

Il décida tout à coup d'être direct ; la réaction de Janet l'intéressait.

— C'est à propos du meurtre de Greg et d'Emily Ross.

Janet Howell resta impassible, mais elle blêmit.

— Et en quoi est-ce que cela concerne Clay ?

— Il paraît qu'il ne s'entendait pas avec Greg Ross.

— C'était il y a longtemps. Au lycée.

— Vraiment ? Quand j'ai évoqué le couple Ross, l'autre jour, il s'est emporté. A votre avis, pourquoi ?

— Posez-lui la question.

— C'est pour cette raison que je le cherche, justement. L'autre jour, notre échange a tourné court, et j'ai beaucoup de questions à lui poser.

Janet resta silencieuse, mais Sam eut la certitude qu'elle brûlait de curiosité.

— Je suis désolée, dit-elle finalement. Je ne peux pas vous aider.

Là-dessus, elle recula et lui claqua sa porte au nez.

Sam renonça à insister.

Mais cette brève entrevue avait été intéressante, se dit-il en revenant vers son pick-up.

Janet Howell savait quelque chose. En revanche, il n'aurait su dire si cela concernait Emily et Greg Ross, ou Clay et le couple Ross. Il avait bien remarqué sa posture raide, comme si elle avait eu besoin de toute son énergie pour se maîtriser.

Quoi qu'elle sache, en tout cas, elle en avait peur.

Sam décida de retrouver Clay Howell coûte que coûte, en espérant que ce dernier accepterait de lui parler.

Il découvrirait ce que Janet Howell savait.

Et pourquoi elle avait peur.

*
* *

Après que John eut manifesté aussi nettement son manque d'intérêt pour la piste Teri Winslow, Maggie, piquée au vif, décida d'en avoir le cœur net. Comme elle n'avait pas la patience d'attendre la fin de l'après-midi, elle se rendit sur l'heure au lycée.

Il était 12 h 30 quand elle se gara sur le parking réservé aux visiteurs. Elle se dirigea ensuite vers les bâtiments administratifs, à peu près certaine qu'elle parviendrait à s'entretenir avec Teri Winslow avant la reprise des cours. Dès qu'elle fut entrée, la préposée à l'accueil lui adressa un regard rempli de curiosité.

— Puis-je vous aider ?

— Volontiers. Je cherche une enseignante ; il s'agit de Teri Winslow.

Puis, mue par une impulsion, elle précisa :

— C'est son nom de jeune fille, mais il est fort possible qu'elle soit mariée.

— Elle s'appelle toujours Winslow, elle n'est pas mariée. Comment vous appelez-vous ?

— Maggie Harper. J'espérais profiter de sa pause déjeuner pour la rencontrer.

Maggie ne jugea pas utile de lui donner la raison de sa venue, mais cette précision s'avérait manifestement inutile ; à l'énoncé de son nom, son interlocutrice était en effet devenue méfiante. Il ne faisait aucun doute qu'elle avait entendu parler de ses projets de rénovation.

— Je vais voir si elle est disponible.

— Merci, déclara Maggie avec un sourire forcé.

Restée seule, elle observa le hall, songeant que tous les lycées se ressemblaient. Mêmes armoires de bois et vitrines renfermant de nombreux trophées. Soudain, elle remarqua une plaque en métal sur le mur de briques et se rapprocha.

C'était une plaque à la mémoire de Spencer Barton,

autrefois professeur au lycée de Fremont. Ses dates de naissance et de décès étaient indiquées sous son nom. Il était mort à vingt-neuf ans, un an après le meurtre de Greg et d'Emily Ross.

Là-dessus, Maggie regarda autour d'elle, cherchant une plaque à la mémoire d'Emily Ross, puisqu'elle avait également été professeur dans ce lycée. Elle ne fut pas surprise de constater qu'il n'y en avait pas.

Spencer Barton avait sans doute dû mourir dans des circonstances moins sinistres, du moins assez honorables pour avoir droit à sa plaque commémorative, alors qu'Emily avait été assassinée pour des motifs encore inconnus à ce jour, et de surcroît, par un individu toujours en liberté : autant l'oublier. A cette pensée, Maggie se sentit envahie par une juste colère.

— Madame Harper ?

Arrachée à ses pensées, Maggie fit volte-face pour découvrir une femme d'environ quarante-cinq ans. Elle donnait une impression d'agilité avec son pas décidé, sa coupe courte encadrant son visage mince et de fines lunettes rectangulaires à la monture orange. Elle était plutôt grande, et sa minceur était accentuée par sa tenue — pull-over et pantalon noirs très sobres. Elle adressa un sourire poli à Maggie.

— Je suis Teri Winslow, dit-elle sans lui tendre la main. Vous vouliez me parler ?

— Oui. Vous avez quelques minutes à me consacrer ?

— Pour quelle raison ?

— J'aimerais vous parler de votre père.

L'attitude de Teri Winslow se modifia instantanément. Son sourire se crispa et se mua en une grimace, puis elle fit un pas en arrière et se raidit.

— Qu'est-ce qu'il a encore fait ?

— Rien…, répondit Maggie, si décontenancée qu'elle s'interrompit.

Mais Teri Winslow restait sur ses gardes.

— Alors pourquoi voulez-vous me parler de lui ?

— Je ne sais pas si vous êtes au courant, mais je projette de réhabiliter la maison de Maple Road.

— La maison que vous avez héritée de votre grand-père. La maison du crime.

Une ombre de sourire surgit sur ses traits, puis elle poursuivit.

— Fremont est une petite ville, madame Harper, et tout le monde en a entendu parler. Vous savez sans doute que la plupart des gens voient votre initiative d'un très mauvais œil.

— Et vous ? Qu'est-ce que vous en pensez ? Faites-vous partie de mes détracteurs ?

Teri croisa les bras, soupira et réfléchit.

— Honnêtement, je pense que le mieux, ce serait que cette maison soit rasée. Sa présence rappelle cruellement qu'elle a été le théâtre d'une tragédie. Je connaissais bien Emily et Greg Ross. Tout le monde les aimait, et ils méritent de reposer en paix.

— Ils reposeraient véritablement en paix si leur meurtrier était arrêté et jugé, répliqua Maggie. C'est pour cette raison que je voulais vous rencontrer. L'hostilité des gens à mon égard, et à l'égard de mes projets, a éveillé ma curiosité. J'ai donc consulté les journaux de l'époque. Votre père aurait eu une altercation assez vive avec Emily Ross, quelques jours avant son assassinat, n'est-ce pas ?

— Pourquoi me le demandez-vous, si vous êtes déjà au courant ?

— En réalité, je voulais avoir si vous aviez les clés de la maison, à l'époque.

— Oui. J'allais chercher les trois plus jeunes enfants à l'école et je les ramenais à la maison, puis je m'occupais d'eux jusqu'au retour de M. ou de Mme Ross.

— Votre père aurait pu vous dérober les clés ?

— Non, répondit Teri sans hésiter.

Sa fermeté surprit Maggie.

— Vous semblez bien certaine.

— Je prenais mes responsabilités très au sérieux, j'avais toujours les clés sur moi.

— Comment pouvez-vous en être aussi sûre ? s'obstina Maggie, vraiment étonnée qu'elle soit si catégorique. On ne sait pas toujours où se trouvent les objets les plus usuels de notre vie quotidienne. Il y a bien eu des moments où vous n'aviez pas ces clés sur vous ? Vous avez pu les poser quelque part, ou les laisser dans votre sac ?

— Et mon père s'en serait emparé, en aurait fait un double qu'il aurait utilisé pour pénétrer chez les Ross, la nuit du meurtre ? Je suis désolée de vous décevoir, madame Harper, mais mon père n'était même pas à Fremont, la nuit où les Ross ont été assassinés.

— Où était-il ?

Teri haussa les épaules.

— Je n'en ai pas la moindre idée. Je ne me souviens pas qu'il me l'ait dit, d'ailleurs. Le matin, il m'a juste informée qu'il s'absentait et ne passerait pas la nuit à la maison. Et en effet, je ne l'ai revu que le lendemain soir.

— Il vous a donc laissée seule ?

— Oui. Et ça n'était pas la première fois.

Teri Winslow lui adressa un mince sourire.

— Vous comprenez mieux, maintenant, pourquoi Emily Ross voulait le mettre face à ses responsabilités ?

— Elle devait beaucoup vous aimer, convint Maggie, pensive. Vous étiez proches, je crois ?

Une expression de douleur se peignit sur les traits

de Teri Winslow. Elle cilla comme si les larmes lui montaient aux yeux et détourna pudiquement le regard.

— Elle était comme une seconde mère. Ou une mère, tout simplement, puisque je n'ai pas beaucoup connu la mienne. Je dînais plus souvent chez les Ross que chez mon père.

Elle déglutit péniblement.

— Je regrette de ne pas avoir davantage pris la mesure de son affection, de son vivant.

— L'affection qu'Emily vous portait a certainement dû irriter votre père. Il ne devait pas supporter qu'une femme qui n'était pas votre mère lui dicte sa conduite, déclara Maggie d'une voix prudente.

— Il n'en fallait pas beaucoup pour mettre mon père en colère, vous savez. Et le jour où il s'est disputé avec Emily, il écumait de rage.

— Et vous êtes certaine qu'il n'était pas en ville, la nuit du meurtre ? Vous êtes sûre de ne pas confondre ?

Au moment où la question eut franchi ses lèvres, Maggie la regretta. Son insistance était vaine, impression renforcée par le regard incrédule que lui lançait Teri Winslow. Chacun avait évidemment gardé le souvenir de ce qu'il avait fait, lors de la nuit la plus tragiquement célèbre de Fremont.

— Si vous ne me croyez pas, interrogez les gens, reprit-elle. Je ne suis pas en très bons termes avec mon père. En vérité, je ne lui ai pas adressé la parole depuis plusieurs années. Ce qui, vous vous en doutez, n'est pas facile dans une ville aussi petite. Si j'avais eu le moindre soupçon sur sa responsabilité dans le double meurtre des Ross, je n'aurais pas eu d'états d'âme, je vous jure que je l'aurais dénoncé. Vous avez d'autres questions ? acheva-t-elle d'une voix un peu impatiente, cette fois.

— Oui, seulement une. Comme vous étiez proches

des Ross, vous savez peut-être qui aurait pu les détester au point de désirer leur mort ?

Teri se raidit et éloigna le regard.

— Personne ne leur voulait de mal, répondit-elle en secouant la tête.

Maggie sentait qu'elle était sincère. Certes, Teri Winslow n'avait que seize ans à l'époque, et même si sa mémoire pouvait la trahir, elle avait été très proche d'Emily et de Greg Ross. Maggie ne voyait pas à qui elle aurait pu poser une question si délicate.

— Très bien, dit-elle en cachant sa déception derrière un sourire. Je crois que c'est tout.

— Alors, je vous laisse.

Maggie regarda Teri s'éloigner. Cette dernière avait été très convaincante. A l'évidence, Paul Winslow n'avait rien à voir avec l'assassinat des Ross ; le meurtrier n'était donc pas entré chez eux avec les clés de leur maison.

Au même instant, Maggie se souvint de la véhémence de John, lorsqu'il lui avait confié qu'elle perdait son temps, en suivant cette piste.

Comme s'il savait quelque chose qu'elle ne savait pas.

9

Tandis que l'après-midi avançait, Maggie scrutait les rues de Fremont avec une irritation croissante, y cherchant sans succès le pick-up de John. Après s'être entretenue avec Teri Winslow, elle était rentrée et avait travaillé en attendant son retour avec impatience. Au fil des heures, son irritation n'avait cessé de croître. Qu'il ne s'attende pas à être payé pour cette journée chômée ! Elle l'avait embauché pour qu'il l'aide à réhabiliter sa maison, pas pour qu'il joue les détectives, bon sang !

Et surtout, pas pour jouer les détectives *sans elle*. Décidément, elle n'avait toujours pas digéré l'insolence avec laquelle il l'avait *plantée* — c'était bien le mot ! — en fin de matinée. Sa surprise initiale s'était muée en humiliation, puis en colère qui n'avait cessé de croître, d'autant qu'elle était désormais entretenue par son absence.

Incapable de travailler, elle avait décidé de se rendre en ville afin d'y faire quelques courses et, en même temps, de partir à sa recherche.

Elle se garait dans la grande rue lorsqu'elle aperçut son pick-up devant la quincaillerie. Au moment où elle descendit de sa fourgonnette, elle le vit sortir du restaurant.

Aussitôt qu'il l'eut remarquée, il pressa le pas dans sa direction. Il ne semblait pas contrit de lui avoir fait faux bond pendant tout l'après-midi. Son visage demeurait impénétrable.

Maggie attendit qu'il soit assez proche pour l'apostropher sans attirer l'attention des passants.

— Mais où étiez-vous passé ?

— Je cherchais Clay Howell.

— Vous avez cherché Clay Howell pendant tout l'après-midi ? demanda-t-elle, incrédule.

— Oui.

— La ville est petite, il n'y a guère d'endroits où se cacher, fit-elle remarquer, acerbe.

— Clay Howell serait en déplacement. C'est dommage, j'ai perdu l'après-midi à convaincre les gens de me parler, puis de m'informer.

— Un après-midi gâché, en définitive.

Il ne releva pas son ironie.

— Pas tout à fait. Je me suis entretenu avec sa femme. Plutôt, son ex-femme. Elle a refusé de me parler, mais j'ai bien vu sa réaction, lorsque j'ai prononcé le nom des Ross. Elle sait quelque chose.

— Quoi ?

— Aucune idée. Mais j'ai bien l'intention de retourner la voir.

— Je viendrai avec vous ! répliqua Maggie, impétueuse. Je dois évidemment garder un œil sur vous. J'imagine que vous n'avez même pas trouvé le temps de faire un saut à la quincaillerie, comme prévu ?

— Je suis désolé, je ne savais pas qu'il me faudrait la journée pour retrouver la trace de Clay Howell. Je crois que j'ai perdu la notion du temps, avoua-t-il avec une note de regret dans la voix

Sa sincère contrition la calma.

Elle allait reprendre la parole quand une voix s'éleva, derrière elle.

— Hé, vous !

Maggie, surprise, sursauta, mais elle ne se détourna

pas. Après tout, elle n'avait aucune raison de penser qu'un passant l'interpellait. Elle ne connaissait pas grand monde à Fremont, et les gens qui la connaissaient l'évitaient.

— Hé, vous ! reprit la voix, plus proche, cette fois.

Voyant le regard de John passer par-dessus son épaule, elle se détourna. Un homme aux cheveux poivre et sel, le visage rouge de colère, s'approchait en pointant sur elle un index courroucé.

— C'est vous qui posez des questions sur moi ?

Maggie cilla et recula.

— Pardon ?

John la prit par les épaules, puis il se plaça devant elle.

— Il y a un problème ?

— Le problème, c'est elle ! s'exclama l'homme, qui gardait son index pointé sur Maggie. Tout le monde le sait, en ville ! Mais ce que je ne savais pas, c'est qu'elle me cherchait !

— Je suis désolé, monsieur… ? demanda John, curieux de connaître son identité.

Mais l'homme ne daigna pas répondre.

— Que se passe-t-il au juste ? insista John.

— Demandez-le-lui, plutôt !

— Je suis désolée, mais je ne sais pas qui vous êtes, murmura Maggie.

L'homme rugit.

— Très drôle ! Vous ne savez pas qui je suis, mais vous m'accusez tout de même de meurtre ! Je m'appelle Paul Winslow.

Le colérique à la rancune tenace. De toute évidence, les années ne l'avaient pas bonifié… Maggie n'avait jamais vu personne dans un tel état de fureur. Paul Winslow n'était pas armé, mais sa violence l'effrayait. Aussi fut-elle soulagée que John prenne sa défense.

Elle prit une inspiration et s'efforça de parler avec le plus de calme possible.

— Je ne vous ai jamais accusé de meurtre, monsieur Winslow. Je me suis contentée de poser des questions.

— Des questions sur la façon dont j'aurais dérobé les clés des Ross à ma fille pour pénétrer chez eux et les tuer ! Pour moi, ça ressemble plutôt à des accusations !

La préposée à l'accueil du lycée avait dû entendre sa conversation avec Teri Winslow et s'empresser d'en informer une quelconque commère ! songea Maggie en un éclair.

— Mes propos ont été déformés, reprit-elle à la hâte, je vous assure que je n'ai jamais formulé…

— Vous avez porté des accusations contre moi ! Ne me prenez pas pour un imbécile ! coupa Paul Winslow.

— Ça suffit ! intervint Teri Winslow, qui surgit derrière son père.

Elle le prit par le bras et tenta de l'entraîner.

— Il faut toujours que tu te donnes en spectacle ! lança-t-elle.

Paul Winslow se dégagea avec brusquerie.

— Reste en dehors de cette histoire. Tu ne vaux pas mieux qu'elle, puisque tu n'as même pas pris la peine de m'informer de votre conversation.

— Pourquoi l'aurais-je fait ? Pour que tu fasses un éclat et cries au scandale, comme maintenant ?

— J'ai le droit de me défendre lorsqu'on m'accuse à tort, non ? riposta Paul Winslow.

— Ecoutez, monsieur Winslow, intervint Maggie d'une voix conciliante, vous n'avez pas besoin de vous défendre. Votre fille a été formelle : il est impossible que vous lui ayez dérobé ses clés. De plus, vous n'étiez même pas à Fremont, cette nuit-là.

Winslow, subitement calmé, lança un regard déconcerté à sa fille.

— Je n'étais pas en ville ?

Puis il fronça les sourcils, toujours troublé.

— Ah oui, c'est vrai ! s'exclama-t-il enfin, tandis que son visage s'éclairait. J'étais en déplacement ! Vous voyez bien que vous perdez votre temps !

Son ton victorieux et son assurance étaient si soudaines que Maggie, étonnée, le dévisagea avec méfiance.

Teri tenta de reprendre le bras de son père.

— Très bien, alors maintenant que la situation a été tirée au clair...

Mais Paul se dégagea derechef et recula, tandis que, de nouveau, son regard lançait des éclairs.

— Si vous voulez un coupable, adressez-vous à Dalton Sterling, à la fin ! Tout le monde sait qu'il veut la maison de Maple Road. Vous ne vous êtes jamais demandé pourquoi ? insinua-t-il, l'air mauvais.

Maggie lui adressa un regard perplexe.

— Parce qu'il veut la raser et en reconstruire une autre ?

Paul Winslow éclata de rire.

— Parce qu'il a peur que vous ne trouviez des indices, pardi !

— Quels indices ? demanda Maggie.

Paul Winslow feignit la surprise, en ouvrant grand les yeux et la bouche.

— Personne ne vous a rien dit ? Il faut réviser votre stratégie et poser les bonnes questions !

— Mais quelles bonnes questions ? insista Maggie, éberluée.

— Eh bien, il y a plusieurs années, lors de la livraison d'un logement construit par l'entreprise de Sterling, la charpente s'est effondrée : vice de construction. Cette histoire a bien failli ruiner Dalton Sterling. Il aurait été blanchi, mais sait-on jamais… Et qui sait si la maison de Maple Road n'a pas elle aussi un vice de construction ? Vous devriez vous intéresser à la question, au lieu d'ennuyer les honnêtes gens !

Il ponctua ces mots par un sourire ironique.

— Viens ! répéta Teri.

Mais il leva son bras et fit volte-face.

— Je m'en vais, ne t'énerve pas ! Tu n'auras plus à intervenir pour prendre la défense de ton vieux père, dorénavant. J'imagine combien l'effort que tu viens de faire a dû te coûter.

Teri ne nia pas. Et lorsque son père passa devant elle et s'éloigna à la hâte, elle resta immobile et défaite.

— Je suis désolée, murmura-t-elle à l'adresse de John et de Maggie.

Elle était si mortifiée qu'elle n'osait les regarder.

— Ce n'est pas votre faute, déclara Maggie.

Teri leva les yeux sur elle.

— Pourquoi vous obstinez-vous à fouiller le passé ? demanda-t-elle à voix basse. Pourquoi ne nous laissez-vous donc pas tranquilles ?

Et sans attendre sa réponse, elle traversa la rue et prit la direction opposée à celle de son père.

En la suivant de yeux, Maggie s'aperçut que des curieux s'étaient amassés autour d'eux.

— Venez Maggie, lui dit John, qui les avait aussi remarqués. Je vous raccompagne jusqu'à votre fourgonnette.

Maggie n'avait pas fait les courses prévues, mais elle n'avait pas envie de rester plus longtemps la cible des regards étonnés ou hostiles des passants silencieux. Elle suivit donc John sans se faire prier.

— Vous pensez toujours que Paul Winslow est au-dessus de tout soupçon ? lui dit-elle.

— Je n'ai jamais affirmé qu'il était hors de cause, Maggie. Mais vous avez entendu comme moi : sa fille affirme qu'il n'a pas pu lui dérober les clés des Ross.

— Dans ces conditions, il est toujours suspect, puisque vous semblez convaincu que l'assassin n'a pas eu besoin des clés des Ross pour entrer chez eux.

John resta silencieux avant de reprendre.

— C'est étrange, mais il a paru troublé, au moment où vous avez affirmé qu'il n'était pas en ville, le soir du double meurtre.

— Peut-être parce qu'il y était, justement. Teri m'aurait donc menti ?

Mais elle secoua la tête et se ravisa.

— Impossible, Paul Winslow et sa fille se détestent. Teri n'aurait jamais couvert son père.

— C'est donc Paul Winslow qui aurait menti à sa fille. Il lui a affirmé qu'il serait absent, ce soir-là, et elle l'a cru.

— Conclusion : où était-il, le soir du crime ?

— Et que faisait-il ?

Maggie fut saisie par un petit frisson. Elle revit la fureur qui avait traversé le regard de Paul Winslow lorsqu'il l'avait si violemment prise à partie. Si Emily avait affronté la colère de Paul Winslow, alors dans la force de l'âge, elle n'osait imaginer ce qu'elle avait éprouvé.

Pas plus qu'elle n'osait imaginer la violence dont il était capable.

*
* *

— Irene a confirmé les dires de Paul Winslow sur Dalton Sterling, déclara Maggie en reposant son portable sur la table de la cuisine. Deux ans après le double meurtre des Ross, la charpente d'un des pavillons dont il a été le constructeur s'est effondrée. Greg Ross aurait travaillé sur ce chantier. Malheureusement, il est trop tard pour nous rendre à la bibliothèque… Dans tous les cas, je doute que ce fait divers ait fait les gros titres des journaux qui y sont archivés.

— Vous pensez vraiment que la maison de Maple Road aurait un vice de construction ? s'enquit Sam en s'adossant à la porte.

— Je ne sais pas. J'ai passé chacune des pièces au crible, lorsque j'ai évalué le chantier. Je n'y ai pas trouvé de vices apparents. Du moins, pas de défauts qui rendraient la maison inhabitable ou nuiraient à son occupation : l'étanchéité et l'isolation thermique sont certes obsolètes, mais elles m'ont semblé conformes. Mais peut-être s'agit-il d'un vice caché indécelable lors d'un examen normal, qui ne serait constatable que dans un endroit inaccessible ou qui ne pourrait se révéler qu'à l'usage ? Cette maison a tout de même plus de trente ans, non ? Dans le cas du pavillon dont la charpente s'est effondrée, il s'agissait bel et bien d'un vice de construction compromettant sa solidité et…

— Je suis certain que Greg Ross n'aurait jamais emménagé dans la maison de Maple Road avec sa famille s'il avait eu le moindre doute sur sa solidité.

— Et s'il avait découvert le vice de construction du logement dont la charpente s'est effondrée et l'avait signalé à Dalton ? Dalton aura pris peur et aura voulu le réduire au silence.

— C'est possible, déclara Sam, songeur.

— Sans compter que Dalton avait peut-être les clés de

la maison de Maple Road, puisque c'est son entreprise qui l'avait construite.

Sam fit la grimace.

— C'est juste.

Maggie allait répondre, quand elle fut interrompue par une grêle de coups sur la porte, signe que leur visiteur n'était pas animé des meilleures intentions.

Elle se figea et fixa Sam, qui haussa un sourcil.

— Paul Winslow aurait-il décidé de revenir à la charge ? demanda-t-il.

— Je n'en sais rien. Et si nous appelions la police ?

Sam n'eut pas le temps de lui répondre qu'une voix courroucée s'élevait.

— Je sais que vous êtes là ! Ouvrez cette maudite porte, à la fin ! hurla une voix que Maggie ne connaissait pas.

— En tout cas, ça n'est pas Paul Winslow, déclara Sam en allant ouvrir.

— Vous savez qui c'est ? demanda Maggie, qui le suivit.

— Je pense, oui. Et si je ne me trompe pas sur l'identité de notre visiteur, je n'ai plus besoin de partir à la recherche de Clay Howell : il a en effet décidé de venir à nous.

Howell martelait la porte des deux poings, à présent.

— Vous voulez vraiment lui ouvrir ? demanda Maggie, de plus en plus nerveuse. Il me semble dangereux.

— Comme j'ai voulu lui parler pendant toute la journée, je vais lui ouvrir. Mais retournez dans la cuisine, si ça peut vous rassurer.

Sam était curieux de savoir pourquoi Clay Howell était en proie à une telle colère, et d'ailleurs, l'impatience lui fit accélérer le pas.

Après s'être assuré que Maggie restait à bonne distance derrière lui, il ouvrit à Clay Howell au moment où ce dernier brandissait les deux poings pour se remettre à frapper. Surpris, ce dernier leva vers lui un regard étincelant. Son visage était rougi par la colère et l'effort qu'il venait de déployer.

— Vous…, commença-t-il en pointant son index sur la poitrine de Sam.

Son geste avait été si brutal que Sam, déstabilisé, chancela.

— Ne vous approchez plus *jamais* de ma femme !

— Vous voulez dire de votre ex-femme ? rectifia Sam sans se départir de son calme.

— C'est toujours ma femme ! Et je vous conseille de rester loin d'elle.

— Qui vous a dit que je l'avais rencontrée aujourd'hui ? s'enquit Sam sans l'écouter.

— C'est elle.

Intéressant. Janet et Clay Howell étaient divorcés, et pas dans les meilleurs termes, apparemment, mais Janet se montrait tout de même très protectrice à son égard. Quelle avait pu être la raison de leur divorce ?

— Je ne sais pas pourquoi vous me cherchez, parce que je n'ai rien à vous dire !

— En ce cas, il va falloir que je retourne interroger Janet, riposta Sam, conscient de le provoquer.

Cette fois, Clay Howell devint violet, et Sam crut qu'il allait lui décocher un coup de poing.

— Si jamais vous vous approchez de nouveau de Janet, je vous jure que je porte plainte pour harcèlement ! hurla Clay Howell.

Il avait été furieux qu'il le recherche, mais il l'était encore plus à l'idée qu'il retourne voir Janet. Etrange…

— C'est à Janet de décider, répliqua Sam. Je ne vois pas en quoi ça vous regarde.

— Je m'inquiète pour elle. Elle n'est peut-être plus

ma femme au regard de la loi, mais d'une certaine façon, elle le restera toujours. Vous n'avez pas le droit de la mêler à vos histoires et à vos manigances. A cause de votre visite de ce matin, elle est dans tous ses états !

— Je suis sincèrement désolé, mentit Sam avec aplomb. Je n'avais pas du tout l'intention de troubler Janet. C'est vous que je cherchais.

— Je n'ai pas envie d'avoir le moindre contact avec vous, Samuels, c'est clair ? coupa Howell.

— Pourquoi ? Vous avez quelque chose à cacher ? riposta Sam.

Un tic agita l'œil de Howell, trahissant le mensonge qu'il s'apprêtait à proférer.

— Non !

— Vous en êtes certain ? On m'a dit que vous n'aimiez pas beaucoup Greg Ross.

— Et alors ? C'est une raison pour désirer sa mort ?

— La seule mention du couple Ross vous a déplu, lorsque nous nous sommes rencontrés pour la première fois.

— Je n'appréciais pas que vous posiez des questions et que vous raviviez de vieilles histoires. J'ai vite compris que vous seriez une source de problèmes, ce jour-là.

— Plutôt, la source de *vos* problèmes ? Redoutez-vous de réveiller les soupçons après trente ans d'impunité ? Est-ce pour cette raison que vous refusez obstinément que nous entrions de nouveau en contact avec Janet ? Vous étiez encore mariés, à l'époque, n'est-ce pas ? Janet pourrait donc être au courant d'un détail, ou plutôt d'un indice qui vous accuse ? Les vêtements tachés du sang de vos victimes, par exemple, qu'elle n'aura pas manqué de remarquer, lorsque vous êtes rentré, cette nuit-là.

— Dommage pour vous et vos théories fumeuses, Samuels, mais je n'étais pas à Fremont, le soir du meurtre.

— Comme c'est pratique ! ironisa Sam.

— Pensez ce que vous voulez, c'est la pure vérité. Et puis de toute façon, ma vie privée ne vous regarde pas ! Je veux que vous restiez loin de Janet, un point c'est tout. Ne l'approchez pas si vous ne voulez pas avoir d'ennuis.

Sur ces paroles menaçantes, il tourna les talons. Sam le regarda s'éloigner, remonter dans sa voiture et démarrer en trombe.

— Eh bien, le moins qu'on puisse dire, c'est qu'on continue de se faire des amis partout en ville, murmura Maggie, qui suivait elle aussi la voiture des yeux.

Sam se détourna. Dans le feu de la conversation, il avait presque oublié la présence de la jeune femme.

— Je ne vous le fais pas dire… Les gens sont décidément à fleur de peau. C'est à croire que Greg et Emily Ross ont été assassinés la semaine dernière.

— C'est tout de même étonnant que leur meurtre déchaîne autant les passions trente ans plus tard. Paul Winslow, Clay Howell… Et vous ne trouvez pas surprenant que tous deux, qui sont des suspects idéaux, n'aient pas été à Fremont ce soir-là ?

— Vous trouvez aussi ? Etrange coïncidence, n'est-ce pas ? Mais la police a dû vérifier leurs alibis, à l'époque.

— Ou peut-être pas, déclara Maggie, songeuse.

Sam songea au dossier de l'affaire Ross, que Nate lui avait remis, la veille au soir, et qu'il avait rangé dans le vide-poche de son pick-up. Il avait été tellement occupé par ses démarches pour retrouver Clay Howell qu'il n'avait pas encore trouvé le temps de le parcourir.

La journée avait passé à toute vitesse, et d'ailleurs, remarqua-t-il en voyant les ombres s'étendre sur le jardin, la nuit tombait.

— Et maintenant ? demanda Maggie.

— La prudence est de mise, Maggie. Après avoir

déclenché les foudres de Paul Winslow et de Clay Howell, nous pourrions tous deux être victimes de représailles. Peut-être est-ce l'un des deux, votre agresseur de l'autre nuit ? Dans le cas contraire, nous devons compter aussi sur un troisième individu dont vous avez dérangé la tranquillité, avec vos projets de réhabilitation, et éventuellement avec votre intérêt pour l'affaire.

Maggie soupira.

— Je vais commander des pizzas. Je crois que la nuit va être longue…

— Bonne idée.

Il la suivit dans la cuisine, frustré. Cette journée n'avait finalement rien donné. Sam savait que sa quête de vérité serait ardue, d'autant que le meurtre de Greg et d'Emily Ross n'avait jamais été élucidé, mais l'impatience avait entretenu ses espoirs.

Ses questions continuaient d'affluer, mais il n'avait toujours aucune réponse.

— John ? A quand la prochaine ronde autour de la maison ?

— Nous avons effectué la dernière il y a une demi-heure. Disons dans un quart d'heure ?

Maggie parut déçue, mais elle acquiesça avant de reporter son attention sur ses notes.

Minuit venait de sonner. Sam avait l'impression d'être piégé dans la maison depuis des jours. La nuit qui les entourait était totale et, comme l'autre soir, les fenêtres de la cuisine étaient redevenues des miroirs où elle se reflétait.

La sensation de danger croissait, et pourtant, ces dernières heures s'étaient écoulées sans incident notable. Sam se sentait voué à une attente interminable, entrecoupée de rondes qui lui permettaient au moins d'échapper à un sentiment d'enfermement qui s'intensifiait au fil de la nuit.

Maggie était assise en face de lui, les copies des articles de journaux étalées sur la table. Elle prenait des notes de cette écriture régulière et nette qu'il avait admirée, lorsqu'elle lui avait donné la liste des matériaux à acheter à la quincaillerie.

Sam ne savait pas ce qu'elle cherchait dans ces articles, qu'ils avaient tous deux déjà lus à de nombreuses reprises. Il ne savait pas non plus ce qu'elle espérait découvrir, en couchant sur papier les événements de la journée, qu'ils avaient abondamment évoqués en début de soirée.

Mais Maggie ne faisait manifestement jamais les choses à moitié : elle mettait autant de passion à découvrir la vérité sur l'assassinat des Ross qu'elle en mettait à réhabiliter sa maison.

Il admirait la force de sa volonté. Aurait-elle participé à l'enquête policière, à l'époque, qu'elle aurait certainement découvert le meurtrier ! Maggie Harper était loyale, passionnée et tenace, mais il aurait tout de même préféré qu'elle n'exerce pas son obstination à rénover la maison de Maple Road, une tâche à son avis aussi vaine qu'inutile.

Il l'observait toujours lorsqu'elle posa enfin son stylo pour relire ses notes.

Une boucle de ses cheveux blonds tomba sur sa joue, mais elle ne le remarqua pas. L'espace d'une seconde, il eut envie de la remettre en place. Ses cheveux, sa joue semblaient si doux... Il en imaginait le soyeux incroyable sous ses doigts. Douce aussi devait être sa bouche, à présent légèrement incurvée, comme si elle se mordillait l'intérieur de la joue pour mieux se concentrer sur sa lecture.

Sam se leva brusquement pour s'arracher à sa contemplation.

— Je sors m'assurer que tout va bien.

Maggie parut surprise par sa brusquerie.

— J'arrive !

— Vous n'avez pas besoin de venir avec moi, Maggie.

Elle haussa un sourcil belliqueux.

— Vous n'accepteriez jamais de me laisser sortir seule dans cette nuit, n'est-ce pas ?

— En effet, je serais trop inquiet.

Elle lui adressa un sourire.

— Pareil pour moi : vous accompagner m'épargnera des inquiétudes. De plus, l'union fait la force !

Le regard pétillant, elle se leva et prit sa lampe de poche.

— On y va, Rambo ?

Il sourit malgré lui. La profonde admiration qu'il éprouvait pour elle lui semblait plus dangereuse à affronter qu'une simple attirance physique. Ou que les sensations que suscitait son parfum, pensa-t-il, sentant ses effluves l'envelopper quand elle passa devant lui.

Il réfréna un soupir et la suivit. Dans le silence de la nuit, la présence de Maggie stimulait son imagination et ses sens. Il ne savait comment conjurer son charme.

Ils éteignirent les lumières et allumèrent leurs lampes de poche.

Ils n'entendaient que leurs souffles, ainsi que le bruit de leurs pas qui résonnaient dans la maison vide. Un frisson traversa Sam à la vue des ombres inquiétantes qui jouaient dans le couloir, hors le rai de lumière dispensé par leurs lampes de poche. Dans ses cauchemars récurrents, il se voyait marcher dans la maison enténébrée et y percevait une présence invisible, silencieuse et dangereuse.

Ce soir, son cauchemar devenait réalité, et même la proximité de Maggie ne parvenait pas à calmer la panique qui montait graduellement en lui. Il déglutit, passa la main sur son front en sueur. Il aurait aimé allumer, mais il n'osa pas, de crainte que Maggie ne s'étonne de sa pusillanimité.

Arrivée dans le hall d'entrée, la jeune femme vérifia que la porte était bien fermée. Cette précaution ne s'avérait pas nécessaire, mais son geste était machinal. Sam s'assura, quant à lui, que les vieilles fenêtres l'étaient aussi.

Tout à coup, il se figea, les sens en éveil. Son instinct lui soufflait qu'il se passait quelque chose d'anormal.

Pourtant, tout était calme et semblait à sa place.

Au même instant, Maggie se figea à son tour et fit volte-face.

— Vous ne sentez pas une odeur bizarre ?

Il ne sentait que des odeurs de bois, de poussière, ainsi que les effluves de son parfum. Rien d'inquiétant, a priori.

Et cependant, une odeur qu'il identifia vite les supplanta bientôt toutes.

C'était celle de l'essence.

Il se rendit compte, au regard écarquillé de Maggie, qu'elle était arrivée aux mêmes conclusions.

Simultanément, une étincelle jaillit, dehors, devant la fenêtre, et de grandes flammes jaune et orange la voilèrent.

Quelqu'un avait mis le feu à la maison.

Ils sortirent à la hâte, Maggie en tête. Ils coururent, mais en arrivant à proximité du foyer de l'incendie, Maggie se figea et Sam, surpris, faillit la heurter de plein fouet.

La jeune femme poussa un cri de désespoir et de rage

en voyant le mur léché par des flammes avides. Elle s'avançait, mais il la prit par la taille pour la retenir.

— C'est trop dangereux !

— Non !

Maggie dégagea son bras et lui donna un coup de coude dans les côtes. Sam serra les dents, mais il lui saisit de nouveau le bras.

— Nous ne savons pas quelle quantité d'essence a été utilisée, Maggie. La maison pourrait exploser !

— Je ne partirai pas ! Je ne veux pas que ma maison brûle !

— Maggie !

— Laisse-moi ! hurla-t-elle, le tutoyant dans sa rage.

Elle lui donna derechef un coup de coude dans les côtes.

— Maggie, écoute-moi : je vais aller chercher le tuyau d'arrosage, mais en attendant, promets-moi de ne pas bouger, d'accord ? répliqua Sam, qui trouva aussitôt naturel de la tutoyer.

Elle tourna vers lui un regard éploré.

— Vite, je t'en supplie, prononça-t-elle d'une voix rauque.

Son désespoir l'émut, et il la lâcha. Constatant qu'elle restait immobile à contempler le sinistre, il fut rassuré et courut chercher le tuyau d'arrosage, en espérant que cela suffirait à éteindre l'incendie.

Il tira dessus pour le déployer, puis tourna le vieux robinet. L'eau en jaillit aussitôt avec force. Dans le cas où le tuyau ne serait pas assez long, la pression suffirait à projeter l'eau sur les flammes.

Revenu auprès de Maggie, Sam braqua le tuyau sur le brasier. La pression fut d'abord si forte qu'il perdit l'équilibre, mais il se campa solidement sur ses jambes. Il avait redouté que l'incendie ne soit trop violent pour être éteint avec un seul tuyau d'arrosage, mais au bout de quelques instants, les flammes diminuèrent. Sans doute avait-il réagi à temps, conclut-il, soulagé. A moins qu'il n'ait eu de la chance ? Ou que le pyromane, dérangé par leur ronde, n'ait pas eu le temps de répandre assez d'essence ?

Lorsque l'incendie fut maîtrisé, Sam tourna les yeux vers Maggie, un peu en retrait, toujours immobile et silencieuse.

Elle observait le pan de mur noirci et maintenant ruisselant. La nuit était bien trop sombre pour que Sam discerne bien l'expression de son visage, mais elle semblait complètement abattue, et son courage paraissait l'avoir quittée. Même la veille, lorsqu'elle avait affirmé que personne ne s'intéressait à son sort, elle n'avait pas eu l'air aussi accablé.

Voyant ses joues inondées de larmes, il eut un élan de tendresse envers elle. Il revit sa détresse, puis sa rage et sa pugnacité, au moment où elle s'était débattue pour se jeter dans le brasier au mépris du danger. A présent, elle n'aurait pas eu l'air plus affligée si sa maison s'était complètement consumée.

Il lâcha le tuyau d'arrosage et s'approcha d'elle.

Elle ne réagit pas. Elle fixait toujours sa maison.

— Maggie ? Le feu est éteint, lui dit-il doucement.

Elle hocha à peine la tête.

— Merci, articula-t-elle, d'une voix rauque.

Il aurait voulu poser ses mains sur ses épaules et la secouer jusqu'à ce qu'elle s'arrache à son immobilité.

C'est juste une maison ! avait-il aussi envie de lui crier. Mais il comprenait que la maison de Maple Road était un symbole à ses yeux. Et si l'intrusion de la veille l'avait terrorisée, l'incendie l'avait bouleversée. Comme si l'intégrité de la maison comptait plus que la sienne.

Pourquoi Maggie accordait-elle tant de prix à cette vieille maison délabrée ?

Il comptait bien le découvrir avant la fin de la nuit.

10

Ni les curieux ni les pompiers n'arrivèrent sur les lieux au cours de la demi-heure qui suivit. Une seule voiture de patrouille surgit avec un policier à son bord. Il en descendit à la hâte et s'approcha.

Malgré la nuit, Sam le reconnut.

— Bonsoir, chef, lui dit Maggie quand il fut à leur hauteur. Ou plutôt bonjour ?

Nate était donc le chef de la police ? Sam, observant son uniforme, en fut étonné.

— John, je vous présente le chef de la police de Fremont, Nate Cassidy, reprit Maggie. Cassidy, voici John Samuels, mon ouvrier.

Sam lui tendit la main.

— Samuels, dit-il simplement.

Nate acquiesça sans répondre, et reporta son attention sur la maison incendiée.

— Les pompiers sont déjà partis ? Ce sont des volontaires, mais ils font bien leur boulot : c'est une chance que l'incendie ne se soit pas propagé à toute la maison.

— C'est John qui l'a éteint, précisa brusquement Maggie. On n'a pas vu les pompiers.

Nate fronça les sourcils.

— Ils ne sont pas venus ? J'ai du mal à le croire. Les premiers volontaires ont été formés, il y a près de trente ans, lorsqu'un incendie a ravagé une maison, à

Fremont, et fait un mort. Depuis, plus personne n'a perdu la vie dans ce genre de sinistre. Les volontaires en sont très fiers. C'est bien la première fois qu'ils n'accourent pas sur le lieu d'un sinistre. Mais peut-être avez-vous réagi tellement vite que vous ne leur en avez pas laissé le temps ?

— Ce qui ne vous a pas empêché de venir, déclara Maggie. A mon avis, les volontaires auront décidé de laisser la maison se consumer. A leurs yeux, ça n'est pas une grande perte. C'est l'opinion générale, en ville.

Nate fronça les sourcils.

— Il paraît que vous avez posé des questions qui ont dérangé.

— Qui vous l'a dit ? demanda Maggie.

— Certaines personnes.

— Certaines personnes qui seraient tellement furieuses contre nous qu'elles auraient incendié la maison de Maple Road, insinua Sam.

— Parce que selon vous, cet incendie serait d'origine criminelle ?

— La coïncidence est tout de même troublante : aujourd'hui, nous avons posé des questions sur l'affaire Ross, et ce soir, un incendie se déclare. Sans compter qu'hier soir, un inconnu s'est introduit chez Maggie et l'a agressée, riposta John.

Nate regarda Maggie bien en face.

— Je ne suis pas au courant.

— C'est parce que n'ai pas porté plainte, dit-elle, le visage dur. J'ai pensé que ça n'en valait pas la peine.

— Vous avez tort.

— Ah oui ? A votre avis, quelles sont les chances que cet individu soit identifié et appréhendé ? La police de Fremont n'est pas réputée pour son efficacité ! La preuve, le meurtrier des Ross court toujours ! répliqua Maggie.

— Je comprends votre amertume et votre frustration, mais nous faisons de notre mieux. Et nous prenons au sérieux les intrusions chez les particuliers.

— Mais pas le vandalisme et les autres incidents survenus dans cette maison que je vous ai signalés.

— Je ne suis pas indifférent à votre situation, mais je manque de moyens, madame Harper. Nous sommes un petit poste de police, avec des ressources limitées. Aucun indice ne nous a permis d'identifier votre vandale. Et je ne peux malheureusement pas m'offrir le luxe de placer un policier en faction devant chez vous. Pas plus que vous ne pouvez vous offrir celui de placer des caméras de surveillance à l'extérieur de votre maison, comme je vous l'avais proposé, le jour où vous êtes venue au poste me signaler que vous aviez été victime d'actes de malveillance.

Maggie eut l'air mécontent, et cependant, elle ne le contredit pas.

— Au moins, cette fois, vous avez une piste, reprit-elle après un silence. Il y a de fortes chances pour qu'un des habitants de Fremont, énervé par nos questions, ait allumé cet incendie. Certains étaient en effet vraiment en colère contre nous !

— Vous ne pouvez l'affirmer avec certitude, objecta Nate. Ce sont peut-être des gamins qui ont allumé ce feu : c'est déjà arrivé.

— C'est ridicule ! s'exclama Sam sans laisser le temps à Maggie d'exprimer son indignation.

— J'essaie d'être lucide, de ne pas me précipiter bille en tête sans preuves et sans indices, expliqua Nate d'un ton posé.

— Au moins, nous posons des questions, déclara Maggie. C'est ce qui aurait dû être fait il y a trente ans.

Nate soupira.

— Ecoutez, madame Harper, s'il y a bien quelqu'un qui a envie de découvrir l'assassin du couple Ross, c'est moi, vous pouvez me croire sur parole. Dès que j'ai été nommé à la police de Fremont, j'ai consulté le dossier de l'affaire. Mais sans indices, sans pistes, je reste impuissant. Le dossier est vide. Poser toujours les mêmes questions aux mêmes suspects ne sert à rien. J'ai la certitude que celles que vous avez posées aujourd'hui sont identiques à celles qui l'ont été autrefois. Il paraît que vous avez eu une altercation avec Paul Winslow, après votre entretien avec sa fille Teri. J'imagine que vos propos concernaient la violente dispute qui a opposé Paul Winslow à Emily Ross, le week-end qui a précédé son meurtre. J'imagine aussi que vous vous êtes intéressée au jeu de clés que Teri possédait. Je sais aussi que Clay Howell ne décolère pas depuis que Samuels a interrogé Janet. Je pense donc que vous avez été mis au courant de la rancune que Clay éprouvait envers Greg Ross depuis le lycée. Arrêtez-moi si je me trompe…

La bouche de Maggie était pincée, signe qu'elle était mortifiée et qu'elle refusait d'admettre que Nate avait raison.

— Vous voyez…, conclut Nate avec un soupir. Si vous découvrez le moindre indice, n'hésitez pas à me le communiquer, mais je suis convaincu que l'enquête sur le double meurtre des Ross a été parfaitement conduite, et avec les compétences requises. Le problème, c'est qu'en dépit des efforts de la police, il n'a pu être élucidé.

Sam se sentait maintenant aussi frustré que Maggie. Il aurait voulu contredire Nate et mettre l'accent sur l'inefficacité de la police, à l'époque. Mais à quoi bon ? Nate avait raison.

— Vous allez ouvrir une enquête pour incendie criminel ? demanda Maggie.

— Oui, promit Nate d'une voix ferme. Un expert de la police scientifique passera, et nous interrogerons également les voisins. Vous comptez passer la nuit ici ?

— Oui ! répondit Maggie au moment où Sam disait non.

Elle tourna un regard ferme vers lui.

— Je ne bougerai pas d'ici !

— Tu as besoin de repos, répliqua Sam avec véhémence. De plus, nous avons tous les deux inhalé les vapeurs toxiques de la fumée. J'ai toujours ma chambre au motel. Nous pouvons nous y doucher et nous y reposer. Le pyromane ne reviendra certainement pas ce soir !

— Tu n'en sais rien ! objecta Maggie.

— Je vais rester jusqu'à demain matin, si cela peut vous rassurer, dit Nate à leur surprise. Je doute de pouvoir trouver le sommeil.

Il soupira lentement, l'air frustré.

— Je n'aime pas ce qui se passe en ce moment. Vous n'allez peut-être pas me croire, mais Fremont est une petite ville très agréable, la plupart du temps. Vos grands-parents y ont vécu heureux, madame Harper. Les actes de malveillance sont rares, par ici.

Méfiante, Maggie le jaugea. Elle était partagée entre le désir d'accepter sa proposition, qu'elle savait évidemment sincère, et celui de refuser et de se braquer.

— Merci, dit-elle finalement d'une voix qui rendit Sam inexplicablement jaloux.

Quand elle l'avait remercié d'avoir maîtrisé l'incendie, elle n'avait pas été aussi chaleureuse.

— Viens, Maggie, lui dit-il. Laissons le chef de la police faire son travail.

Il ponctua ces mots par un regard impérieux à l'adresse de Nate.

Nate resta impassible. Il observa tour à tour Sam et

Maggie, puis il repartit vers sa voiture, en secouant imperceptiblement la tête. Comme s'il lui reprochait de mentir à Maggie, traduisit Sam.

Au même instant, cette dernière leva vers lui un regard si affligé que son cœur se serra.

— On y va ? demanda-t-elle.

Il opina et refoula son sentiment de culpabilité pour la suivre.

John avait pris une chambre dans le motel où elle était descendue, quand elle était revenue à Fremont ; celui-ci se trouvait aux confins de la ville, pas très loin de l'autoroute. Maggie l'avait choisi pour ne pas subir la curiosité générale. Sa situation avait d'ailleurs été son seul avantage, car pour le reste, il était assez insignifiant.

Maggie le trouva d'ailleurs encore plus dénué de charme que les premiers jours où elle y avait logé. Mais même si les chambres étaient petites et modestement meublées, elle eut l'impression de se retrouver au paradis, après ces dernières heures éprouvantes.

Son soulagement initial céda vite la place à une légère nervosité lorsqu'elle constata que la chambre ne comportait qu'un seul lit de grande taille.

— Je dormirai sur le sol, dit-elle, tournant les yeux vers John, resté derrière elle. Cela ne me dérange pas, d'autant que ça fait deux nuits que je dors sur le plancher de mon salon.

— Prends le lit, je dormirai dans le fauteuil, coupa-t-il sans l'écouter.

Elle remarqua un fauteuil assez peu confortable, près de la fenêtre.

— Tu en es certain ? Tu as besoin d'une bonne nuit

de sommeil, après les efforts que tu as déployés pour éteindre l'incendie.

— Prends le lit, reprit-il d'un ton sans réplique.

Cette fois, Maggie n'eut pas l'énergie de protester. Elle s'assit sur le lit avec gratitude tandis que John verrouillait la porte de leur chambre. Puis elle ferma les yeux et se contint pour ne pas s'allonger et immédiatement s'endormir. Elle tombait de sommeil…

Soudain, la voix toute proche de John s'éleva.

— Tu peux m'expliquer ce qui s'est passé, ce soir ?

Elle tressaillit et ouvrit les yeux. Il était devant elle et l'observait, bras croisés. Elle s'efforça de soutenir son regard, mais elle était trop lasse.

— Quelle question ! Un criminel a allumé un incendie chez moi, répondit-elle, s'exhortant au calme.

— Merci, j'avais remarqué. Mais j'ai également remarqué que tu voulais te jeter la tête la première dans les flammes au mépris du danger.

— Je ne courais aucun danger !

— Tu es experte en incendie ? La maison aurait pu s'embraser comme une torche, s'effondrer, voire exploser avant que nous ayons eu le temps de quitter les lieux. Mais tu étais prête à foncer dans ce brasier !

— Qu'est-ce que j'étais censée faire ? rétorqua Maggie, qui s'emportait. Regarder la maison se consumer et donner satisfaction au pyromane ?

— Bon sang, ce n'est qu'une maison, Maggie ! Elle ne vaut pas la peine que tu y perdes la vie !

— Non ! Ce n'est pas *seulement* une maison !

— Ah ? Je ne vois pas une *seule* raison valable de perdre sa vie pour quatre murs et un toit !

Maggie allait riposter, mais elle se ravisa et soupira. Son obstination légendaire, qui lui avait souvent apporté des déconvenues, lui semblait subitement vaine et ridicule. De plus, elle était trop fatiguée pour poursuivre cette discussion.

Après l'incendie de la nuit, après avoir subi l'hostilité déclarée des habitants de Fremont pendant deux semaines, et surtout, après avoir passé toute une année à se répéter qu'elle allait bien, elle n'avait plus la force ni l'envie de feindre.

— Tu as raison, balbutia-t-elle enfin d'une voix inaudible. Ma vie se cristallise autour de cette maison. Elle catalyse toute ma hargne. Mes espoirs, aussi. C'est pathétique…

— Pourquoi, Maggie ? Explique-moi.

Sa voix, dure quelques instants plus tôt, n'était plus que douceur, ce qui l'aida à trouver facilement les mots et à se confier avec simplicité.

— C'est à cause de mon mariage, commença-t-elle, honteuse, et à voix très basse.

— Que s'est-il passé ? demanda-t-il d'une voix encore plus douce.

Maggie prit une grande inspiration avant de se jeter à l'eau.

— Mon mari m'a quittée. Un beau soir, il est rentré à la maison et il m'a dit que nous deux, c'était fini. Il en aimait une autre. Voilà, fin de l'histoire.

Elle avait l'impression de parler d'une autre. Etrangement, pour une fois, elle n'éprouvait pas cette douleur qui lui serrait la poitrine dès qu'elle évoquait ou revivait ces instants cruels. Elle ne ressentait en définitive qu'une espèce d'engourdissement de ses sens et de ses pensées, et c'était finalement un sentiment à la fois protecteur et réconfortant.

— Tu le soupçonnais d'avoir une liaison ?

— Non. Je pensais que nous étions heureux. Notre vie n'était pas parfaite, mais après tout, la perfection n'est pas de ce monde. Nous étions bien ensemble, du moins était-ce mon opinion… mais il m'a quittée du jour au lendemain.

Maggie secoua la tête. L'agréable torpeur qui l'avait engourdie, au début de son récit, se dissipait au fur et mesure qu'elle s'expliquait. Elle revoyait son mari lui faire l'aveu qui avait bouleversé sa vie.

— On ne s'est même pas disputés. Cela t'étonne, n'est-ce pas ? Tu connais mon caractère emporté… Mais le choc m'avait assommée. J'étais dans la cuisine et je préparais le dîner, comme d'habitude à cette heure-là. Il est rentré à la maison, il a dit qu'il me quittait et qu'il partait tout de suite. Là-dessus, il est monté dans notre chambre pour faire ses valises, et moi, je suis restée là, pétrifiée. Je ne me suis même pas battue pour le reconquérir, je ne me suis pas battue pour sauver mon mariage. Parce que je ne réussissais pas à concevoir ce qui m'arrivait. Parce que c'était impossible. Ça n'avait pas de sens.

Comme le souffle lui manquait, elle s'interrompit et prit une grande inspiration.

— Pourquoi ai-je été si traumatisée ? Quand on y réfléchit bien, les divorces sont fréquents. Et d'ailleurs, le taux de divorce est en progression constante. Mais mes parents étaient restés ensemble toute leur vie, et mes grands-parents aussi. S'ils avaient divorcé, peut-être que je n'aurais pas vécu dans l'illusion que l'amour pouvait durer toujours. Je n'avais jamais pensé que ça pouvait m'arriver, à moi… J'ai donc regardé mon mari partir, sortir de ma vie sans lever le petit doigt. Je n'avais pas prévu d'avoir ce destin. Tu me diras, nous vivons dans une société de consommation où tout se jette, se remplace, mais ce n'est pas ma conception de la vie. Parce que l'amour, ou les maisons, c'est censé durer toujours ! Quand on bâtit quelque chose, ce n'est pas pour le détruire sur une impulsion, un caprice ou par lassitude, parce que c'est devenu vain, inutile, laid, ou parce qu'on a trouvé mieux. Certaines choses dans la vie sont censées durer toujours, répéta-t-elle.

Elle fut consternée de sentir des larmes brûlantes lui monter aux yeux ct couler sur ses joues. Tant pis. Elle ne les essuya pas, et de toute façon, elle n'avait plus la force de lever la main. Sa lassitude et sa frustration la submergeaient, lorsque tout à coup, sa tristesse céda place à la colère.

— Je déteste cette souffrance qui s'est attachée à moi comme mon ombre et que je ne parviens pas à épuiser, même un an après notre séparation ! Je déteste ces pensées obsédantes ! Parce que, oui, je pense sans cesse à lui, à nous ! Et le seul moment où je n'y pense pas, c'est quand je pense à la maison de Maple Road. Je déteste mon mari qui m'a quittée avec cette désinvolture, comme si j'étais un vulgaire bibelot. Je déteste l'idée qu'il soit heureux, alors que moi, je suis malheureuse et complètement perdue. Je déteste l'idée qu'il ait rejeté, dédaigné, sali notre mariage et notre amour, qui étaient pourtant censés durer toute notre vie !

Elle releva enfin les yeux vers lui.

— Comment peut-on agir avec une telle cruauté, John ? Comment peut-on renier ce qu'on a aimé avec cette indifférence ? Détruire en une poignée de secondes des années de vie commune, la construction lente et patiente d'un couple…

Cette fois, ce fut lui qui baissa les yeux. Il paraissait gêné.

— Je suis désolé, Maggie, je ne sais pas…

Maggie soupira. Evidemment, John ne savait pas. Il était seul, il menait une vie un peu bohème, même s'il paraissait à l'aube de la quarantaine. Il n'avait manifestement rien construit et, pour tout dire, il devait être un spécialiste de l'esquive.

Elle soupira.

— Tu as peut-être de la chance, finalement…

Un rire sans humour lui échappa.

— Je ne comprends pas, déclara-t-il, d'une voix brouillée par l'émotion.

— Tu es seul dans la vie : tu t'épargnes ainsi bien des angoisses et des souffrances.

Il esquissa une grimace, comme s'il n'était pas d'accord, et Maggie attendit qu'il proteste ouvertement. Elle avait tellement envie de susciter ses confidences et de connaître le fond de sa pensée… Malheureusement, elle en fut pour ses frais, car lorsqu'il reprit la parole, il orienta la conversation sur elle.

— Ton mari était peut-être un homme immature indigne de ta confiance et de ton amour ?

— Et quand bien même… cela en dit long sur mon esprit de discernement. Je le connaissais depuis l'âge de onze ans et nous étions en couple depuis l'âge de quinze ans. Je n'ai jamais aimé que lui, je n'ai jamais voulu d'un autre homme, et j'étais convaincue que nous étions ensemble pour toujours.

Là-dessus, elle haussa les épaules.

— Si on n'arrive pas à bien connaître celui qu'on considère comme l'homme de sa vie au bout de vingt ans, la situation est désespérée…

— Ce n'est peut-être pas ta faute. Les gens changent, tu sais.

— Certes. Et pas pour le meilleur. Mais je ne suis pas certaine que cette pensée me réconforte.

— As-tu demandé à ton mari pourquoi il t'avait trompée ? Pourquoi il te quittait ?

— Non. Parce que j'avais ma fierté… De plus, je redoutais sa réponse. L'énumération de mes défauts, par exemple.

Elle soupira.

— Je manque de douceur et de tendresse. Et puis, je suis trop franche…

Elle hésita.

— Et pourtant, il appréciait ma franchise. C'est du moins ce qu'il prétendait : ne m'a-t-il pas quittée et remplacée par une femme douce et tendre ?

Le soupir qu'il poussa lui fit lever la tête.

— Crois-tu qu'une femme douce et tendre l'aurait engagé à quitter sa femme du jour au lendemain ?

Ce fut à son tour de soupirer.

— Peut-être l'a-t-elle manipulé ?

Elle lui adressa alors un regard d'excuse et ajouta :

— Je la hais, John.

— Tu en as parfaitement le droit.

Il lui adressa un demi-sourire amusé qui l'émut.

Depuis le premier jour, il était en effet si solennel et si sérieux. Elle ne se souvenait pas de l'avoir vu sourire. Quel dommage, pensait-elle maintenant, tandis qu'elle le dévisageait avec avidité.

Le petit sourire qui jouait sur ses lèvres le transfigurait, le rendant encore plus séduisant et lui donnant cette légèreté qui lui manquait d'ordinaire. Son regard bleu indigo, si triste qu'il paraissait noir, s'éclaircissait et devenait plus chaleureux. Pourquoi ne souriait-il pas plus souvent ? Un charme rare émanait de toute sa personne. Subjuguée, Maggie sentait son cœur battre de plus en plus fort.

— Merci, articula-t-elle enfin d'une voix brouillée. Et merci aussi pour tout le reste. Tu es vraiment quelqu'un de bien, John. J'aimerais te rendre au centuple ce que tu fais pour moi. Pourquoi tant de sollicitude ?

Il baissa les yeux.

— Parce que cela me semble juste.

Elle resta un instant pensive, puis elle se mit à rire doucement.

Surpris, il leva la tête.

— Tu ne me crois pas ?

— Oh si... Mais combien de gens se soucient de justice et de causes justes ? Bien peu. Alors ta réflexion me touche, et m'amuse tout en m'attristant.

Il la dévisagea longuement.

— Tu es épuisée, Maggie. Il faut essayer de dormir, maintenant. Demain sera un autre jour.

Mais penser au lendemain l'épuisait, songea-t-elle.

Elle se coucha, pensant au passage qu'elle aurait tout de même pu se donner la peine de se doucher. Elle empestait la fumée, elle se sentait sale, mais tant pis, elle se sentait trop fatiguée.

Elle n'avait qu'une envie : fermer les yeux et tout oublier pendant quelques heures, au moins jusqu'au lendemain matin.

Si Maggie s'endormit très vite, son sommeil fut agité.

Du fauteuil où il s'était installé, Sam la voyait se tourner et se retourner sous la couette, le visage crispé. De son côté, il était certain de passer une nuit blanche et se préparait à ronger son frein. Il aurait pu regarder la télévision pour tuer le temps, mais il ne voulait pas déranger Maggie.

Désœuvré, il finit par l'observer.

Cependant, vite gêné de la fixer à son insu, il détourna la tête et tenta de fixer son attention ailleurs.

Malheureusement, rien dans cette chambre trop modestement meublée n'attirait et ne retenait son regard, qui revenait inévitablement sur la jeune femme.

À la fin, il cessa de résister et s'absorba dans sa contemplation.

Allongée sur le flanc, Maggie lui faisait face. Il voyait bien son visage, encadré par ses cheveux dénoués et en désordre, dont quelques boucles effleuraient ses joues. Elle était vraiment jolie, intelligente et si obstinée qu'elle en devenait touchante. Il énuméra mentalement ses qualités avec une complaisance qui finit par le troubler, puis se demanda quel genre d'homme était son mari, pour l'avoir quittée avec cette froideur.

Sam n'avait jamais rencontré une femme qu'il avait vraiment aimée et quittée par désamour, ou à cause d'une rivale.

Il avait certes eu de brèves liaisons sans histoires suivies de ruptures également sans histoires, en grande partie parce qu'il avait toujours choisi des compagnes qui, comme lui, ne souhaitaient pas s'attacher et s'engager. Il avait toujours évité les trop jolies femmes au regard ardent, souriantes et vulnérables — celles qui, trop naïves ou trop entières, recherchaient avant tout l'amour parfait, l'amour total et la fusion des âmes avant celle des corps. Ces idéalistes éprises d'absolu n'avaient pas encore vécu de déception amoureuse parce qu'elles n'attendaient que le prince charmant. Il avait refusé de s'en éprendre et de les faire souffrir en trompant leurs attentes, en brisant leurs rêves et en leur infligeant les plus cruelles déceptions.

Il avait fait assez de mal avant même d'avoir atteint l'adolescence. Marqué par son passé, il avait décidé de ne plus jamais faire souffrir qui que ce soit, pour quelle que raison que ce soit.

Ses compagnes d'un temps étaient réalistes, comme lui, et n'attendaient rien de personne. Ils se comprenaient et s'accompagnaient pendant quelques semaines ou quelques mois. Quand la rupture, toujours inévitable, survenait, il n'y avait ni larmes ni scènes, parce qu'ils avaient fait le tour de leur liaison et que le moment était venu de tourner la page.

Mais Maggie Harper était différente et n'entrait dans aucune de ces deux catégories.

Elle était idéaliste, mais elle avait souffert à cause d'un homme et s'efforçait de faire le deuil d'un amour perdu. En dépit des épreuves, c'était une battante.

Elle faisait partie de celles qui ne se résignaient jamais, ne renonçaient pas à leurs rêves et à leurs combats, et qui, après avoir été défaites par l'adversité, se ressaisissaient pour devenir plus fortes, plus sages et plus belles.

Ces conclusions tirées, Sam s'en voulut de nouveau d'avoir trahi sa confiance en lui ayant menti dès le premier jour. Il n'avait pas eu le choix, mais cela ne l'empêchait pas d'avoir honte.

Et c'est parce qu'il lui avait menti, parce qu'il allait reprendre la route, qu'il n'avait pas le droit de laisser libre cours à l'irrésistible élan qui le portait vers elle.

Il finit par détourner les yeux pour couper court à cette attirance inutile, ternie par ses remords grandissants.

Mais son regard revint malgré lui sur la jeune femme.

Si son instinct lui soufflait de rester sur ses gardes, une autre voix, plus ardente, celle-là, et plus difficile à réduire au silence, lui disait de ne pas la lâcher des yeux, de ne pas détourner son attention d'elle.

Alors, il cessa de lutter et la contempla jusqu'au petit matin.

11

Maggie s'attendait à ressentir un nouveau choc en voyant la maison de Maple Road à la lumière du jour, mais à sa plus grande surprise, et aussi à son plus vif soulagement, l'incendie avait été moins destructeur qu'elle ne l'avait cru.

Au lieu de lui masquer l'étendue des dégâts, la nuit les lui avait fait mal évaluer. Seule une infime partie de la maison avait été touchée, et de plus, sans gravité.

Grâce à John et sa présence d'esprit, songea-t-elle. Mais à sa reconnaissance se mêlait une petite gêne dont elle ne parvenait pas à se défaire.

John s'étant rendu au magasin de bricolage, elle était seule et en profitait pour ressasser leur conversation de la nuit. Du moins les confidences qu'elle lui avait faites sur sa vie privée. Ce souvenir assombrissait sa gratitude.

C'était en effet la première fois qu'elle évoquait l'échec de son couple de vive voix, et même si elle était satisfaite de s'être épanchée, elle n'en avait pas moins ouvert son cœur à un inconnu. Ce matin, elle avait à peine osé le regarder, et avait même été soulagée qu'il quitte la chambre ; elle avait eu l'espace et la solitude nécessaires pour se ressaisir, et prendre ses distances avec l'intimité qui s'était peu à peu glissée dans leurs rapports.

Mais l'heure n'était plus aux regrets : elle avait du pain sur la planche.

Maggie recula, récapitula les réparations nécessaires, songeant à la liste des matériaux indispensables qu'elle venait de confier à John.

La situation aurait pu être pire, se dit-elle pour se remonter le moral.

Là-dessus, elle posa la main sur le mur, comme si elle avait voulu réconforter ces vieilles pierres, et par la même occasion se réconforter elle aussi. C'était évidemment stupide, mais elle n'avait plus envie de nier l'étrange lien qui l'attachait à cette maison.

Comme elle, cette maison était rejetée. Et elle vivante, personne ne la détruirait ! Qu'importait si le prix à payer, c'était l'hostilité et les malveillances des Fremontois.

Le bruit d'une voiture qui ralentissait l'arracha à ses pensées.

John ? Impossible, il était parti depuis une dizaine de minutes à peine. Elle tourna les yeux vers la voiture, et au moment où elle reconnut son conducteur, sentit la contrariété l'envahir.

C'était Dalton Sterling.

Evidemment.

Maggie refoula son irritation en le voyant s'approcher, le pas alerte et, comme toujours, le sourire débonnaire.

Consciente qu'il se réjouissait de ses malheurs, qui selon lui l'inciteraient à vendre, Maggie se raidit et s'exhorta au calme. Elle lui adressa un sourire de façade et décida de prendre la parole la première, afin de couper court à toute forfanterie de sa part.

— Bonjour, Dalton ! Je vous attendais, justement.

A sa plus vive satisfaction, le sourire de Dalton Sterling se figea, tandis que l'étonnement lui faisait ralentir le pas.

— Ah… Vous m'attendiez ?

— Evidemment : après un drame, les vautours sont toujours les premiers à accourir.

Si Dalton fut offensé d'être qualifié de la sorte, il le cacha bien. Il se remit même à sourire.

— J'ai en effet entendu parler de votre infortune de cette nuit.

— J'imagine toutefois que vous n'avez aucune idée sur l'identité de l'auteur de cette… « infortune », comme vous dites ?

Dalton feignit l'indignation avec ce qui lui parut être un talent consommé.

— Bien sûr que non, Maggie ! Comment pouvez-vous penser que je suis complice ?

— Je suis confuse, je n'avais pas l'intention de vous offenser, prétendit Maggie avec légèreté.

— Et pourtant, il y a quelqu'un que vous avez dû offenser, pour être si durement frappée.

— Parce que j'ai l'audace de vouloir rénover ma maison ?

— Plutôt celle de poser des questions qui fâchent.

— Et qui vous fâchent aussi, Dalton ? En réalité, une seule personne devrait être contrariée par ma curiosité : le meurtrier.

— Vous oubliez un détail : personne n'aime être accusé de meurtre, surtout à tort.

— Surtout à raison.

— Vous et votre ouvrier, vous avez beaucoup trop d'imagination, ce qui vous fait soupçonner et accuser tout le monde.

— Je n'ai accusé personne, Dalton. Je ne pose que des questions. Et d'ailleurs, je voulais aussi vous interroger. Il paraît que Greg Ross travaillait dans votre entreprise, à l'époque. Pourquoi ne me l'aviez-vous jamais dit ?

Le sourire de Dalton se figea.

— Je n'avais aucune raison de vous en parler, déclara-t-il d'un ton raide. De plus, c'était il y a trente ans.

— Le double meurtre des Ross a eu lieu il y a trente ans, et cependant, il demeure aussi vivant dans les mémoires que s'il avait eu lieu hier : l'hostilité générale, dès qu'on s'y intéresse, le prouve de manière flagrante. Mais parlez-moi plutôt de Greg Ross. Qui aurait pu avoir des raisons de les tuer, lui et sa femme ?

— Je n'ai pas envie de vous aider à jouer les détectives.

— Et moi, je n'ai pas envie de vous vendre ma maison. Ce qui ne vous empêche pas de me relancer depuis près deux semaines.

— Parce que vous refusez mes offres d'achat et que je suis obstiné. Par contre, je n'ai aucune raison d'accepter de répondre à vos questions.

— Allons, Dalton, nous savons tous les deux pourquoi je refuse. Ce que je ne sais pas, en revanche, c'est pourquoi vous refusez de répondre à une question aussi simple.

— Parce que ces pauvres gens doivent reposer en paix ! s'exclama Dalton, qui commençait à s'énerver. Ils ne méritent pas que leur tragédie soit exposée au grand jour, trente ans plus tard, et simplement parce que vous l'avez décidé !

— Vous croyez ? Ce ne serait pas plutôt parce que vous auriez eu un mobile pour les assassiner ?

Dalton béa et resta muet. A l'évidence, il ne feignait pas, il était vraiment sous le choc de ses propos.

— Moi ? lança-t-il enfin. Mais enfin, de quoi parlez-vous ? Quel mobile ?

— Il paraît que vous avez eu des ennuis, deux ans après l'assassinat de Greg et d'Emily Ross. Une histoire de charpente qui se serait effondrée sur l'une des maisons édifiée par vos soins.

— Mais je n'ai rien à voir avec cette histoire ! J'ai été abusé par mon associé, à l'époque… J'ai été blanchi !

— Pour cette affaire, oui. Mais la maison en question a été construite à peu près en même temps que la maison de Maple Road, n'est-ce pas ? Et si Greg Ross y avait découvert un vice de construction ?

— Mais non, enfin !

— Vous en êtes certain ? insinua Maggie. Parce que c'est la première fois que je vois un entrepreneur de travaux publics aussi impatient de détruire son œuvre. Est-ce pour cette raison que vous êtes aussi fermement opposé à l'idée que je la réhabilite ? Redoutez-vous que j'y découvre un vice de construction ? C'est pour cela que vous voulez la raser ?

— Je veux la raser parce que je la déteste de toute mon âme !

— Pourquoi détester votre œuvre ?

— Justement parce que c'est mon œuvre ! s'exclama Dalton. Parce que c'est à cause de moi que Greg et Emily Ross s'y sont installés.

C'était un cri du cœur, et empreint d'une telle souffrance que Maggie perdit son assurance.

— A cause de… ? répéta-t-elle.

— Oui, c'est moi qui les avais mis en contact avec votre grand-père ! Je savais que votre grand-père ne supportait pas l'idée que sa maison soit inhabitée, mais il ne voulait pas non plus la vendre. Je savais que Greg et Emily cherchaient une maison. Ils étaient jeune, ils avaient cinq garçons et ne pouvaient s'offrir le luxe d'investir dans l'immobilier. Je leur ai donc proposé de louer la maison de Maple Road. C'était une solution qui convenait à tout le monde. Vous pensez sincèrement que je la leur aurais proposée, si j'avais pensé qu'il y avait eu le plus petit vice de construction ?

Dalton se tut et reprit son souffle.

La vue du visage de l'entrepreneur, pâle, décomposé

et dépouillé de son habituelle expression de forfanterie, la secoua plus que les explications qu'il venait de lui adresser.

La compassion, un sentiment qu'elle n'aurait jamais pensé ressentir pour Dalton Sterling, l'envahit.

— Je suis désolée, Dalton, je ne savais pas…

Il soupira rageusement.

— Il y a en effet de nombreuses choses que vous ne savez pas, Maggie. Vous n'avez pas connu les Ross, mais c'était un jeune couple très aimé qui n'a pas mérité son terrible destin. Mais ça vous est égal ! Seule cette maudite maison vous intéresse !

— Non, ça ne m'est pas égal ! Je n'accepte pas l'idée que leur assassin continue de courir ! Les Ross ne méritaient pas de sombrer dans l'oubli justement parce leur meurtre n'a jamais été élucidé !

— Mais ils ne méritent pas non plus qu'on se souvienne d'eux seulement parce qu'ils ont été assassinés ! Et cette maison symbolise le mal qui leur a été fait. Aussi longtemps qu'elle restera debout, les gens ne se souviendront des Ross que parce qu'ils ont été sauvagement assassinés !

Maggie s'attendait à ce qu'il enchaîne avec une nouvelle offre d'achat, mais Dalton, manifestement éprouvé par cette conversation, fit demi-tour et s'éloigna.

A mi-chemin, il se détourna et lui adressa un regard grave.

— A propos, j'ai effectué des recherches sur l'homme que vous avez embauché.

— Je m'en doutais. Vous n'avez pas été très subtil, lorsque vous vous êtes arrêté pour relever le numéro de sa plaque d'immatriculation, l'autre matin.

— Que savez-vous de lui exactement ? coupa Dalton.

— Qu'il travaille bien et qu'il est mon allié. Cela me suffit.

— Alors vous ne savez pas que son pick-up appartient à un certain Mike Bryant ?

Non, pensa-t-elle, soudain inquiète.

Et pourtant, elle reconnaissait ce nom. C'était celui que John lui avait donné, lorsqu'elle lui avait demandé des références. Elle s'était d'ailleurs brièvement entretenu avec ce Mike Bryant, mais pourquoi John conduisait-il son pick-up ?

Elle se ressaisit sous le regard scrutateur et soucieux de Dalton.

— Je n'ai pas pensé à le lui demander.

— Et cela ne vous ennuie pas qu'il conduise un véhicule qui ne lui appartient pas ?

— Mike Bryant a-t-il signalé qu'on le lui avait volé ?

Dalton fronça les sourcils, puis répondit à contrecœur, et à la plus grande joie de Maggie :

— Non.

— Alors, il ne l'a pas été.

Dalton soupira.

— Je sais que nous avons mal commencé, vous et moi, mais je ne suis pas votre ennemi. Et maintenant, écoutez bien ce que je vais vous dire, sans vous énerver : votre ouvrier n'est pas clair. Je ne saurais vous dire pourquoi, mais je suis convaincu qu'il vous cache quelque chose. Réfléchissez-y.

Puis il se remit à marcher. Maggie le suivit des yeux, pensive.

John conduisait un véhicule qui appartenait à un homme qui lui faisait confiance et lui servait de référence. Il n'y avait donc pas matière à se tracasser.

Et pourtant, elle était inexplicablement inquiète et le resta longtemps après le départ de Dalton. Pourquoi est-ce que John conduisait le pick-up de Mike Bryant ?

se répétait-elle. Elle était contrariée de douter de John et de se fier à ce vieux renard de Dalton Sterling.

Consciente qu'elle n'aurait pas la patience d'attendre le retour de John, elle décida de téléphoner à Mike Bryant.

Elle sortit son portable et composa son numéro, puis elle retint son souffle en espérant ne pas tomber sur sa messagerie. Mais comme la première fois qu'elle l'avait appelé, il décrocha vite.

— Bonjour, monsieur Bryant, c'est Maggie Harper. Nous nous sommes entretenus, il y a quelques jours, au sujet de John Samuels, que je venais d'embaucher sur un chantier.

— Oui madame Harper, je m'en souviens. Tout va bien, j'espère ?

Il parlait avec le même naturel que lors de leur premier échange téléphonique, et cependant, elle crut entendre une note de prudence dans sa voix.

— Oh oui ! Je me posais seulement une question.

— Laquelle, madame Harper ?

Cette fois, elle ne pouvait s'y tromper, il était bel et bien sur la défensive.

— Eh bien, l'un de mes amis a effectué une enquête de moralité sur John…

Elle se tut, honteuse, et s'arma de courage pour continuer.

— Et il a découvert que son pick-up vous appartenait.

— C'est exact, confirma-t-il sans l'ombre d'une hésitation. Je le lui ai prêté.

Maggie se sentit aussitôt ridicule de l'avoir appelé et d'avoir ajouté foi aux soupçons de Dalton Sterling.

Gênée, elle voulut se justifier et reprit.

— Lorsque vous vous êtes porté garant de lui, je ne savais pas que vous étiez aussi proches, au point de lui prêter votre véhicule pour une durée indéterminée.

— Si vous redoutez que John ne parte avant d'avoir rempli son contrat, vous n'avez aucun souci à vous faire. Il est fiable à cent pour cent.

— Il ne vous a donc pas dit quand il envisageait de vous rendre votre véhicule ?

— Ce n'était pas nécessaire : je fais confiance à Sam. Plus que vous ne le croyez. Nous avons servi ensemble chez les marines et il m'a sauvé la vie, même s'il le nie. Lui prêter mon pick-up était bien le moins que je pouvais faire pour lui.

— Vous l'avez appelé Sam ? coupa Maggie, qui n'avait retenu que ce détail.

Il y eut un silence à l'autre bout du fil, puis Mike Bryant se mit à rire, mais son rire lui parut forcé.

— C'est un surnom. Ne vous vexez pas s'il ne vous demande pas de l'appeler Sam.

— Mais vous l'avez appelé John, la première fois que nous nous sommes entretenus.

— Parce que vous aussi l'avez appelé John. Et puis, parce que c'est son prénom.

Il parlait lentement, marquant un silence entre chaque phrase, comme s'il réfléchissait avant de parler.

— Merci de vos renseignements, monsieur Bryant, conclut-elle sans autre forme de procès.

Il allait reprendre, sans doute parce qu'il avait perçu sa perplexité et voulait la rassurer, mais Maggie raccrocha.

Elle resta ensuite immobile, pensive, et en proie à un malaise croissant.

Ce n'était pas le fait que Mike Bryant ait appelé John « Sam » qui l'ennuyait : les surnoms ou diminutifs étaient fréquents. De plus, John était un prénom relativement répandu, d'où le désir, plausible, de se choisir un surnom formé sur son nom de famille. Et si John ne lui avait pas non plus donné son surnom, c'était évidemment pour éviter toute familiarité dans leurs rapports.

Ce qui la gênait, en réalité, c'est que le prénom « Sam » lui était familier.

C'était certes un prénom assez répandu, mais elle l'avait entendu ou lu récemment.

Où donc ?

Et soudain, comme la pièce d'un puzzle s'ajuste, elle se souvint. Et dès qu'elle eut compris, elle eut l'impression de recevoir un coup.

Que n'aurait-elle donné pour se tromper ! songea-t-elle, fébrile, en se dirigeant vers la table de la cuisine où s'étalaient les articles relatifs au meurtre des Ross. Elle les passa en revue à la hâte, essayant de se souvenir de celui qui l'intéressait.

Lorsqu'elle l'eut trouvé, elle le parcourut, concentrée et sourcils froncés. Et lorsqu'elle eut enfin reçu la confirmation désirée, elle ne ressentit qu'humiliation.

Greg et Emily Ross avaient eu cinq garçons.

Gideon était l'aîné. Il n'était pas à la maison, le soir du crime.

Il en restait quatre.

Luke, Jacob, Joshua et… Sam. Le cadet.

Sam sortait du magasin de bricolage et chargeait ses sacs dans le coffre de son pick-up lorsqu'il aperçut Janet Howell qui marchait vite, tête baissée, si perdue dans ses pensées qu'elle semblait ne rien voir.

— Madame Howell ?

Surprise, elle leva brusquement la tête et regarda autour elle, l'air égaré. Lorsqu'elle le reconnut, elle blêmit et ouvrit de grands yeux. Pour finir, elle prit un air traqué et tourna la tête dans tous les sens, comme si elle cherchait une échappatoire.

Sam referma son coffre et s'approcha de Janet en arrêt.

— Puis-je vous parler quelques minutes ?

— Je n'ai rien à vous dire.

— Votre ex-mari est venu chez ma patronne. Pourquoi l'avez-vous informé de ma visite ?

— Je pensais qu'il devait être au courant.

— J'avais pourtant l'impression que vous n'étiez pas en très bons termes, tous les deux ?

— C'est vrai. Mais Clay a été mon mari, et il m'a paru décent de l'informer qu'un inconnu le recherchait et l'accusait de meurtre.

— Il était furieux, en tout cas.

— Il y avait de quoi, non ?

— Il semblait plus mécontent que je vous aie parlé et que je désire vous revoir que d'être soupçonné de meurtre. Vous trouvez que c'est logique ?

— Je n'en sais rien, répondit-elle, mal à l'aise.

— Pourquoi est-ce que l'idée que je m'entretienne avec vous le met dans un état pareil ?

Elle marqua un silence notable avant de lui répondre d'une voix rauque, à peine audible, qu'il ne trouva pas convaincante.

— Je ne sais pas…

Il décida d'aborder le sujet par un autre biais.

— Vous avez sans doute entendu dire qu'on avait incendié la maison de Maple Road, cette nuit ?

— Non, avoua Janet Howell dans un soupir, je n'en ai pas entendu parler.

— Et par une étrange coïncidence, c'est arrivé après que votre mari est venu nous menacer de représailles. Il semble très colérique. Vous le pensez capable de mettre le feu à une maison ?

— Non, répondit-elle spontanément mais sans conviction. Il en serait incapable... Il...

Elle s'interrompit, tandis que son regard quittait son visage pour regarder quelque chose, ou quelqu'un, derrière lui. Une expression de panique se peignit simultanément sur ses traits, et elle tourna aussitôt les talons.

— Je ne peux pas vous parler, murmura-t-elle. Laissez-moi tranquille, je vous en prie.

Elle s'éloigna. Sam la laissa s'éloigner puis regarda derrière lui. Clay Howell s'approchait à grands pas.

Il était trop loin pour avoir entendu son échange avec Janet, mais il les avait vus ensemble et se doutait de la teneur de leur conversation, vu la rougeur qui empourprait son visage et la raideur de sa posture. Clay Howell ne semblait pas en proie à la culpabilité ou à la gêne : il était plutôt dans une telle colère que Sam, pourtant aguerri, se sentit mal à l'aise.

Certain que Clay Howell allait l'affronter, il se demanda s'il devait prendre les devants ou attendre que ce dernier soit à sa hauteur pour juger de la situation.

Il réfléchissait lorsque Clay Howell rebroussa brusquement chemin, puis tourna le coin de la rue et disparut.

Sam, stupéfait, le suivit des yeux. Il l'aurait volontiers suivi, mais Clay Howell connaissait évidemment la ville mieux que lui. De plus, se dit-il en consultant sa montre, il n'avait que trop tardé. Maggie allait finir par se demander où il était passé.

Il regagna son pick-up et rentra, l'esprit occupé par la panique qu'il avait vue quelques instants plus tôt sur le visage de Janet Howell et par l'attitude déconcertante de Clay Howell.

*
* *

Lorsque Sam se gara devant la maison, Maggie ne sortit pas pour l'aider à décharger et à porter les matériaux qu'il avait achetés. Un peu étonné, il prit le maximum de sacs et rentra dans la maison.

Chaque fois qu'il en franchissait le seuil, il était étreint par le même sentiment de péril qu'il s'efforçait de surmonter. Tout une vie serait peut-être nécessaire pour qu'il y réussisse.

A moins qu'il n'y réussisse jamais.

Lorsqu'il eut ouvert la porte d'entrée, le silence qui régnait à l'intérieur renforça, comme d'habitude, son malaise. Il prêta l'oreille, cherchant à surprendre un bruit, un mouvement, quelque chose qui lui indiquerait que Maggie se trouvait bien à la maison. Mais il n'entendit que le grincement lugubre de la porte et son faible écho, dans l'entrée. Sam se promit d'huiler les gonds pour s'épargner au moins le frisson que suscitait ce bruit désagréable.

— Maggie ? appela-t-il.

Sa voix résonna sinistrement dans la maison vide et déserte, puis lui revint comme un boomerang.

Maggie n'était pas au rez-de-chaussée. Ni à l'étage, auquel cas il aurait entendu son pas et le craquement du plancher.

Toujours en proie au malaise, il se dirigea vers la cuisine, qu'il ne gagnait jamais sans appréhension. Serait-il arrivé quelque chose à Maggie ? s'interrogeat-il, inquiet cette fois. Son agresseur serait-il revenu ? Jamais il n'aurait dû la laisser seule.

Il enfila le couloir avec prudence, les sens en éveil. Peut-être devrait-il déposer ses sacs pour avoir les mains libres, au cas où il se ferait piéger et agresser ?

Au même instant, il vit Maggie, les yeux baissés sur les copies des articles de journaux. Il allait lui demander pourquoi elle n'avait pas répondu, quand il l'avait appelée, mais lorsqu'elle leva la tête et croisa son regard, il devina que quelque chose n'allait pas.

Son sentiment de malaise redoubla.

— Bonjour, *John*.

A la façon dont elle avait prononcé et accentué son prénom, il comprit qu'elle avait découvert la vérité.

Elle inclina la tête.

— A moins que tu ne préfères que je t'appelle *Samuel* ? Parce que c'est ton véritable prénom, n'est-ce pas ? Samuel John *Ross* ?

12

Maggie avait passé une bonne heure à chercher une stratégie assez percutante pour révéler à John, ou plutôt à Sam, qu'elle savait la vérité.

Elle avait finalement décidé de lui lancer sa véritable identité au visage, puis de le toiser et de jouir de sa surprise face à son embarras. Le mépris qu'il lirait sur ses traits la vengerait de l'humiliation qu'il lui avait infligée en lui mentant.

Mais si elle l'avait bel et bien surpris, il n'exprimait ni gêne ni culpabilité. Ses sacs toujours à la main, il gardait son regard rivé au sien.

Son impassibilité provoqua un nouveau mouvement de colère et raviva la blessure d'amour-propre qu'il lui avait causée en jouant de sa crédulité.

— Tu pensais me berner encore longtemps, Sam ? Tu me jugeais trop stupide pour découvrir la vérité ?

Il posa ses sacs avant de répondre.

— Je n'avais pas prévu de revenir à Fremont et d'enquêter sur le meurtre de mes parents, Maggie, répondit-il posément. Je l'ai décidé sur une impulsion. Je suis monté dans ce pick-up et j'ai roulé jusqu'ici, à la suite de quoi j'ai repéré ta petite annonce. J'ai aussitôt décidé de tenter ma chance et de postuler à cet emploi. Je n'ai pas réfléchi : c'est arrivé, c'est tout. Ça a été involontaire.

Son calme ne fit qu'accroître la colère et la frustration de Maggie.

« C'est arrivé, c'est tout. Ça a été involontaire. »

Son mensonge aussi avait été « involontaire » ? Ainsi que l'aide qu'il lui avait subrepticement proposée pour effectuer des recherches sur l'affaire Ross, alors qu'il en savait davantage qu'elle ? Son silence aussi avait été involontaire quand elle, la pauvre idiote, lui avait ouvert son cœur et révélé la trahison de Kevin alors qu'il aurait pu lui dévoiler son secret en contrepartie ?

Maggie était sur le point d'exploser, et cependant, elle décida de rester glaciale ; sa froideur aurait plus d'effet que la colère ou un surcroît d'émotion qui lui ferait monter les larmes aux yeux.

— Pourquoi ? demanda-t-elle. Pourquoi revenir seulement maintenant, après trente ans ?

Sam ne répondit pas. Après un long moment où il resta complètement immobile, il fouilla dans la poche de son jean, s'approcha d'elle lentement et avec hésitation, comme s'il redoutait sa réaction, puis il lui tendit une enveloppe.

Maggie la prit à contrecœur, en évitant soigneusement — ultime petite vengeance de sa part — d'effleurer sa main.

L'enveloppe était en papier vélin crème, froissée, un peu salie, cornée et déchirée aux coins, comme si Sam ne s'en était pas séparé depuis qu'il l'avait reçue.

Ce courrier avait été adressé à Sam Ross, « aux bons soins de Mike Bryant », encore lui. Le timbre de la poste indiquait qu'il avait été envoyé de l'Etat de New York, d'une petite ville des Adirondacks qu'elle ne connaissait pas.

Sur ces entrefaites, Maggie ouvrit l'enveloppe et en sortit un bristol également crème, qui n'était autre qu'une invitation à un mariage. Le nom du futur marié lui sauta immédiatement aux yeux.

— Gideon ? Ton frère aîné se marie ?

Face à son silence, elle leva les yeux. Il acquiesça, le visage tendu.

— Oui.

— Je n'y comprends rien, dit-elle, contenant mal son énervement.

De nouveau, l'humiliation le disputait à la colère et à la frustration.

— Ça n'explique pas ta présence ici ! insista-t-elle.

— Je suis venu dès que j'ai reçu cette invitation, expliqua-t-il, comme si ça allait de soi.

— Mais tu l'as reçue il y a déjà plusieurs mois, si j'en crois le cachet de la poste. Et le mariage de ton frère aura lieu samedi prochain ?

— C'est parce que cette invitation a mis du temps à me parvenir.

— Par l'intermédiaire de Mike, puisque c'est à lui qu'elle a été adressée ?

— Oui, il me l'a remise il y a une petite semaine. Je lui ai aussitôt demandé si je pouvais emprunter son pick-up. Il a accepté, je suis parti pour Fremont sans attendre, sans réfléchir, déclara-t-il, toujours comme si c'était logique.

Mais Maggie comprenait de moins en moins, et en vérité, elle finissait par trouver la situation inquiétante.

— Pourquoi est-ce que Mike ne t'a pas transmis cette invitation dès sa réception ?

— Parce qu'il ne savait pas où j'étais. Je n'ai plus d'adresse permanente depuis longtemps, et je prends contact avec Bryant de temps à autre. Comme tu l'as compris, c'est lui qui réceptionne mon courrier.

— Et comme Gideon ne savait pas où te trouver, il

a adressé cette invitation à Mike au lieu de te l'envoyer directement.

— Oui, c'était la meilleure solution pour qu'elle me parvienne. Gideon m'avait déjà envoyé une lettre par le truchement de Mike. Mike avait sans doute dû lui confirmer qu'il me l'avait bien transmise.

— Pourquoi ne le lui as-tu pas confirmé en personne ?

— Parce que je n'ai plus aucun contact avec Gideon depuis longtemps.

— Depuis combien de temps, précisément ?

— Depuis ce matin-là, prononça-t-il d'une voix rauque.

Maggie comprit immédiatement à quel matin il faisait allusion : une seule nuit et un seul matin avaient occupé leurs pensées au cours de ces derniers jours, et sans aucun doute celles de Sam depuis trente ans.

— Si je comprends bien, tu n'as pas revu Gideon depuis le meurtre de tes parents ? répéta-t-elle, sidérée.

— C'est exact. Gideon a tenté de retrouver ma trace, il y a quelques années, par l'intermédiaire de Bryant. Nous avions tous deux servi chez les marines, où on s'était connus. Gideon a d'ailleurs dû appeler tous les hommes du bataillon de mon régiment, jusqu'à ce que la chance lui sourie. De toute façon, il n'avait pas d'autre solution.

Il secoua la tête, comme si l'obstination de son frère l'ébahissait.

Maggie ne le quittait pas des yeux, et s'efforçait de reconstituer les faits à partir de son récit laconique.

Sam était donc resté en contact avec Mike Bryant, mais de loin en loin, puisque celui-ci n'avait su où le joindre pour lui remettre une invitation qu'il avait reçue depuis plusieurs mois.

Les questions affluaient, mais elle posa celle qui lui semblait pour l'instant la plus importante.

— Tu as répondu à ton frère ?

— Je n'ai pas pu, répondit-il à regret.

— Mais enfin, pourquoi ? insista-t-elle, intriguée.

Sam baissa les yeux, et fut parcouru par un long frisson. Et quand il reprit la parole, c'est à peine si elle l'entendit.

— Parce que c'était ma faute.

Sa voix n'avait été qu'un murmure rauque, l'expression d'une incommensurable souffrance qui la frappa plus que l'aveu qu'il venait de prononcer.

— Qu'est-ce qui était ta faute, Sam ? demanda-t-elle doucement.

Elle avait compris qu'il parlait de la nuit du meurtre, mais elle n'arrivait pas à comprendre pourquoi « c'était sa faute ».

Sam leva la tête et riva son regard au sien. La souffrance qu'elle avait perçue dans sa voix se reflétait avec intensité dans ses yeux. Frappée par leur expression, elle se figea, tandis qu'un nœud se formait dans sa gorge et l'empêchait de parler.

— J'avais laissé la porte ouverte, reprit-il, alors qu'elle tentait de se ressaisir.

Sam avait prononcé ces mots avec calme, mais d'une voix rauque, comme s'il se faisait violence pour parler. L'information qu'il venait de lui donner était insignifiante, mais Maggie en comprit tout de suite le sens et la portée.

Elle secoua la tête, prête à lui demander davantage d'explications, mais elle n'en eut pas le temps, car Sam reprenait la parole.

— Mis à part Gideon, qui dormait chez un ami, nous étions tous censés dormir à la maison, ce soir-là. Mais je n'y étais pas.

— Où étais-tu ?

— Chez Nate. Nate Cassidy, le chef de la police de Fremont. Mon meilleur ami, à l'époque. Dans son jardin, il y avait une cabane dans les arbres, et on y passait des heures. Cette nuit-là, on voulait y dormir. Je trouvais injuste que Gideon ait le droit de passer la nuit chez un ami, et pas moi. Certes, tous deux devaient préparer un exposé. Gideon devait rentrer tôt le lendemain matin, mais ça m'était égal. J'enviais sa liberté…

» J'ai donc demandé la permission à ma mère, mais elle a catégoriquement refusé. Et j'ai insisté, parce qu'à la fin, elle s'est mise en colère… Une colère que je n'ai d'ailleurs pas comprise : ma mère était si calme, en général. Elle m'a répété que je resterais à la maison, un point c'est tout. J'ai été furieux contre elle. C'était stupide, j'en conviens… J'ai décidé qu'elle ne m'imposerait pas sa volonté, et j'ai formé un plan. Comme je partageais ma chambre avec Gideon, personne ne remarquerait mon absence. J'ai donc attendu que tout le monde soit couché, et lorsque j'ai été sûr que la voie était libre, je suis sorti en douce par la porte de la cuisine. »

Sam avait l'impression de s'être dédoublé, qu'un autre que lui parlait. Il sentait ses lèvres se mouvoir, les sons vibrer dans sa gorge et jaillir sur ses lèvres, mais il n'entendait pas les mots qu'il prononçait. Il voyait également le film des événements se dérouler avec une incroyable netteté devant ses yeux.

Il était revenu trente ans en arrière.

Il était seul dans sa chambre, seul dans son lit. Il avait entendu la porte s'entrouvrir et vu, à travers ses paupières mi-closes, sa mère y jeter un regard, comme elle le faisait tous les soirs. Mais ce soir-là, il avait eu l'impression que cette petite cérémonie s'éternisait. Il était tellement impatient de rejoindre Nate dans la cabane ! Il avait retenu son souffle, jusqu'à ce que la porte se referme, jusqu'à ce qu'il entende les pas de sa mère s'éloigner.

Certain que la voie était libre, il était descendu dans la cuisine en catimini, avait doucement tourné la clé dans la serrure de la porte qui donnait sur le jardin, avait ouvert, puis rabattu la porte, sans la claquer. Enfin, il avait traversé le jardin d'une traite et couru à perdre haleine jusque chez Nate.

Ils s'étaient bien amusés, tous les deux et, au terme de leur nuit, il s'était réveillé à l'aube, en entendant le chant des oiseaux. Il aurait dû tout de suite rentrer à la maison, mais il avait fait durer le plaisir, souriant à la pensée de sa fugue, certain que personne, jamais, ne l'apprendrait.

Peu après, il avait réveillé Nate, et tous deux étaient rentrés chez eux. Au bout de cinq petites minutes, il arrivait dans le jardin derrière la maison.

C'est à cet instant qu'il avait entendu un hurlement.

Il s'était pétrifié et avait senti une folle panique monter en lui et l'étrangler. D'autres hurlements s'étaient succédé, tous aussi terrifiants les uns que les autres.

Il s'était précipité vers la porte de la cuisine, qu'il avait tout doucement refermée derrière lui, quelques heures plus tôt, et il avait vu Joshua qui hurlait, à genoux devant l'évier.

Et devant Josh…

Le choc l'avait de nouveau transformé en un bloc de granite et lui avait coupé le souffle.

Aux pieds de Josh gisait sa mère.

Josh pressait frénétiquement ses mains sur son ventre. Il y avait du sang partout.

— Maman ? avait-il murmuré d'une voix inaudible, même s'il avait compris, d'instinct, qu'elle ne pouvait déjà plus l'entendre.

Sa mère fixait le plafond d'un regard si calme et si inexpressif qu'il en avait eu froid dans le dos. Son immobilité contrastait avec les efforts désespérés de Josh, qui tentait d'arrêter l'hémorragie par la seule pression de ses mains.

Josh ne l'avait pas vu, il ne s'était même pas rendu compte qu'il arrivait du jardin. Il continuait de hurler et d'appeler à l'aide, suppliant leur mère de ne pas mourir.

Ses cris frénétiques avaient enfin franchi la barrière de terreur qui paralysait Sam.

Son père ! Il devait aller chercher son père. Immédiatement !

Il avait enfilé dans le couloir, hurlant à son père de se lever et de descendre tout de suite. Il avait monté les escaliers quatre à quatre en s'époumonant. *Papa !* Son père saurait quoi faire. Il trouverait sûrement une solution !

Arrivé à l'étage, il avait vu ses deux frères devant leur chambre, leurs yeux encore ensommeillés écarquillés.

— Rentrez dans votre chambre et fermez les portes ! leur avait-il ordonné.

Luke avait pris la main de Jake, plus jeune, qui suçait son pouce, et la lui avait serrée sans poser de questions.

Une vision qui l'obsédait encore à ce jour…

Il ne s'était pas détourné pour s'assurer qu'ils lui avaient bien obéi, car déjà, il ouvrait la porte de la chambre de ses parents et s'arrêtait net.

Le hurlement qu'il allait pousser avait été étranglé et étouffé par le flot de bile qui était monté à sa gorge, et les spasmes de la nausée qui avait serré son ventre.

Son père, si grand, si fort, était allongé, les yeux fermés, comme s'il dormait, mais les draps blancs et son pyjama, blanc aussi, étaient imbibés de son sang.

Sam n'en avait jamais vu autant, et il avait compris que son père était mort.

Maintenant, il ne savait plus quoi faire.

Il ne savait pas ce qui s'était passé, il ne savait pas non plus ce qui allait maintenant arriver.

Tout ce qu'il savait, en définitive, c'est que c'était sa faute.

Et cette sentence se répétait sans cesse dans sa tête jusqu'à l'assourdir, l'étourdir, tandis qu'il restait là, pétrifié et horrifié par les conséquences de ses actes. Et ce terrible verdict ne lui avait plus laissé aucun repos.

C'était sa faute.

Tout au long du récit de Sam, Maggie avait senti les larmes lui monter aux yeux, puis couler sur ses joues et les inonder.

Sam n'avait pas paru s'en apercevoir. Il la regardait sans la voir. Il était perdu dans son récit, raconté d'une voix désincarnée, qui renforçait l'horreur du drame qu'il avait vécu au lieu de l'atténuer. Son regard fixe et perdu reflétait si bien son traumatisme qu'elle avait peine à le regarder.

Quand il eut terminé, un silence profond tomba entre eux. Maggie ne reprit la parole qu'au bout d'un long moment, quand elle en trouva la force.

— C'est pour cette raison que la piste des Winslow ne t'intéressait pas ; parce que Teri avait les clés et que Paul aurait pu les lui dérober.

— Le meurtrier n'avait pas besoin de clé. Par ma faute.

— Mais enfin, Sam, tu ne peux tout de même pas te reprocher…

Elle se tut, consciente de l'inanité de ses propos. Cela faisait trente ans que Sam ressassait sa culpabilité, et ce n'était pas la force de sa persuasion qui le convaincrait du contraire.

— Tu n'étais qu'un enfant. Tu ne savais pas ce que tu faisais.

— Peu importe. C'était ma faute et ça ne changera jamais les conséquences de mes actes.

Il s'accrochait à cette certitude qui n'était peut-être pas fondée. Car il n'avait pas la preuve formelle de ce qu'il affirmait : il y avait peut-être une autre explication à la façon dont le meurtrier était entré, se dit-elle, frappée par cette évidence.

— Tu n'en sais rien, Sam. Il reste toujours la possibilité que ta mère ait ouvert à son assassin.

— Jamais ma mère n'aurait ouvert à qui que ce soit au milieu de la nuit. De plus, quelles sont les chances qu'elle ait laissé entrer son meurtrier la seule nuit où la porte de la cuisine n'était pas fermée à clé ?

Maggie jugea plus sage de ne pas insister pour le moment. Elle ne parviendrait pas à le faire changer d'avis en quelques minutes, alors qu'il se jugeait responsable du meurtre de ses parents depuis trente ans. Le convaincre du contraire nécessiterait beaucoup de patience et de temps.

Puis une autre évidence la frappa.

— Tu n'as donc pas revu tes frères depuis trente ans ?

Sam secoua la tête avec virulence.

— J'en étais incapable.

— Pourquoi ?

— Comment voulais-tu que je les affronte, sachant ce que j'avais fait ? Sachant que nos parents avaient été tués à cause de ma désobéissance ?

Il revenait sans cesse sur sa culpabilité... Le sujet était impossible à éviter. Il en avait évidemment fait le centre de son existence.

— Si le meurtrier est entré dans la maison, au milieu de la nuit, avec l'intention de tuer tes parents, ça n'est pas une porte fermée à clé qui l'en aurait empêché !

— S'il était entré par effraction, il aurait fait du bruit, ce qui aurait réveillé l'un ou l'autre de mes parents, les deux, voire mes frères... Mais il est entré sans se faire repérer, à cause de moi.

— Ces événements remontent à trente ans, Sam. Que le meurtrier soit entré ou non par la porte de la cuisine, tu n'es pas responsable du meurtre de tes parents.

— Je le suis indirectement, s'obstina-t-il.

— Tu t'es puni en te coupant de ta fratrie, qui n'a sans doute pas compris ton attitude. Imagine la stupéfaction, la frustration et le chagrin de tes frères. Avaient-ils besoin de cette nouvelle épreuve ? Sois indulgent envers toi. Il est temps d'aller de l'avant...

Il croisa enfin ses yeux.

— C'est toi qui me demandes d'aller de l'avant, Maggie ? Toi qui t'accroches au passé ? A cette vieille maison délabrée ? insinua-t-il, cinglant.

Elle rougit. Sam avait raison, mais elle n'avait pas envie de se l'entendre dire. L'espace d'une seconde, elle le détesta d'avoir prononcé ces paroles.

Puis elle releva le menton et lui adressa un regard hautain.

— Oui ! Parce que si c'est moi qui te le dis, cela devrait te faire réfléchir, justement !

— Ce n'est pas facile, Maggie.

Il soupira.

— J'en suis consciente, dit-elle, plus gentiment cette fois.

— Lorsque j'ai reçu cette invitation, j'ai pensé... que je parviendrais peut-être à découvrir la vérité sur le meurtre de mes parents, que je pourrais donner le nom de leur assassin à Gideon. Je m'étais dit que je réussirais enfin à avancer, une fois qu'il serait derrière les barreaux.

Il ne désirait rien tant que de tourner la page et d'aller de l'avant, songea-t-elle, lisant ce désir dans l'expression avide et ardente de son regard. Il avait perdu ses parents dans des conditions terribles, s'accusait d'être responsable de leur mort et s'était coupé de ses frères pendant trente ans.

Mon Dieu, quel gâchis...

Maggie déglutit pour dissiper la boule douloureuse qui obstruait sa gorge.

— Nous retrouverons le meurtrier !

Il la dévisagea, avec un mélange d'espoir et d'incrédulité.

— Tu le veux toujours ?

— Plus que jamais ! Tu pensais que je cesserais mes recherches parce que tu m'as menti et manipulée ? N'oublie pas que mon agresseur, le meurtrier, est entré chez moi. Il m'a agressée, il a incendié ma maison. Rien ne m'arrêtera plus, je te le garantis !

— Mais je pensais que...

— Que je refuserais de t'aider ? coupa-t-elle brusquement.

Certes, il l'avait déçue. L'attirance qui existait entre eux semblait s'être cassée, et elle ne savait pas si elle réussirait à lui rendre sa confiance. Malgré tout, elle désirait l'aider à découvrir la vérité, pour qu'il renoue avec ses frères et fasse la paix avec sa conscience.

Lorsque Irene avait expliqué que les cinq enfants avaient été séparés, après le meurtre, Maggie avait été affectée par ce nouveau drame, suscité par le précédent. Mais elle comprenait maintenant que cette tragédie avait eu de plus graves conséquences. Non seulement elle avait traumatisé la vie de cinq enfants, mais elle avait aussi détruit l'un d'entre eux.

Maggie comprenait enfin la tristesse qui émanait de Sam et qui l'avait frappée, dès le premier jour. Elle en connaissait la raison, désormais.

— On le retrouvera, dit-elle simplement.

Il la dévisagea longtemps. La gratitude qui étincela dans ses yeux bleus fit fondre sa rancune.

— Oui, répéta-t-il. On le retrouvera.

13

— Je n'arrive pas à croire que tu aies eu le rapport de la police et du médecin légiste et que tu ne m'aies rien dit ! s'exclama Maggie, en le parcourant.

Sam était assis à côté d'elle, ni trop loin ni trop près des feuillets étalés sur la table, qu'il survolait avec circonspection.

— Je ne pouvais pas te le dire.

— Parce que tu ne m'avais rien dit, justement, précisa-t-elle avec un soupir.

Malgré la compassion qu'elle éprouvait à l'égard de Sam, elle souffrait toujours dans son amour-propre.

Sam…

Etrangement, elle n'avait aucun mal à l'appeler par son vrai prénom. C'était comme si elle ne l'avait jamais connu sous une autre identité.

Maggie s'arracha à ses pensées pour revenir à la réalité.

— Tu l'as lu ?

— A peine. Nate m'a communiqué le dossier après que nous avons fini de compulser les articles des journaux. La nuit où tu t'es fait agresser. Nate a raison. La police a interrogé tous les suspects potentiels, à l'époque, mais comme elle n'avait aucune preuve, il a été impossible de procéder à une arrestation.

Maggie soupira. Elle avait espéré que la lecture du

dossier de l'affaire faciliterait leur enquête, mais il était si mince qu'elle en doutait.

Le dossier ne comportait aucun élément de preuve, de traces ou d'indices. Dans le cas contraire, la police aurait pu les soumettre aux plus récentes techniques touchant à l'identité judiciaire.

Aucune empreinte digitale dénotant la présence d'une personne étrangère à la famille n'avait été prélevée dans la maison. Aucun signe d'effraction n'avait non plus été constaté. L'arme du crime n'avait jamais été retrouvée, mais la police soupçonnait le meurtrier d'avoir utilisé un couteau de cuisine, car l'un d'entre eux manquait, dans le bloc des couteaux. Les voisins, quant à eux, n'avaient rien vu, rien entendu, les enfants non plus, du moins les trois qui avaient été présents à la maison. L'absence de Sam, cette nuit-là, n'avait jamais été découverte, et évidemment, il s'était rangé derrière le témoignage de ses frères.

Emily Ross agonisait lorsque Joshua Ross l'avait découverte, lut Maggie, le cœur serré. Il avait affirmé l'avoir vue ciller et bouger les lèvres, mais elle devait déjà être dans le coma. En revanche, la mort de Greg Ross avait été instantanée, les coups de couteau dans le cœur lui ayant été fatals. Comme il dormait, au moment où il avait été tué, il n'avait pas eu l'occasion de réagir et de se défendre.

Emily avait été agressée dans la cuisine. Le médecin légiste avait affirmé qu'elle avait été surprise, mais qu'elle s'était tout de même débattue. Son meurtrier avait-il eu du mal à atteindre les organes vitaux ? Avait-il été perturbé par la vue de son visage et de son regard, gêné par ses tentatives pour se défendre ? Quoi qu'il en soit, les coups qu'il lui avait portés n'avaient pas été mortels. Son agonie avait été lente et due à une hémorragie :

elle avait sombré dans le coma et était morte plusieurs heures plus tard, à peu près au moment où Josh l'avait découverte.

Accablée, Maggie secoua la tête, puis jeta un regard furtif à Sam, inquiète de sa réaction à la lecture du rapport du légiste. Mais Sam effleurait les feuillets des yeux et il attendait qu'elle tourne la page. La lecture des détails concernant l'agonie et la mort de sa mère lui était évidemment insupportable.

Elle ressentit un élan de sympathie envers lui et eut instantanément envie de lui serrer la main, mais elle refoula son impulsion pour reprendre sa lecture.

Lors de son enquête, la police avait interrogé les proches de Greg et d'Emily Ross, ainsi que des suspects.

Ces derniers étaient peu nombreux, et d'ailleurs, Maggie connaissait déjà la plupart des noms : Clay Howell, Paul Winslow, Carl Graham...

— Oh, mon Dieu ! s'exclama-t-elle.

— Que se passe-t-il ? interrogea Sam, surpris.

— La police a interrogé Carl Graham dans le cadre de l'enquête, et en rapport, je cite, « avec une affaire remontant à un passé éloigné qui le liait à la victime masculine ». Mais Irene n'a rien dit ! Evidemment !

— « Evidemment » ? demanda Sam sans comprendre.

Elle le dévisagea avec incrédulité, puis se frappa le front.

— Ah c'est vrai, tu ne connais pas le nom de famille d'Irene !

Elle se reprocha son manque de discernement. Comme d'habitude, son impulsivité lui avait joué des tours : elle aurait dû se méfier d'Irene.

— Elle s'appelle Irene Graham. Carl Graham était son mari.

— Je crois que tu t'emballes, Maggie, répéta Sam tandis qu'ils se rendaient chez Irene.

Il avait insisté pour prendre le volant, arguant qu'elle n'était pas en état de conduire. Elle n'avait pas discuté sa décision, car elle se savait trop agitée et trop énervée pour se montrer prudente.

— Mais elle n'a pas soufflé mot de son mari ! Je suis certaine que ça n'est pas un hasard !

Irene avait surtout orienté les soupçons sur Paul Winslow et Clay Howell, et volontairement passé Carl sous silence.

Maggie voyait maintenant la situation sous un jour nouveau. Avec plus de clairvoyance, en tout cas. Elle se reprochait d'avoir exonéré Irene, et pourtant, le fait que celle-ci vivait à Fremont, à l'époque, la mettait d'office sur la liste des suspects ! Décidément, le manque d'esprit de discernement, c'était sa spécialité, songea-t-elle avec amertume.

Elle refoula cette pensée humiliante.

— J'ai du mal à croire que cette découverte te laisse de marbre ! reprit-elle.

— Détrompe-toi, Maggie, je suis en colère contre tout le monde à Fremont depuis que j'y suis revenu. Parce que l'assassin de mes parents court toujours. Parce que ces bonnes gens semblent les avoir oubliés. Parce qu'on te traite de haut.

Maggie lui adressa un regard narquois.

— Merci, mais si tu espères te racheter en jouant les preux chevaliers, tu n'es pas au bout de tes peines, je te préviens.

— Je suis sincère, Maggie.

— Possible, mais il va me falloir du temps avant de croire systématiquement tout ce que tu me diras.

— Maggie…, répondit-il seulement, et d'une voix si douce qu'elle tourna les yeux vers lui.

Il lui adressa un regard grave.

— Je suis désolé, je ne voulais pas te blesser. Essaie un peu de me comprendre. Je n'avais pas le choix.

— Soit. Je m'en remettrai, mais en tout cas, pas aujourd'hui.

Il acquiesça et, après un dernier regard, reporta son attention sur sa route. Maggie fut soulagée que le sujet soit clos.

Ils arrivèrent vite chez Irene. Maggie ne l'avait pas avertie de leur arrivée, car elle comptait sur l'effet de surprise. Elle avait commis une erreur, en lui annonçant sa première visite : elle avait donné à Irene le temps de réfléchir à la raison de leur venue — que celle-ci avait évidemment devinée, car elle avait eu vent de leurs visites à la bibliothèque municipale —, et à ce qu'elle allait leur raconter.

Et peu après, quand Irene leur ouvrit, elle ne leur cacha pas son étonnement.

— Maggie ? Il y a un problème ?

— Nous devons vous parler. Maintenant.

Sans attendre qu'Irene les y invite, Maggie entra chez elle en trombe. C'était impoli, mais pas autant que de couvrir un meurtrier potentiel ! Sam la suivit.

Lorsqu'elle regarda derrière elle, elle constata qu'Irene hésitait, comme si elle ne savait pas si elle devait leur ordonner de sortir ou rester aimable. Enfin, elle referma la porte à contrecœur.

Alors, Maggie attaqua de front.

— Pourquoi ne m'avez-vous pas dit que votre mari

avait été impliqué dans l'affaire du meurtre des Ross et qu'il avait été interrogé par la police ?

Irene pâlit subitement.

— Mon Dieu, comment es-tu au courant ? demanda-t-elle dans un murmure.

— Peu importe. Vous nous avez calmement énuméré la liste des suspects potentiels en nous regardant droit dans les yeux, mais en oubliant de mentionner votre mari.

— Parce que les soupçons à son sujet étaient absurdes ! C'est vrai, il a été interrogé, mais seulement parce que la police explorait toutes les pistes possibles et imaginables, et parfois même infondées. Après un seul interrogatoire, qui n'a d'ailleurs pas duré, Carl a été mis hors de cause.

— En ce cas, vous n'aviez aucune raison de nous cacher qu'il avait été interrogé dans le cadre de l'enquête. Vous auriez tout de même dû vous douter que notre méfiance serait éveillée, si nous découvrions par nous-mêmes qu'il avait été impliqué dans l'affaire, même de loin. En tous les cas, cela ne vous a pas empêchée de nous énumérer les noms des autres suspects.

— Personne ne se souvient que mon mari a été interrogé, murmura Irene, avec plus d'espoir que de conviction.

— Vous avez vécu toute votre vie à Fremont : vous savez mieux que personne que les gens y ont la mémoire longue ! s'exclama Maggie.

Irene soupira.

— Je le sais, Maggie, et même mieux que tu ne le penses, sinon Carl n'aurait jamais été interrogé par la police.

— Pourquoi ?

Irene porta la main à son visage dont les traits s'étaient subitement affaissés, comme si elle voulait contenir les paroles qu'elle s'apprêtait à prononcer.

— Vous vous souvenez que Greg Ross a eu un accident qui l'avait empêché de recevoir une bourse pour étudier et jouer au football à l'université ?

Maggie acquiesça.

— Il faisait son jogging, aux petites heures du jour, quand il a été renversé par un chauffard ivre, enchaîna Irene d'une voix sans timbre.

— Carl ? interrogea Maggie en essayant de superposer l'image du chauffard ivre à celle du père d'Annie.

Elle se souvenait d'un homme bienveillant et sobre. Mais peut-être avait-il cessé de boire après avoir renversé Greg Ross en état d'ébriété ?

— Carl avait un problème avec l'alcool, reprit Irene, ce qui confirma ses doutes. Au début de notre mariage, j'ai même failli me séparer de lui, parce que je ne supportais pas son addiction à l'alcool. Il rentrait souvent à la maison au petit jour, après avoir dormi et dessoûlé dans sa voiture. Si seulement il avait attendu plus longtemps avant de prendre la route, ce matin-là…

Elle frissonna à ce souvenir.

— Il n'a plus jamais été pareil, après l'accident. Il n'a plus jamais bu une goutte d'alcool. Peu après, Annie est née.

— Pourquoi est-ce que la police a soupçonné Carl ? C'est plutôt Greg Ross qui aurait dû avoir des raisons de désirer sa mort ?

— C'est à cause de la façon dont les gens de Fremont ont traité Carl, même une fois qu'il a eu complètement cessé de boire et s'est racheté une conduite. Tout le monde aurait oublié l'accident, si la victime n'avait pas été Greg Ross. Mais la vue de Carl ravivait et entretenait la rancune et la colère des gens : il avait brisé les rêves de Greg Ross, le futur champion, les espoirs de toute une ville. La rancœur envers Carl a même atteint de telles proportions qu'il a eu des difficultés à obtenir un emploi dans la région, même après des années de sobriété, même après avoir fait amende honorable et s'être montré exemplaire sur tous les plans... Greg Ross avait de nombreux amis, tout le monde l'aimait : il aurait donc pu interdire d'embaucher Carl, mais il n'a même pas eu besoin de passer le mot. D'emblée, la majorité des Fremontois ont été convaincus qu'ils manqueraient de loyauté envers Greg s'ils embauchaient Carl. Car Greg, même s'il n'entretenait pas cette abominable rancune, n'avait jamais totalement pardonné à Carl d'avoir brisé son destin de futur star du football. Et la mort de Greg, si terrible qu'elle ait été, a finalement été la rédemption de Carl.

— Carl devait savoir que la mort de Greg mettrait fin à ses tourments, suggéra Maggie. Peut-être s'est-il dit que la seule façon de recommencer de zéro, ce serait de le supprimer ?

— C'est exactement le raisonnement que la police a tenu. Un raisonnement aussi ridicule maintenant qu'il l'était à l'époque... Carl avait déjà assez souffert, vous ne pouvez imaginer ses tortures. De plus, il avait un alibi : il était avec moi, cette nuit-là. J'ai confirmé ses propos. Après ça, on nous a enfin laissés tranquilles.

— Mais peut-être avez-vous menti pour protéger votre mari ? N'est-ce pas ce que vous avez fait, lorsque nous sommes venus vous voir, l'autre jour ? reprit Maggie.

— Je n'ai pas menti, la première fois que vous êtes venus.

— Vous avez menti par omission, précisa Maggie, qui était devenue experte en matière de mensonge.

Irene ne répondit pas, car une autre voix s'élevait.

— Mon père aurait été incapable de tuer qui que ce soit.

Reconnaissant la voix, Maggie crut que son cœur allait s'arrêter de battre.

Elle fit volte-face et aperçut Annie qui sortait de la cuisine. Leurs regards se rencontrèrent. Celui d'Annie reflétait sa propre méfiance.

Maggie ne se déroba pas.

— Tu étais au courant, n'est-ce pas ?

— Pas à l'époque, répondit Annie. Je savais que mon père était sobre, mais je ne savais pas que c'était lui qui avait renversé Greg Ross. Ma mère m'a tout raconté au moment où tu es revenue à Fremont pour rénover la maison de Maple Road. Maman avait peur que les gens se remettent à parler de la responsabilité de mon père dans l'accident, et oublient tout le bien qu'il avait accompli dans les vingt-cinq dernières années de sa vie.

— C'est pour cette raison que tu désapprouvais mon désir de rénover la maison de Maple Road ?

— En partie. Sur le reste, j'ai été sincère : je doute en effet que tu parviennes à la louer ou à la vendre, Maggie. Et puis je continue de penser que ton obstination n'est pas très saine.

— Sincèrement ?

— Oui, sincèrement, Maggie.

— J'aimerais te croire, déclara Maggie avec un soupir.

Soudain, elle se sentit très lasse. Elle avait envie de partir, de monter dans sa fourgonnette et rouler sans s'arrêter, jusqu'à ce qu'elle soit le plus loin possible de Fremont et de tous ces mensonges…

Elle se leva d'un bond, baissa les yeux sur Sam et croisa son regard inquiet.

— On s'en va. Je n'ai plus de questions, lui dit-elle. Il hocha la tête et la suivit.

— Maggie ? appela Annie d'une voix sourde.

Maggie aurait volontiers fait la sourde oreille ; aussi se fit-elle violence pour se détourner.

— Mon père est mort, reprit Annie, et il n'y a plus aucune raison de remémorer le passé aux gens de la ville. Que vas-tu faire, maintenant ?

— Je n'en sais rien, répondit Maggie avec simplicité. Je ne sais plus…

Ignorant le regard affligé de son amie, consciente que sa détresse n'était que le pâle reflet de son propre désespoir, Maggie partit sans autre forme de procès.

Sur la route, Maggie ne dit mot. Elle regardait droit devant elle, murée dans le silence. Sam l'observait par instants, cherchant à deviner ce qu'elle pensait.

Lorsque la tension devint trop pesante à son goût, il décida de prendre la parole.

— Ça va ?

Au bout d'un moment, elle opina lentement.

— Décidément, les apparences sont trompeuses, lâcha-t-elle. Que de mensonges… A beau mentir qui vient de loin.

— Il est facile d'être cru quand ce qu'on dit n'est pas vérifiable.

— Exactement. Mais la vérité triomphe toujours. Je ne sais si je dois m'en réjouir ou non, finalement. Trois personnes en qui j'avais confiance m'ont menti en l'espace de quelques jours : toi, Irene et Annie…

Il esquissa une petite grimace.

— Désolé.

Elle soupira.

— Je crois que je devrais m'excuser auprès de ma mère : je l'ai mal jugée. J'ai toujours pensé qu'elle détestait les petites villes depuis qu'elle était devenue une vraie New-Yorkaise, mais peut-être ne déteste-t-elle que cette petite ville-là, à cause de ses intrigues et ses tissus de mensonges.

Elle soupira.

— Je comprends ses réticences…

Sam allait répondre, mais un choc violent ébranla le pick-up, qui lui coupa le souffle. Maggie fut projetée en avant et poussa un gémissement de douleur. Dès que Sam fut revenu de sa stupéfaction, il tourna les yeux vers Maggie pour s'assurer qu'elle allait bien, puis regarda dans le rétroviseur : une voiture venait de les emboutir intentionnellement, et son conducteur accélérait pour donner un nouvel assaut.

— Attention, Maggie ! hurla-t-il.

A peine avait-il fini de parler qu'il fut de nouveau projeté en avant, plus brutalement cette fois. Par chance, sa ceinture de sécurité l'empêcha de passer au travers du pare-brise. Sam eut la présence d'esprit d'accélérer pour semer leur poursuivant, mais ce dernier ne se laissa pas distancer et se prépara même à un troisième assaut.

— Mais enfin, qu'est-ce qui lui prend ? s'écria Maggie affolée.

— Il veut nous intimider, ou nous tuer…

Tandis que la voiture derrière eux accélérait, Sam décida de zigzaguer sur la route pour l'esquiver, mais leur poursuivant s'engagea immédiatement derrière eux.

Sam regarda la route qui s'étendait en ligne droite, à perte de vue devant eux. Il n'y avait pas de circulation, pas d'autres voitures à redouter, aussi continua-t-il de passer d'une file à une autre afin que leur agresseur ait plus de difficulté à les emboutir.

— Tu vois qui c'est ? demanda-t-il à Maggie.

— Non. Je suis éblouie par le soleil sur son pare-brise…

Sam se replaçait dans la file de droite lorsque leur agresseur parut perdre patience. Se rendait-il compte qu'il y aurait bientôt davantage de circulation et qu'il devrait cesser ses manœuvres ? Mais s'agissait-il de tentatives d'intimidation ou avait-il des intentions criminelles ? Quoi qu'il en soit, le véhicule déboîta et doubla le pick-up, mais il resta à sa hauteur pour le heurter latéralement.

Le pick-up fut déporté sur la droite, ses pneus crissèrent sur le gravier tandis qu'il mordait l'accotement. Sam s'efforça d'en regagner le contrôle et de revenir sur la route.

Malheureusement, il n'en eut pas le temps, car au même moment, leur poursuivant les percuta encore une fois. Le pick-up franchit cette fois l'accotement, dérapa et dégringola le talus herbeux.

Sam tendit le bras vers Maggie pour la protéger et amortir ce nouveau choc.

Le pick-up continua de dévaler le talus, et d'osciller dangereusement sur la droite, tandis que Sam, désormais impuissant à agir, retenait son souffle. Soudain, le pick-up s'arrêta.

Dans le silence revenu, Sam regarda sur sa droite, où le pick-up penchait, où était assise Maggie.

— Ça va ? lui demanda-t-il enfin.

Le souffle court, elle tourna les yeux vers lui.

— Ça va, murmura-t-elle. Et toi ?

— Oui.

Maggie regarda autour d'elle. Sa portière était presque plaquée contre le sol, la poussière et la terre salissaient le pare-brise du pick-up. De dessous le capot montait un bruit inquiétant.

Au bout d'un moment, elle reporta le regard sur lui, les sourcils froncés.

— Ton ami Mike va regretter de t'avoir prêté son pick-up...

14

Dix minutes à peine furent nécessaires à Nate et à ses hommes pour arriver sur les lieux de l'accident. Un témoin qui n'avait sans doute aucune idée de l'identité des victimes avait dû prévenir la police, pensa Maggie amèrement. Auraient-ils été reconnus que personne ne se serait donné la peine de l'avertir que les deux perturbateurs qui défrayaient la chronique, à Fremont, avaient eu un accident de la circulation !

— Vous allez bien, c'est certain ? demanda de nouveau Nate après avoir pris leur témoignage.

— Un peu choqués, mais ça ira, déclara Sam.

— J'espère que vous n'allez pas affirmer que l'intention du conducteur n'était pas criminelle ? intervint Maggie avec insolence.

Elle en voulait à Nate de lui avoir également caché la véritable identité de Sam.

— Non, déclara Nate tristement. Cela dit, votre agresseur sera vite repéré : la carrosserie de sa voiture est sans doute endommagée, il va devoir la faire réparer et il n'y a guère de garages, en ville.

— Enfin un indice ! s'exclama Maggie.

— La dépanneuse va conduire le pick-up au garage. Je peux vous déposer quelque part ?

Sam constata que la nuit tombait. Cette nouvelle journée avait passé incroyablement vite.

— Oui, au motel.

Mais Maggie secoua la tête.

— Pas question ! La nuit va tomber, nous devons retourner à Maple Road. Tout peut arriver !

— Après cet accident ? Ecoute, Maggie, nous sommes tous les deux exténués. Je doute que nous réussissions à faire front contre une nouvelle agression.

— Peut-être, mais d'un autre côté, nous avons la preuve qu'on cherche à attenter à notre vie ! Peut-être reviendra-t-il nous agresser, cette nuit. Vandaliser la maison ? L'incendier ?

— C'est juste une maison, Maggie.

— Une maison qui en vaut la peine.

— Ta vie est plus importante.

Nate s'éclaircit la voix avant d'intervenir.

— A mon avis, votre agresseur va surtout tenter de faire réparer sa voiture ; il a d'autres chats à fouetter.

— Vous n'en savez rien ! lança Maggie.

— En effet, concéda Nate.

Puis il soupira.

— Je vais demander à l'un de mes hommes de surveiller la maison de Maple Road, cette nuit.

— C'est inutile, Nate, intervint Sam.

— Si, coupa Nate en le regardant droit dans les yeux. Je ne veux pas que ce criminel pense qu'il peut agir impunément.

— Moi non plus.

— Très bien, alors nous sommes d'accord.

Sam tourna les yeux vers Maggie.

— Et toi, tu es d'accord ?

Derrière son hésitation, Sam perçut son soulagement.

— Oui, répondit-elle enfin.

Sam se détendit, mais il n'était pas au bout de ses peines. Après avoir dissuadé Maggie de passer la nuit dans la maison de Maple Road, il avait une autre mission à accomplir, et il devrait déployer des trésors de diplomatie pour qu'elle se range à son avis.

Quand ils arrivèrent au motel, Maggie avait mal partout. Ses douleurs étaient assez superficielles mais multiples, et s'ajoutaient aux hématomes dus à sa chute et au coup de pied que lui avait asséné son agresseur, l'autre nuit.

Nate les avait déposés devant la maison de Maple Road et, avant de reprendre la route avec sa fourgonnette, Maggie avait pris quelques affaires de rechange. Elle se sentait mal à l'aise dans ses vêtements poussiéreux, et n'avait qu'une hâte : se détendre sous le jet brûlant de la douche.

Elle avait ensuite quitté la maison de Maple Road à regret, et l'avait regardée jusqu'à ce qu'elle disparaisse. Elle redoutait que l'estocade finale ne lui soit donnée précisément cette nuit ; aussi serait-elle volontiers restée pour surprendre son vandale, mais elle avait décidé d'être raisonnable.

A leur arrivée au motel, elle s'apprêtait à demander à Sam s'il voulait utiliser la salle de bains en premier, mais il la prit de court.

— Il faut que je te parle, Maggie, c'est important.

Il était resté près de la porte qu'il venait de refermer, et affichait une expression de sérieux qui la décontenança.

— Ça devient trop dangereux, reprit-il. Tu dois renoncer à cette enquête.

— Et toi, tu vas y renoncer ? demanda-t-elle pour la forme.

— Non.

— Alors pourquoi le devrais-je ?

Il s'approcha.

— Parce que ce n'est pas ton combat.

Elle s'approcha aussi, le regard étincelant.

— Ce n'est pas mon combat ? C'est chez moi qu'on a pénétré par effraction. C'est moi qu'on a agressée. J'étais aussi dans la maison quand on y a mis le feu. Et dans le pick-up, tout à l'heure.

— Rien ne serait arrivé si tu n'avais pas posé de questions.

— Tu veux dire, si je n'avais pas commencé par décider de réhabiliter ma maison !

— Si tu cesses de chercher la vérité, on cessera de t'agresser, coupa-t-il.

— La vérité est en marche, Sam. Que je renonce ou non, ça n'y changera rien.

— En ce cas, tu dois quitter la ville.

— Je n'irai nulle part !

Il s'approcha, le visage assombri par la frustration.

— Bon sang, Maggie, je ne veux pas qu'il t'arrive malheur !

— Je ne veux pas non plus qu'il t'arrive malheur, riposta-t-elle.

— Ne te fais donc pas de souci pour moi.

Le regard de Maggie étincela.

— Tu aurais le droit de t'inquiéter pour moi, mais pas moi… Et pourquoi ?

— Je suis assez grand pour savoir ce que j'ai à faire.

— Eh bien moi aussi !

Elle soupira et poursuivit, moins véhémente :

— Et cependant, nous avons tous besoin de sollicitude, de tendresse, d'amitié. Je souffre de te savoir seul, sans personne pour t'en prodiguer.

Il ne répondit pas. Et c'est à cet instant qu'elle se

rendit compte qu'ils s'étaient beaucoup rapprochés l'un de l'autre, dans le feu de la discussion.

Le regard de Sam changea et elle comprit qu'il en avait aussi pris conscience. Une incroyable tension jaillit entre eux et agit comme un aimant.

Elle posa sa main sur la poitrine de Sam et sentit son cœur battre fort sous sa paume. Il ne recula pas, elle ne bougea pas, restant à l'écoute de son cœur qui battait de plus en plus vite.

— Te souviens-tu de la dernière fois où on a veillé sur toi avec cette sollicitude inquiète ? Avec cette grande douceur qui fait qu'on se sent aimé et important ? Et surtout, jamais seul ? demanda-t-elle.

— Je ne m'en souviens pas. De toute façon, je n'ai besoin de personne.

— Je n'en crois pas un mot, Sam. Et quoi que tu en penses, je suis là, moi.

Il la dévisagea intensément. Contre toute attente, il sourit lentement pendant que son regard descendait vers sa bouche.

Elle savait ce qui allait se passer, et ne recula pas.

Aussitôt après, sa bouche fut sur la sienne. Il l'attira à lui et l'embrassa avec un mélange de tendresse et de voracité. Elle répondit à ses baisers avec une impatience égale à la sienne, en voulant davantage, et le plus long-temps possible.

Sa langue s'enroulait autour de la sienne, veloutée, taquine, séductrice. Maggie pensa brusquement qu'elle avait toujours attendu de vivre un tel instant de fusion. Elle en conclut qu'en définitive, elle n'avait jamais vécu la véritable passion. Tout simplement parce qu'elle n'avait jamais reçu un tel baiser, et qu'elle n'avait jamais été dévorée par ce feu intérieur et cette extraordinaire impatience.

Elle écarta le col de sa chemise et sentit sous ses doigts ses muscles frémir. Pendant ce temps, il la dévêtait et reculait à peine pour mieux déboutonner son chemisier.

— Nous étions censés nous reposer…, balbutia-t-elle, hors d'haleine, lui tendant de nouveau sa bouche.

— Alors nous irons doucement et lentement, dit-il.

Et ses mots provoquèrent un délicieux frisson d'anticipation dans tout son corps.

Mais ils s'arrachèrent leurs vêtements qu'ils laissèrent négligemment tomber à terre. Au fur et à mesure qu'ils se déshabillaient, leurs mouvements et gestes devenaient frénétiques.

Elle sentait davantage qu'elle ne voyait son regard sur son corps, car elle ne détachait pas les yeux de son torse bronzé et musclé. Sa contemplation accélérait les battements de son cœur, qui battait déjà terriblement vite.

Elle n'avait connu qu'un seul homme dans sa vie, et elle avait pensé qu'elle n'en aimerait ni n'en désirerait jamais un autre.

Comme elle s'était trompée… Elle le découvrait à présent avec stupéfaction.

Elle désirait Sam de tout son corps. Elle voulait le sentir en elle, au plus profond de son intimité, puis nouer ses jambes autour de ses reins…

Et cela même ne suffirait pas !

Maggie lui retira son pantalon et son boxer ; enfin, il fut nu devant elle. Elle prit son sexe gonflé entre ses mains, mais au même instant, il dégagea les pieds de son pantalon, et prit son portefeuille d'où il sortit un préservatif. Maggie s'allongea sur le lit pendant qu'il se protégeait. En un clin d'œil, il la rejoignit, et s'allongea sur elle.

Elle fit courir ses mains sur son corps, son ventre plat, sentant ses muscles frémir sous ses doigts tandis que ses mains un peu calleuses mais si tendres l'exploraient tout entière. A un moment donné, Sam noua sa main derrière sa nuque pour l'attirer à lui. Elle plongea les yeux dans les siens, si bleus, tandis qu'il s'introduisait en elle, très lentement et doucement, mais avec la certitude et la puissance de sa virilité.

Aussitôt qu'il fut en elle, il resta immobile et la fixa avec une intensité qui ne la fit pas ciller. Son regard avait des reflets à la fois douloureux et tendres, quelque chose qui ressemblait à… de l'amour ?

Mais non, elle devait se tromper ! Elle se ravisa instantanément. Cependant, lorsqu'il caressa son visage avec une infinie douceur, elle hésita de nouveau sur les sentiments de Sam à son égard.

Pour finir, il prit ses lèvres, se les appropriant comme il s'était approprié son corps.

Et quand leurs bouches furent unies, que leurs langues se lièrent, s'enroulèrent, Sam oscilla en elle.

Au début, ses mouvements furent lents, mais il accéléra son va-et-vient.

Perdue dans la volupté créée par son baiser, par leur étreinte et la chaleur qui l'inondait, elle leva ses hanches pour aller à sa rencontre et le sentir mieux se mouvoir en elle.

Jamais elle n'avait tant aimé faire l'amour, se dit-elle avec une stupéfaction mêlée de joie.

Le plaisir se levait en elle à chaque coup de reins de Sam. Et quand il ne put plus contenir son propre plaisir, il se tendit et jouit dans un gémissement rauque.

Après, lorsqu'ils furent repus, épuisés, mais contentés au-delà de ce qu'ils avaient imaginé, Sam roula sur le flanc et l'attira à lui.

— J'aime bien ta définition du repos, murmura-t-elle.

Elle l'entendit rire doucement.

— C'était donc assez lent et doux pour toi ? lui demanda-t-il.

— J'ai hâte de te voir à l'action quand tu accélères le rythme !

— A toi de choisir, lui chuchota-t-il à l'oreille.

Maggie lui donna un petit coup de coude taquin qui lui arracha un autre rire.

— Tu n'as qu'à me dire quand tu seras prête, reprit-il.

Elle se redressa et le dévisagea, un sourire en coin.

— Mais je suis prête !

Et pour prouver ce qu'elle venait de dire, elle pressa avidement sa bouche sur la sienne.

15

— Et maintenant, prête à prendre vraiment du repos ?
s'enquit Sam quelques heures plus tard, s'accoudant
pour la dévisager.

Elle sourit, hors d'haleine après leurs derniers ébats,
plus passionnés que les précédents, et tout aussi exaltants.

— Epuisé ?

— C'est un reproche ?

— Pas le moins du monde !

Elle se tut, continuant de lui sourire. A quoi bon
parler ? Elle n'était qu'émotion et ne trouvait pas les mots
pour décrire l'intensité du plaisir qu'elle avait éprouvé.
De toute façon, elle n'en avait pas envie.

Elle se sentait bien, et ne regrettait rien.

Elle aimait être allongée près de lui, dans le silence
revenu qu'accompagnaient leurs souffles encore hale-
tants. Même après avoir fait l'amour avec Sam pendant
plusieurs heures, même exténuée, elle se sentait dans
un état d'exultation indescriptible.

Le seul fait de regarder Sam la transportait et accélérait les battements de son cœur. Elle aimait son corps
musclé, le regard qu'il posait maintenant sur elle — celui
d'un homme comblé et tendrement protecteur.

Elle savourait leur proximité actuelle, qu'elle jugeait
presque plus touchante, plus profonde que le plaisir des

sens qu'elle avait découvert dans ses bras au cours de la nuit.

Ils étaient nus sur le lit, les draps froissés gisant à terre, mais elle ne ressentait pas le moindre embarras à être ainsi exposée. Elle était trop heureuse, elle avait l'impression de flotter sur un petit nuage.

Il posa sa main sur son ventre. Elle posa la sienne dessus et l'étreignit.

— Quelle a été ta vie, après ce matin-là, Sam ? demanda-t-elle subitement.

— J'ai été trimballé de famille d'accueil en famille d'accueil. J'étais un gamin infernal. Ingérable.

Un silence tomba.

— Et une fois adulte ?

— Je suis entré chez les marines, où je suis resté pendant quelques années.

— Et c'est chez les marines que tu as fait la connaissance de Mike. Tu sais qu'il a une très haute opinion de toi ?

— Il est convaincu que je lui ai sauvé la vie.

— C'est vrai ?

Sam haussa les épaules. A sa façon, pudique, il le lui confirmait.

— Pourquoi as-tu quitté les marines ?

Elle doutait qu'il y ait été forcé ; il portait déjà une telle culpabilité qu'il n'en aurait jamais alourdi le fardeau par des actes répréhensibles.

— Je ne voulais pas y faire carrière. J'étais entré chez les marines seulement parce que je ne savais pas quoi faire de ma vie. J'ai quitté l'armée lorsque j'ai jugé que ça ne m'apportait rien.

— Qu'est-ce que tu as fait, pendant les années qui ont suivi ? demanda-t-elle, de plus en plus curieuse.

— Pas grand-chose. J'ai travaillé.

— Tu ne t'es jamais marié ? Tu n'as jamais voulu t'installer ?

— Me marier, me fixer, c'était devenir intime avec une femme, lui faire des révélations que j'avais toujours gardées secrètes. Sur ma famille. Mon enfance. J'en étais incapable.

Il avait donc fui son passé jusqu'à ce que le passé le rattrape et le force à revenir à Fremont pour s'y confronter.

— Tu n'as vraiment jamais parlé à personne de ce que tu avais fait, cette nuit-là ?

— Seulement à toi.

— Pourquoi moi ? demanda-t-elle, émue. Tu aurais pu esquiver mes questions. Tu n'avais pas besoin de tout me raconter…

Sam sourit.

— Tu aurais accepté que je me dérobe ?

— Non, reconnut-elle, souriant malgré elle. Vu la colère et l'humiliation que j'ai ressenties, hier, j'en doute. Mais tu aurais pu refuser catégoriquement de me répondre.

— Tu méritais de connaître la vérité. Et je voulais que tu l'apprennes.

Un petit frisson de joie et de fierté la parcourut, mais la prudence lui recommanda de ne pas se monter la tête.

Pourtant, elle le savait sincère. De plus, après les épreuves qu'ils avaient partagées, au cours de ces derniers jours, après cette intimité qui les avait unis et les unissait encore maintenant, elle avait le sentiment de le connaître mieux que personne.

Et c'est à elle et à elle seule qu'il avait choisi de révéler son lourd secret, se répéta-t-elle, s'abandonnant cette fois à la joie, puis laissant la joie recouvrir définitivement la déception suscitée par son mensonge. Mais elle n'osait pas encore s'appesantir sur les véritables raisons qui l'avaient décidé à faire d'elle la dépositaire de son secret.

Malgré l'extraordinaire sentiment de fusion, malgré la passion, elle ne voulait pas s'emballer sur l'avenir de leur relation.

Quand Maggie entendit le souffle de Sam devenir plus régulier, elle comprit qu'il s'était endormi. Au moment où elle se sentait à son tour basculer dans le sommeil, le bras de Sam se resserra autour de sa taille, et elle ne put s'empêcher de penser que c'était bon de s'appuyer sur un homme. Et en dépit de ses exhortations à la raison, elle s'imagina un avenir avec lui. C'est sur cet espoir qu'elle sombra dans un profond sommeil réparateur.

Le lendemain, après s'être levés et douchés, longuement et ensemble, Sam et Maggie s'apprêtaient à aller prendre leur petit déjeuner quand on frappa à leur porte.

C'était Nate. S'il remarqua qu'ils avaient passé la nuit ensemble, il resta discret.

— J'ai de bonnes nouvelles, annonça-t-il sans préambule. De nombreuses personnes ont vu Clay Howell traverser la ville en voiture, peu après l'accident d'hier : la carrosserie en était endommagée.

La vérité sur le double homicide tenait donc en deux mots : Clay Howell…

C'était lui, le meurtrier des parents de Sam, l'auteur de tous les actes de malveillance dont elle avait été victime, conclut Maggie. Son attitude ambiguë, puis désespérée, l'avait trahi. Curieusement, elle ne ressentait rien. Elle jeta un regard à Sam et constata que son visage était tendu, mais que son regard demeurait impassible.

— Tu as retrouvé sa voiture ? demanda Sam à Nate.

— Pas encore. Il ne l'a toujours pas conduite au

garage. Je suis passé chez lui ce matin, mais il n'y était pas, et sa voiture non plus. Je vais aller interroger Janet. Peut-être sait-elle où il se trouve.

— Je viens avec toi, déclara Sam impétueusement.

— *Nous* venons avec vous, rectifia Maggie.

Sam allait manifestement l'en dissuader, pensa-t-elle, mais il l'enveloppa d'un long regard. Une ombre de sourire tendit ses traits et il opina.

— Nous te suivons, Nate. Maggie ?

Elle tressaillit, rappelée à la réalité. Trop occupée à sourire à Sam, elle en avait oublié Cassidy, et tout le reste.

C'était la première fois que Maggie rencontrait Janet Howell. C'était une belle femme brune d'une soixantaine d'années. Elle fut sidérée de les voir arriver chez elle de si bon matin. Sans la présence de Cassidy, elle leur aurait sans aucun doute refermé la porte au nez.

— Que puis-je faire pour vous ? demanda-t-elle d'une voix mal assurée.

— Je cherche Clay, madame Howell, commença Nate. Il n'est pas chez lui et j'ai des raisons de penser que vous savez où il se trouve.

— Nous ne sommes plus mariés, je ne surveille pas Clay, répliqua Janet Howell un peu trop vite.

— Mais vous êtes toujours en contact avec lui, riposta Cassidy. Quand John Samuels est venu vous rendre visite, il y a quelques jours, vous avez averti Clay qu'il le cherchait.

— John Samuels cherchait Clay, j'ai donc pensé que Clay devait être au courant...

— Et cependant, vous avez affirmé à Samuels que vous ne saviez pas où il se trouvait, comme vous me le soutenez maintenant. Pourquoi devrais-je vous croire ?

— Parce que je vous dis la vérité, Cassidy. Je ne sais vraiment pas où se trouve Clay.

— Madame Howell, je suis très sérieux. Je vous interroge dans le cadre d'une enquête sur un homicide volontaire.

Janet Howell pâlit brusquement.

— Mais de quoi parlez-vous ?

— Clay a embouti le véhicule de M. Samuels, hier après-midi, dans une intention malveillante et crimi-nelle. John Samuels et Maggie Harper auraient pu être gravement blessés, ou tués. Nous devons donc savoir quelles étaient ses intentions et son mobile. Peut-être en avez-vous une idée ?

Maggie était certaine que Janet savait quelque chose. Et en effet, elle ferma subitement les yeux et se crispa, tandis que son visage devenait livide.

— Vous feriez mieux d'entrer... J'ai des aveux à vous faire, mais avant, je dois m'asseoir.

Elle se dirigea vers son salon d'un pas d'automate, laissant sa porte d'entrée grande ouverte. Ils la suivirent et s'y installèrent sans que Janet, visiblement accablée, le leur propose.

— Je savais que ce jour viendrait, reprit-elle en regardant Sam. Je l'ai su dès que vous êtes venu me poser des questions.

Puis elle tourna les yeux sur Maggie.

— Et dès que vous avez décidé de rénover la maison de Maple Road.

— Vous saviez que Clay tenterait de nous tuer ? demanda Sam.

— Non. En revanche, je savais qu'il me faudrait raconter ce qui s'était réellement passé, cette nuit-là.

Il était inutile de préciser de quelle nuit il s'agissait.

— Parlez, Janet, insista Nate.

Janet Howell prit une grande inspiration.

— Clay était censé être en déplacement.

— *Censé* ? répéta Nate. Il était donc en ville ?

— Non, il était bien parti, mais il est subitement revenu en tout début de soirée. Il avait prétendu qu'il partait en déplacement seulement pour me surprendre. Parce qu'il savait.

— Il savait quoi ?

Janet Howell ouvrit la bouche, mais aucun son n'en sortit. Puis, au terme d'un long silence, elle laissa échapper un soupir.

— J'avais une liaison, à l'époque, avoua-t-elle dans un murmure.

— Avec qui ?

Janet secoua la tête vigoureusement.

— Je ne vous le dirai pas. De toute façon, l'identité de mon amant n'a aucune importance. Le problème, c'est que Clay était convaincu que c'était Greg Ross, et que j'allais le retrouver.

— Pourquoi ?

Janet se mit à rire. Mais son rire était amer et sans joie.

— Parce qu'il était obsédé par Greg, voyons ! Il voulait que je démissionne de l'entreprise de Dalton, où j'étais secrétaire, parce que Greg y travaillait aussi. Cette obsession datait du lycée. Clay avait toujours voulu être meilleur que lui, alors que Greg l'ignorait et ne prêtait pas la moindre attention à cette jalousie maladive. Clay le savait, et cela le rendait encore plus enragé.

Elle marqua une pause avant de reprendre.

— Bref, Clay est revenu à la maison en début de soirée. Je portais une élégante toilette, qui ne laissait aucune doute sur mes projets ; je sortais dîner en galante compagnie. Clay m'a dit qu'il savait que je le trompais. Il m'a demandé si c'était avec Greg Ross.

Janet Howell leva les mains avec lassitude.

— Je ne supportais plus de l'entendre parler de Greg Ross... Alors, par bravade, je lui ai dit que c'était bien possible. Et d'ailleurs, je sortais le retrouver.

Elle reprit son souffle et continua.

— Je lui ai dit aussi que s'il s'était comporté en homme digne de ce nom, et non comme un enfant insupportable, je n'aurais pas eu besoin de le tromper. Clay a hurlé. Il a proféré des imprécations et affirmé que Greg Ross n'avait jamais voulu de moi, au lycée, qu'il ne voudrait pas davantage de moi maintenant. Il a ajouté que je m'illusionnais, si je pensais qu'il quitterait Emily pour mes beaux yeux. Il a prédit que ma soirée avec lui serait un fiasco !

Elle soupira.

— Comme je ne voulais pas en entendre davantage, je suis partie. J'avais bien l'intention de voir mon amant, comme prévu. Lui et moi avons passé la nuit dans un motel, et je me suis efforcée d'oublier la jalousie de Clay. Le lendemain, lorsque je suis revenue à la maison, Clay était dans le salon. Il était blême, décomposé et en sueur. Surtout, il puait l'alcool. Il m'a fixée avec ce regard terrible que je n'ai jamais oublié et que je ne saurais décrire, puis il s'est levé et il est sorti du salon sans dire un mot. Dans la matinée, j'ai appris que Greg et Emily Ross avaient été assassinés dans la nuit. J'ai tout de suite compris ce qui avait dû se passer : Clay, sous le coup de la colère, les avait tués.

— Clay ne vous l'a jamais dit clairement ?

— Non. A quoi bon ? Si je n'avais pas dit que...

Elle retint un sanglot.

— Pauvres gens...

— Pourquoi ne l'avez-vous pas dénoncé ?

— Parce que Clay était mon mari, dit-elle simplement.

Je n'étais peut-être pas heureuse avec lui, mais je l'aimais, d'une certaine façon, et je ne pouvais le dénoncer. De plus, j'avais ma part de responsabilité dans ce double meurtre. Clay ne serait jamais devenu un meurtrier si je ne l'avais pas provoqué. Et si je l'avais dénoncé, j'aurais été obligée d'avouer que j'avais une liaison extraconjugale, l'identité de mon amant aurait été révélée. J'ose à peine imaginer quelle aurait la réaction de Clay, et celle des gens... Nous aurions été mis au ban de la ville.

— Mais si vous étiez aussi loyale envers votre mari, pourquoi avoir divorcé ?

— Parce que notre vie est devenue impossible, avec ce secret qui pesait entre nous. On n'en parlait jamais, mais il était omniprésent. Ma seule chance de tourner la page, c'était de ne plus partager mon quotidien avec Clay.

— Madame Howell, je répète ma question : avez-vous une idée de l'endroit où Clay aurait pu se réfugier ?

Janet resta silencieuse. Maggie n'aurait su dire si elle réfléchissait, ou si elle hésitait à le leur révéler.

— Mon père avait un chalet, au bord de la rivière. Clay en possède toujours la clé.

— Merci. Je vous conseille maintenant de ne pas lui téléphoner pour l'avertir que nous sommes en route.

— Je vous le promets.

Elle soupira.

— A quoi bon l'avertir ? J'ai enfin avoué la vérité. Je ne veux plus le couvrir...

Mais elle ne paraissait pas soulagée de s'être déchargée de son secret, au contraire. Les larmes inondaient son visage, qui semblait soudain vieilli.

*
* *

— Je vous téléphonerai pour vous tenir au courant de la suite des événements, déclara Nate en sortant de chez Janet Howell.

— Je viens avec toi, objecta Sam.

— Il n'en est pas question !

— Je te dis que je viens !

— Ecoute, Sam, j'ai fait assez de concessions, mais maintenant, c'est terminé. J'ai accepté que vous veniez avec moi chez Janet Howell, parce que je savais que ce serait à mon avantage ; il lui aurait été difficile de nier les actes de Clay en présence de ses deux dernières victimes. Mais je procéderai à l'arrestation de Clay sans la présence de civils.

— Je resterai à l'écart.

— Non, Sam. Clay est peut-être dangereux, intervint Maggie. Nous ne savons pas comment il réagira, au moment de son arrestation.

— Maggie a raison, renchérit Nate. Tu devrais l'écouter.

Sam adressa un regard étonné à Maggie.

— Après tout ce qui s'est passé, tu recules ?

— Non, je suis raisonnable.

— Je suis revenu à Fremont pour découvrir le meurtrier de mes parents !

— Tu y as réussi.

— Ça ne me suffit pas ! Je veux être présent lorsque Clay Howell sera arrêté. Je veux voir le visage de cette ordure quand la police lui passera les menottes. J'en ai besoin ! Tu ne peux pas le comprendre ?

Son regard et ses mots imploraient. Maggie comprenait ce qu'il ressentait : elle voyait, derrière son visage viril qu'elle avait tant contemplé, au cours de la nuit, celui du petit garçon de dix ans qui se jugeait responsable du meurtre de ses parents et qui avait besoin de voir de ses propres yeux l'arrestation du meurtrier.

Mais elle avait peur que Sam, qu'elle aimait déjà à en perdre la raison, ne coure un danger et ne soit blessé, au cours de l'arrestation de Clay Howell.

— Je comprends, mais je ne suis pas d'accord, dit-elle doucement.

Sam s'adressa à Nate.

— Allons-y ! Tu ne peux pas me laisser à l'écart. Tu sais que je dois assister à son arrestation.

Maggie était certaine que Nate allait de nouveau objecter, mais elle se rendit compte que sa résolution faiblissait. Il hésita, puis soupira et finalement baissa la tête.

Quand il la releva, il regarda Sam droit dans les yeux.

— D'accord, mais tu restes dans la voiture de patrouille. Si jamais tu en sors, je t'arrête, toi aussi.

Maggie le dévisagea avec incrédulité, et cependant, elle aurait dû s'y attendre. Nate avait autrefois été le meilleur ami de Sam et avait été lui aussi été traumatisé par le meurtre du couple Ross. Pour cela, il ne pouvait refuser de se rendre à la prière de son ami d'enfance. Le meurtre des Ross n'avait vraiment épargné personne à Fremont.

— D'accord, conclut Sam.

Il posa sa main sur le bras de Maggie.

— Tout ira bien, je te jure que je serai prudent.

Elle hocha la tête avec effort, remplie d'appréhension.

16

De retour dans la maison de Maple Road, Maggie évita le plus possible de penser à Nate et à Sam. Malheureusement, de terrifiantes visions de Clay Howell livrant sa dernière bataille et de Sam piégé dans une fusillade mortelle l'obsédaient. Elle regrettait de ne pas avoir suivi Nate et Sam, tout en sachant qu'elle aurait pu gêner la police. Dans tous les cas, si quoi que ce soit arrivait à Sam, elle ne le supporterait pas.

A la fin, elle s'efforça de se concentrer sur les dégâts causés par l'incendie pour se changer les idées.

Un incendie allumé par Clay Howell, qui redoutait que la lumière ne soit faite sur ses crimes.

Clay Howell avait tué Greg et Emily Ross et privé cinq enfants de leurs parents parce qu'il avait été obsédé par l'idée que sa femme le trompait avec Greg Ross.

Mais au fait, qui était l'amant de Janet ? Un homme qui devait toujours vivre à Fremont, avec sa famille, sans quoi Janet n'aurait pas passé son identité sous silence. Dans tous les cas, l'homme avait une famille, à l'époque, et il avait pu découcher facilement, sans susciter les soupçons, pour rejoindre sa maîtresse. C'était incroyable, le nombre de personnes qui n'avaient pas été chez elles, le soir du meurtre !

A moins que, justement, cela n'ait pas été une coïncidence ?

Maggie se figea, réfléchit intensément. Ensuite, mue par une impulsion, elle appela les renseignements. Elle ne savait pas vraiment pourquoi. Au point où ils en étaient, cela n'avait même plus aucune importance, mais elle ne supportait pas son inaction et ses doutes. Elle voulait en avoir le cœur net.

Une fois qu'elle eut obtenu le numéro de téléphone désiré, elle le composa sans attendre. Janet Howell mit du temps à répondre.

— Madame Howell ? C'est Maggie Harper. Ne raccrochez pas, je vous en prie ! commença-t-elle, percevant son hésitation.

— Qu'est-ce que vous voulez encore ? demanda brusquement Janet.

— Votre amant… c'était Paul Winslow, n'est-ce pas ?

L'exclamation de Janet lui prouva qu'elle ne s'était pas trompée.

— Mais comment avez-vous… ?

Elle se tut et reprit après un silence.

— Oui, dit-elle d'une voix inaudible. Mais comment l'avez-vous su ?

— Je me suis entretenue avec sa fille Teri, il y a quelques jours. Elle m'a expliqué qu'il n'avait pas été en ville, le soir du meurtre, et qu'elle était restée seule à la maison. En définitive, deux hommes qui avaient des griefs contre les Ross n'étaient pas à Fremont, ce soir-là. La coïncidence m'a frappée. De plus, j'avais remarqué des similitudes de caractère entre Paul Winslow et Clay Howell, acheva-t-elle avec tact.

Janet rit doucement.

— Je suis abonnée à un type d'homme : les mauvais garçons, les rebelles, les coléreux. Sans doute parce que les garçons comme Greg Ross ne se sont jamais intéressés à moi.

Nulle amertume dans sa voix, seulement un peu de mélancolie et du regret.

— Pourquoi n'êtes-vous pas restée avec Paul Winslow, après votre divorce avec Clay ?

A peine eut-elle formulé cette question que Maggie se reprocha d'avoir été indiscrète. Elle allait s'excuser mais, déjà, Janet répondait.

— Paul et moi avions déjà rompu, à l'époque. Je voulais des enfants, mais Paul ne voulait pas être père. En tout cas, il n'en était pas un pour sa fille... Je ne savais pas qu'il laissait Teri seule à la maison, les nuits où nous nous retrouvions. Il affirmait qu'elle dormait chez des amis.

— Vous ne vous êtes pas étonnée de le retrouver dans un motel, et non chez lui ?

— Non. Nous étions prudents. Un voisin aurait pu me voir sortir de chez lui, tout le monde à Fremont aurait été au courant : il n'y a pas de secrets, ici, vous savez.

Maggie était prête à la contredire, mais elle garda le silence. Au cours de ces derniers jours, elle avait eu l'impression, au contraire, qu'il y avait trop de secrets à Fremont.

— Pauvre petite Teri..., reprit Janet avec un soupir. Non seulement elle avait un père négligent, mais elle a perdu coup sur coup deux professeurs qu'elle affectionnait beaucoup et qui étaient proches d'elle.

— Deux professeurs ?

— Eh bien oui : Emily Ross et Spencer Barton, l'un des professeurs les plus aimés du lycée. Je ne l'ai pas connu, j'avais déjà quitté le lycée. Il devait avoir mon âge, je crois. Je me souviens qu'après sa mort, les élèves ont fait une collecte pour lui élever une plaque commémorative.

Maggie s'en souvint aussitôt.

— Qu'est-ce qui lui est arrivé, au juste ?

— Il est mort dans un incendie. Un an après la mort des Ross. Quelle tragédie… Les élèves l'aimaient beaucoup, mais je me souviens que Teri avait une prédilection pour lui. Paul m'avait dit qu'il lui donnait des cours particuliers. Je m'en souviens bien : il semblait soulagé que quelqu'un s'intéresse à sa fille, vu que lui, il ne s'y intéressait pas.

Frappée par ses premiers mots, Maggie avait à peine écouté la suite du récit de Janet.

Spencer Barton était mort dans un incendie. On avait allumé un incendie chez elle. Une coïncidence ?

A moins, justement, que ce n'en soit pas une.

Maggie avait besoin d'informations supplémentaires, plus que Janet ne pouvait lui en donner, et très vite.

— Merci, madame Howell, coupa-t-elle, perdue dans ses pensées. Votre aide a été très précieuse.

Et sans attendre sa réponse, elle raccrocha en cherchant ses clés de voiture.

Deux policiers se tenaient déjà aux abords de la cabane de pêcheur, lorsque Nate se gara. Quand Nate avait appelé le poste de police et ordonné à tous ses hommes disponibles de s'y rendre, Sam s'était attendu à ce qu'il y ait plus de deux policiers, mais il avait surestimé l'importance des effectifs de la police de Fremont.

Dès que Nate eut coupé le moteur, Sam ouvrit la portière.

— Tu dois attendre dans la voiture ! lui rappela Nate.

— Nous sommes loin de la cabane.

Il descendit donc de la voiture, sans écouter la réponse inaudible mais sans aucun doute contrariée de Nate.

Mais lorsque les deux policiers s'approchèrent d'eux, Nate parut se désintéresser de lui.

— Vous êtes certains que Clay Howell est là ? demanda-t-il à ses hommes.

Le plus grand opina.

— Oui, sa voiture est garée devant le chalet, et sa carrosserie est très endommagée. Il est donc là, ou du moins, il est dans les parages.

Au même instant, la porte de la cabane s'ouvrit sur Clay Howell.

Nate dégaina aussitôt son arme.

— Reste ici ! intima-t-il à Sam sans le regarder, puis en s'approchant de la cabane.

Les deux policiers lui emboîtèrent le pas. Sam attendit quelques secondes avant de les suivre.

La voix de Nate s'éleva.

— Ne bougez pas ou je tire, Howell.

De loin, Sam vit Howell se figer sous l'effet de la surprise. Il était pitoyable, dans ses vêtements fripés. A croire qu'il avait dormi dedans.

Il semblait également ivre, songea Sam, le voyant chanceler lorsque les policiers se jetèrent sur lui pour lui passer les menottes. Il n'eut pas le temps de se débattre. De toute façon, il n'en paraissait pas capable. Il tomba lourdement à genoux dans l'herbe.

Sam s'approcha lentement, sans le quitter des yeux. Il était dans une rage folle qu'il contrôlait mal. Cet homme avait tué ses parents, et il avait agressé Maggie.

— Clay Howell, vous êtes en état d'arrestation pour avoir attenté à la vie de Maggie Harper et de John Samuels, commença Nate.

Clay Howell l'interrompit.

— Il le fallait ! lâcha-t-il d'une voix geignarde. Sinon, John Samuels n'aurait jamais laissé Janet tranquille. Lui et Maggie allaient finir par tout comprendre. Je devais la protéger.

— Protéger qui ? interrogea Nate.

— Mon Dieu, c'est ma faute… Janet n'aurait jamais fait ça, si je n'avais pas été aussi jaloux.

— Qu'est-ce qu'elle a fait ? demanda Sam à son tour, ignorant le regard contrarié de Nate.

— Elle les a tués.

Et il se mit aussitôt à pleurer.

— Janet a tué Greg et Emily Ross ? demanda Nate pour préciser.

— Janet a toujours eu beaucoup de tempérament, expliqua Clay entre deux sanglots. Elle aimait Greg, mais Greg n'aurait jamais quitté Emily pour elle. Je l'ai dit à Janet, cette nuit-là. Greg a aussi dû le lui dire, au cours de leur petite soirée. Cela a dû mettre Janet très en colère, parce qu'elle n'est pas rentrée de la nuit. Et lorsqu'elle est revenue, au petit matin, elle avait l'air terriblement coupable. Dans le cours de la matinée, lorsque la nouvelle du meurtre des Ross s'est répandue comme une traînée de poudre en ville, j'ai tout compris. Elle les avait tués et savait que je l'avais compris. Je devais absolument la protéger, vous comprenez ? Pour me racheter. Parce que c'était ma faute. Parce que je n'avais pas été un bon mari.

Il se remit à sangloter. Nate, Sam et les deux policiers se regardaient dans un silence stupéfait.

Enfin, Nate secoua la tête.

— Nous allons tirer la situation au clair au poste de police.

Il fit un geste aux deux policiers.

— Emmenez-le.

Pétrifié par les aveux de Clay Howell, Sam ne vit pas

les deux policiers conduire Howell à leur voiture. Il ne vit pas non plus Nate, soucieux, qui s'approchait de lui.

— Ça va ?

— Ce n'est pas lui, le meurtrier, murmura Sam, qui avait l'impression de retourner dans son cauchemar.

— Il ment peut-être ?

— Il est trop ivre. Tu as constaté comme moi qu'il empestait l'alcool. Il est incapable de mentir dans l'état où il est. Il a dit la vérité.

Nate hocha la tête.

— Nous devons donc retourner interroger Janet.

— Ce n'est pas Janet non plus. Elle a pensé que c'était Clay, l'assassin, et Clay a pensé que c'était elle… Mais tous deux sont innocents. Et ils ont vécu dans cette erreur sinistre pendant trente ans.

— Comment peux-tu être aussi sûr de leur innocence ?

— Janet avait une liaison, mais certainement pas avec mon père. Jamais il n'aurait trompé ma mère.

— C'est ce que tu veux croire, mais tu n'étais qu'un gamin, Sam. Les enfants ont une vision idéalisée de leurs parents.

— Je te dis que ça n'est pas possible ! s'obstina Sam.

— Ne t'énerve pas, j'essaie moi aussi de donner un sens aux aveux de Clay et de Janet !

— C'est inutile de se fourvoyer plus longtemps, coupa Sam. Nous perdons notre temps.

Il revint vers la voiture. Le mariage de son frère aîné avait lieu deux jours plus tard, et il ne connaissait toujours pas l'identité du meurtrier de ses parents.

Dans ces conditions, il ne *pouvait* se rendre à ce mariage ; il ne pouvait revoir ses frères sans avoir réparé, au moins partiellement, sa responsabilité dans le drame en leur offrant le nom du meurtrier.

Une terrible déception l'envahit.

Il s'arracha à son immobilité et se remit en marche. Il était plus perdu que jamais, après avoir tant espéré, mais il était bien obligé de se remettre à vivre, malgré le fil du passé qui le retenait inexorablement et l'empêchait d'avancer.

Maggie était prête à affronter le regard glacé de Shelley Markham quand elle entra dans la bibliothèque municipale.

— Je voudrais effectuer des recherches sur Spencer Barton, annonça-t-elle tout de go. Il était professeur au lycée de Fremont, et il est mort dans l'incendie de sa maison, il y a environ trente ans.

— Je suis occupée, prétendit Shelley Markham sans vergogne.

Maggie se força à sourire.

— Ce ne sera pas long. Je sais en quelle année il est mort, mais je n'ai pas la date exacte.

— Je viens de vous dire que j'étais occupée.

— Alors j'attendrai jusqu'à ce que vous vous décidiez à faire votre travail et à m'aider.

La bibliothécaire lui adressa un sourire glacial.

— Si vous ne partez pas tout de suite, j'avertis la police.

— La police de Fremont est actuellement occupée à procéder à l'arrestation de l'homme qui a voulu nous tuer, mon ouvrier et moi. Je suis certaine que vous en avez entendu parler, puisque vous êtes au courant de tout ce qui m'arrive depuis mon retour. Ces derniers jours ont été vraiment éprouvants, et ce n'est pas une petite bibliothécaire arrogante qui va m'intimider.

Une lueur de colère jaillit dans le regard de Shelley Markham. Ses lèvres ne formèrent plus qu'une mince ligne, comme si elle les mordillait de rage impuissante.

Enfin, elle répondit, le visage toujours pincé, et d'une voix étranglée.

— C'est arrivé en octobre.

Maggie lui adressa un large sourire satisfait.

— Vous ne faites pas partie de cette ville, lança Shelley Markham, les yeux plissés.

Maggie se mit à rire.

— Dieu merci !

Shelley Markham ouvrit cette fois de grands yeux.

— Vous pensiez m'insulter ? reprit Maggie. Au contraire. Franchement, c'est la chose la plus gentille qu'on m'ait dite depuis que je suis revenue !

L'interrogatoire de Janet Howell se déroula au poste de police. Elle nia évidemment en bloc sa responsabilité dans la mort de Greg et Emily Ross, et nia avoir eu une liaison avec Greg. Elle finit même par révéler que c'était Paul Winslow, son amant, et s'étonna que Maggie ne le leur ait pas dit plus tôt.

L'entendant parler de Maggie, Sam eut soudain le désir irrépressible de la revoir. A quoi bon rester plus longtemps au poste ? Il y perdait son temps. Clay et Janet Howell s'étaient mépris sur le sens de leur attitude mutuelle, le matin du meurtre. Chacun avait cru protéger l'autre par un silence absurde qui avait duré trente ans et qui, en définitive, avait gâché leur vie.

Perdu dans ses pensées, Sam sortit de la voiture de police qui l'avait reconduit à Maple Road, et remarqua avec étonnement que la fourgonnette de Maggie n'était pas là. Vaguement conscient que la voiture de patrouille reculait, il fixa la place où elle se garait habituellement. Où était-elle ?

En ville ? Sans doute. Sinon, où ? Sam se détournait

pour demander au policier de le reconduire au centre-ville, mais il était trop tard : la voiture de patrouille disparaissait déjà dans le virage.

Sam reporta donc son attention sur la maison. Il n'avait d'autre choix que d'attendre son retour, car le pick-up de Mike était au garage.

Refoulant le malaise habituel que provoquait en lui la maison, il gravit les marches, prit une grande inspiration et ouvrit la porte avec sa clé.

La maison était déserte, assombrie par la pénombre de la fin d'après-midi. Le silence qui pesait, à l'intérieur, était comme toujours étonnant et déconcertant.

Sam alluma la lumière, referma la porte à clé derrière lui. Il n'irait pas dans la cuisine. Cette seule pensée lui faisait horreur.

Il entra donc dans la pièce de droite, autrefois le salon, où il n'avait que de bons souvenirs. Le film du passé se déroula de nouveau devant ses yeux, le plongeant dans une nostalgie poignante.

Puis il entendit du bruit tout près. Ça ne pouvait être Maggie, puisque sa fourgonnette n'était pas là. Décontenancé, il se détourna, mais au même instant, il reçut un coup violent sur la tête qui le fit tomber à genoux.

Il allait se redresser, mais un second coup eut raison de lui, et il s'effondra.

Il entendit un bruit de pas qui semblait venir de très loin, tandis qu'un troisième coup lui faisait cette fois perdre conscience.

La nuit tombait lorsque Maggie sortit de la bibliothèque municipale. Elle aurait pu imprimer les articles qu'elle avait consultés et les rapporter à la maison, mais la tentation de narguer Shelley Markham en restant le plus longtemps possible à la bibliothèque avait été trop forte.

Elle avait vite oublié, cependant, la présence de l'acariâtre bibliothécaire : la lecture des articles des journaux de l'époque s'était avérée si passionnante, en effet, qu'elle n'aurait voulu pour rien au monde en différer la lecture.

Ces articles confirmaient largement le récit de Janet Howell sur Spencer Barton : il avait été très apprécié par ses élèves. Il avait vingt-neuf ans, était célibataire et très séduisant. Il avait trouvé la mort dans un incendie, en pleine nuit. Comme il était fumeur, la police avait conclu qu'il avait mal éteint sa cigarette ou qu'il s'était endormi, sa cigarette toujours allumée. Quoi qu'il en soit, sa maison avait été complètement consumée par les flammes, et il n'avait eu aucune chance d'en réchapper.

En apparence, la mort tragique de Spencer Barton n'avait rien à voir avec celles d'Emily et de Greg Ross ; le couple Ross avait été égorgé, Spencer Barton avait trouvé la mort dans un incendie accidentel. Ils n'avaient également rien en commun, mis à part le fait qu'Emily et Spencer avaient enseigné dans le même lycée, et qu'ils avaient été proches d'une élève en particulier.

Nate étant sur le point d'arrêter le meurtrier de Greg et d'Emily Ross, Maggie n'avait aucune raison de penser qu'il existait un lien entre le meurtre des Ross et la mort de Spencer Barton, mais elle ne pouvait s'empêcher de penser que ce lien existait, et son malaise grandissait. Malheureusement, elle n'avait pas assez d'éléments pour étayer ses soupçons et opérer une reconstitution précise des faits tels qu'ils avaient pu — ou dû — se dérouler.

En arrivant chez elle, elle constata que toutes les lumières étaient éteintes. Sam n'était donc pas encore rentré ? Elle s'en étonna. Nate et Sam étaient tout de même partis depuis longtemps… Nate avait-il retrouvé

Clay ? Si oui, est-ce que ce dernier était passé aux aveux complets ? Voilà qui aurait eu le mérite de dissiper ses propres soupçons, et son sentiment de malaise toujours présent.

Et si, lors de l'arrestation de Clay Howell, la situation s'était envenimée ? D'où l'absence de Sam à cette heure tardive, peut-être ? Son cœur se mit à battre plus fort, tandis que l'inquiétude l'envahissait. Elle imaginait Sam blessé, dans un état grave...

D'un autre côté, il était peut-être dans la cuisine, qu'elle ne voyait pas de la rue, et ne s'était pas donné la peine d'allumer la lumière dans toute la maison.

Maggie entra d'un pas pressé, son nom sur les lèvres.
— Sam ?

Au même instant, une forte odeur d'essence lui parvint.

Elle se figea sur le seuil de la porte, envahie par la peur. Il n'y avait pas de lumière dans la cuisine, contrairement à ce qu'elle avait espéré un instant plus tôt. La maison était plongée dans la pénombre. Tout ce qu'elle voyait, c'était le soleil couchant, dont les derniers rayons passaient par les vitres encore intactes des fenêtres.

Maggie hésita, perplexe et toujours inquiète. Il y avait une seule explication à cette odeur d'essence : son pyromane était revenu.

Elle eut envie de passer chaque pièce en revue pour le débusquer et éviter l'inéluctable, mais sa prudence et l'instinct la contraignirent à rester immobile. La maison pouvait en effet s'embraser d'une minute à l'autre, et elle ne voulait pas perdre la vie dans ses flammes.

Elle prêta l'oreille, fouilla du regard les ombres de la maison, cherchant à repérer l'endroit où se cachait le pyromane.

Soudain, une lueur métallique attira son attention sur

sa droite. Faute de lumière, elle identifia l'objet avec un temps de retard.

C'était une clé sur un anneau en métal.

La clé de la maison, qu'elle avait donnée à Sam.

Le cœur battant de plus en plus fort, elle s'efforça de se raisonner.

Sam était déjà rentré, ou tout au moins, il était repassé ici. Mais s'il avait perdu sa clé, il l'aurait cherchée pour fermer la porte à clé avant de repartir. Et s'il l'avait fait tomber par inadvertance, il en aurait entendu le bruit et l'aurait ramassée.

A moins qu'on ne lui en ait pas laissé la possibilité ?

Les suppositions déferlaient dans son esprit. Aucune n'était de bon augure. Maggie décida de fouiller sa maison.

La maison ne valait pas la peine qu'elle risque sa vie.

Mais Sam, oui.

A peine eut-elle formulé cette pensée qu'elle entra dans la pièce et ramassa la clé : c'était bien le double qu'elle avait remis à Sam.

L'odeur d'essence devint tout à coup si puissante qu'elle craignit de suffoquer et mit son bras en travers de son visage. Serrant la clé comme un talisman qui la conduirait jusqu'à Sam, elle passa ensuite les pièces du rez-de-chaussée en revue, le pas feutré et prudent. Jamais le silence ne lui avait semblé si lourd. Puis, tout à coup, elle entendit un craquement tout proche du plancher.

Maggie s'immobilisa, dans l'attente, et cependant prête à fuir. Le pyromane n'était qu'à quelques pas derrière elle, et il voulait qu'elle prenne conscience de sa présence.

Maggie savait qu'il ne pouvait s'agir de Sam : il n'aurait pas eu la perversité de jouer à ce jeu du chat et de la souris avec elle.

C'était son ennemi qui était tapi là, derrière elle,

l'ennemi qu'elle cherchait à coincer et à affronter depuis près de deux semaines.

Le pyromane ne disant mot, Maggie comprit que la balle était dans son camp.

Elle se détourna lentement, et prit la parole avant même de découvrir qui se tenait dans son dos.

A quoi bon ? Elle connaissait déjà son identité.

— Bonsoir, Teri.

17

Teri Winslow la dévisagea, le visage étrangement calme, son jerrycan d'essence toujours à la main.

Son calme était plus terrifiant qu'une explosion de colère ou de haine. Elle dévisagea Maggie, comme si elles s'étaient croisées sur un trottoir, en ville, et avaient échangé des politesses.

— Vous savez tout, n'est-ce pas, Maggie ?

— Si je sais que vous avez tué les Ross ? demanda Maggie.

— Qui d'autre le sait ?

— Le chef de la police, mentit Maggie. Lui et ses hommes ne vont plus tarder.

Teri ne parut pas accorder d'importance à cette information.

— Comment avez-vous compris ?

— Le feu, expliqua Maggie. Spencer Barton est mort dans un incendie apparemment accidentel. On a incendié ma maison, on m'a menacée parce qu'on ne supportait pas l'idée que je la rénove et que je m'intéresse à une affaire vieille de trente ans. J'ai fait le rapprochement entre le meurtre d'Emily Ross et Spencer Barton, tous deux professeurs dans le même lycée et proches d'une certaine élève. J'ai trouvé la coïncidence troublante.

Teri hocha paisiblement la tête avant de baisser les yeux sur son jerrycan.

— J'aurais dû y penser. Mais tout avait si bien fonctionné jusque-là… Je voulais continuer d'effacer les erreurs, dit-elle doucement.

— Vous avez tué Spencer Barton parce que c'était une erreur ?

Teri fronça les sourcils comme si Maggie l'avait frappée.

— Oui, dit-elle d'une voix faible.

— Vous aviez une liaison avec Spencer Barton, n'est-ce pas ?

— Nous étions amants, confirma Teri. J'avais seize ans lorsqu'il m'a séduite. Nous nous retrouvions souvent chez lui, et j'étais d'autant plus libre de le rencontrer que mon père était rarement à la maison. J'étais amoureuse de Spencer et je pensais qu'il m'aimait.

— Emily Ross a découvert les rapports que vous entreteniez avec Spencer ?

— Elle nous a surpris. Nous n'étions pas enlacés, on ne s'embrassait pas, mais notre attitude était assez ambiguë pour qu'elle comprenne la nature de nos rapports. Spencer me parlait à l'oreille, je riais. Lorsque j'ai levé les yeux, j'ai tout de suite vu Emily, immobile, qui nous observait. Nous nous sommes écartés l'un de l'autre et nous avons tenté d'avoir l'air normal, mais c'était trop tard.

Là-dessus, Emily Ross était rentrée à la maison, continua Maggie en son for intérieur. Elle avait été soucieuse et contrariée, à tel point qu'elle s'était énervée quand son fils lui avait demandé l'autorisation d'aller dormir chez un ami. Sam n'avait pas compris la raison de son refus, selon lui non motivé, et s'était même étonné de sa colère. Une colère provoquée par l'impudence d'un professeur qui jouait avec les sentiments de l'une de ses élèves.

— Spencer a paniqué, enchaîna Teri d'une voix monocorde. Je ne l'avais jamais vu dans un état pareil…

Il répétait qu'Emily raconterait tout au principal du lycée, qu'il serait démis de ses fonctions et serait obligé de quitter la région. Le même soir, nous étions censés passer la nuit ensemble, parce que mon père était en déplacement, mais Spencer était trop contrarié. Il m'a intimé l'ordre de rentrer chez moi. J'ai obéi, mais je continuais de penser à Emily, j'avais peur que Spencer ne doive partir... Je n'avais que lui dans la vie, vous comprenez. J'ai donc décidé d'intervenir, pour empêcher Emily de nous dénoncer.

— Vous l'avez tuée, précisa Maggie, qui ne put s'empêcher d'intervenir. En dépit du fait qu'elle se faisait du souci pour vous... Elle savait que vous n'étiez qu'une passade, pour Spencer.

— Je le sais, maintenant. Mais pas à l'époque. Parce qu'à l'époque, je pensais...

Teri prit une grande inspiration et haussa les épaules avec lassitude.

— Je pensais que Spencer m'aimait.

Elle avait prononcé ces mots avec une telle tristesse que Maggie ressentit presque de la compassion à son égard, mais ce fut bref, car elle repensa vite à Greg et à Emily, et à leurs cinq enfants.

A Sam.

— Comment êtes-vous entrée chez eux ? demanda-t-elle.

— Je suis passée par-derrière, avec ma clé.

— La porte de derrière était donc fermée à clé ?

Teri fronça les sourcils, étonnée.

— Evidemment !

Greg ou Emily avaient dû remarquer que la porte de derrière était restée ouverte, et l'avaient fermée après le départ de Sam. Sam avait donc été accablé par un sentiment de culpabilité, pendant des années... pour rien. Il n'avait aucune responsabilité dans le meurtre de ses parents.

— Pourquoi avoir tué Greg Ross ?

— Je n'en avais pas l'intention. Je ne pensais même pas à lui, d'ailleurs. Tout ce que je voulais, c'était empêcher Emily de nous dénoncer. Quand j'ai été dans la cuisine, je me suis emparée d'un couteau, puis je suis montée à l'étage, dans leur chambre. Emily n'y était pas. Greg dormait déjà. J'ai eu peur, je me suis dit qu'elle lui avait peut-être tout raconté. Dans ces conditions, je ne devais pas lui laisser la vie sauve. Quand j'ai constaté qu'il se réveillait, j'ai paniqué.

— Où était Emily ?

— Dans la salle de bains du rez-de-chaussée. J'étais passée devant sans me rendre compte qu'elle s'y trouvait. Quand j'en ai eu... fini avec Greg Ross, j'ai attendu dans le couloir qu'elle remonte dans sa chambre, mais elle est allée dans la cuisine. Je suis redescendue et l'y ai suivie.

— Elle vous a vue ?

Teri déglutit. Lorsqu'elle se remit à parler, Maggie entendit des larmes dans sa voix.

— Pas au début, mais elle s'est subitement détournée et m'a découverte. J'ai aussitôt asséné mes coups de couteau. Emily n'a rien dit, elle me regardait seulement. Moi, je continuais de frapper, obsédée par la pensée qu'elle allait m'arracher Spencer. J'ai frappé jusqu'à ce que je ne voie plus aucune expression dans ses yeux.

— Spencer Barton n'a jamais rien su ?

— Je ne le lui ai jamais dit. Et s'il a eu des soupçons, il me les a cachés. Il a été soulagé, et moi, j'ai été heureuse que tout soit réglé, qu'on reste ensemble. Je refusais de penser à Emily, à Greg Ross ou à leurs enfants.

— Pourquoi avez-vous tué Spencer Barton ?

— J'étais de plus en plus inquiète, parce qu'on ne

passait plus autant de temps ensemble. Je n'en comprenais pas la raison, jusqu'à ce que je le voie avec une fille de première. J'avais presque dix-huit ans, peut-être que je ne l'intéressais plus... Et tout à coup, je l'ai vu tel qu'il était. Il ne m'aimait pas, et d'ailleurs, il ne m'avait jamais aimée. C'était juste un bel homme qui avait du succès auprès de ses élèves, et qui en profitait. Il m'avait utilisée. Combien d'autres filles utiliserait-il ? J'avais tué deux personnes pour lui, par amour pour lui, et voilà comment il me remerciait ?

Un sanglot jaillit sur ses lèvres.

— J'ai voulu que ça finisse.

— Vous avez donc incendié sa maison.

— Oui.

Elle baissa les yeux sur son jerrycan avec un air détaché, presque de l'amusement.

— Je n'avais pas d'essence, à l'époque, pas comme l'autre nuit, quand j'ai essayé de mettre le feu à votre maison de l'extérieur. Je suis tout simplement entrée chez Spencer. Il dormait... J'ai frotté une allumette que j'ai jetée sur son lit. Je doute qu'il se soit réveillé.

Fremont avait pleuré un professeur adoré par ses élèves, mais oublié un autre professeur qui aurait pu mettre fin à sa carrière de séducteur, songea Maggie.

— Pourquoi ne vous êtes-vous pas livrée à la police ? Pas sur le moment, mais plus tard. Vous étiez jeune, vous auriez bénéficié des circonstances atténuantes.

— Je ne voulais pas qu'on sache, et je ne le veux toujours pas. L'idée qu'on apprenne ce que j'ai fait et pourquoi... Non, c'est impossible. Une fille esseulée s'amourachant d'un homme qui a l'âge d'un père toujours absent... Je refuse d'être l'illustration d'un tel cliché ! Ce serait pire que tout.

Maggie allait répondre, quand la voix de Sam s'éleva.

— Ce qui est pire que tout, c'est d'être une criminelle.

Sam émergea de l'ombre, le visage empreint d'une froide colère.

Un vif soulagement envahit Maggie. Il était sain et sauf ! De joie, elle faillit prononcer son prénom, et trahir son identité.

Sam aurait voulu presser Maggie de fuir, car il avait remarqué, en revenant du jardin derrière la maison, où Teri l'avait traîné, que le rez-de-chaussée était inondé d'essence. De plus, elle tenait toujours le jerrycan d'une main, et de l'autre, des allumettes.

Mais il doutait que Maggie accepte de le laisser seul.

Et lui, il ne sortirait pas de la maison tant que Teri Winslow, la femme qui avait assassiné ses parents de sang-froid, s'y trouverait.

Elle ressemblait à l'adolescente dont il se souvenait : vive et mince, avec des cheveux bruns raides et des lunettes. Mais elle n'était plus la jeune fille enjouée qui riait et jouait avec ses frères et lui, et leur préparait le goûter en attendant le retour de leurs parents.

Teri Winslow semblait hantée.

— Sam…, dit-elle doucement, et à son plus grand étonnement.

— Tu sais donc qui je suis ?

— Dès que je t'ai vu, je t'ai reconnu, Sam. Tu ressembles étonnamment à ton père.

— Mon père que tu as tué.

— Oui, convint-elle avec une tristesse et une simplicité qui avivèrent sa colère.

— Te rends-tu compte de ce que tu as fait ?

— Il ne se passe pas un jour sans que je ne pense à tes parents.

— Ne méritions-nous pas de connaître la vérité, mes frères et moi ? De savoir pourquoi notre vie avait été si cruellement bouleversée et essayer, dans la mesure du possible, de faire notre deuil ?

— Je ne pouvais pas, Sam. Je n'étais pas assez forte. Je voulais seulement oublier.

Ses paroles le troublèrent désagréablement. Ne tentait-il pas lui aussi d'oublier, par la fuite, depuis trente ans ? Parce qu'il n'était pas assez fort pour affronter sa responsabilité dans le meurtre de ses parents.

Sauf qu'il n'en avait aucune. Mais il ne se sentait pas libéré pour autant. En vérité, il éprouvait une violente colère, quand il repensait à la torture morale qu'il s'était infligée et dont il avait souffert inutilement pendant trente ans.

— Pourquoi avoir voulu incendier la maison, l'autre nuit ? Pourquoi ces actes de vandalisme ? Pourquoi avoir agressé Maggie ?

— Je voulais qu'elle laisse cette maison en paix et ne ravive pas le passé. Je voulais ensuite vous empêcher de découvrir la vérité. Je ne suis pas assez forte, répéta-t-elle, je veux juste oublier.

Au même instant, elle lâcha son jerrycan, qui tomba avec un bruit de liquide, signe qu'il contenait encore de l'essence. Une flaque se forma bientôt sur le plancher. Pendant ce temps, Teri ouvrait la boîte d'allumettes.

Sam n'eut pas le temps de réagir qu'elle sortait une allumette qu'elle enflamma.

— Je te demande pardon…, murmura-t-elle avant de la lâcher.

La seconde suivante, la flaque d'essence qui s'était formée à ses pieds prit feu, et la vision fut si aveuglante que Sam leva instinctivement ses bras et recula. Quand il le baissa, il s'aperçut que Teri s'enflammait comme une torche.

Elle ne cria pas. Elle resta immobile. Elle ouvrit la bouche et émit un faible gémissement qui semblait presque être de soulagement.

Sam resta pétrifié face à l'horrible spectacle, jusqu'à ce qu'il sente la main de Maggie sur son bras.

— Nous devons tout de suite sortir !

Elle avait raison. Les flammes commençaient à gagner la maison inondée d'essence.

Il la suivit aussitôt dehors, et ils se mirent à une distance prudente de la maison en feu.

— Ça va ? lui demanda-t-elle.

— Ça va. Et toi ?

— Ça va… Quand j'ai vu ta clé sur le sol, j'ai compris qu'il était arrivé quelque chose.

— Teri m'a frappé, puis elle m'a traîné dans le jardin de derrière.

— Elle a néanmoins décidé de te garder en vie.

— Mais elle a choisi de ne pas assumer les conséquences de ses actes.

— Au moins, c'est fini, maintenant. Nous sommes en sécurité.

Ils regardèrent la maison en feu, spectacle saisissant sur le ciel nocturne.

Oui, c'était fini, se dit Sam. Il savait enfin qui avait tué ses parents, mais il aurait préféré que la justice condamne Teri au terme d'un procès, plutôt que de la voir s'immoler par le feu.

Il savait aussi qu'il n'avait aucune responsabilité dans la mort de ses parents. Et enfin, cette maison, la source de tous ses cauchemars, partait en fumée.

Sam se sentit tout à coup plus léger ; le poids qu'il portait sur ses épaules en était tombé.

Il se sentait libre.

Puis il tourna les yeux vers Maggie, qui regardait se consumer cette maison pour laquelle elle s'était tant battue.

La lueur fantastique qui émanait des flammes illuminait son visage. Il y lut de la tristesse, mais surtout, de la résignation.

— Je suis désolé pour la maison, dit-il enfin.

Elle secoua lentement la tête, et répondit sans détacher le regard du brasier.

— C'était seulement une maison…

Elle était manifestement sincère.

Elle en avait même parlé au passé. Comme si la maison n'existait déjà plus.

Et en effet, elle brûlait inexorablement… Il n'en discernait plus que la charpente en feu.

La maison de Maple Road partait en flammes, et avec elle, le passé, un lointain et douloureux passé.

18

Après le premier incendie, Maggie avait été soulagée de constater que les dégâts étaient moins graves qu'elle ne l'avait pensé, mais aujourd'hui, la lumière du soleil était impitoyable : il ne restait plus rien de la maison de Maple Road. Quand les pompiers volontaires étaient arrivés sur les lieux, alertés par l'intensité de l'incendie, il leur avait été impossible de l'éteindre.

Etrange comme quelque chose pouvait disparaître aussi vite... La veille, moins de vingt-quatre heures plus tôt, une maison s'élevait à cet endroit.

Plus maintenant.

Tout comme son mariage. Elle avait été mariée, elle ne l'était plus.

Pareil pour Sam, pensa-t-elle, plus affligée. Il était là, il avait disparu.

Ils étaient revenus dans leur chambre du motel au lever du jour, et s'étaient écroulés sur le lit sans avoir le courage de se dévêtir. Maggie s'était serrée contre lui, et avait passé un bras autour de sa taille. Sa chaleur, sa proximité, avaient annihilé toutes ses autres sensations, et elle s'était laissé envahir par la fatigue causée par les événements des dernières heures.

Lorsqu'elle s'était réveillée, Sam était déjà parti. Elle n'avait pas été surprise, elle s'y était attendue. Mais elle avait été triste et avait longuement regardé la place qu'il avait occupée à son côté, et qui avait gardé l'empreinte de son corps. Enfin, elle s'était levée avec effort.

La vie continuait...

Le mariage du frère de Sam aurait lieu le lendemain. Elle savait combien Sam désirait y assister. Peut-être avait-il déjà pris la route ? Si les réparations sur son pick-up n'étaient pas terminées, il avait peut-être loué une voiture ?

Sam serait bientôt loin.

Elle ne lui en voulait pas d'être parti, car il ne lui avait jamais rien promis.

La vie de Sam continuait aussi, sous les meilleurs auspices.

Il allait enfin pouvoir aller de l'avant.

Si seulement elle avait su quelle direction prendre pour avancer, elle aussi...

Elle regarda les restes calcinés, se disant que cette lourdeur dans sa poitrine ne s'expliquait que par la disparition totale de sa maison. Il faudrait beaucoup de temps et d'argent pour la reconstruire, et plus d'énergie qu'elle n'en avait, mais ce n'était plus son problème, désormais.

Maggie était tellement absorbée par ses pensées qu'elle entendit à peine une voiture s'arrêter. Elle ne détourna la tête que lorsqu'elle entendit une portière claquer, et ne cacha pas son étonnement en voyant Sam qui s'approchait, le regard fixé sur elle.

Il portait les mêmes vêtements que la veille. Ils étaient froissés. Il semblait fatigué, il n'était pas rasé.

Et pourtant, jamais elle ne l'avait jamais trouvé aussi beau avec ce regard à présent si clair, si vivant.

Son cœur battant jusqu'à exploser, elle le dévisagea. Quand il fut tout proche, elle prit la parole.

— Que fais-tu ici ?

— Je t'ai cherchée pendant toute la journée. Je suis

même passé ici, tout à l'heure, mais tu n'y étais pas. J'ai eu du mal à te retrouver, et pourtant, cette ville est petite.

— Pourquoi ?

Il parut troublé.

— Pourquoi quoi ?

— Pourquoi me cherchais-tu ?

— Parce que je ne savais pas où tu étais, répondit-il comme si c'était évident.

Et ça l'était.

— Tu n'étais pas au motel quand j'y suis revenu.

— Tu y es revenu ? Quand je me suis réveillée, tu étais déjà parti.

— Nate est passé tôt, pour m'annoncer que mon pick-up était prêt. Tu dormais, je n'ai pas voulu te réveiller. J'ai pris le petit déjeuner avec Nate et je suis passé prendre mon pick-up. Je t'avais laissé un mot.

— Je ne l'ai pas vu.

Et elle n'avait pas pensé à regarder s'il lui en avait laissé un. Dès qu'elle avait constaté qu'il était parti, elle avait été occupée par une idée fixe : quitter le motel et fuir les beaux souvenirs que la chambre renfermait.

— Je l'avais laissé sur le lit, pourtant.

Elle s'empourpra, consciente qu'elle n'aurait pas dû tirer de conclusions si rapides.

Face à son silence, il scruta son visage.

— Tu pensais que j'étais parti pour de bon, n'est-ce pas ?

Elle haussa imperceptiblement les épaules.

— Le mariage de ton frère a lieu demain. Je croyais que tu aurais hâte de prendre la route.

— Sans te dire au revoir ?

— Je sais combien tu veux assister à ce mariage et…

— C'est vrai. Mais je sais où vit mon frère, je le

retrouverai sans mal. Mais toi, Maggie, te retrouverai-je ? Resteras-tu à Fremont ?

— J'ai toujours su que tu reprendrais la route, murmura-t-elle.

Il acquiesça.

— Mais je n'ai jamais dit que je te quitterais.

Son visage était détendu, et il souriait largement.

— Je suis prêt à aller de l'avant, Maggie, prêt à tourner la page, ajouta-t-il doucement.

Elle aussi était prête à se tourner vers l'avenir. Avec lui, se dit-elle.

Il tourna les yeux vers la maison calcinée.

— Et toi ? Et la maison ?

— Je me suis entretenue avec Dalton, ce matin. Il veut toujours acquérir le terrain. Au même prix. J'ai déjà signé la promesse de vente.

— Alors, c'est fini.

— Oui, c'est fini, dit-elle doucement.

— Comment te sens-tu ?

— Je suis contrariée de la lui avoir cédée après lui avoir tant résisté, mais Dalton ne fanfaronnait pas… Il m'a dit qu'il était conscient de la valeur que j'avais accordée à cette maison. Il m'a aussi dit qu'il était désolé pour tout ce qui s'était passé, et je le crois. Je suis certain qu'il en construira une plus belle où une famille aura envie de vivre, et où elle sera heureuse.

— Et toi, Maggie ? Où seras-tu heureuse ?

Elle hésita.

— Je le serai avec toi, où que tu ailles, murmura-t-elle.

— Je pars assister à un mariage. Veux-tu venir avec moi ?

Elle cessa de respirer.

— Tu es certain que tu…

— Oui, coupa-t-il. Je suis certain.

— Alors, je serais ravie de t'accompagner.

Il fit un geste pour qu'elle le précède, et la suivit. Puis elle se figea. Il comprit et son regard s'adoucit.

— Un dernier regard sur la maison ?

Elle réfléchit, tentée, puis se ravisa et secoua la tête.

— Inutile.

Sam lui sourit et lui tendit la main.

Maggie la lui prit, et ils s'éloignèrent sans qu'elle regarde une seule fois derrière elle.

Épilogue

C'était bientôt l'heure de la cérémonie, mais ils arrivaient seulement à leur destination, une petite ville des Adirondacks dans l'Etat de New York.

Et pourtant, ils avaient loué une voiture pour aller plus vite.

En route, ils avaient beaucoup parlé, de tout et de rien. Ils avaient également ri, et parfois gardé le silence.

Sam découvrait pour la première fois de sa vie la complicité et l'intimité avec une femme. Il était heureux et savait que Maggie l'était aussi. Son bonheur tout neuf n'avait cessé de croître à mesure qu'ils se rapprochaient de leur destination.

Maggie l'avait rassuré sur ses retrouvailles avec ses frères, qu'il redoutait toujours autant. Il n'avait pas encore réussi à se départir d'une peur pourtant devenue illégitime. Sa seule certitude, c'était qu'il devait assister au mariage de Gideon. Au risque de voir ses frères lui garder définitivement rancune de son attitude.

Ils étaient en retard, mais Sam essayait de se convaincre que rien n'était perdu. Malheureusement, la chapelle où se tenait la cérémonie fut difficile à trouver. Il dut se renseigner à plusieurs reprises, et quand enfin ils prirent la petite route balayée par les vents qui y conduisait, il était 10 h 10.

La cérémonie avait déjà commencé.

— On y est presque, dit Maggie avec calme.

Sa tension était à son comble quand il arriva enfin auprès d'une petite chapelle environnée par des montagnes et sise dans un paysage d'une beauté à couper le souffle. Plusieurs voitures se trouvaient dans son parking. Sam se gara à la hâte et descendit de la voiture encore plus vite. Il courut vers la chapelle, Maggie à côté de lui.

Sam arriva enfin devant la grande porte et, après une hésitation ultime, il prit une grande inspiration et ouvrit.

La porte s'ouvrit avec un terrible grincement, pas sur un tambour d'église de bois, comme il s'y était attendu, mais sur la chapelle.

Comme il s'y attendait, la cérémonie avait commencé. Un homme et une femme se faisaient face devant l'autel.

Leur arrivée interrompit le pasteur. L'écho de ses derniers mots resta comme suspendu dans le silence. Le bois craqua lorsque l'assemblée se détourna lentement. Il n'y avait pas grand monde.

Seulement trois couples.

Trois hommes et trois femmes.

L'une des femmes avait un bébé. Ses frères avec leurs épouses ? Leurs petites amies ? Il ne savait pas. Il n'avait jamais su.

Les mariés regardaient dans sa direction. Sam ignora la femme de son frère, parce qu'il ne fixait que ce dernier.

Il le reconnut tout de suite, malgré les années. Comme il avait vieilli…

Cette pensée lui donna envie de rire.

Lui aussi avait vieilli !

Son envie de rire disparut quand il croisa le regard de Gideon. Le reconnaissait-il ? Et en dépit de l'invitation qu'il lui avait envoyée, était-il le bienvenu ?

Sam attendit un signe, la tension montant en lui à chaque seconde.

Tout à coup, son frère lui sourit, puis esquissa un mouvement de tête.

En signe de reconnaissance et de bienvenue.

Le soulagement et la joie déferlèrent en Sam, qui sentit ses genoux faiblir et son cœur battre violemment. Ayant besoin de soutien, mais aussi de partager la joie brutale qui l'envahissait, il saisit la main de Maggie. Il n'eut pas besoin de la chercher bien loin : sa main était là, présente, ouverte, attendant la sienne.

Maggie noua ses doigts aux siens et les pressa, rassurante. Il sentit la tension dans sa poitrine se relâcher et, comme il respirait déjà mieux, il avança, Maggie à son côté.

Le 1er février

Black Rose n°148

L'île des mystères - Gayle Wilson
Embauchée comme secrétaire chez Suzanne Gerrard, Caroline est mal à l'aise en arrivant sur l'île des Saintes, où vit sa patronne. Tout, ici, l'oppresse. Et surtout la présence de Julien, le frère de Suzanne. Julien qui, sans qu'elle sache pourquoi, l'effraie. Comme si elle l'avait connu avant la terrible épreuve qui, six ans plus tôt, l'a privée de tout souvenir...

Une troublante mission - Marie Ferrarella
Elle devra protéger le juge Blake Kincannon ? Gail O'Brien est désemparée. Elle n'a jamais demandé à côtoyer cet homme aussi séduisant qu'arrogant vingt-quatre heures sur vingt-quatre ! D'autant que celui-ci n'a pas l'air plus enchanté qu'elle à cette perspective, persuadé qu'une femme ne peut pas faire un bon garde du corps...

Black Rose n°149

Pour sauver mon enfant - Paula Detmer Riggs
Nous avons votre fille. Faites acquitter Santalucci si vous voulez la revoir vivante. Lorsqu'elle reçoit ce message anonyme, la juge Amanda Wainwright sent la terreur s'emparer d'elle. On a osé s'en prendre à Jessica, dans le seul but qu'elle relâche Santalucci, le parrain de la mafia locale ! Révoltée, elle se résout à demander son aide à Devlin Buchanan, un ancien agent du FBI qui, elle le sait, s'est juré de tuer Santalucci...

Course-poursuite - Judy Christenberry
Doit-elle croire Steve Carter quand il affirme être poursuivi par des policiers corrompus ? Barbara n'a guère le temps de s'appesantir sur cette question quand, blessé par balle, Steve monte dans sa voiture et lui ordonne de l'aider. Décidée à faire confiance à son instinct, qui lui souffle qu'il lui dit la vérité, elle accepte de le cacher...

Black Rose n°150

L'ombre du mensonge - Anne Woodard
Le jour où Rick Dornier vient la trouver, Maggie est troublée. Il est sans nouvelles de sa sœur Tina, lui explique-t-il, et il sait qu'elle fréquentait le bar de Maggie.... Comment rester indifférente à l'angoisse qu'elle lit dans son regard ? Maggie accepte de l'aider... en sachant qu'elle prend un risque : Rick ne doit pas découvrir qu'elle travaille en réalité pour le FBI...

Ne m'abandonne pas - Anna De Stefano
Jure-moi que, si je meurs, tu prendras soin de notre enfant... Lorsque Samantha lui souffle ces mots, alors qu'il vient d'arriver sur le lieu de l'accident où elle a été blessée, Randy Montgomery, chef des pompiers, est bouleversé. Il n'avait pas revu Sam depuis la nuit où, neuf mois plus tôt, elle l'a quitté sans une explication, et ignorait qu'elle était enceinte de lui !

www.harlequin.fr

A paraître le 1er janvier

Best-Sellers n°448 • *thriller*

Mortel Parfum - Lisa Jackson

Quand il ouvre les yeux dans sa chambre d'hôpital à La Nouvelle-Orléans, l'inspecteur Rick Bentz croit reconnaître un parfum familier – celui de Jennifer, sa première épouse. Jennifer qu'il aperçoit ensuite, dans l'embrasure de la porte, d'où elle lui envoie un baiser avant de disparaître. Or tout cela ne peut être réel, il le sait, car Jennifer est morte dans un accident, douze ans auparavant. Pourtant, à peine sorti de l'hôpital, Bentz continue de la voir partout, même si elle s'évanouit dès qu'il essaie de s'approcher d'elle. Est-il en train de devenir fou ? Mais voilà qu'il reçoit bientôt de Los Angeles une photo récente de Jennifer et son certificat de décès barré de rouge. Un envoi qui, pour Bentz, remet tout en question. Car si Jennifer est encore vivante, alors qui était la femme qu'il a identifiée après l'accident ? Saisi d'effroi, Bentz décide de dissiper au plus vite ce terrible doute et se rend en Californie. Mais à peine est-il arrivé qu'une série de meurtres s'enclenche et le suit, tel un sillage mortel. Des meurtres dont chacune des victimes a jadis été une personne proche de Jennifer.

Best-Sellers n°449 • *suspense*

Le voile de la trahison - Laura Caldwell

En quelques heures à peine, la vie d'Izzy McNeil, une pétulante avocate de Chicago, s'effondre brutalement : non seulement Forester Pickett, un client qu'elle aime comme un père, est mystérieusement assassiné, mais Sam, son fiancé, se volatilise à quelques semaines de leur mariage. Et dire qu'Izzy pensait tout savoir de son futur époux ! Comment a-elle pu être naïve à ce point ? Certes, elle avait des doutes quant au bien-fondé de leur mariage. Mais elle aimait profondément Sam et ne pouvait imaginer pareille trahison. Partagée entre la colère et l'incompréhension, Izzy décide alors de tout entreprendre pour retrouver Sam et démasquer le meurtrier de Forester. Sans savoir que les ennuis ne font que commencer pour elle, et que mensonges et tromperies sèment son chemin de pièges…

Best-Sellers n°450 • *suspense*

Les nuits du bayou - Stella Cameron

En s'installant dans la jolie petite ville de Toussaint, en Louisiane, où elle vient tenir un restaurant plein de charme, Annie Duhon rêve de couler des jours paisibles et heureux. Mais au cœur de l'été, dans le bayou écrasé de chaleur, ce sont de terribles visions de meurtres qui hantent ses nuits. Désemparée, elle envisage de confier son secret à Max Savage, un chirurgien, lui aussi nouvel arrivant à Toussaint et pour qui elle éprouve une attirance spontanée. Mais de sinistres rumeurs se répandent bientôt sur Max et sur la disparition de plusieurs de ses ex-compagnes. Pis encore : certains éléments de ces rumeurs corroborent les pires visions d'Annie, donnant à ses cauchemars une dimension atrocement réelle …

Best-Sellers n°451 • roman

Sur les rives du bonheur - Sherryl Woods

Lassée de sa carrière de femme d'affaires, Gracie MacDougal quitte Cannes et le monde fastueux qu'elle a toujours connu pour se ressourcer dans une pittoresque bourgade de Virginie. Dès son arrivée, elle tombe sous le charme d'une ancienne demeure victorienne en bordure de fleuve et elle se prend à rêver : et si elle redonnait vie à ces vieilles pierres pour transformer ce lieu en chambres d'hôtes raffinées et chaleureuses ? Mais à peine ses idées prennent-elles forme qu'un obstacle se dresse entre Gracie et son rêve… un obstacle inamovible. Car Kevin Daniels, le neveu de la propriétaire, un séduisant sudiste à l'allure nonchalante, n'a pas du tout l'intention de la laisser acheter cette maison. Qui plus est, il tente effrontément de la séduire, par simple jeu. Résolue à ne pas se laisser impressionner, Gracie décide de réaliser son projet coûte que coûte – et, surtout, de chasser de son esprit cette étrange fascination que Kevin exerce sur elle depuis le premier instant.

Best-Sellers n°452 • paranormal

La vengeance de la nuit - Rachel Vincent

Depuis que son père l'a convaincue de quitter le monde des humains pour rejoindre sa caste de félins et se former au combat, Faythe Sanders n'a pas l'esprit tranquille. Aurait-elle commis la pire erreur de sa vie en renonçant à son indépendance et à sa liberté ? Malgré ses doutes, Faythe sait que cette expérience parmi les siens est nécessaire pour comprendre qui elle est vraiment. Et surtout, c'est le seul moyen de venger la mort tragique de son amie d'enfance. Une mort qui l'a ébranlée au plus profond d'elle-même et qui a fait voler en éclat ses convictions les plus intimes – au point de la pousser aujourd'hui à relever les défis les plus audacieux. Dans cette quête, il lui reste aussi à prouver à Marc Ramos, un félin au regard d'émeraude qui la protège depuis toujours, qu'elle est capable de prendre elle-même en main sa destinée.

Best-Sellers n°453 • suspense

Sombre présage - Heather Graham

Voilà deux mois, Genevieve O'Brien a été sauvée de justesse des griffes d'un tueur grâce au détective privé Joe Connolly. Mais à peine est-elle tirée d'affaire qu'elle replonge dans l'angoisse, car tout la porte à croire que sa propre mère, Eileen, est elle aussi en danger. En effet, un meurtrier s'en prend aux membres de l'association des Corbeaux, tous fans du célèbre écrivain Edgar Poe. Une association dont Eileen fait partie, et dont le président vient d'être assassiné par un mystérieux tueur qui a signé son crime de cette note manuscrite : *Meurs, dit le Corbeau*. Un crime dont chacun des membres de l'association pourrait être l'auteur… Alors que la police enquête, Genevieve, elle, décide de faire appel à Joe pour mener avec lui leurs propres investigations. Les indices sont rares, et l'enquête piétine, jusqu'au moment où d'étranges signes leur parviennent : des visions, mais aussi des voix venues d'outre-tombe, qui semblent vouloir les aider. Et les prévenir du terrible danger qui les menace…

Best-Sellers n°454 • historique

La maîtresse de Clarewood - Brenda Joyce

Angleterre, Régence

Après le décès de sa mère, Alexandra Bolton a abandonné sa vie insouciante de jeune fille pour se consacrer entièrement à l'éducation de ses sœurs. Une tâche d'autant plus ardue que son propre père préfère, lui, noyer son chagrin dans l'alcool et dilapider le peu d'argent qui leur reste dans les salles de jeu. Pour Alexandra, bientôt, le seul moyen de sauver les siens de la ruine est d'accepter la demande en mariage d'un vieil aristocrate fortuné. Un sacrifice auquel elle consent sans ciller… jusqu'à sa rencontre avec Stephen Mowbray, le très convoité duc de Clarewood. Dès le premier instant, en effet, celui-ci ne cache pas son désir de faire d'elle sa maîtresse, une parmi tant d'autres. Mais, si Alexandra ne peut nier la passion que le duc éveille en elle, elle refuse toutefois de céder à ses avances car aujourd'hui, l'honneur de sa famille passe avant tout. Hélas, Stephen, habitué à obtenir ce qu'il veut, ne renonce jamais…

www.harlequin.fr

GRATUITS !

2 romans
et 2 cadeaux surprise !

Pour vous remercier de votre fidélité, nous vous offrons 2 merveilleux romans **Black Rose** (réunis en 1 volume) entièrement GRATUITS et 2 cadeaux surprise ! Bénéficiez également de tous les avantages du Service Lectrices :

- **Vos romans en avant-première**
- **5% de réduction**
- **Livraison à domicile**
- **Cadeaux gratuits**

En acceptant cette offre GRATUITE, vous n'avez aucune obligation d'achat et vous pouvez retourner les romans, frais de port à votre charge, sans rien nous devoir, ou annuler tout envoi futur, à tout moment. Complétez le bulletin et retournez-le nous rapidement !

☐ **OUI !** Envoyez-moi mes 2 romans Black Rose (réunis en 1 volume) et mes 2 cadeaux surprise gratuitement. Les frais de port me sont offerts. Sauf contrordre de ma part, j'accepte ensuite de recevoir chaque mois 3 volumes doubles Black Rose inédits au prix exceptionnel de 6,13€ le volume (au lieu de 6,45€), auxquels viennent s'ajouter 2,90€ de participation aux frais de port. Dans tous les cas, je conserverai mes cadeaux.

N° d'abonnée (si vous en avez un) ⊔⊔⊔⊔⊔⊔⊔⊔⊔⊔ | IZ1F09 |

Nom : .... Prénom : ....

Adresse : ....

CP : ⊔⊔⊔⊔⊔ Ville : ....

Téléphone : ⊔⊔⊔⊔⊔⊔⊔⊔⊔⊔

E-mail : ....

☐ Oui, je souhaite être tenue informée par e-mail de l'actualité des éditions Harlequin.
☐ Oui, je souhaite bénéficier par e-mail des offres promotionnelles des partenaires des éditions Harlequin.

Renvoyez cette page à : Service Lectrices Harlequin – BP 20008 – 59718 Lille Cedex 9

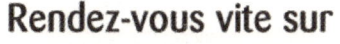

GRATUITS !
2 ROMANS*et 2 CADEAUX surprise !

OUI ! Envoyez-moi mes **2 romans offerts*** de la collection que j'ai choisie et mes **2 cadeaux surprise gratuitement.**
Sauf contrordre de ma part, j'accepte ensuite de recevoir chaque mois les romans de la collection choisie, simplement en consultation.

* 1 roman pour les collections Jade, Mira, Audace et Nocturne.

☛ **COCHEZ la collection choisie et renvoyez cette page au Service Lectrices Harlequin – BP 20008 – 59718 Lille Cedex 9**

❏ **AZUR**	ZZ1F56	6 romans par mois	25,40€
❏ **HORIZON**	OZ1F54	4 romans par mois	18,66€
❏ **AUDACE**	UZ1F52	2 romans par mois	12,60€
❏ **BLANCHE**	BZ1F53	3 volumes doubles par mois	20,72€
❏ **LES HISTORIQUES**	HZ1F53	3 romans par mois	20,72€
❏ **BEST SELLERS**	EZ1F53	3 romans par mois	22,82€
❏ **NOCTURNE**	TZ1F52	2 romans par mois	12,78€
❏ **PRÉLUD'**	AZ1F54	4 romans par mois	23,82€
❏ **PASSIONS**	RZ1F53	3 volumes doubles par mois	21,29€
❏ **BLACK ROSE**	IZ1F53	3 volumes doubles par mois	21,29€
❏ **MIRA**	MZ1F53	3 romans tous les 2 mois	41,39€
❏ **JADE**	JZ1F52	2 romans par mois	28,56€

N° d'abonnée Harlequin (si vous en avez un) |⎵|⎵|⎵|⎵|⎵|⎵|⎵|⎵|⎵|⎵|⎵|

Mme ❏   Mlle ❏   Nom : _____

Prénom : _____   Adresse : _____

_____

Code Postal :|⎵|⎵|⎵|⎵|⎵| Ville : _____

Tél. : |⎵|⎵|⎵|⎵|⎵|⎵|⎵|⎵|⎵|⎵|

E-mail : _____

❏ Oui, je souhaite recevoir par e-mail les offres promotionnelles des éditions Harlequin.
❏ Oui, je souhaite recevoir par e-mail les offres promotionnelles des partenaires des éditions Harlequin.

Date limite : 20 octobre 2011. Vous recevrez votre colis environ 20 jours après réception de ce bon. Offre soumise à acceptation réservée aux personnes majeures, résidant en France métropolitaine, dans la limite des stocks disponibles. Offre limitée à collections par foyer. Prix susceptibles de modification en cours d'année. Conformément à la loi Informatique et libertés du 6 janvier 1978, vous disposez d'un droit d'accès et de rectification aux données personnelles vous concernant. Par notre intermédiaire, vous pouvez être amenée à recevoir des propositions d'autres entreprises. Si vous ne le souhaitez pas, il vous suffit de nous écrire en nous indiquant vos nom, prénom, adresse à : Service Lectrices Harlequin BP 20008 59718 LILLE Cedex 9.

Harlequin® est une marque déposée du groupe Harlequin. Harlequin SA – 83/85, Bd Vincent Auriol – 75646 Paris cedex 13. SA au capital de 1 120 000€ – R.C. Paris. Siret 318671591000069/APES811Z.

2 ROMANS et 1 CADEAU surprise !

- Offre réservée à la <u>Suisse</u> -

OUI ! Envoyez-moi mes **2 romans gratuits** de la collection que j'ai choisie et **mon cadeau surprise**. Sauf contrordre de ma part, j'accepte ensuite de recevoir chaque mois les romans de la collection choisie, simplement en consultation. Chaque livre me sera proposé à -10%. La participation aux frais de port de SFr.4,05 par colis est incluse dans le prix. Je n'ai aucune obligation d'achat et je peux annuler à tout moment. Dans tous les cas, je conserverai mes cadeaux.

☞ COCHEZ la collection choisie :

❏ **AZUR**	ZZ1FS1	4 romans par mois	SFr.28,53
❏ **HORIZON**	OZ1FS1	4 romans par mois	SFr.29,25
❏ **BLANCHE**	BZ1FS1	2 volumes doubles par mois	SFR.23,31
❏ **LES HISTORIQUES**	HZ1FS1	2 romans par mois	SFr.23,13
❏ **BEST SELLERS**	EZ1FS1	2 romans par mois	SFr.26,55
❏ **PRÉLUD'**	AZ1FS1	2 romans par mois	SFr.20,97
❏ **PASSIONS**	RZ1FS1	2 volumes doubles par mois	SFr.24,75

☞ COMPLÉTEZ vos coordonnées et renvoyez cette page à :
Service Lectrices Harlequin – BP 20008 – F.59718 Lille Cedex 9

N° d'abonnée Harlequin (si vous en avez un) ⎵⎵⎵⎵⎵⎵⎵⎵⎵⎵⎵⎵

Mme ❏   Mlle ❏   Nom : _____

Prénom : _____ Adresse : _____

Code Postal : ⎵⎵⎵⎵⎵   Ville : _____

Tél. : ⎵⎵⎵⎵⎵⎵⎵⎵⎵⎵   Pays : Suisse

E-mail : _____

❏ Oui, je souhaite recevoir par e-mail les offres promotionnelles des éditions Harlequin.
❏ Oui, je souhaite recevoir par e-mail les offres promotionnelles des partenaires des éditions Harlequin.

Composé et édité par les
éditions **Harlequin**

Achevé d'imprimer en France (Malesherbes)
par Maury-Imprimeur
en décembre 2010

Dépôt légal en janvier 2011
N° d'imprimeur : 159658 — N° d'éditeur : 15444